倒影斑斓

邢玉冠 ◎ 著

团结出版社

图书在版编目（ＣＩＰ）数据

倒影斑斓. 1 / 邢玉冠著. -- 北京 ： 团结出版社，
2015.10

　　ISBN 978-7-5126-3873-0

　　Ⅰ. ①倒… Ⅱ. ①邢… Ⅲ. ①长篇小说－中国－当代
Ⅳ. ①I247.5

中国版本图书馆CIP数据核字(2015)第227677号

倒影斑斓.1

出　　版：团结出版社

（北京市东城区东皇城根南街84号　邮编：100006）

电　话：（010）65228880　65244790

网　址：www.tjpress.com

E-mail：65244790@163.com

经　销：全国新华书店

印　刷：北京华忠兴业印刷有限公司

开　本：880×1230　1/32

字　数：298千字

印　张：11.375

版　次：2015年10月第1版

印　次：2015年10月第1次印刷

书　号：978-7-5126-3873-0

定　价：38.00 元

目录

引　子

　　已经是深秋的天气，寒意逐渐加重了。树叶枯黄，一阵风过，便纷纷翻滚着飘落。

　　一条不怎么热闹的马路旁，一幢颇豪华的宾馆。

　　夜幕渐渐降临，宾馆二十层的套房里，地灯散发出柔和的黄光，透过大落地窗，城市里变换着的远近各种色彩映照进屋子来。落地窗边，一个男人悠哉悠哉地坐着，漫不经心地看着夜景。他三十多岁，穿着宽松的睡衣，敞着怀，棕色的头发湿湿的，嘴角露出玩世不恭的微笑。

　　一个女人从里屋走了出来。她只裹了一条浴巾，慢慢坐在旁边的沙发上，又把两腿也蜷进沙发上来。那个男的听见她出来，但并没看她。

　　过了一会儿，那个女的轻轻叹了口气。

　　男人转过头来，看着她依恋的眼神，心中一笑：这个东方女人好像就这样迷恋上我了。

　　女人说："你就这么要走了么？"

　　男人"嗯"了一声。

　　女人又叹了一口气。

　　男人说："你怎么了？"

　　"好想一直就这样依偎下去。"女人幽幽地说。

　　"什么？"

　　"我现在好幸福，一辈子都这样就好了。"

"一辈子都一个样啊，那不是太单调了吗？"

"不会啊，只会越来越幸福，越来越开心啊。"

男人笑笑，心想：果然还是个天真的孩子，看样子还是个学生吧，一直也没问她多大了。

女子突然兴趣盎然地抬起头说："你给我讲讲好玩的事儿吧。你说你是特工，不会是吹牛骗人家的吧？"

"怎么会是骗你！当然是真的了！"

"那你来 C 国有何贵干？"

她问我这个干什么？难道她是 C 国反间谍机构的？不会不会，他们应该不会为了对付我下这么大功夫，我现在干的那些事还不值得他们这么做。

"特工当然是来搞间谍活动的喽！"他坏笑着答道。

"哇！好厉害！我最喜欢 007 了，布鲁斯南帅死了！肖恩·康奈利越老越酷啊！你是不是跟他们一样啊？快给我讲讲！"

男人笑而不语。

女的等了半天，见他不说话，叫道："你编不出是不是？果然就是骗我的！"

那男的受不了这样的激将，一下子起身，走入内屋，马上又出来，扔给那女的一个什么东西。

那女的拿起来看看，是个证件包，里面几个证件，照片确实是这个人，又看文字全是英文，说道："看不懂。谁知道是什么啊？就算你真是间谍，也没有谁把间谍俩字印在证件上的吧。"

"那是 A 国大使馆的证件。"

"那又怎么啦？"

"大使馆，还有领事馆的人，原则上都有搜集情报的责任啊。算了，和你说这些你也不懂。"

"你是大使馆的啊，这么说你这特工是业余的喽。平常也就给大家办办签证什么的，是吧？"这女的说话总能抓到让男的不爽的点。

"我是国家情报局的人！大使馆那才是掩护身份！国家情报局才是我真正的老板！"男的不自觉地提高了声音。

"声音这么高，你这间谍很高调嘛，不怕我去告了你，让人来抓你啊？"

"哼，没有证据，他们可不敢抓我，我是有外交豁免权的，抓了我也得放！"

"这么厉害！"女子眼里又重新燃起崇敬之光，"你每天都干什么啊？快给我讲讲你们的故事吧！好不好？"女子嗲嗲地扭动着，摇着他的胳膊。

面对她的撒娇，男人也有点松动了，心想：看她既不是反间谍机构的人，也不是什么爱国者，不过是个没脑子的花痴罢了，随便给她讲点儿什么算了。

想到这儿，男人就开始讲了起来。

听了男人的讲述，女的看了他一会儿，突然哈哈大笑，道："你这间谍就是干这些的啊？说得那么冠冕堂皇，还什么长期影响计划，什么执行国家情报局定下的十条策略，说白了不就是找一些人，在网上胡编乱造，造谣生事嘛。这些网上见得多了，太不稀罕啦。"

那男的脸上挂不住了。

女的叹了口气，满脸失望但好像还在试图安慰自己地说："唉，我也知道电影里都是假的，现实里的真实往往是无趣的。"她又抬起头，说道，"那如果按照这么说的话，反而证明你是真的特工了。"

那男的脸都青了，说："真的大事又不能告诉你，那都是机密。只能告诉你这些。"

女的撇嘴一笑，说："这话我也会说。我也知道好多最高机密，只不过不能告诉你，嘻嘻。"

男人沉默了许久，一咬牙，阴阴地说："好，既然你那么想听，就怪不得我了。那我就给你说个最近要发生的大事吧！"

"好啊好啊好啊！"女人一听，高兴地说。

于是男人深吸一口气，压低声音，又慢慢讲了起来。

听完男人讲的话，女人瞪大了眼睛。

男人得意地笑了，说："怎么样？震住了吧？"说着，走到她跟前。

女人好像真的被吸引了，说："你们真的要干这事啊？"

男人说："我们才不会直接干这种湿活儿呢。"

"为什么？"

"风险太大，容易惹出麻烦。"

看着女人迷惘的眼神，他笑嘻嘻地又说道："我们只是对想干这些事的人，给予便利。"说着，把身子压在她身上，两手圈在她脖子上。

女的笑道："你又干什么啊？"

男的也笑着说："我要杀了你啊！"

女的也不害怕，说："为什么要杀我啊？"

"你知道了这么些秘密，不杀你封口，我怕不保险啊。"

"你舍得杀我？"

"有点不舍得，但谁让你一直逼我说呢。所以你死了，也得怪你自己啊。"

女的噗嗤一笑，说："你还挺幽默的。"

男人心想：她以为我跟她说笑呢。虽然即使她出去给警察报案，警察也不会相信她的，只会把她当成疯子，但以防万一还是……

男的说："我这么做也是为了成全你啊。"

"嗯？什么？"

"你刚才不是说，想要一辈子这样下去么？我杀了你，你这可不就是一辈子了吗？哈哈，哈哈。"说着，他双手用力掐下去。

天亮后，宾馆楼下，警方拉起了隔离带，道路两边，有一些人在围观。

一些穿警服的和一个穿西服的人掀起隔离带，进入封锁的现场。穿西服的问现场的警察道："人死了？"

"死了。"

"现场勘察过了？"

"对，都结束了。"

"死因呢？"

"还要看尸检结果，现在不好说啊。"

"尸体呢？"

"马上就抬下来了。"

"听说现场有个 A 国使馆的证件？"

"嗯，小王，把现场的那个物品袋拿来。"

穿西服的接过塑料袋，仔细看了看证件，嘟囔道："这事真麻烦……"

正说着，两个人推着一个担架车过来，车上有一个人，盖着白色的布。

穿西服的人掀开白布来，瞥了一眼，只见死者几乎没穿什么衣服，死得很痛苦的样子。他不忍多看，又把布盖上了。

这时，一辆汽车呼地开了过来，停在隔离区边上，车牌显示是"使"字开头的。车上下来两个外国人，他们也越过隔离带，来到推车旁边。

穿西服的和他们稍微一寒暄，也没多说什么，只是示意他们看看。

其中一个外国人掀开白布，另一个外国人略微一低头，看着担架上躺着的棕色头发的男子，表情阴郁地说："没错，这是我们的人。"

一、谜宅孤女

吴顶是燕子湖中学高中三年级学生，此刻正在上今天最后一堂自习课。明天就是周六了，所以这也是本周最后一节课。这所学校以学风自由而闻名。别的学校，高中一入学，学业就把人压得喘不过气来，但燕子湖中学却是不到高三最后一个学期，绝没有晚上加班、周末加课的事，老师就像大学老师似的，上完课就杳如黄鹤了。

吴顶写完作业，抬起头看看其他同学。他对环境的新鲜感还没有消失，因为他两个多月前才转学到此。

吴顶的父母不在这个城市里工作，平常并不照管他太多，但这一次却没来由地把他转到这所中学来。其实，吴顶对此并不在意，他学习不错，觉得在哪儿也无所谓，交些新朋友也蛮有趣。

吴顶回忆起第一次来的那天，他早晨起了个大早，拿着入学材料，以及体检的单子、行李，来到学校办手续。然后，把行李放入宿舍，就到教学楼找到了班主任沈老师。沈老师是个和蔼的、身材清瘦的男老师。他核实后，就笑呵呵地拍拍吴顶的肩膀，领他去教室。

那时候，好多学生还没来，教室里稀稀拉拉的。沈老师站在门口，沉吟一下，说："何俊旁边没有人坐，你坐在那里吧！"吴顶按着他的指向，坐到靠窗户的一个座位上。

他打量一下周围环境，教室陈设还不错。然后寻思：看来我有一个同桌，是个叫何俊的人。

何俊，何俊，名字倒是挺文雅的。

同学陆续来了，有的诧异地看着他，有的也上前来打招呼、询问一下。他们除了问问吴顶的名字，从哪儿转来之类的问题，好像还都不约而同地问他为什么坐在这个位置上，是自己选择的吗？

吴顶也没在意，只是回答说，是沈老师指定的。

又来了一个男生，径直走到吴顶旁边的座位旁，毫不认生地打量了片刻，说："新来的？"

吴顶说："对，我叫吴顶。"

那个男生和吴顶握着手，说："吴顶啊，顶好，顶好！"

吴顶说："你是何俊吗？"

那男生愣了一愣，呵呵笑了起来，说："别别，我可不是何俊。我叫赵克勤，坐在前面。"说着指了指吴顶斜前面的位置。

吴顶点了点头。

赵克勤凑过来说："谁让你坐这儿的？"

又是这个问题。

听了吴顶的回答，赵克勤揶揄地笑笑说："你坐在这儿，那可有你受的啦。"

"为什么？"

"逗你玩的，也没什么，哈哈！"

听了这样的话，吴顶有些不安又有些期待这个同桌的出现了。按他的定式想法，老师常为那些调皮捣蛋、多动爱说的人单独安一个座。现在被同学们这样问来问去的，莫非何俊就是这样一个人物？吴顶脑子里不自主地构造出一些模糊的人物形象，都是些不良少年、地痞、无赖的造型。

吴顶拍拍额头，强迫自己停止悬想。

人都到得差不多了，这个何俊还不来，岂不是马上要迟到了？又或者不良少年们其实都是不准时来上学的，甚至不怎么上学的？

正在胡思乱想着，有人飘然来到座位前。

吴顶抬头一看，眼前一亮。一个留着短发、个子挺拔的女生，有些好奇地盯着吴顶。

原来班上还有这样的清秀的女生！

那个女生轻轻又充满询问地在旁边坐下来，看着吴顶。

吴顶见她坐在旁边了，惊讶地张大了嘴，脱口叫道："你，你，你就是何俊？"吴顶设想的斜叼烟卷，两膀子纹身的形象还满脑子浮现，突然眼前出现这么一个姑娘，有点吃惊，连声音都变调了。

"对呀！欸？你都知道我名字啦。那你叫什么啊？"何俊微笑着说。

吴顶赶紧镇定一下自己，说："我是刚转来的，叫吴顶。口天吴，山顶的顶。"

何俊深深地点了一下头，脸上带着一种似笑非笑的神情，柔柔地看着吴顶。

吴顶的心境一向波澜不惊，就算心中有什么起伏，一般也表现得山老地荒，但今天由于出乎意料，颇为失态。他突然之间有些窘迫，不由自主想把视线移开，好像心底深处被什么触动，是一种从来没有过的感觉。

何俊的相貌实在不好细描述，她的神情也奇特得难以名状。她眼睛也不弯，嘴角也没翘，但给人感觉却是含着笑。而那含笑的眼神里还流露出自然淡雅的知性气息，凛凛敛敛，柔柔弱弱。

何俊这样女生的邻座，难道不是明争暗抢吗？为什么没人呢？而且为什么大家见吴顶坐这里都格外在意呢？

吴顶潜意识里好像也有些知道原因了。

第一次见何俊的人，别说和她对视了，连看她一眼都不由自主地想要把目光挪开，就好像何俊身上放出了光芒，让人不能直视。

后来吴顶得知，在这个班刚开始排座位时，何俊与一位很是调皮的男生同桌。这个男生能说能笑，能打能闹，十分活跃，着实是个不安定因素。但往何俊旁一坐，仿佛换了一个人：话也不敢多说，就算说也是结结巴巴，好像生怕说错什么，做事也手忙脚乱。何俊和他搭话，他回答时甚至气都喘不顺，仿佛忘了怎么呼吸似的，就像小孩在严苛的师长面前，想表现一下自己，却又怕犯错的紧张神情。就这样他在受了一段时间折磨后，终于忍不住换了座位。

这间奇特的学校有个不成文的规矩：男女生尽量搭配着坐。据说这是老师们的经验，男女生思维方式不同，对学习有互补性，多交流可以取长补短，如果搞得男生一堆儿，女生一堆儿，会有成长缺陷。至于其他学校严防死守的学生谈恋爱问题，在这里看得轻松平常，有些女老师甚至挺爱八卦学生们之间的暧昧关系的。

所以之后也有几个男生和老师要求，去和何俊坐一桌，但都没持续多久。那些男生都表示，能和何俊一个班，远远地看着她就心满意足了，如果离得太近，反而会心猿意马，心惊肉跳，心身俱损。而且还会吸引全班、全年级乃至全校男生的仇恨，简直折寿。就像人类远远地享受太阳的温暖一样，如果强行接近太阳，反而会融化在太阳的高温中。

反正座位也不可能正好坐满，于是何俊旁的座子就空下了。

当时，吴顶可不知道这些掌故，而且已经大喇喇地坐下了，除了刚开始心中波动了一下以外，此后又恢复淡然了。何俊估计好久也没个同桌了，现在终于来了一个，显得也挺高兴的。

就这样，一晃两个月过去了。

吴顶依旧是中规中矩地过着每一天。他从小就是这样，父母让干什么就干什么，老师让干什么就干什么，该吃吃，该睡睡，"不以物喜，不以己悲"。除了有时去找人交流外语，或者自己学外语，其他也没什么特别喜爱的事情。

而他的同桌何俊好像比他还有过之无不及。

何俊做事不急不缓，也不多说话，好像从没什么情绪波动。她早上比规定时间早两三分钟到学校，晚上放学整点回家。好多同学留下自习，有的学到很晚才走，何俊一次也没留下过。何俊虽然没特别刻苦地学习，但学习成绩却不错，每次小测验都在全班前十名以内。关键是在高中这种人人明争暗斗、成绩至上的大氛围里，何俊貌似根本不在乎成绩，虽然她成绩不差，但看样子即使差了，她也无所谓。

又有传言说，何俊的父母也都不在本地，好像在国外，估计是做大生意什么的，所以何俊努不努力学习，都无关前途命运。

何俊办其他事也都四平八稳，比如帮老师收作业，比如打扫卫生做值日，再比如上体育课颠排球，她都波澜不惊、不偏不倚地办好。

何俊虽然话不多，但待人和善，说话轻柔，无论对方是谁，都会感觉很舒服。但就是这样的何俊，吴顶却渐渐发现了一个问题：何俊好像根本没有朋友。

她上学放学都是独来独往，中午去食堂吃饭，有时是一个人，有时和班里的女生一起，但也是碰到谁就和谁吃，并不像其他女生一样，三三两两，好得难解难分。吴顶自己虽然也是慢热型，不是自来熟、和谁都打成一片的那种人，但都已经和班里同学混熟了，比何俊这个呆了两年的人好像还强些。因此，班上同学和何俊说话也都客客气气，虽然友好，但吴顶却感觉有些生分。其实班上的男生女生都已经习惯了这样的何俊，也都挺喜欢她的，大家反而觉得如果何俊真的有了一个死党，那还能叫高冷的何俊吗？

坐在前排的赵克勤是班长，只有他偶尔会和何俊开开玩笑。比如，就是吴顶刚转来的那一天，何俊刚坐好，赵克勤扭过头来对吴顶说："吴顶同学，你还记得我刚才和你说什么吗？"

吴顶说："记得啊，你说我坐在这位子上，那可有的受啦。"说着扭头看看何俊。

何俊没听见的样子，默默地收拾书本。

"你知道为什么这么说吗？"赵克勤问。

"不知道。"

"因为你旁边这个人表面和善，内心狠毒，经常会使用冷暴力，时间长了，让你得抑郁症。"赵克勤凑到吴顶耳边悄悄地说，但声音响得足够何俊听到。

何俊说："你说什么？"

赵克勤装作一惊，又摇头晃脑地说："我没说什么啊，我就介绍一下你，我说这位何俊同学，那可是得道高人，像我等一般凡夫俗子，常难遇她的金口一开呀！哈哈。"

何俊不以为然，轻轻地说："哪儿有啊。"就又去收拾自己的东西了。

接着就要上课了。等赵克勤转过身去，何俊凑过来，对吴顶努努嘴，小声说："我要开始冷暴力了，当心哦。"说完就又低下头，捧起书来开始看了。

吴顶瞪得大大的眼睛，不知所措地眨巴了两下。

就是这样，貌似无趣的何俊也偶尔会开开玩笑，有时吴顶甚至都没搞清楚她是不是在开玩笑。

有一次，吴顶发现自己写好的一页作业忘了带来，何俊帮老师来收作业，吴顶没办法，只好说："我写好了，但忘了带了，怎么办？"

何俊淡淡地说："哦，那也没什么，估计就是开除学籍吧。"

吴顶哑然失笑，好冷的笑话。抬头看看，何俊表情正常，正在本子上记录什么，好像在说一件再合理再正常不过的事儿似的。记录好了，就转去问下一个同学要作业。

还有一次，吴顶想借何俊的橡皮用一下，就指着何俊的笔袋问道："我想用一下橡皮，好吗？"说着手已经很接近她的笔袋了。

却听何俊轻声喝道："别动！"

吓得吴顶手咻地往回缩了一下。

何俊说："会爆炸的！"

吴顶看着她略带紧张严肃的表情，都不知道自己该不该笑。

何俊自己把橡皮拿出来，要递给吴顶。

吴顶伸出手，问："还会爆炸么？"

何俊轻轻把橡皮掷到吴顶手心里，嘴里发出叭的一声，模拟爆炸声。

一向平淡如水的何俊这次是在卖萌吗？

吴顶略带惊讶地看着何俊，何俊却若无其事地继续干自己的事，让吴顶差点儿以为这些都是自己的幻觉。

但大多数时间，两人都是没什么话好说的状态，偶尔眼神对上了，何俊就笑笑，吴顶也干笑一下，说形同路人有些过了，但也顶多是点头之交。

然而这一切印象，都在今天，这个周五的上午发生了扭曲，甚至可以说是颠覆。

今天上午英语课上，老师讲解测验试卷。这样的考试对于吴顶来说，没有丝毫难度，即使不考100分满分也差不多了。但吴顶不想考那么高，就习惯性地故意做错了几道题，得了91分。课平淡地上完了，上午的课也都结束了，吴顶刚要起身去吃饭，胳膊却被何俊拉了一下，吴顶转过身来，诧异地看着何俊。何俊也不说话，来回向四周看看。

吴顶问道："怎么了？"

何俊说："你等一下啊，我有事和你说。"

有同学叫吴顶去吃饭，吴顶让他们先去。

何俊看班里同学走得差不多了，慢慢地说："明天是周末，今天下午放学也早，我想邀请你去我家做客，好么？"

去你家？做客？！

这话太突然，吴顶脑子有点转不过来，大张着嘴，说道："啊？什么？"声音不由地高了一些。

何俊细声细气地说："去我家做客，就是招待你一下。"

我和你有那么熟吗？

吴顶问："只有我吗？"

何俊点点头。

"为什么啊？"吴顶忍不住问道。

"没什么为什么啊。"

"嗯？没理由招待我什么啊？"

何俊微微蹙眉，好像不好意思说出口似的，沉吟一会儿，说："我想让你帮我补习一下英语。"

"啊哈？"吴顶又没控制住发出了这样的声音，以表示不解和惊讶。

"你英语不是学得好吗？我就想让你帮我辅导一下。不愿意吗？"何俊压低声音，好像不想让别人听到。

"没有，也不是不愿意……"吴顶心想，你要补习英语？不像你的作风啊！何俊你不是一向对学习什么的看得很淡吗？

等等，不对啊！这前提不成立啊。

"你英语不差啊，不用补的吧？"吴顶说。

"其实挺差的，有很多不会的，我自己当然知道自己的问题。"

"你刚才的试卷考了多少分？"

"嗯？哦，没多少分。"何俊说着把试卷一把塞到书包里。

当时撇了一眼她的试卷，印象中分数不低，好像是……

"你考了96分，对不对！"

何俊闭紧嘴，不说话。

"你比我考得还高，还用我教你啊？"吴顶说道。

"我那都是蒙的，我看得出你是真学得好。"

都是蒙的？哼哼，这话说得太假了。

"我学得也没有多好啦……"吴顶也没意识到自己为什么对这件事充满了抵触情绪，推三阻四的。也许是何俊太优秀了，吴顶反而和她有些隔阂。然而万事独行的何俊居然来求教于自己了，换了别人只怕已经像一个充满氢气的气球飘飘荡荡起来。吴顶老成持重，虽不至于如此，但也不禁有一点儿小自满。

"我们不是朋友嘛！求你帮帮小忙，都不肯。"何俊好像有些不高兴了，微微沉下脸。

喂喂，这又不像平常的何俊了，好不好？今天的何俊是不是别人假扮的啊？而且，话说我们到底能不能算是朋友，我还真的心里没底啊，我们说过的话屈指可数，哪儿有这样的朋友啊？

"我不是不想教你，只是我也没比你强，我教也未必有用……"吴顶还想推辞。

"我考试都是抄的！"何俊猛一抬头，打断了吴顶的说辞。

"啊？！"这一句冲击力太大，吴顶不由得第三次高声惊叹。

"我是作弊才考那么高的！"

"作弊……"吴顶说什么也不信，但已无力反驳，只呻吟出了这一句。

"是的，我一直抄你的来着，只是你不知道而已！其实我什么都不懂！"何俊表情坚毅，话说得斩钉截铁，不容辩驳，好像在说什么大义凛然的事。

"什么都不懂"也说得有点过了吧。

吴顶想象了一下：何俊在自己旁边，伸长脖子，斜着眼睛偷看自己的试卷……

不可能！不可能！这样的事绝对不可能发生！

这就像是白雪公主把她后妈逼到墙角里，抄起鞋底痛打一样，不符合人物设定啊！

"你都抄我的，还比我考得好啊……"吴顶嘟囔着。

"抄袭的比被抄的考得高，不是经常发生的事嘛！"

"……"

这是经常发生的事吗？

"那你是答应了？"

"好吧，不过也不用去你家吧，就在学校……"

"哎呀，你怎么那么麻烦？我不想在学校，就来我家吧，求你了。"

面对何俊的又嗔又求，吴顶无奈，只好答应了，但整个午休，吴顶都回不过神来，感觉何俊说的话没一句合情理的，而且，怎么破天荒一下子说了那么多话。

吴顶知道何俊父母也不在身边，她是一个人住的，自己一个人去孤身的女孩家，简直有违自己的道德底线，但何俊势在必得的气势，让吴顶不得不去。

算了，去就去吧，只是学英语而已，又不是鸿门宴，也不是别的什么。

吴顶扭头看了看何俊，她又已经恢复了正常状态，文文静静地写着什么，并没有注意到吴顶的思绪飞扬。

还没到城里交通的高峰时期，路面上车辆并不拥挤，一辆普通的黑色轿车平缓地行驶着。

司机后面的座位上，坐着一个满头大汗的男人。他好像生病了似的，眼睛半开半闭，把头顶在车窗框上。他想擦一下额头上的汗滴，但是两只手被一条扎带绑在一起，只得费力地把两只手都举起来，在额头上抹了一下，又把两只手都放下，就这么一个动作又消耗了很多体力，喘气声变得更粗重了。

旁边座位上的一个人慢慢倾过身来，开口对他说：“兄弟，我们也不想这样，只是你闹腾得太厉害。”听声音这个人有些年纪了。

靠在窗子上好像生病的那人，也不知道听没听见，保持原样，没什么反应。

苍老的声音又说道：“你中了这个毒，不好受，但你这么忍着也不是办法，药效会越来越厉害的。你只要把你知道的都说了，你看，”他说着拿出一个棒状的小东西来，“我们给你打一针，马上就好了。”

那虚弱的人还是好像睡着了一样，一动不动。

老者等了一会儿，见他不理自己，又说道：“这样吧，其他我都先不问，就告诉我你叫什么名字，好吧？"

这次那人把头扭过去，好像开始欣赏窗外的风景了。

坐在副驾驶位置上的男子三十多岁模样，体格强壮，此时有些不耐烦了，说："看来这毒也不管用。等回去了，还是用老办法吧。"

老者白费了半天口舌，也没收获，使劲靠回到自己的座位上，说："药劲儿还没完全上来呢。不过抓住了他，总算又有了线索，给那个人也有些交代。"

"那个人总让我们干一些没头没脑的事，他说的到底是不是真的啊？"

老者看起来也犹豫不定，想了一会儿说："我们暂且按那个人说的做，等我们自己有了新线索，就不受他摆布了。"

前排的强壮男子还想说什么，但老者已经闭上了眼睛，看来是不想再讨论这个话题，要休息一下了。

就这样，几个人都不说话，车子又默默地行驶了好一会儿，直到一阵手机的铃声打破了沉静。

老者并没睁开眼睛，指了指插在车载电源上的手机，说："看看怎么了。"

副驾驶位上的壮汉拿起手机，看了半天也没吭气。

老者问："什么事啊？"

"那个人又来信息了。"他有些犹疑，好像十分费解，说，"奇怪，他让我们别管前面的事了，去抓另一个人，说抓到了就能知道我们想知道的。"

"又抓什么人？"

"奇怪就奇怪在这儿，要抓的是个高中生，那能知道什么？"

老者听了，也皱起眉头，心想，高中生？风马牛不相及啊。怎么想也是今天抓住的这个人有价值一些。放着他不管，去找一个小孩子干什么？莫非……莫非是哪个帮派大佬的孩子？

想到这儿，老者睁开了眼睛，问道："要抓的人姓什么？"

"姓何，叫何俊，是个女的。"老者问的是姓什么，那壮汉却把全名都说了出来。

何俊？

老者思索半天没有头绪，却没注意到旁边那个病歪歪的人听到何俊的名字时，身子微微一抖。

老者坐起身来，伸手到前面，说道："给我，我看看具体怎么说的。"

壮汉刚把手机递到老者手边，那个一直有气无力的人猛地暴起，两只被扎带捆着的手一下子伸到前面，套在正开车的司机脖子上，接着使劲往后勒去。他一路上都好像连直起身子的力气也没有，但现在却像是上满发条的机器，要把被压抑的力量迸发出来。

司机猝不及防，脖子都差点被这一下给勒断了，整个头向后仰去，手脚也都不听使唤的乱动，导致汽车失控，朝一个方向打起转儿来。

"阿彪！"老者二人大叫，赶紧四手齐上，要把那人从司机脖子上拉开。

但那人使出所有的力气，满头汗如雨下，青筋暴露，而且是从座位后面勒的，膝盖顶住靠背，用的是腰腿上的力量，很难拉开。眼看着叫阿彪的司机就要被勒死了。

旁边的壮汉出手也快，嗖地抻出一把匕首，一下子把那人手上的扎带割断了，那人也随之猛地靠到了后面。

司机总算是得救了，两人正松了一口气，但突然同时意识到，不好！他手上的绑缚没了！难道这才是他的目的！

"咔"的一响，这是安全带解锁的声音。接着，车门呼地甩开了。趁着这一甩之力，那虚弱的人一下子飞出车去。

此时，车开到了一座不怎么宽的桥上。由于刚刚这辆黑色轿车的失控，来往的车辆都赶紧避让。从车里飞出来的人努力地爬起来，蹒跚着向旁边走去。

黑色轿车吱的一声停住了，但等老者和同伴跳出来时，那虚弱的人已经到了桥边，他回头看了一眼，没有犹豫，纵身跃下桥去。

老者和同伴赶到桥边，往下一看，河水虽不大，但已经没有人影了。

壮汉说："他中了毒，就算淹不死也活不长了。"

好好的线索，在眼皮子底下没了。太大意了！本以为锁着车门，捆着手，绑着安全带，再加上他是个濒死之人，怎么也逃不脱的，谁能想到……

老者脸色难看，一挥手说："上车！快回去，叫上他们一起，找那个女孩子去！"

下课铃终于响了，好多同学哄闹着走了。

今天晚上有一个J国女子偶像团体的演唱会。她们最近人气很高，好多男生甚至好多女生都是她们的粉丝。尤其是其中一个叫五十岚杏奈的，长着鹅蛋脸大眼睛，唱起歌跳起舞来，既纯净无邪，又疯癫呆萌，十分可爱。虽然大家上高三了，但这么难得的机会，好多人还是按捺不住要去现场瞻仰自己的偶像，所以呼啦一下子走了好多人。

也有一些同学留在教室里自习，比如赵克勤自称动用了十二分的精神力量，才控制住自己，继续留下学习。

也多亏了这样，吴顶才没有在众目睽睽之下和何俊一起回家。当他们一起走出教学楼，惊奇地发现阴沉沉的天空竟飘起了细小的雪花。清新凉爽的空气，使人精神一振，落在脸上手上的小冰晶，不多时就化了，并不让人觉得寒冷，反而给皮肤带来了第一场雪的惊喜。

"今年的第一场雪，来得好早呀！"吴顶一边走，一边说道。

"是啊！"何俊道，"据说是有一股冷空气南下，路过我们。"

"哦。"吴顶点点头。

两个人有一搭没一搭地说着话，穿行在熙熙攘攘的大街上。在经过拐弯处一个路边广场时，那里围了很多人，不知在看什么，人群中不时还发出喝彩声。吴顶说："去看看是干什么！"何俊也有些好奇，两人来到人群旁一看，原来是一些人在耍滑板和特技自行车。

这些人都二十岁左右，男的们不是溜滑板，就是骑单车，一个个仿佛浑身用不完的劲儿，卖力地表演着。而女的则个个奇装异服，要么是穿着盛夏的服饰，一副冻不死的样子，要么是身上披挂着各种怪异的装饰，还有耳朵上串着若干个碗口大的耳环的，或是头发染成五颜六色，反正都是"貌不惊人死不休"的劲头。这当然引来许多惊异的目光，她们却并不在乎，依然在张扬地，忘乎所以地大叫着。

而男士们更起劲地耍着。现在，他们把几个滑板横着立起，利用轮与板间的差距，将它们插在一起，放在地上，形成一堵小墙，约一米多高。然后驾着各自的家伙依次从远处冲过来，跳过小墙去。三四个男的，都使尽绝活，卖弄身手，而三四个女的也摆着扭曲的姿势呐喊。有一个骑车子的接连成功好几次，博得满堂喝彩，而有一个高个子的踏着滑板，却几次不过，还老摔跤，引来阵阵哄笑。

终于，这高个子在又一次摔倒后发火了。他一言不发，举起自己的滑板狠劲砸在地上，滑板弹起老高，无规则地飞向旁边。人群中一阵哗然，滑板飞去的地方，人们赶紧躲开。高个子并不善罢，拾起滑板就砸。许多人见状，各自散开走了，但仍有不少人在看热闹。高个子不停地摔滑板，一肚子气都撒在板子上，仿佛他跳不过去全是这滑板的过错。但滑板很结实，他每次摔都只能摔出一些飞屑，并无实质性破坏。这高个子好像也觉得这样不奏效，于是又把板子拿到马路边，冲着马路牙子猛砸。人们笑着看热闹，都知道他这是下不了台，在矫情。

一会儿，高个子仿佛觉得这样蹲在路边砸不够威武，他也不听他几个同伴的劝，又远远的把滑板扔过来，滑板在地上一跳，险些碰到别人身上。

吴顶和何俊觉得无趣，决定走了。突然听见有人高喊："你发什么疯？不怨自己技术差，拿板子撒什么气？"人们一听，不禁为说话

一、谜宅孤女
DAOYINGBANLAN

的人担心：这人正没处发泄，惹他干什么？

何俊听见这声音却"噫"了一声，扭过身子去看。

那高个子果然怒气冲冲地走过来，咬牙切齿道："谁说的？！老子砸自己的东西关你屁事！"他被人揭了老底，恼羞成怒。

不料，一个女生走了过来，粗着嗓子说："我说的，你要怎样？"

这女孩长得很是秀气，但一说话像个男生的嗓音，听声音刚才确是她喊的。

高个子表情疑惑，晃晃脑袋，仿佛要找一找，是不是有人在与她演"双簧"。

那女生旁边跟着一个方脸男生，他平稳地说："你扔的滑板差点砸到我们。"

高个子的怒气又回来了，蛮横地道："我就砸你们了，咋样？"说着还推了男生一下。高个子的其他奇形怪状的同伴也慢慢围拢过来，在一旁站着，形成威慑，眼看那两个学生就要吃亏。

吴顶看着因为一点儿小事，就要发生冲突，心中有些反感，想去给两边的人都降降火，但又不知道从何劝起，心中这么想，嘴上就说道："没人劝劝他们，都下不来台，恐怕就要打起来了。"

"就算打起来，估计也打不死的。"何俊总是轻描淡写地说着夸张的话。她看起来倒是对这争端不以为意，像在看电视剧一样轻松。

"那那，打伤了也不好啊。"吴顶皱着眉头说，看着马上要恶化的局势。

"他们俩应该有分寸的。"何俊说。

"他们俩？"吴顶诧异地问，"你认识那两个学生吗？"

转念一想，这说的到底是谁打谁啊，咱们想的好像不一样啊。

何俊没再说什么，却见那个女生下巴一扬，不紧不慢地对高个子说："看你又踩又砸，搞得满头大汗的，不就是想把这个板子弄烂么？"

高个子一愣，不知是什么意思。

那女生瞥了一眼地上底朝天的滑板，说："我帮你个忙吧，替你弄烂它，怎样？"

高个子还没回答什么，那女生用脚尖在滑板上一点，那滑板就像翻烙饼一样，自己翻了过来，轮子朝下了。众人正要"哦"的表示惊讶之情，那女生已经一脚踏了下去，咔嚓，滑板脆生生地拦腰断为两截。

高个子和同伴们大吃一惊，砸了半天砸不烂的滑板，被人家一下子踩成两段，都目瞪口呆。

这时，方脸的男生一眼瞥见了何俊，瞪着眼叫："何俊？"

那女生也扭过头，道："何俊，你来了！也不过来帮忙。"

何俊说："我家还有点儿事情，我先走了。"说罢，朝吴顶吐了下舌头，拉了吴顶走了，拔腿就走。

吴顶被她扯着，往远处走去，心想，你着什么急啊，像做贼被人抓住，没脸见人似的。难得你居然还有熟人，看他们遇到麻烦了，你就算帮不上大忙，也不用这么急匆匆地走啊。

走出挺远了，那女生还扯着粗嗓子喊："何俊，你别走啊！"

方脸的也在后面叫："何俊，我们有要紧的事儿要告诉你！"何俊充耳不闻，扯着吴顶，好像想快点甩掉他们。

其实那两个人也都追不上来，因为那高个子及其同伴又仗着人多，把他们团团围住，高声叫嚷。有的说："我们的滑板，我们想怎么就怎么，凭什么你们弄坏它！？"有的叫："我们本来就不想弄坏它！"还有的嚷："赔！"他们一时脱不了身。

何俊拽着吴顶，眼看已经远离那个广场了，就松开了手。

吴顶说："那两个是你熟人啊？你怎么……"

何俊说："我们不是还得抓紧时间学习去呢嘛。"

吴顶觉得这个理由不太成立，你看热闹的时候可没想着要赶紧学习，一被人认出来，就想起要学习啦？

是怕被牵扯到纠纷中去吗？

吴顶想到什么就说什么："你是不是怕惹上麻烦啊？"

想想也是，吴顶自己对那些乱七八糟的人也颇为反感，何况何俊一个女生。

只听何俊赞同道："对呀，他们两个不认识你，要是说起话来，肯定要问东问西的，太麻烦了。"

什么？你说的是这个麻烦啊？那两个学生都要被人一顿胖揍了，哪儿有闲心跟你问东问西啊？你这什么思维？

他思路有些跟不上，张大口半天，不知怎么接口，只好问道："那一男一女是谁呀？"

何俊笑了一声，说："卢小羊若知道你这样说，一定又会生气的。"停了一下，她看着吴顶，用似笑非笑的表情解释说："他最怕别人把他当成女孩儿。"

吴顶反应了一下，半信半疑地叫："难道那是个男的！"他脑中回忆叫卢小羊的外貌，确实头发剪得很短，个头大概一米七多，穿着普通的运动服，声音也像男的，但从脸来看，怎么也是个女生吧。

何俊又说："别说你不信，就是和他熟悉的人，也常忘了他是男生呢。"

这么说来，那个卢小羊确实好像是怕别人把自己当成女的，努力要把自己打造的更男生一些呢，但是貌似没成功。

"这算是天生丽质吧。"吴顶笑着又问道，"那另一个是谁呢？"

何俊答道："那个叫陈关飞。"

吴顶说："哦，也不知他们怎样了。"吴顶还在担心，不知道广场上的事态怎么样了。

"唉！"何俊叹了一口气，说："这算不算是恃强凌弱呢？"

"什么？"吴顶完全听不懂这是什么意思。

"你不知道，卢小羊就是性格耿直，有分寸还行，随便教训对方一下就得了，但我怕他一不留神，下手太重。"

吴顶一脸纠结地说："听你这意思，碰上这个卢小羊，那些坏小子们凶多吉少了？可是对方有那么多人，他能有多厉害……"

何俊上下打量了吴顶一下，用描述一个客观事实的口气说："像你这样的，卢小羊打十个。"

你这是什么比方啊！说的好像我要和他对打似的！

吴顶心中像是有一万头神兽踏过，看着何俊一如往常的平静表情，心中咆哮道：你到底怎么做到装成这幅样子来讲笑话的！

正说着，他们听见身后有些骚乱。现在，小雪已经下了半天，路面上铺了白白一层。一个人骑了个自行车飞驰而来，正是卢小羊。他身后还有一人骑车追赶，就是刚才那一群围攻他们的人中的一个。两个人一前一后，骑得飞快。

卢小羊使劲地骑，也没看见何俊他们，追他的人也追得很紧。此时，路上也没几个人，卢小羊仿佛看准时机，猛然刹车，一条腿支地，来了个一百八十度转弯，好像要掉头跑。那追他的人一惊，也急刹车，跳下车，就要扭头再追。不料，卢小羊以支地的腿为轴，转完一百八十度并未停止，路面又滑，车子竟然三百六十度大甩尾。他收起那条腿，又冲着原来的方向骑走了。这回那个追他的人可措手不及，等掉转车头，再骑上车追去，明显已来不及了。

两人又追逐着走了，雪地上留下卢小羊用车轮画出的两个圈。吴顶忍不住喝彩道："厉害厉害！太漂亮了。"

何俊表情好像在说，这才是小意思，就把你激动成这样。

吴顶问："但是他们为什么赛车呢？"

"谁知道他要什么宝呢。"何俊说着指指前面一个小路口道，"喏，那就到我住的小区了！"

吴顶不以为意地和何俊走进这个不太起眼的、小小的路口。刚刚走了几十步远，吴顶突然站住，被眼前的景色惊呆了，像是进到了世外桃源一般的所在。这是一副原始森林般秋日的画面：各种大树，落叶的、常青的，一棵棵都像有几十上百年的历史，地上铺着绿的、黄的小草，各式的落叶，十分厚实，流露出高远氤氲的气息。平展的柏油路，别致的路灯杆，使这景致带上些现代气味。谁能想到在这喧嚣的市区中，居然有这样的环境，而在这样住宅区的房子，价钱之高，也可想而知了。这似乎印证了何俊是富二代的传言。

吴顶深吸了一口气，觉得很清爽。在这样接近大自然的环境里，走了半天都没看到什么人。这时，耳边传来一阵铃声，两人扭头一看，是一个穿着运动装的女子在溜狗。这是一只漂亮的狐狸犬，全身都是乌黑发亮的毛，但四只脚上却是白毛，走在雪中，仿佛是在凌空踏步。它温和而又娇气地围在主人脚边打转，使脖子上的铃铛响个不停。何俊对那女的说："温姐，溜弯呢。"那姓温的也招呼："何俊，放学啦。"两人寒暄一下，就各走各的了，吴顶满怀兴趣地看着那狗走远。

不一会儿，他们就到了一个在大树掩映中的门前。何俊笑容满面地说："到家了。"然后站在门的左首，掀开墙上的一块假砖，露出几个按键，手指在上面轻捷地按了几个键，接着脸冲着墙。不久，只听"嘀嘀"两声，然后"喀"的一声轻响，两扇大栅栏门无声地打开了。

"请进！"何俊以主人的姿态说。

吴顶看着这样的大院子、大房子，实在控制不了惊讶的表情。何俊一个女孩子，独个住这样一幢豪宅？看看四周悠然而又寂寥的环境，他忍不住问道："听说你一个人住啊，不害怕吗？"问完才觉得问得多余，何俊的回答一定是"不"。

不料，何俊懒洋洋地回答道："怕得要死。"

吴顶诧异地看着她，她脸上哪有一点"怕得要死"的表情。随即又想，何俊估计是觉得说"不怕"别人不太信，所以干脆说"怕"得了。不过这"怕得要死"也太严重了些吧。

吴顶左顾右盼着进了院子，正房旁边还有一个简易的大房子，不知是车库还是仓库，恐怕里面连坦克也放得下。跟着何俊，吴顶进了略显古朴，有些浸染着欧风欧雨模样的正房。房中的装饰典雅而庄重，高大上的很。何俊请吴顶坐在大厅的沙发上，吴顶抬头一看，这大厅足有七八米高。何俊不知怎么一弄，一曲清新的音乐跳跃开来，似有似无地播放着。

何俊说："你先坐好，我去给你拿些喝的。"然后轻盈地蹦走了。

吴顶干坐着等了好久，也不见何俊出现，就站起身来，想去看看何俊弄什么饮料，要不要帮忙。但不知是不是何俊家太大了，走来走去，也没找到何俊，想回去的时候又找不到刚才的客厅在哪儿了。这房子大了就像迷宫一样，而且走道里装饰图样和客厅里的风格迥异，搞得吴顶眼花缭乱，像没头苍蝇似地乱撞。正不知如何是好，何俊忽地出现了，说："哦，你在这儿啊。"吴顶有些不好意思，感觉自己太蠢了，在屋子里都走丢了。

何俊看出来了，说："你可当心啊！不要乱走迷了路，困在哪个角落里，几天也出不来。"她笑了一声，又说："等饿得眼睛发绿，可别怨我没提醒过你。"

吴顶说："你家太大，太难走了，你是不是小龙女啊，住在这古墓里。"这是吴顶一下子联想到的东西，不假思索就说出来了，却看到何俊脸上微微一红，搞得吴顶自己也感到有些不好意思。

何俊皱起鼻梁说道："我是古墓里的僵尸！"

吴顶哈哈笑了起来，说："吓人！"

何俊也一笑，道："咱们还是去客厅坐吧！"

二、软剑飞刀

  清风吹动落地窗外的风铃，荡漾开清脆悦耳的铃声。

  何俊领着吴顶来到客厅。吴顶看到茶几上放着一个大木头托盘，看来是何俊刚才把东西放下就去找自己了。

  何俊把东西一一从托盘上拿下，摆到桌子上。先是一个镶着金边的茶壶，然后摆好两个茶杯盘，在茶杯盘上放上茶杯。接着是奶盅、茶匙、点心盘，还有小刀叉。

  何俊摆完后，拿起木头托盘，说："稍等一下，还有一件。"就又走了，这一次马上回来，手里拿着一个三层糕点架，上面摆了各样水果和糕点。

  何俊把糕点架摆好，笑着说："尝尝吧！"吴顶也不客气，取了一块儿奶酪蛋糕放在盘子里，端详着说："真精致。"然后切了一小块儿，送到嘴里，感觉满口清香，他向何俊点点头表示很好吃。何俊高兴地笑笑，拿起茶壶，倒了两杯。茶杯上袅袅飘荡起白气，看样子是红茶，配甜点最合适了。

  吴顶吃喝一阵，看看天也不早了，说："那我们快开始学习吧，从哪儿学起呢？"

  何俊还没回答，门铃响了起来。何俊表情疑惑，起身走到门口，打开墙上的小显示屏，喇叭里传来卢小羊的声音："何俊，快开门哪！"何俊按了个按扭。透过窗户可以看到，卢小羊进了大门，跑了过来。

  何俊诧异地问："他来干什么？"

  卢小羊气喘吁吁地跑进来，大喘了一口气，道："要不是这帮阴魂不散的家伙，我早就到了。"

何俊吃惊地问："你本来是要来我家的？"

卢小羊说："那可不！我和陈关飞奉命通知大伙，没想到告你有紧要的情况，你居然听都不听就走了。"语气中充满了抱怨之情。

何俊一脸抱歉，不好意思地笑着说："我还以为那是你们胡说，骗我回去帮忙呢。"

卢小羊说："哪儿真用得着你帮？我是不想伤人，否则他们早都送医院了。没想到他们还来劲了，死缠着不走。"

"那后来呢？"

"后来我就稍微动了动粗，抢了辆自行车，想甩掉他们就算了，没想到还真费了番功夫。"卢小羊抖了抖身上的小雪粒。

"我们看到你飙车了。"何俊说

卢小羊说："雪地那么滑，差点没摔死我。"

何俊问："话说你没事招惹他们干什么啊？"

"唉，我看到那些惹是生非的家伙，心里就不爽，没控制住就……"

何俊也没继续责怪他，说："你说你来通知我什么？"

卢小羊看了看吴顶，又转向何俊说："你都不给我介绍一下啊？"

何俊说："哦，他叫吴顶，是我同班的。我……请他来帮我辅导学习的。"

卢小羊看看桌上的吃的喝的，满脸不解地说："学习？"

何俊不好意思地说："哎呀哎呀，快说你来要通知我什么吧！"

卢小羊又看看吴顶，好像颇感为难，斟词酌句后说："上面让所有人车站集合。"

"哦？知道去干什么吗？"

"不清楚，但煞有介事的，让当面通知确认。不过反正你们也不带手机，不得不当面说。"

"按规矩，不是你来通知吧？唐叔叔什么也没说啊。"

"跑腿儿的小事还用他出马啊，你赶快走吧，我还有一个人要通知，就是赵克勤。"

"哦，他估计还在学校，我们和他汇合一起去吧。"

吴顶听他们说得语焉不详，好像是参加什么组织活动，还要去车站，但也不说是什么车站，好像两人都知道，不用细说。而且，赵克勤也要去。

何俊看他一脸茫然，歉然地说："我们参加一个社团活动，今天突然有聚会了……"

吴顶联想到自己也常参加外语交流活动，有时候也会被人突然叫去参加聚餐、茶话会之类的。但何俊他们去搞什么聚会呢？吴顶虽然好奇，但见他们没打算细说，也就不再刨根问底了。

何俊继续说："吴顶，太抱歉了，让你白跑一趟，也没有招待好你。"吴顶白吃喝了一顿，倒也没什么，反而是何俊眉头不展，显得满腹心事。

没有补习成英语，这么不高兴么？吴顶也不多问，起身告辞。

何俊说："咱们一起出门吧。等我上楼收拾一下。"

不久，何俊从楼上又回到客厅来，她换下了校服，穿一件雪青色套衫，露出里面浅色衬衣的小圆领，还背了一个双肩包。

吴顶说："你带那么多东西啊？"

何俊笑着说："都是需要的东西，否则这沉甸甸的，你当是背着好玩儿吗？"

吴顶说："哦，那我帮你拿一阵吧？"

何俊看着他，微笑道："没事儿。"

说着三个人一同出了房门，向院外走去。何俊打开院门，三人穿了出去，门又自动关好。突然，三人都站住不走了，他们惊异地看着门旁边，只见一个虚弱的人仰着头，弯曲的两腿颤抖着，浑身湿漉漉的，像是刚被大雨淋过一样。他一只手扶着墙，另一只似乎是努力想按门铃，但还没按住，一见他们出来，就跌跌撞撞地径直走来。

此人身体健壮，但仿佛病重极了，大口喘着气，对何俊说："你是何俊？"何俊警惕地看着他，并未开口。那人道："很好！现在只听我说，不许插嘴。"他又喘口气，说："何俊！有人来找你了……你一定要保护好自己，到了时候就要……一定要……"他说得用劲，不自住得又咳起来，不过他像完成了任务一样，脸上露出欣慰的笑容。他已满头大汗，又说道："何俊！一定记住我的话啊！"那人拖着似乎时刻要倒下的身子往别处走。

何俊跑到他面前，问："大叔，您是？"

"我叫……柯代。"那人苦笑了一下，"你警惕性很强，确实、确实应该核、核实，不过我…… .只能提……个醒……"他越说声音越不对，随后弯腰倒下了，蜷缩在地上。何俊三人赶紧围了过去，柯代气息微弱，像是最后蓄了些力气，依旧对何俊说："他们真说要找你了，快死的人不胡说了。"他闭了一会儿眼，又睁开来，说："赶紧把我藏起来，替、替我报个丧……"

保护好自己？警惕？报丧？这都是什么和什么啊？

吴顶听得一头雾水，他没头没脑说的什么怪话，好诡异。这些词和何俊好像都搭不上界啊。何俊估计更是不知所云吧。

但看看何俊的表情并不是疑惑，她面色沉重，显得有些焦虑。

何俊迅速地环视四周，周围没有其他人。接着她蹲下来，观察了一会儿，伸手在他颈动脉上摸了摸，然后站直了身。

看着地上的自称柯代的人没气了，吴顶只感觉口干舌燥，心跳的节奏都紊乱了。这个人怎么了？有什么重病发作了么？

卢小羊吃惊地问："死了？他是谁？"

何俊说："我也是第一次见到，不认识啊。"

"他说有什么人要找你，怎么回事？"

何俊摇摇头，说："我也不知道啊。不过，这么说来，唐叔叔之前来过，说起最近不太平，让我注意些。"

"貌似没那么简单吧。看样子，这个人可是拼尽最后一丝气力来警告你，他说，有人专门要针对你呢。"卢小羊检查那个人的尸体，说，"可他没受什么致命外伤啊？怎么就死了？"

何俊还是摇摇头。

卢小羊见何俊什么也不说，又打趣道："莫非你最近发大财了？有人要抢你？"

何俊撇撇嘴，自嘲道："可能吧。"

喂！你们怎么能那么淡定地谈论此事？好像出门碰着个死人是家常便饭一样。

吴顶看他们那么泰然，都要怀疑是不是自己反应过头了。

"这事情太蹊跷了！我们怎么办？"卢小羊说。

何俊说："正好现在赶快去汇合地，到了就报告此事！"

"好。"卢小羊说。

两个人商量定了，转头去看吴顶，只见吴顶正拿着手机按键，神色紧张。

何俊问道："你干什么呢？"

"这个人死了？"吴顶额头上出汗了。

何俊说："嗯，是的。"

吴顶又低头摆弄手机。

"我问你在干什么啊？"

吴顶不解地看着何俊，说："报警啊！叫120也好啊！还能干什么？"

"不要！不要报警！"何俊急促地说道。

你在说什么啊？

"死了一个人，怎么能不报警？"

"哎呀，你不懂。警察来了也解决不了问题，反而会更麻烦。"何俊说，"你就别管了。"

"你是说，眼前死了个大活人，我权当没这么回事，继续平静地回家吃饭睡觉吗？"

"不是那意思，总之我们会处理的，你就不用管了。"

"这是人命大事，你说警察都管不了，反而你能处理？"吴顶心想，何俊是不是受了惊吓，脑子不正常了？还有那个叫卢小羊的，怎么也无动于衷？

"你别问了，交给我们就好了。"

"我脑子笨，不知道除了警察，谁还能处理这样事？凭你，能怎么办啊？"

何俊沉默了一会儿，抬起头来，眼睛里光芒一闪，看着吴顶说："你一定要问，就告你好了，我们道上有道上的做法。"

"道上……什么道啊？"吴顶怀疑自己的耳朵。

"黑道。"何俊清冷冷地说。

黑道……何俊，你这个时候又开始玩冷幽默了吗？

但看着何俊毫无笑意的表情，吴顶心虚了，莫非是说真的。

吴顶扭头向卢小羊，战战兢兢地问："意思是，你们是黑社会的？"

卢小羊嗯了一声，仰头向天。

何俊接过话来，大喇喇地宣告道："是的，我们都是黑社会的。"

噩梦！这一定是个噩梦！吴顶第一天转来学校曾把何俊想象成一个地痞混混，一定是因为那个引起了现在的噩梦！

吴顶真想抽自己两耳光，把自己扇醒。可是这好像又不是梦啊，但眼前站着自称黑社会的何俊，何俊旁边是一个比女生还清秀的男生，地上还躺着一个死尸！啊，这场景太诡异了，要崩溃了！他不由得瞥了地上的人一眼，心里异常难受。

何俊走上来，摸着吴顶的胳膊说："吴顶，你没事吧？"

吴顶浑身一颤，看着眼前这个人，感觉陌生之极，自己明明认识她，但又像是今天第一次见一样。他蓦地又抽出手机，开始按键。

何俊说："你怎么还要打啊？"

吴顶说："你们是黑社会，那我更要报警了！"

何俊无可奈何地低低叹了口气，好像放弃制止他了。

吴顶的手机还是老式翻盖手机，不是智能机，吴顶对这些器具没太高要求，能打电话就够了，所以用了好几年，也没换新的。

何俊欸了一声，说："你还用这么老的手机啊？"

吴顶说："又没坏，就一直用了。"

"一般人都用智能机了啊，你这个不能下载应用吧？"

"嗯，现在上学忙，也用不着那些软件，我想高考完就换了吧。"

"哦，给我看看行吗？好久不见这样的机型了，好怀念。"

吴顶心想，这当口怎么又有心情玩手机了？也没多想就递给了她。

何俊接过手机，也没怎么端详，就两手握着翻盖手机的两边，咔嚓一声，掰断了。

吴顶像遭雷劈了一样，瞪大眼睛倒退了几步，不能相信何俊对他的手机做了什么。其实把手机给她的时候就隐隐有些预感，但还是低估了何俊的果决。

何俊一脸歉然道："哎呀，不小心弄坏了，不好意思，不好意思，过两天我赔你。"

太假了！

吴顶气冲冲的，心脏砰砰乱跳，一把抢过手机残骸，说："我不报警了，总行了吧！我要走了，你们让不让，要不要把我灭口了，图个放心。"

何俊说："对不起，吴顶，你现在不能走，你得跟着我们。"

吴顶变色道："什么？真不让我走？"

"我预感事情真的有危险，有多危险我也很难想像。你可能已经卷进来了，为了安全，你一定跟好我。你要相信我，我是为了你好。"

"我有什么不安全的？跟上你们才不安全呢！我要回宿舍了。"

何俊一把拉住吴顶的袖子，攥紧了不放手。

卢小羊插话道："我觉得不至于，跟他没什么关系吧？"

吴顶想，就是，跟我有什么关系。

何俊说："不行，我不放心，还是得见了唐叔叔，确认一下安全。"

吴顶还是不理解，叫道："我卷进什么来了？这儿除了我们也没有别人了，谁会知道我曾经在场过？"

"你看到那个摄像头了吗？"何俊说，"他们可以轻易地搞到监控视频，看到你，找到你，以为你和我们一样，逼问你，你能逃避得了？"

吴顶听了，不爽得要死，心想，我好好的生活怎么就变成这样了？就因为今天来了趟你家，从此就过不了安稳日子了？

"你说的他们是谁啊？"吴顶问道。

"我也不确定对手是谁，但是明摆着死了人，临死前还向我示警，你也听到了，难道不该注意点儿吗？"

看看，不过是你的臆测罢了，这朗朗乾坤，哪儿有你说的那么多危险，太危言耸听了吧。

于是吴顶大声说："我不怕！生死由命，我是死是活你不用管，我回了！"说着又要走。

何俊两手用力扯住吴顶的手臂，用恳求的眼神看着吴顶说："你就当不是为了你，是为了我，别走行么？"

你说这话什么意思？

看着何俊有些羞有些急的表情，吴顶感觉心中一软。被这样一个"黑社会"缠住了，想生气也生不起来了，嘴一滑说道："唉，那现在就去见你说的那个人么？"

"对，我们一块儿去，很近的！"何俊见吴顶答应，好高兴的样子。

"见了他，我就能走了？"

"确认你安全了，就能走。"

吴顶无奈地说："好吧，我跟你们去。"说完，心中暗骂自己心太软，拉不下脸，拒绝不了人。

何俊开心地笑了，说："好！"

吴顶看着何俊的笑容，心中还是有气，心想，这事过去了，我就再也不认识你们这些人了！

三个人草草地把柯代拖着藏到何俊家院子的僻静处，然后急急往学校赶。

不多时，三人来到学校门口，何俊站住说："卢小羊，有人盯梢呀！"

吴顶忙扭过身看，背后的景象并没什么特别的，每个人好像都在干自己的事，没有可疑的人啊。吴顶问："哪里有？"

卢小羊叹了口气说："哎，就是刚才那帮人，都怪我一时没忍住，惹了一身骚。"接着又说，"快走，甩了他们。"

不料何俊微昂着头，冷冷地说："他们敢来，咱们就应酬应酬！"

卢小羊有些惊异，疑惑地问："你不是刚才还埋怨我惹事么？"

何俊说："刚才是刚才，现在是现在！"

卢小羊猛一拍手，说："这话才有些豪气，好！"

何俊一笑，说："咱们赶快找赵克勤去。"

当他们来到教室时，里面安安静静的，正有十几个学生在自习。何俊他们三人进来，也没多少人注意。

三人来到赵克勤旁边，小声地叫他出去，赵克勤也不多问，轻轻起身准备要走。

突然教室的大门猛地被推开，广场上的高个子出现在门口，接着有十几个人鱼贯而行，进了教室。领头的一个眉头低压，一脸凶气。高个子对他点头哈腰，指着卢小羊："光哥，就是这疯丫头！"那被叫作光哥的看看卢小羊，神情有些怀疑，走到卢小羊面前说："伤了我们的兄弟，本来是不能轻饶的，否则让兄弟们怎么跟我混？但看你是个女的，给我兄弟赔礼道歉，老老实实让他打十个耳光就了事。"扭头向高个子说："这样可以吧？"表情严肃，盛气凌人。高个子也诺诺应了。

卢小羊本来站起来了，又一屁股坐下来，眼睛扫视闯进教室的这些人。

赵克勤看出来卢小羊怒气值飙升了，赶忙一只手在卢小羊肩头拍了两下，又满脸堆欢地向光哥他们说："大哥，大哥，您别生气。我们可能有点误会，您看他就这么瘦一个学生，哪儿能伤得了您各位呢？"

光哥头一甩，想把额头前耷拉下来的头发甩上去，但没有成功。

他听了赵克勤的话，仿佛也有些怀疑，但又不信自己的手下会嫁祸给这女孩子，而且说出去的话也不好收回，便又抬头语气强硬地说："不会错的，不要拖延，我们打完就走。"说着，又把下嘴唇翘起，不时地朝上吹气，想把那一缕刘海儿吹上去，但那一缕头发一跳一跳的，又顽强地耷拉了下来，在眼睛附近扫来扫去的。

吴顶看见这些混混们进来，还起了争执，心里着实厌恶，心想，这个学校什么都好，就是校园太开放，管得不严，放这些东西进来。

其他同学看见这么多来势汹汹的恶人，不禁有些紧张，有的收拾东西就要离开教室。但是被这一帮人挡住门，恶狠狠的说："不能出去，怎么？想叫保安吗？"

赵克勤大声说："同学们，不要紧，我们会解决好这事的，不要麻烦学校老师和保安。"其实也是让光哥他们注意，老师和保安是有可能来的。

这时光哥身后一个穿黑夹克的，身材矮胖的家伙叫道："妈的！先揪出来暴打一顿再说！这么多年还没哪个敢惹咱的！"说着，一只手猛地向卢小羊抓来。光哥余光瞟了矮胖子一眼，还没来得及表态，那矮胖子就呲牙咧嘴的"啊！啊！"乱叫起来，左手捂着右边肘关节。

吴顶都没看清发生了什么，卢小羊还是阴沉沉地坐着，好像根本没有动过一个手指头，但这矮胖子怎么就中招了呢？这一来，光哥带的十几个人都叫骂开来。

光哥的脸阴了下来，克制地咬着牙说："这又怎么说？！"

卢小羊说："他先来的，不能怪我。"光哥还没开口，身后的人就怪叫起来："不能轻饶了她！""老子灭了她！"等等。

赵克勤跳到前面，站到气势汹汹的众人面前，举着双臂说："各位，各位，教室毕竟不是说话的地方，我们出门慢慢谈？"

话音未落，教室的门"哗"地又开了，众人不由向门看去。这回进来五个人，最前面是一个和何俊他们年纪差不多的姑娘，她穿一件黑衣，外扎一条宽腰带，还披着一件可以套头的长袍。她身后四人三男一女，有高有矮。三个男人中有一个年纪较老，一个身材十分健壮。这一下本来不大的教室更嘈乱了。为首的少女回头望望那个老者，老者对她点点头。她又扭回头来，扫视教室中乱七八糟的众人，斜挑柳眉说道："何俊有在这里吗？"带广东口音，但普通话算说得很好了。

何俊和卢小羊还有吴顶不禁吃了一惊，交换了一下眼神。看何俊的表情，分明是不认识这些人，又见对方一身煞气，来者非善，而且还这样的直截了当，不禁想到死者柯代说的话。

卢小羊眼珠一转，马上叫道："我在这儿，你们来啦！"

为首的少女也不细看他，大声对卢小羊说："我们有事找你，请你出来下！"神色颇有气度。

这时光哥走了几步，对新来的五人说："我们和她还有些过节没有了结，请你们行个方便，让我们先和她把事办完。"以他这一地皮上的老大的身份，这样说话已很客气。

那少女说："你们人那么多，打坏她怎么办？不行！"斩钉截铁地把话打住了。

离她比较近的一个光哥的手下，留着长头发，贼眉鼠眼地坏笑道："小姑娘，我们光哥给你们面子，可别不识好歹！否则后果很严重啊！"

她依旧不让道："我们一定要带这人走，谁也别想阻碍！"

何俊、吴顶他们越发摸不透这些人的来头。这个女孩儿表情坚定，说话戆直，仿佛有恃无恐。

长头发怒道："妈的！给脸不要，非给点厉害不可！"其他同伴也摩拳擦掌。那女孩扬起下巴说："你嘴里干净些！"长头发心想，自己从小凭着砍人冲在前才混到现在这光景，对一个小姑娘可不能怯了，提高嗓门叫道："他妈的……"

话没说完，只见那少女双眉一蹙，从腰间一抽，展开一个晃来晃去的，两指宽一米多长的东西，黑糊糊的像钢卷尺。

长头发一愣，转而笑道："哈哈，你怎么把腰带抽出来啦？腰有这么粗吗？"

咻咻咻的声音不绝，那"卷尺"微光闪耀，像毒蛇似的，昂首而起，一下子缠上了长头发的左臂，那女孩顺势使劲一扯，长头发左臂上从里到外的袖子全都撕烂掉了下来，而胳膊丝毫未伤。

吴顶看得舌挢不下，这样花哨的软剑术，就像看武打电视剧一样。要不是看长头发也吓得呆了，都要以为他是个托儿，在配合着表演节目呢。

那女孩刷的一下把剑收了，嘴角微翘，冷冷又吟吟地看着众人。

光哥脸色铁青，想这小姑娘故意不伤着人，仿佛是不愿多生事端，但其实是既炫耀了剑法，又给了己方一个大难堪。他今天一会儿工夫，手下就接连吃亏，不禁怒火中烧，咬牙道："看来各位是一定要和我抢食了！"他毕竟阅历也不少，看得出打头的少女功底不深，而她身后的人应该更厉害。

赵克勤又伸着两手说："各位，我这个同学也跑不了，要不我们还是到外面说话，这里毕竟空间小，我们出去商量，大家莫伤了和气。"

吴顶听了，心想，空间大了，他们动手更方便，更要伤了"和气"呢。他也知道赵克勤的用意，一是让这些家伙不要在学校乱搞，二是让他们两伙人先闹起来，注意力就不放在己方上面了，三是外面空旷，也好浑水摸鱼。

光哥正想洗刷耻辱，在屋里不便动手，也有此意，就说："好，出去出去。"

使软剑的少女和身后的老者交换一下眼神，也"嗯"地同意。

就这样，两路人裹挟着卢小羊等人，一起出了教室，往楼外走。卢小羊一副满不在乎的样子，大大咧咧地只顾自己走。光哥则更在意敢和他叫板的外地人。而那女孩他们五个却怕卢小羊跑了似的，一直围在卢小羊，何俊，吴顶和赵克勤身边。

吴顶心中郁闷，心想：何俊还说跟着她安全些，结果刚过了一小会儿，就剑拔弩张，搞成现在这样，早知道如此，还是不该和不明不白的人扯上关系。但转念又一想：虽然何俊自称是黑社会的，但和自己也有两个月的交情了，是同学也算是朋友，朋友有了麻烦，自己不帮忙，反而夹着尾巴逃离，有些不仗义。唉，心里乱糟糟的，硬着头皮跟着，走一步算一步吧。

燕子湖中学并没有封闭的区域，而是全开放的，与燕子湖公园毗连。现在小雪已经停了，月亮在云间时隐时现。一行人来到燕子湖畔僻静的空地上。这里有几棵风景树，地面上一层薄薄的积雪散射着几盏路灯的微光。

光哥搞不清这伙人的来路，谨慎起见，等众人围拢过来，问道："你们是干什么的？说清楚了，大家别伤了好朋友。"

那少女说："你别管是干什么的，我们要带此人去，有事问她，不管怎样都要带她走。"

光哥狠狠地把额头前的头发捋了一把，心中出火：当真以为我怕你们吗？一点儿面子都不给，找死啊。

光哥说："你们这么横，我们也很难办……"

刚要说些威胁的话，那少女同伴中三十多岁样子的壮汉猛得蹿出，众人眼一花，只听两声大叫，光哥手下的两个人已经躺在地上呻吟，壮汉已经又回到原来的位置。

光哥又惊又怒，咬牙叫道："来我们地盘撒野，那不客气啦！"向手下一招手，"大家一块儿上！""上！上！"那些人高叫着，抄出家伙，慢慢向前走。

光哥手里握着一支细铁棒似的东西，那少女见了，软剑一抖，侧身而上。光哥也握棒迎战。少女的同伴气定神闲的，也不去帮忙，光哥的手下见他亲自动手，也都不想夺了他的风头，就这样两人居然像模像样地比起剑来。

吴顶心里一直别别扭扭的，但见那少女身形灵动，剑光横流，舞动得很是好看，也很感兴趣。扭头看看何俊，她好像没有怎么欣赏这表演。再看光哥，他持棒直砍，直上直下，虽没什么招式，但砍势凶猛，动作也快，原来光哥的棒上一侧有尖利的棱，是一把特制的武器。

忽的光哥眼前剑光闪过，额前一凉，他吃了一惊，忙伸手摸了摸前额，还好不疼不痒，心中稍安，却见那少女嘴角略翘，似笑非笑的，表情古怪。他这才意识到一直在眼前撩来撩去的刘海儿被削掉了，自己虽然看不见变成了什么模样，但从对方费力憋住不笑的神情看来，估计好看不了。本来想抽空好好修剪一下，搞得玉树临风一些的，这一下心理落差之大无以言表，不由得怒火中烧，大开大合地挥舞着棒子，攻了过来。

眼见少女势危，突然光哥眼前一花，细棒被什么东西"当"的撞开了，他退后几步，手上发麻，定睛想看看什么东西撞在棒上。

五个人中那个二十多岁的姑娘走出几步，挡在少女前面说："让我去吧！"

那老者道："既然动手了，就速战速决。"

少女不高兴地裂着嘴说："我还没输呢。"

二十多岁的姑娘笑着摸着那少女的头说："小瞳，你歇歇先，我打发他们！"然后又向前走了一步，同伴四人随之向后退了退。

光哥一伙离着还有八九米远，那姑娘弓着身，右手向前送出，一个泛着光的圆盘似的东西飘了出去，直取光哥。光哥见飞得不快，举棒一挡，没想到撞得他险些把持不住。那"圆盘"斜飞到燕子湖的水面上像打水漂一样划了个圆弧才沉入水中。

马上，又一个"圆盘"飞来，光哥紧握铁棒，但那"圆盘"一下飘高，光哥怪叫一声，狼狈地躲过。谁料那姑娘双手连连送出，"圆盘"接二连三地飞出，忽高忽低，光哥一伙乱作一团。有些"圆盘"又绕了回来，像啄食的鸟被那姑娘轻松接住。光哥他们可不轻松，全都顾头顾不了尾，被"圆盘"打中或划伤。

吴顶看着这满天白光闪动，飞刀乱舞，简直赏心悦目，由衷地发自内心赞叹，暗暗地"哦"地长出一口气。

赵克勤哼哼两声，低声对卢小羊说："欢迎回到冷兵器时代！"接着放大声音叫道："哇！好厉害！那是'飞去来'吗？"

那叫小瞳的女孩瞥了他一眼说："才没有那么俗的名字！"

赵克勤小声向卢小羊说："这些人手段不少啊，有点难对付。"

卢小羊说："不过他们不像我们的同行，倒像是要杂要的。"

赵克勤说："不要轻敌！我们打不过他们的。"停了一停有说："但他们都不下重手，这飞出去的刀怎么就不往要害上招呼，估计是不想把事闹开了吧。"

卢小羊说："先说说我们怎么办。"

赵克勤说："他们是冲你来的，你是何俊，你打算怎么办？"

卢小羊说："那我就跑，把他们引开。"

"跑不过呢？"

"到了大马路上，我站在警察面前，看他们把我怎么样。"

赵克勤撇撇嘴说："不好不好，未必跑得了。"

这时，小瞳冲他们喊："你们嘀咕什么呢？怎么我没告诉你们这东西的名字，你们也不再问了呀？"原来她一直等着赵克勤问圆形飞刀的名字。

赵克勤一笑，问道："那它叫什么名字呐？"

小瞳笑着讲："我叫它鸠鸠，你们听它的声音，像不像鸟儿叫？"

赵克勤忙点头说："像，好听。"

卢小羊在他耳边说："这丫头不太坏的样子。"

赵克勤说："嗯，我们在她身上打打注意。"

卢小羊说："呵，你比她坏多了。"

此时，光哥他们十几个人都爬在地上不敢起身，飞刀群完全笼罩了他们上空。后来见那姑娘收了刀，光哥爬起来，话也不说，恨恨地带着人走了。

那老者提高声音道："那小姑娘，该跟我们走了吧！"

赵克勤一脸诧异，说："啊？不不，怎么能说跟你们走就跟你们走呢？"

卢小羊也问道："你们是什么人？找我干什么？"

那壮汉喝道："少罗嗦，抓上走算了！"

吴顶一直没说话，现在忍不了，走到中间，对着那伙人一本正经地说："你们要问什么话，就在这儿问吧！问完我们要走了。否则再纠缠的话，我们要报警了！"想想自己可怜的手机已是身首异处，想报警一下子还报不了，只能先吓吓对方了。

小瞳道："报警？有出息得很。"

吴顶莫名其妙，这是什么逻辑，报警和出息有啥关系。

赵克勤说道："你可别小看了我们这个同学，你拿着刀子也不一定打得过他。"

小瞳眼睛一亮，说："哦？是吗？不信欸！"默默地已经把软剑又抽出来，拿在手里了。

吴顶想了半天，才明白赵克勤是说自己。

小瞳却已经摆好架势，跃跃欲试地朝吴顶走来。

吴顶这一夜来遇到了这么多与自己十八年生活经验毫不相干的事，脑子里还没理出个头绪。现在突然有一个女孩耍着明晃晃的刀子朝自己而来，真像天方夜潭一样，视觉和听觉都恍惚了似的，仿佛听到她说："当心啦！"

　　眼瞅着刀子朝自己接近，吴顶本能地两手挡在身前，踉踉跄跄往后想躲。

　　赵克勤向卢小羊一望，卢小羊闪身而上，避开锋芒，直接一拳朝小瞳脸上打去。小瞳一骇，不由自主地用剑去挡，头也赶紧躲。卢小羊立马变招，拳变掌迅速下压，胳膊贴着剑面而下，手直抓对方手腕。小瞳的手腕立时被抓牢，又被用力一扭，剑被夺去，手被拧到背后。

　　小瞳初遭大败，疼得鼻子一酸，泪水险些夺眶而出，但咬牙忍住。然后提腿向身后踢，不但没踢中卢小羊，反而招来胳膊又一阵剧痛，前臂上的两根骨头仿佛拧了麻花。赵克勤怪叫一声："好一招倒拧狗腿啊！"然后向小瞳道："嗨，小瞳！这倒拧狗腿名字可不俗吧！"

　　小瞳受了这样的屈辱，尽管疼得面部扭曲，还是咬牙切齿的，在心里把赵克勤和卢小羊咒骂了个十足十。

　　卢小羊另一只手握着小瞳的软剑，把刀面贴在小瞳脸颊上。小瞳觉得脸上一凉，斜目隐约见到刀子，心里有点打鼓，只听赵克勤说："你们是什么人，想必不会告诉我们。我们打不赢你们，但今天闹成这个样子，你们让我们走吧。我们走远了，确定你们没跟着的话，就放这个小姑娘走。"

　　小瞳心想：小姑娘你个头，我是你祖奶奶，以后一定要抓住你，撕烂嘴，打断腿，割耳朵，剁指头，让你尝尝滋味。

　　对方老者见一瞬间变成这样，吃了一惊，觉得有点小看这几个年轻人了，说到："啧啧，厉害。但是有刀就能吓住人啦？敢下手么？"

　　赵克勤也貌似憨厚地呵呵一笑，转而说："你看我们敢不敢下手。"威胁之意直截了当。

老者哼了两声，说："咱们好好的，你怎么就动刀了？你真杀了人，还不是自己吃苦头？"

赵克勤听他语气缓和，就说："你让我们走就行了，保证不动她一下……"正说着见老者好像给那个使"圆盘"的姑娘使了个眼色，那个女人手一抖。

突然，在月光的照射下，卢小羊看见，一个光影划了个弧线飞向自己，迅捷无比，眨眼已到身前。他不及多想，伸手拿软剑一格，只觉手一震，软剑脱手飞出。第一个盘型飞刀刚至，第二个接着已到，这一个取直线，直奔他另一只手。他赶紧把手一缩，才躲了过去，但也放开了小瞳。

卢小羊抢上抓过软剑，对方的飞刀又是几只，有高有低，有快有慢，从不同方向射来。小瞳趁着机会马上往回跑，突然脚下一绊，摔倒在地。原来是赵克勤在脚下勾倒了她。赵克勤跳过去按住她，不让她起来。何俊反手在背包里一摸，拿出一副手铐，说："接着！"就扔给赵克勤。赵克勤只拿余光一扫，并没有回头，就一把接住，把小瞳一只手铐住了，让她动弹不了。

老者对同伴们低声说："我们耽搁太久了，阿剑放刀逼住他们，阿威，阿彪，我们一起上，把他们都抓住，快！"

卢小羊严阵以待，突然，四五只"圆盘"飘忽而来，反射着月光和雪影，发出轻微的"啾啾"之声，让人一下子紧张起来。

一阵叮叮当当响过，卢小羊一个人左格右挡勉强挡开了这华丽又凌厉的攻击。

吴顶见刚刚自己还是观众，欣赏在飞刀阵中挣扎的光哥等人，现在已经被迫亲自置身其中了。到这地步，也顾不得害怕，只是不停地转身，防着被伤到。

转眼第二波又是四五只已到面前。对方发得好快，只几秒钟时间，连珠箭一般飞来过来，而且方向高低各不相同，让人防不胜防。

霎时间，无数白色的光弧倏进倏退，分合聚散，令人炫目。

卢小羊一个人抵挡飞刀一下子变得手忙脚乱，左支右绌，如果只是自保，没有任何压力，再多一些来也不怕，但要替何俊、吴顶他们三人把从各个方向飞向他们的飞刀挡开，就十分勉强了。眼看对方其他人要再冲上来的话，就只能束手就擒。

三、语文老师

就在这时，吴顶，卢小羊和何俊感觉被一股大力压得不由得倒退，赶快摆了个弓箭步才站稳。三人定睛看时，只见一个身形中等、略微驼背的人挡在面前，背对着他们。

何俊叫了声："沈老师！"

吴顶也认出来了，这人正是自己的班主任，语文老师沈老师。沈老师什么时候来的，自己完全不知道，仿佛是从地里钻出来的。接着转念一想，在刚才那飞刀丛中，沈老师贸然冲进来，为保护我们挡在前面，岂不是很可能受伤了？

吴顶想到这儿，有点感动，但更多的是担心。正要问：沈老师，您没事吧？话还没出口，只见沈老师两手一举，各捏着什么明晃晃的东西。

飞刀！那不正是刚才漫天飞舞的圆盘飞刀么？

沈老师随意一甩，几只飞刀间隔均匀地插在土中，每只都入土一半，虽然没阿剑掷出时那么优雅，但准头极精，力量到位，大家都看得出来的。

吴顶等人看得都发愣了，沈老师脸上却没露出什么表情，好像平常在学校走廊里碰到时一样。那老者和他的同伴，也都结结实实地吃了一惊。

那老者他们刚才趁着飞刀的攻势，正准备冲上去，把对方一下都擒住，没想到就像突然撞到墙上，被人挡了回来。那叫阿剑的姑娘看得清楚，一个人影瞬间闪入圈子，把自己的飞刀轻描淡写地一一接住了。虽然不如自己接得圆润，但手法相当之快，好几只飞刀就两手一划，都操到手中。

老者心中嘀咕，这人怎么过来的，怎么我一点不知道？人出现在面前才发觉，是一时疏忽大意了么？

就在大家各想心事的时候，沈老师先开口了，面向老者道："如果我没认错的话，您就是段万刚，段……"好像要找一个合适的称谓，停顿了一下，"嗯，段老板？"

老者更是吃惊："朋友，你是哪一位？我一时想不起来了？"

沈老师说："你没见过我，咱们不认识。我嘛，只是一个教书的，是这些孩子的老师。"

段万刚脸露疑色，但并没开口，等他接下来说什么。

沈老师继续道："我听说有人到学校里，和我们班上的同学发生了争执，就赶紧跑来了。好在家不远。"说着扭头看看身后的何俊等人，又扭回来说，"我的几个学生是不是有对不起段先生的地方，让您大老远地跑来教训他们？"

段万刚哼了一声，说："教训可不敢，我们只想找这位叫何俊的同学，单独问一件事情。"

卢小羊叫道："你找我有什么事，现在就说了吧。"他怕沈老师不知道自己假称何俊，一下子说露馅了。

哪知段万刚笑了一声，说道："你是不是叫何俊我不知道，但我们找的何俊，是那一位。"说着用手一指何俊，说："刚才那帮混混胡搅蛮缠，当着他们的面，也不用说那么清楚。"

何俊、赵克勤等均想，原来着老头早就知道谁是真何俊，只是一直不说而已。实在太小看对方了，人家哪有那么马马虎虎的。

原来老者段万刚一行，为找何俊，直奔学校而来。就算何俊不在学校了，至少也要问出她家的地址。没想到运气也好也不好，何俊正好在教室里，然而还有一帮不良少年挤在教室里。虽然自己要找的和光哥要找的不是一个人，但在教室里乱哄哄地闹了起来，只怕警察都要惊动了。看何俊和卢小羊是一起的，索性放到室外来，麻烦就小多了，只要何俊在视线之内就行。

沈老师说："何俊是我们班上最沉稳懂事的女孩子，您兴师动众地找她有什么事？"

段万刚哈哈一笑："这位老师，您的乖学生们把我们会长的女儿打倒在地，铐住了，现在还当人质押着呢。"

这时候赵克勤已经抓着小瞳站起来了，站在众人之后。

沈老师大声叫道："哎呀，还有这事？啊，这就是陈会长的千金吗？"说着，又转身向后，仿佛刚刚看到，要仔细看看是什么情况。看到小瞳和赵克勤的手铐在一起，口中不住"哎呀"连声，"哎呀，你们这些孩子在搞什么啊？"又道："班长，你也跟着起哄，快打开这东西。"

赵克勤见沈老师自突然出现一来，一直说话不急不火，好像眼前的一切就像学生们在上体育课一样正常。然而，刚刚听了对方的略一讥讽，立马声音提高，说话像演戏一样，心中觉得好笑，把手一摊，说："这个我可打不开了。"

沈老师问："为什么？"

赵克勤说："我没钥匙啊。"

沈老师又问："钥匙在谁哪儿？"

何俊抢着说："钥匙弄丢了。"说着凑上沈老师耳边，一阵耳语。

沈老师手一摆，好像并不赞同，又对着段万刚等人说："段先生啊，这铐子一时半会儿也打不开，天也不早了，要不就让我这几个没事的学生先回家，我陪着各位，咱们找个地方把这东西弄开就算了。"听起来好像这么多人聚在一起，只是在纠结如何把手铐弄开似的。

段万刚身旁壮汉咬牙切齿地忍耐了半天，再也按耐不住，身子一晃，又快又猛地窜到沈老师跟前，沈老师好像还来不及反应，对方的左手已搭上沈老师肩膀，居高临下，两只眼睛目露凶光，凑了过来，盯着沈老师，狠巴巴地说："死老头，你挺有趣嘛，面子是不是很大啊！？我就问你们一句，打开还是不打开？"

这人来得太快，沈老师站得又靠前，卢小羊他们都来不及冲上，沈老师已落入他人挟制之中，这一下，对方也有了人质，卢小羊等下意识把刀子又提了起来。

沈老师面有难色，说："钥匙丢了，一下子打不开了。要不我们一起想想办……"

壮汉不等他说完，一边点点头，一边把头转向旁边，嘴里说："好！"突然，猛地一拳打向沈老师胸腹之处。

大家都不禁"啊"的一声喊了出来。以吴顶看，沈老师身材中等偏瘦，背还微驼，对方拳势凌厉，沈老师要中了这一拳，肋骨也要断好几根，只怕重伤不治的可能性也有，顿时惊得头皮发紧。

哪知那壮汉却像被发射了出去似的，侧身"噗"地向沈老师的斜后方滑出三四米，重重地摔在地上。

两方的人都愣了，转眼都看沈老师，但沈老师表情依旧，似乎还有点茫然，也像不明所以似的。

那壮汉在地上躺着呼哧呼哧喘气，左手想撑地起来，但好像很吃力的样子，右臂耷拉在一边。

段万刚叫道："阿威，怎么啦？"阿剑跑上两步去扶住他，吃力地帮他站起来，慢慢走回段万刚身边。

段万刚见他咬着牙，显然在忍着疼痛，伸手在阿威右臂上摸了一阵，小声说："胳膊没断，膀子脱了。一会儿找个推拿大夫给接上，不碍大事的。"但心里嘀咕，这自称老师的家伙不过四十多五十不到的样子，身体单薄，刚才是怎么把阿威的手弄脱的？

沈老师这时不紧不慢地说："他的肩膀脱臼了，不马上装上，只怕会落下些毛病啊。我来帮他接回去吧。"

段万刚还没说话，阿剑叫道："不用你管，不用你管！"

沈老师呵呵一声，说："怎么，你又要飞飞盘玩？还剩下几个啊？"阿剑秀眉一蹙，就又要扬手飞刀。段万刚身后另一个人也伸手入怀，要掏出什么东西似的。段万刚手一摆，示意他们不要动。

沈老师便慢慢往对面走，吴顶他们也不知要不要拦住他。段万刚五官皱在一起，明显是搞不清沈老师是在故弄玄虚还是大智若愚，要再观察观察。

沈老师一边慢慢踱过去，一边对着阿剑说："你这飞来飞去的东西，叫什么名堂。"阿剑不好意思按小瞳的叫法，说出"鸠鸠"这小女孩起的名字，一时不知怎么接口。

沈老师又说："我见过一个类似的东西，还给它起了名字，叫'惊鸿'，虽然和你这玩意儿有些相像，但威力可要……哼哼……"语气中有些嘲弄，揶揄，不屑的意味。

他接着又说："你们琢磨出这么个东西，也算不容易，上下左右，飞来窜去的，而且还带着一大把，原版的可是只带一两只够了呦。"言下之意是你这是盗版的，"但是数量多了，不见得效果就好，好看是好看了，但终究不是马戏团的杂耍嘛！"

阿剑越听越怒，手已经扬了起来，但段万刚却面带惊色，直勾勾地盯着沈老师说："这些事情，你怎么知道？莫非你认识那会使……'惊鸿'的人？"

"段先生，我知道你是说谁，我也确实认识，交情也不浅。"沈老师一边向对方走，一边说。

段万刚向前几步，站在沈老师的去路上，说："那位高人，我们别说想见一见，连人家姓甚名谁，在哪里高就，一点线索也没有，这位老师，您如果知道的话，能不能引见一下。"说话客气了很多。

"我认识是认识，不过已经很久没见过面了，今天看见你们这件东西，心中有些怀念，唉！"沈老师说着长叹了一口气，有些无奈和凄凉之意。

段万刚道："我们也托朋友，打听到一些那个人的消息，不知是真是假。如果您是那一位的朋友，莫非也是……"

下一个字没吐出来，便被沈老师大声地打断了："哎！有些事你们心里明白就好，不要走错了路，办错了事就行。剩下的不要深想，也不要乱讲。"语气生硬起来。顿了一顿，转而又柔和了下来，说："段老板，该让让路，让我给你们的人接膀子了吧。"

段万刚青了脸，说："这就不劳大驾了。您随随便便把人肩膀卸脱了，现在又说要接，这位老师，卖人情也不是这么个卖法。"

沈老师笑了笑说："段老板，您误会了，我没敢卸人肩膀，现在也不是卖人情，就是想帮个忙。"

段万刚道："肩膀我们自己想办法。我们时间拖不起，要马上带着这叫何俊的女孩去，有话要问，不能在跟你们罗嗦了！"

沈老师也阴下脸来："你们已经拖得太久了，想轻易就走，只怕也不那么容易，哼哼。"

段万刚说："我不知道阁下是什么真老师还是假老师，就算你是道上的硬角色，想给我们来硬的，我们也一概奉陪！"

沈老师哈哈一笑说："不是我不让你们走，是另有其人。你们真的耽误得太久，要走可难喽。"

段万刚咬牙道："你说的是谁？"

沈老师伸出一根手指，示意大家安静，说："你听！"

大家都满脸狐疑，静声倾听，隐隐听见确实好像有乱糟糟说话的声音，而且越来越近。段万刚越发的脸色铁青。

也不长时间，声音越来越大，只见许多人从不远处围拢上来，足有三四十个，手上提着片刀、木棍、铁管等各式武器，有的嘴里说："在哪儿？在哪里？"有的说："还没跑，就是他们！"有的说："围上，全围上！"说话间密密匝匝地围了过来。

人群中走出一个人，正是光哥，他身上还缠了绷带，表情又凶又横，说："一个也别放走！"一边说，一边吊儿郎当地晃悠到吴顶和段万刚他们两伙人之间的空档处，也不看人，冲着旁边叫道："操他大爷的，敢到本地撒野，今天谁他妈的也好走不了！"

吴顶看这架势，要出大乱子，自己跟着何俊本来说是避祸，结果无端卷进各种事端之中，今天都不知道还能不能竖着离开呢。

赵克勤暗暗发愁，段万刚也眉头皱到一起。沈老师一直保持着刚才的姿势，背对着光哥。听光哥叫骂了几句，这才缓缓地转过身来。

光哥得意洋洋地正在叫嚷，扫了一眼沈老师，突然脸色大变，退了一步，说："沈，沈，沈老师，您怎么也在？我，我，我不知道您也来了……您还好吧？"

沈老师狠狠地白了他一眼，并没说话。

嚣张凶恶的光哥，突然像没交作业的小学生一样，垂手而立站在沈老师面前，局促不安，沈老师则严厉地用目光打量着他。这情景让吴顶又吃惊又好笑，但最不知所以的恐怕要数光哥带来的人了。

那一大群人，嘈嘈杂杂地议论着，想搞清眼前到底发生了什么。

沈老师沉默一阵，终于开口了："杨光啊，你现在可出息了，真厉害哈。这么多人，吵吵得我都头昏了，快让他们离远点。"

光哥原来叫杨光，他一听沈老师的话，扭身对着自己带来的人喊道："都给我闪远点，那边站着，别吵吵！"一群人还错愕间，你看看我，我看看你。杨光火起来了，大吼："都给老子滚远些，聋了啊！还他妈说话，都闭嘴！"几个刚交头接耳的家伙，立马都闭嘴了。一大群人呼哧呼哧地移动到五十来步开外的地方，站着往这边观望。

沈老师好像满意了，说："这就清净多了嘛！"

光哥又收起刚才呵斥手下的气势，站在一边，嗫嚅着不知说什么好。

只听沈老师说："唉，段老板，好汉敌不过人多，您各位虽然厉害，但他们人太多，现在只怕也不好走了。唉！"连连叹气，好像十分替段万刚他们惋惜。

光哥抬起头来，说："沈老师，他们都是您的朋友啊，我不知道……"话还没说完，就被沈老师一挥手给打断了，"没！我可不能有这么来头大的朋友，你别给我脸上贴金了。你想干嘛就干嘛吧！"

沈老师转头继续向段万刚等说："段先生，您可知这位光哥是什么人？"

段万刚哼了一声，说："我看他不过是个不入流的小杂碎。"

沈老师呵的一笑，道："段先生不知道也难怪，他确实也不是什么大人物，但他的老板……"顿了一下，又道："想必您听说过。"

段万刚不耐烦地道："他老板是谁？"

沈老师摇头晃脑地说："在这地界，道上有几个人物，都是雄霸一方的，有人编了个对联就是说他们的，提醒到这儿，段先生想起来了吧？"

段万刚感觉就像被人耍弄，一时也不想那么多，叫道："什么对联？我不知道！"

沈老师又"唉"地叹了口气，说："杨光，你来说说。"

杨光说："好。"接着提起声音说："那对联是：'一翁二拐三脚虎，四眼麻子刀疤五'。横批是'佛祖在上'。"

沈老师嗤笑一声说："这算什么对联嘛，根本对不上嘛。"

段万刚一听，心中暗想自己糊涂，一时气冲头脑，这对联怎么能不知道？这对联中提到的六人都是北方道上的人物，各个势力强大，各有各的地盘，都是在多年黑吃黑的混战中拼杀出来的，互相都已吃不掉对方，也就定量规矩，都各自约束手下，不到对方的势力范围内生事。他们自己早已脱离了底层的街头械斗、看场子、劈人这些勾当，跻身上流社会，但暗中还是黑帮势力的底子。这六人中，好像又以"佛祖"为声望最尊，其他五人都经常孝敬他，听他吩咐。

段万刚心想，我们和这些当地势力也没打过交道，没交情也没结仇，就说："这些人物倒也听说过，但那又怎样？"

沈老师道："这位光哥就在那'一翁'手下办事，你看今天弄成这个样子，您段老板自然不怕，但毕竟您英雄双拳要敌四手，那费事得很，不如好汉不争眼前，您几位今天就先算了，免得伤了你们双方洪门一脉的情分。日后段老板与他们翁总也好相见，生意照做，财源滚滚。"

段万刚心中满是不以为然，心想：花港、台洲打着洪门旗号的帮会，层出不穷，也就算了，这内地新近出现的混混们也跟我们扯什么洪门一脉。哼！不过这家伙怎么把我们的底细都知道了？我们可是尽力不露行踪的啊。那这姓杨的小子，啊！那"一翁"是不是也知道了？想到此，心中不禁有些忐忑。

只听沈老师接着说："这位光哥也卖我个面子，和段老板握手言和，怎么样？"

杨光狠狠瞪了段万刚他们一眼，马上又转为恭顺，对沈老师说："您说了算。"

沈老师说："好，但是段老板，要是您还为难我的学生，那杨光他们我也约束不住了。"

沈老师这番话，前半段好像着力替段万刚等着想，为段万刚等入情入理的分析，还保证杨光等不会为难，但到结尾，话锋一转，威胁之意毫不隐晦。

段万刚心想：不知这家伙什么来头，而且好像还是个硬手，对方人又多，今天不卖他一个面子，也得卖他认识的那个高人一个面子。

想罢，满脸堆笑说道："我们哪有为难这几位小同学啦，今天天也不早了，你们也该回家了吧，那就改天在找你们问话吧！"又向杨光道："请这位兄弟，向翁总转达，我段万刚代我们陈会长向他问好，改日一定拜访。"

沈老师满脸是笑，说："差点忘了，得赶紧给这位老兄接上肩膀，呵呵。"说着走近那个叫阿威的。段万刚也没再说什么。

阿威叫道："不要你……"一边说一边用左手去格挡沈老师伸来的手臂。一句话没说完，沈老师已经抓住他的右手腕，用力就往自己一边扯。阿威那后面半句话转为一声大叫："啊！"身子不由自主地向沈老师侧倾过去。

沈老师顺势举着他的胳膊往回一送，以这一下的劲力加上阿威自己的冲力，只听咔嚓一声，膀子已经接好了，这一系列动作不过只半秒钟的时间，阿威自己也是一疼再吃了一惊，手臂已经能动了，左手扶着右边肩膀，活动了几下，脸色难看，但心中对着个瘦干巴老师颇有些嘀咕，恐怕这家伙真不是好相与的。

段万刚也打个哈哈，说："还有件事要麻烦，我们会长女儿手上的东西就有劳给打开吧。"

沈老师一拍脑门，好像经他提醒才想起这回事，说："抱歉抱歉，那谁，赶紧给弄开！"

何俊，赵克勤等还有些不情愿，沈老师说："没事没事！"

何俊掏出钥匙，打开了手铐，赵克勤对小瞳说："走吧！"

小瞳抚摸着手腕，慢慢走回段万刚身边，回过头来看了赵克勤他们一眼，那眼神分明是充满了恨意，脸上也写满了此仇不报誓不罢休的表情。

沈老师又说："段老板，你们还要在本地再玩几天吧？有什么要帮忙打点的就不要客气，在这儿小杨他们都是随叫随到，你有事就说哈！"

这话说的热情至极，给不知情由的外人听见，肯定以为他们关系特好呢。但段万刚听来却是说，识相的就别再找麻烦。

段万刚也堆欢满脸："唉，哪还敢麻烦你们。"说着蹉蹉了一下，又道："请问，您也是跟翁总办事的吗？"

沈老师说："我哪儿能认识那些大人物啊，我只是个区区老师，语文老师，嘿嘿。"

段万刚哦了一声说："那我们就不打扰了，先走了！"说罢，一行人头也不回地走了。

沈老师还热情地说："慢走啊！"

眼见段万刚他们走没影了，沈老师扭过头来，黑了脸说："杨光，你胆肥啦，我听说你带人到我们学校，我们班的教室里，挺牛的啊？"

光哥额头上汗水渗了出来，结结巴巴地："我，我，不是……"

吴顶听沈老师说出"胆肥"这样的词，很是诧异。

沈老师问："嗯？不是什么？"

光哥偏了头，并不答话。

沈老师说："怎么啦！解释都懒得解释啊？"

光哥突然像下了决心似的，猛地抬起头，说道："是您让我一定要当上这富新区的老大的，是不是？"语气突然急促起来。

沈老师听他语气有异，说："嗯，不错。"

光哥继续急冲冲地说："是您让我还要尽量往上爬，越高越好，是不是？"

沈老师好像知道了什么，点点头，说："对。"

光哥见他认了，好像更激动了，说："但我们这种人，如果小弟载了，当大哥的是要罩的，要扛的！"这话说得声音不大，但气势不减，光哥说完这句话，喘气都粗重了。

沈老师明白了他要说的意思，如果老大罩不住小弟，出了事不担当，尤其在下面人面前，一味软弱，撑不起架子，手下人不服，老大当不稳。

沈老师心想他说得也对，自己没为他着想，逼他太紧，就说："好，我知道了，你有你的难处，我考虑得也不周到。"

光哥见沈老师也认错，自己毕竟不敢真死硬到底，也说："我也不该让他们闯进教室……"正要在说几句承认错误，远处自己带来的那伙人，吵吵声越来越大，扭头一看，他们竟慢慢地靠近了过来，随即住嘴不说，转过身看他们怎么了。

一伙人逐渐走到跟前，光哥喝道："咋啦你们！？谁让你们过来的？"他眼见这些人一个个愤愤不平，不满的神情笼罩个人脸上，心中暗感不妙。

人群中走出一个人，走到光哥两尺之前才停住，说："我们就想来问问光哥，我们不是要教训那些家伙吗，他们怎么走了？"说话时半昂着下巴，斜睨着对方，挑衅的意味很浓。

光哥也狠了起来，直挺挺地瞪着对方，骂道："我操！你以为你跟谁说话呢？就是我放他们走了，你要怎地！？"

那个人突然转过身，哈哈大笑，道："你狠，你凶，吓死我啦。你咋见了这个老头，缩成一团，尿都出来了吧？他是你干爹？"手不停对着沈老师指指点点。

人群里好多人哼哼哈哈地笑了。

光哥脸色黑青，叫道："你他妈的要造反是不是？想当老大？来呀，干掉我，当老大。"

那人道："我可不敢想当老大，只不过你这富新区的老大，今天才威风呢，先是小弟让中学生打了，然后一伙人又被一个女的打得满地找牙，然后又让一个老头吓到发抖，然后就把仇人放了，哈哈，跟着这样的老大，我们当马仔的才风光呢。"

光哥怒目而视，并没说话。

那人又说："富新区那么多店铺，那么灯红酒绿，那么多油水，全都让你得了，现在有了事，你个放软蛋的货，还有脸当老大？我们是丢不起这人，不跟你混了，等事情闹大了，翁总也会废了你的。"

光哥说："王昆，就你那德行，就你闹腾那点点儿事，在翁总那儿，屁都不算一个，顾得上理你？"

王昆刚要说话，沈老师斜睨这王昆，对杨光说："杨光，你手下就是些这货色？张牙舞爪的，太没规矩了吧。"

杨光赶紧说："您别往心里去，我管教他们。"

王昆还没听完，已经发作起来，叫道："操！我先废了你这老头，让你先知道知道规矩！"说着就扑上来要动手。还有好几个人跟着也一起上。

王昆原来也是富新区一个小头目，收罗了几个小流氓、小地痞，在闹市街边干些扒窃、偷包、抢包的勾当，后来这个小团伙毕竟在有"一翁"做后台的杨光的势力范围内，有了些小摩擦后，不敢真的造次，干脆加入了杨光一伙。现在他原来一伙的自然跟着他，一起闹了起来。

杨光赶紧挡在他们和沈老师之间，拦住他们向前，嘴里说："别、别，反了你们了，找死的家伙……"

王昆叫道："操！他真是你干爹啊，这么护着他。"

原来是王昆一伙的，和杨光推推搡搡的，原来就跟着光哥的，也觉得他今天太窝囊，心中也有些不满，一时不知该不该帮他，还愣在原地。

王昆一干人，把杨光挤住，杨光又蹬又踹，一时也挣脱不出来，口中大叫："找死的，你们……"

王昆已经走到沈老师面前，见他瘦弱单薄，骂道："死老头，还真等着挨打，也不跑。"说着一脚蹬了上去。

沈老师好像被踹到了，身子一缩，腰更往下弯了。

吴顶心中哎呀一声，好生后悔，心想自己十八岁的大小伙子，太胆怯了，不出面挡着，让人打老师，太不该了，就算打不过，趁他们乱的时候，也该拉上大家跑了。有想，自己侥幸心理作怪，以为刚才沈老师唬走了段万刚他们，也能摆平这些家伙，但他毕竟只是个高中老师，而且年纪大了。

正惭愧自责间，听王昆叫："你放不放手？！"

原来沈老师把王昆踢来到小腿搂住了，像是情急的本能反应。沈老师也不说话，也不放手，好像真是个受了委屈的小老头。

王昆大骂："我操！还不放手，你妈的……"说着，使劲往回抽腿，连抽了两次，腿就像嵌在一座石山里一样。心中不解，自己腿上的劲，哪能比不过这干巴老头手指头上的力气，又准备再使劲挣脱。

只见沈老师五指一捏，众人耳中听到什么轻微的喀了一声，王昆一声惨叫好像从肺部发出的一样，然后就滚到地上，抱着腿翻滚，头上一颗颗汗珠冒了出来。

沈老师鄙夷地看着地上的王昆，说："老头老头的，叫得人火起，就吃点苦头吧。"

王昆一边打滚，一边还在招呼不知所措的同伴："快，快，废了他。"

有一个站沈老师侧后的，又是一脚急速地向沈老师背后偷袭，沈老师头也不回，搭着他的脚脖子，一举一甩，那人已经飞了起来，后背着地，疼得张大嘴叫不出声来。

这一下没人敢乱动了。

光哥拨开人群出来，说："他妈的，这帮不知死活的东西，你以为我刚才是护着沈老师啊，我是护着你们呢，怕你们今天都残废在这儿，多亏了沈老师手下留情。"

沈老师哼了一声，说："谁说我要留情了。"

其实杨光哪儿有护着手下喽啰们的意思，尤其是跟着王昆闹事的，恨不得一个个狠狠地修理才好。只是怕真得罪了沈老师，自己也有麻烦，现在见闹事的头头在地下滚着，其他人也都愣了，气势已经馁了，就上去先一脚，把离自己最近的一个家伙踢倒在地。这一脚踢得突然，那个人栽倒了，一时爬不起来。杨光又补上一脚，接着向下一个围攻自己的走去，那人已经吓得往后退了，杨光飞起一脚，又踹倒了。

其他参与的都往旁边缩。

杨光喝道："都他们别等老子动手，自己都跪到前面来。"

沈老师也是想帮杨光恢复他的威信，必须拿这帮闹事的开刀，否则才懒得参与到这帮底层混混的争斗当中呢。

杨光办事也不差，一会儿工夫，刚才闹事的八九个人已经都跪在核心，其他人围成个大圈。王昆被两个人架着胳膊，站了起来，一只脚着地，表情依然痛苦难耐，看样子被沈老师捏了一把，小腿只怕是断了。

杨光又在跪着的各人背上踹了一脚，一边破口大骂，但骂来骂去就是那几句脏话，没多少说到点子上的。沈老师越听越不耐烦，说到："杨光，这些虾兵蟹将都是公司的人吗？"

杨光不懂，说："是啊，都入公司了。"

沈老师说："好，那就好，路都是自己选的，怪不得别人了。"

说着走到那些人旁边，说："入公司的时候，应该教过你们的，不听上级号令，以下犯上，该怎么办？嗯？"

地上的一干人，都面如土色，有的已经瑟瑟地抖了起来。

杨光很是诧异，他知道沈老师不是自己这一路人，但现在却以一种公司内部人的口气，而且是比自己更高层的口气说话，显得更熟悉公司事务。公司只是名义，其实只是涉黑帮派给自己贴金，公司制度也不过是帮规而已。

只听沈老师又说："你们不说，我替你们说吧，至少得切去一个指节吧，对不对？切哪个自己挑，够宽容了吧。顺便给你们建议一下，一般人都切左手小指的第一指节，下次再犯错就还接着切这一根下一节，就算切了，平常干啥也不碍事，呵呵。"

这一下跪着的人都战战兢兢地瞅瞅自己的小指，围着的人也吓得大气都不敢喘了。

"还有，"沈老师好像又想起来了，说，"你们刚才说的那个啥歪理，我越听越不顺耳。你个当马仔的，在外面惹事，打架，打输了，就让大哥给你们出气啊？大哥是你们保姆啊？打架打输了还有脸回来说，你咋不找你妈哭去啊，三岁小孩啊？况且还是给个中学生打的，我都替你们脸红啊，太丢人了。要不是他是我认识的，公司的脸往哪儿放？以后谁再跟人打架打输了，就是打死在外面也别回来哭丧，谁再给公司丢脸了，回来求大哥们帮你干这擦屁股的事，先打断两条腿再说。"

这一番话说到人人脸上发烧，心中危惧，低下头，不敢说话。

又过了一会儿，沈老师扭过身去，说："行了，抄家伙吧，干完还回家呢。"

地上跪着的人一听，都又抬起头，惊惧万分，想求饶，又不知道求饶了是不是会处罚更重，一时不知该说什么好。

突然一个瘦小个子的人影窜了起来，一下子跳到王昆身后，众人都还没看清楚，来不及反应呢，就听王昆一声惨叫，惊得架着他的两个人都松了手，王昆又摔倒在地上。

杨光叫道："小刺毛，你干啥！"

沈老师扭过身来，众人目光聚集过去，王昆后腰臀处鲜血直涌。再看那个叫"小刺毛"的小个子，手中拿着一把水果刀，当啷一声扔在地上，又扑通一声跪倒在地，叫道："求您老人家饶了这一回吧。我们都是让王昆逼得，脑子都进屎了，以后一定坚决跟着大哥，让干啥就干啥，为了公司，挨刀子，挨枪子儿，都不怕！"

小刺毛就是刚才跟着王昆闹事的一员，本来跪着的，没想到冷不防地出手伤了王昆。

见他这样，其他跪着的也都赶紧附和，表示自己的忠心。

沈老师本意也仅仅是为杨光立威，现在正好有台阶下，就说："杨光，你的人，你定吧！"

杨光说："就放过他们这次了，以后再有啥不对劲，直接切一根手指！"

沈老师还说："唉，你就是对这些货太仁慈，惯坏他们了。那就赶紧散了吧，闹哄哄半天了，别招来鬼了，不好收拾。那个流血的，找两个人送医院缝缝。哦，对，骨头还断了呢，还得打石膏，哈哈。"

杨光赶紧安排了几句，吩咐一大群人散了。

沈老师叫道："杨光，你跟我走。"

眼看着人都散开走了，杨光来到沈老师跟前。

沈老师对大家说："走吧，我也有点饿了，我们去吃些东西吧。"

杨光和吴顶他们答应一声，就跟着他走去。沈老师领大家进到一个小巷拐角处的沙县小吃店里。几个人坐在一张桌子旁，点了一些小吃。

大家沉寂一会儿，何俊先开口了，说："沈老师，今天多亏了您。我们不知道，您是……"说到这儿，用疑问的眼光望着沈老师。

沈老师嘴里塞着个蒸饺，一边嚼一边说："我和你唐叔叔认识，他常托我照看着些你们。"

何俊一下子轻松了，说："啊，原来您认识唐叔叔啊。"

赵克勤问道："沈老师，您认识那个姓段的啊？他们是什么人啊？"

沈老师又夹起一个蒸饺，说："那个段万刚，可是花港洪义会的二号人物，算是花港挺厉害的角色了。我在好多年以前见过他。"

赵克勤说："那他怎么不记得您了？"

沈老师说："不是不是，我只是远远地见过他，他没看见我。"

"哦，这样啊。"赵克勤说。

"他刚才口口声声说'那位高人'，你们都听见了吧？"

"嗯，那是怎么回事啊？"

"我就是那时候看见的他。那次，他们洪义会中了别人的计，会长陈维忠带着段万刚和十几个人，被对手几十号人在码头上围攻，最后只有陈维忠、段万刚四五个人躲在旧集装箱做的临时小房子里。眼看他们全要死在那儿了，我的一个同事出面，去救了他们。"

"一个人？就把他们救了？"吴顶以为自己听错了。

"是啊。一个人去的，对面几十号人都屁滚尿流地跑了。那时我就在远处看着。"

大家也听明白了，就是一个人上场，另一个人掠阵，沈老师就是掠阵的。估计沈老师去救人，也是一个人就够了。

"哦，所以他们就想找找救命恩人。"赵克勤说。

"对，但我们只是不想看他们被人砍死，也不想施恩于他们，就没让他们知道身份。"

"那沈老师，您当时是干什么的啊？"赵克勤好奇地问。

沈老师顾左右而言他，说："嗯，也没干什么。欸，说起他们了，我还想问呢。今天的事到底是怎么回事啊？"

卢小羊和杨光就把发生了些小矛盾的事大概讲了一下，本来也没什么大事，也就过去了，但是说起段万刚一行人，大家都没有头绪。

赵克勤说："他们口口声声要找何俊，不知道他们有什么目的。"

说到这里，吴顶把柯代告警，离奇死去的事讲了一遍，还特地强调了不仅没有报警，而且还把尸体藏起来了等等他自己觉得完全不合理的处理方式，期待得到沈老师强烈的质疑。

但沈老师的反应平淡，不符合吴顶的预期，只是沉思着说："看来这个人说要找何俊的，就是段万刚他们了，可是他们花港洪义会，跟内地很少有瓜葛啊，这么老远跑来找何俊，真是奇怪。"

何俊也摇摇头，表示完全没有头绪。

大家都默不作声，想不出到底是什么缘由。

吴顶突然想起什么，说道："我听到他们自己人说话，要找什么人，叫罗忠新的，好像要向何俊打听这个人。而且他们说到那个人时很有恶意的感觉。"

沈老师眼睛一亮："你能听懂他们说话？你懂得粤语？"

吴顶说："嗯，我听得懂些。他们先用粤语试探了几句，看我们都没有反应，以为我们都听不懂粤语，自己人之间就毫无顾忌地用粤语说话了。"

沈老师也想起来，段万刚他们是说了几句什么，自己听不懂也没搭理。原来是他们的试探。

沈老师说："我早就听说你会好几门外语，没想到粤语也懂。"

吴顶说："毕竟方言还是要比外语更容易些。"

赵克勤和卢小羊惊愕地看着吴顶，说："好几门外语？那么厉害！"脸上尽是羡慕之色。

吴顶没想到沈老师知道，有点不好意思，他一向低调，从不说自己的这些事。

何俊说："这个同学就是传说中的天才，从小就学会了各种话。"何俊显得和吴顶十分熟络，好像从小就认识似的。

吴顶听了更有些不好意思了。

沈老师接上前面的话题说："你说他们要找个人，要从何俊这儿打听？"

吴顶点点头，说："对，叫罗忠新，发音是这样的。"

沈老师看看何俊，何俊说："我不知道罗忠新是谁啊，他们是不是找错人了。"

这时候，杨光插话了，说："这么说了来，我们翁总最近有几位客人，好像就有一个叫罗忠新的。"

沈老师说："哦，这有点意思了，这个人是干什么的？"

杨光说："这我就不知道了。"

沈老师嗯了一声，说："那你继续打听，小心些，有什么消息再告诉我。"

杨光答应了，起身要走。

沈老师说："最近没去看看你妈妈？"

杨光说："我常去，她每次都不太高兴，不想见我，给她钱、东西也不要，都扔出来了，说是嫌不干净。"

沈老师说："你放心，你好好干，总有一天洗刷污名，我去看看你妈妈，给她接济接济。"

杨光有些激动，说："那谢谢您了。"

又说了一会儿话，杨光说："我明天还要陪翁总，好像是去栖仙山请客。"

沈老师说："哦？去那么远的地方请客啊？"

"对，翁总在那儿收拾出一个度假庄园，第一次用，说是要招待一些花港、台洲来的贵客。"

沈老师说："嗯，好的，那你先回去吧。"

"我就先走了。"杨光说完就走了。

等杨光走了以后，吴顶突然问沈老师道："沈老师，您也是黑社会的么？"

沈老师愣了，说："黑社会？"

卢小羊在旁边嘎地笑了。

何俊笑道："我刚才骗他说我们是黑社会的来着。"

吴顶心中叫道，什么！骗我的？你说的有鼻子有眼的，要是骗我的话，那为什么不让我报警？

沈老师道："他不知道你们是干什么的啊？你带着他干啥啊？"

何俊说："唐叔叔不久前来说最近不太平，我家门口那人又死得蹊跷，我怕吴顶被扯上什么干系，万一放他回去了又遇见什么事。就想带他一块儿回去，到了家里，见了唐叔叔他们，问明白情况的好。"

沈老师也没多说什么，就说："那你也该跟他说实话了，我可不想一直被当做黑社会的。"又对吴顶说："那个段老板他们才是真黑社会呢，还有杨光和他手下那些混混也算吧，要把我们也算上，你今晚只怕把一辈子能见到的黑社会都见了呢，嘿嘿。"

吴顶也笑笑，听说何俊他们不是黑社会，总是松了一口气的感觉。

自己看过一部 J 国电视剧，里面主角就是黑帮老大的女儿，差一点又把何俊想成那样了，呵呵。不过那个叫小瞳的女孩儿恐怕是真的黑帮大小姐。

何俊笑盈盈地说："不好意思，刚才骗你了，我们不是黑社会的，其实我们是……"

吴顶把身子往前倾了倾。

只听何俊故弄玄虚地顿一顿说道："……其实我们是杀手！"说着手在吴顶脖子处虚划一刀。

吴顶张大口，无言以对，不知该不该相信。他现在成了惊弓之鸟，感觉一切皆有可能。

赵克勤拿筷子在何俊头上敲了一下说："你别逗他了。"

"哎呦，"何俊揉揉脑袋，咧嘴笑道，"还是你跟他说吧。"

赵克勤转向吴顶说："吴顶，你先猜猜吧，我们除了是学生，还有什么身份？"

吴顶以前从没意识到过，自己身边的同学还能有什么别的身份。

会是什么呢？从何俊他们的表现，还有刚才一系列事件来看，吴顶觉得自己已经无法跳出思维定式，"黑社会"好像反而是最合理的解释了。

你总不能告诉我是外星人吧？

看着吴顶闪烁不定的表情，赵克勤也不为难他了，告诉他道："说起来可能你不太相信，我们是国家安全机关的特招生。"

"特招生？安全机关？"刚刚是黑社会，现在又来了个安全机关，吴顶感觉心情就像坐过山车一样。

"对，就像军队招地方上的学生当国防生一样，我们这儿也从大学生中挑一些人，早早进行专业培养。只不过像我们这样的高中生能被挑中，就是特招的了。只有有特别之处的人，才会从很小的时候就被看中，明里暗里地培养着。"赵克勤说，"何俊这么优秀的人才就不用说了，卢小羊是武学奇才，你是语言天才，我呢，嘿嘿，只是走后门被选上的。"

吴顶大为惊愕，说："你等等，这和我有什么关系？"

"据我猜测，上面的头头脑脑们应该是看中你了，只是还没跟你明确说，当然只是我的猜测，也可能不对。不过万一我猜对了，你可别拒绝他们啊。"

我肯定要拒绝的。

"你们具体是干什么的？"吴顶问。

"我们现在还只是学员，从几年前就开始定期不定期的去学习些杂七杂八的东西。所以虽说我们是安全机关的人，听起来唬人，其实我们也还没干过什么。"

"那你们这个机关是干什么的？"

"吼吼，感兴趣了是不是？我就说嘛，但凡是男人，没人抵得住探寻神秘组织的诱惑的。"

吴顶只是一直被蒙在鼓里，有些不爽，听到这些，切了一声。

赵克勤反问道："你觉得我们这个机关应该是干什么的？"

吴顶说："那你们是国家安全部门的喽？"

赵克勤说："答对了。我们隶属于其中设立不久的18局。"

"哦。"

"你再猜猜，我们这个18局是干什么的。"

"听你说的，至少是要培训你们这些人的。"

"聪明。不过我们局可是个杂货铺，涉猎挺广，新人培训只是一部分，还整合了些技术开发呀，行动部门之类的。唉，也只能和你说这么多了，等你真入伙了，再告诉你别的。"

吴顶听他这样说，也不多问了。其实今天晚上发生的事情太多，对吴顶来说信息量已经太大了，一时积压在心中，十分不舒服。吴顶也知道，有些人年纪不大就入伍了，所以高中生被特招进情报机关也不难理解。但是那些都是离自己很远的事，而现在何俊他们就是自己身边的人，甚至听说连自己都有可能被挂了号，受到的心理冲击很大。

话说得差不多了，大家起身要走，突然杨光急匆匆地跑回来说："沈老师，您看！"把手机递给沈老师。

沈老师把他递过来的手机接过来一看，一条信息写着："告诉下面各个口上，翁总要下面这个人，大家都去找。"

底下是一张照片，吴顶他们围上来一看，赫然是何俊。

大家面面相觑。

沈老师说："怎么他们也在找何俊啊，这到底是怎么回事啊？"

吴顶想不通，既然何俊不是黑道的，怎么还和黑帮有龃龉？转念一想，本来以为是要和何俊去参加黑帮聚会呢，现在知道是去国家安全部门，那还怕什么！到那儿了，何俊肯定安全了，了解一下事态确认没事了，自己应该也能回宿舍，这好几个小时的奇葩经历也告结束，好极了！

杨光说："这块儿是我管的，我晚一点再告诉底下的人去找，你们赶快去安全的地方吧，我也拖不了多长时间。"说着急匆匆地走了。

何俊说："沈老师，您也是18局的人吧，和我们一块儿去么？"

"我可不是！我就是个高中老师而已。"

沈老师断然否认，但看大家半信半疑，又解释道："早就置身事外了，要不是给老唐面子，偶尔帮他个小忙，我才不会和官老爷们再有什么关系呢。所以我也不便送你们回去了，这里反正也不远了，你们自己走吧。"

吴顶等人听他语气里颇有怨言，也不知道这里面有什么瓜葛，也不好再问，就告别离去。

四、烟笼湖心

告别了沈老师，吴顶跟着何俊、卢小羊、赵克勤继续在夜色中前行。

晦暗的路灯，偶尔闪过的汽车，没有丝毫特异之处，但今天晚上的经历让吴顶感觉有点眩晕，像在一个陌生的混沌世界里呆着。

四个人在墙根的黑暗下走着，速度并不快，吴顶看看何俊的侧脸，她依旧是安宁的表情，好像能让周围的喧嚣纷杂看到她时，也感到自惭，都平静下来。

赵克勤注意到吴顶一脸疲惫，笑着拍拍他说："不远了，就在劳动广场边上。"

吴顶心里想，赶快把这事儿了结，自己就解脱了，能赶紧回宿舍，回到自己正常的生活了，以后就假装今天的事都没发生过好了。

卢小羊突然说："你们沈老师，可真够厉害的，唉！"发出一声由衷敬佩的叹息。

何俊扭头笑笑说："和你比怎么样啊？"

卢小羊说："他根本没表现出真实的实力，三个我也打不过他。"想了想又说："五个我的话，说不定有一拼。"

看他认真思考的表情，吴顶想笑。现在这年代了，就算你武功练成东方不败也没有魔教教主给你当啊。估计沈老师就是想通了这一点，所以还是找了个正经职业糊口。

赵克勤却没觉得好笑，说："那也太厉害了吧，全国能有几个啊，干嘛在这儿当老师？我认识他两年多了，一点儿也没看出来。"

卢小羊只是一个劲地啧啧佩服。

赵克勤说："不过你也厉害。我自从被特招上以后，一直缠着教员们练散打，但感觉还是不及你的十分之一啊。"

卢小羊也没假意谦虚，说："我入门比你早而已。"

又走了一段路，赵克勤和卢小羊使了个眼神，何俊头也不回，但好像心领神会地微微点了下头，裹着吴顶突然转过拐角，闪进了狭窄的小胡同里。

吴顶本来不认识路，只是浑浑噩噩地跟着走，但见三个人神情有变，何俊命令式地轻声说："跟着我。"说着就拉吴顶往前跑了几步，一下子藏在一堆杂物后面，瞬间腐败气味扑面而来。

隐蔽之后，吴顶忍不住往来路上看去，发现赵克勤和卢小羊也一下子不知道藏到哪儿去了，小巷子黑黢黢的，仿佛根本没人来过。

躲猫猫吗？

吴顶心想：自己都麻木了，怎么连点好奇心都没了，也不想赶紧问问发生什么了。是不是段万刚一伙凶横的家伙又来了？现在没有沈老师在，可有点不妙啊。

一个黑影出现在巷口，看到这小黑巷子里没人，那个黑影好像慌了，东张西望地两三步跑了过来。但吴顶他们在暗处，很难被发现。

那人又向前跑来，四处张望，有人在他肩头一拍，他一惊，刚想回头，就被摔在地上，有两个人扑上来把他死死按住地上。

卢小羊和赵克勤偷袭得手，对方惊叫声还没喊出来就被制服了。

卢小羊捂住那人的嘴，把头搬起来，借着微弱的光一看，自己先叫了一声："啊？陈关飞？是你啊！"

听到这一声，何俊也从藏身处出来。

何俊说："陈关飞，你鬼鬼祟祟跟着我们干嘛？搞得我们还以为……"

陈关飞嗯嗯地扭动着，说不出话。

卢小羊他们见是陈关飞，手上松了劲，扶他起来。

陈关飞拍拍身上的土，说："何俊，你要去哪儿？还带着这一群人。"

卢小羊叫道："我们要去哪儿你不知道吗？回去啊！"

"那怎么过了这么久？按理说早该到了啊？"

"路上突然遇到一些麻烦，花了太多时间，这不正赶回去吗？"

"他是谁啊？怎么也跟着？"陈关飞指着吴顶说。

何俊道："跟你说了遇到一些麻烦嘛。我问你还没回答呢，你干嘛偷偷摸摸地跟着？"

陈关飞表情有点不自然，说："黑乎乎的，我看不清，不敢确认是你们嘛，就跟上来看看呀。"

何俊嗯了一声，不再说话了。

陈关飞好像如释重负地说："既然找到你们了，那就好了，得通知你们，要去的地点变了，不是车站了，改成D3了。"

赵克勤问："D3？那不是……去哪儿干嘛？"

陈关飞说："这种事去了才知道，反正就不远了，好奇的话就赶紧的，一块儿过去呗。我得给他们联络一下，说终于找到你们了。"

D3是什么东西？吴顶也懒得问，反正是跟着走，去哪儿都一样。

就这样，几个人走出小巷，上了大路。

赵克勤说："陈关飞，你好像脸色不好，怎么了？身体不舒服？呵呵，还是被谁骂了？"

陈关飞一愣，咧嘴笑了笑，说："没有啊，我挺好的啊。就是大黑夜的，找你们找得辛苦。"

赵克勤一把搂住他脖子说："那可真对不起你啦！不过看你脑门子上汗都下来了，你紧张啥啊？是不是又出什么事了？你还不告诉我们？"

"哎呀，没事儿，有事能让我知道啊。哎呀，你快压死我啦！"说着，陈关飞把赵克勤甩开了。

何俊也不管他们打闹，问道："那我们去 D3，找谁报到啊？"

陈关飞说："这个你们应该也能想到吧，上大一霸。"

几个人都呵呵地笑了起来。吴顶不知道他们说的是谁，"上大一霸"是什么意思也不知道，也就笑不出来。

赵克勤说："就知道他前一段时间吃了个处分，不知道具体是怎么回事，这次一定要让他好好给讲讲。"

陈关飞说："就是不知道他讲他自己的事情，能不能也讲得那么绘声绘色。"

几个人又说笑一会儿，来到一个气派高雅的大门前，门边刻着"上知大学"四个大字。

陈关飞说："到了。"

吴顶问："你们说的 D3 就是指上知大学啊？"

几个人都不置可否。

过了一会儿，何俊对他小声说："D 是指上知大学，但大学里太大了，又细分了，所以还要走一阵子路呢！"

从喧嚣的街道上进入校园的一瞬间，仿佛到了另一个空间，汽车的噪音好像一下被挡在了外面，这里有的只是静谧的氛围。

云已经全散去了，树影下洒着斑驳的月光，吴顶一行在陈关飞的带领下，在小路上走着，渐渐走到生活区以外。又走过了片熄了灯的教学楼，一拐弯，突然，吴顶感到自己沉浸在一片柔和的亮光中。吴顶一愣，仔细一看，原来是一个大湖，在反射着粼粼月光。

走过木制的小桥，来到湖心岛上。岛上有小喷泉，小岛一边沿着岸有几条长椅，在另一边不远处有运动健身的设施，甚至有两个秋千。

吴顶原以为天黑了，而且何俊他们应该是秘密聚会，那见面的地方应该没什么人。但仔细一看，才发现，这地方人还不少。有人在昏暗的灯光下看书，有人念念叨叨的，好像在背英语，有人在运动器材上锻炼身体，有人在荡秋千。还有一对恋人在长椅上嗫嚅。

神奇的大学，神奇的大学生活。

喷泉边上还坐着一个人。那人看到何俊他们过来，就站起身，打招呼道："哎，来了！"

何俊他们都打招呼，显然都认得。

吴顶也说："你好！"

那个人像是个大学生，纳闷地看着他。

何俊说："这是我同学，叫吴顶。"又指着那个人说，"这位是张夜雨。就是这个学校的学长，各方面都十分优秀，是我们的榜样。"

张夜雨呵呵一笑说："何俊你还讽刺我哈。"又诧异地问道，"你带着这位同学参观大学校园啊？"

何俊又解释了一下，把一路上遇到的事大致说了一下，又说："来晚了，不好意思。"

张夜雨听完，道："你也太过于谨慎了，他就是个路人，谁会注意啊。等一下，让家里来人，领他去走走程序，处理好，就行了。"

何俊也没再接着说什么。

赵克勤说话了："张少帅，听说你现在统领上知大学的人众，手底下兵强马壮啊。"

张夜雨说："嘿嘿，啥啊，也就是组织大家聚一聚，通知一些消息，嘿嘿，真没啥，就是打杂的。"

赵克勤说："太谦虚了你。前一段时间，你搞得红红火火，风光无限啊，我就是不知道到底具体是啥情况，趁现在你亲口给我们讲讲呗。"

张夜雨摇头晃脑地摆了摆手："哎呀，我可不说，我犯错误了，现在还在反省呢，检讨也写了这么厚。"说着拿手比划了一厘米的样子。话是这么说，但他脸上涌起得意的笑容。

赵克勤又推波助澜："你别胡说了，你写什么检讨？都快带大红花，要开表彰大会了吧。快给我们说说，从头到尾的，别吊胃口了！"

张夜雨说："真的犯错误了，哪有红花啊，净挨骂了。其实真不想说，不是什么高兴的事，是我伤心的往事。"

张夜雨嘴上说不想说，但还是兴致勃勃地讲了起来："我有一个女朋友。"

"噢！"赵克勤故作惊讶的说，"没听你说过嘛！"

"应该是，我曾经有个女朋友。"张夜雨接着说，"现在已经吹了。我们两个认识都两年多了，当时她跟我好得不行。虽然有时候会吵吵小架，闹闹别扭，比如说有时候不能告诉她去向，只能撒谎敷衍。但总体上是很融洽的，因为我……我也挺喜欢她的。前几个月有个训练，你们也知道的，毕业前的综合训练，比新兵连还累。我就告她去找到的工作单位实习了，也不算胡说。但训练搞得严啊，苦得很，也不能总联系她。

"训了两个月，终于回来了，兴奋得能见她了，结果，虽然她想表现得和以前一样，但是我一下感觉出她有问题。很不自然，眼神游离，老是心不在焉，笑容也假得很。别说咱干的就是察言观色的活儿了，就是弱智也能看出问题啊。她又不是咱们何俊这样的人才。"

何俊苦笑一下，说不出话来。

赵克勤说："快说，快说，后来怎么了？"

张夜雨说："大家也猜出来了，我女朋友跟别人好上了。"

赵克勤忍不住说："少帅，我真的同情你啊，可是你也得想开，女朋友被人撬了的事，这地球上每天不得发生几万起啊，不是什么新鲜事啊。"

张夜雨道："这样的事是多得很，但我想每个当事人都很难站在全球的战略高度去思考这个问题，我也是凡人啊，想超脱，但超脱不起来啊。"

赵克勤说："呵呵，也是，那你怎么办了。莫非你接下来把人暴打了一顿？"

张夜雨说："暴打一顿的事我干不出来，但我确实心中像压了块石头似的，憋着一口恶气，不吐不快。刚开始我就是跟着她，想看看到底她和谁勾搭上了。一看，还是个挺有名的学生干部呢。这种人我认识人家，人家不认识我。看着他们如胶似漆的，我很惭愧。"

赵克勤奇怪道："有什么惭愧的？"

"我惭愧我自己，明明知道不是什么大不了的事，但我就是不能平息心中的怨气，感觉怒发冲冠。"

赵克勤说："你没潇潇雨歇，栏杆拍遍已经很了不起了。"

张夜雨说："接下来我就干了一些不该干的，违反原则和纪律的事。"

赵克勤说："你到底干什么了，别卖关子了。"

张夜雨说："我给他们上措施了。"

"嗯？怎么了？"

"其实我就是好奇，她怎么能变脸变那么快，和我刚见了面，就能和另一个人去拍拖，还说得那么高兴。我就假装什么都没发现，还傻乎乎地和她谈。转头我就偷偷跟着他，还采取了些措施。"

吴顶看这回没人催他往下讲了，看来大家都知道他自己就要说出来，不用催他。

果然，他接着说："我除了跟踪，还监视、窃听他们了。当然做不到全天候的。"

卢小羊说："你哪儿来的设备啊？"

赵克勤说："可能电子市场上有不法销售的吧。"

张夜雨说："本来想用我们训练用过的，就问上面借，说是想自己钻研一下。但是没成功，管理制度太严，没敢再使劲借，怕引起怀疑。我就另想办法，你说的市场上有卖，只说对了一半，市场上的货性能不好，我是学电子的，就给它改进了改进，再去和学校无线电兴趣俱乐部的同学还有学通信的同学讨教了一下，总之搞到了窃听设备。"

他说得轻描淡写，但吴顶知道这并不容易，这人真是个不达目的不罢休的家伙，而且行动力惊人。

只听张夜雨又说："我也是一时冲动，也没想到窃听跟踪了他们以后，要怎么样，但就是想搞。也许是学了那么多，没有实战过，有点技痒吧。但就是这么折腾，就真出现了状况。"

赵克勤说："什么状况？你跟踪被人发现了？还是窃听器暴露，人家报警了？"他明知不是这样，但要激他一激。

果然，张夜雨哼了一声，说："不要怀疑我的技术，我可是去过'小镇'的人。就凭他们两个，你让他们先跑一刻钟，我再出发，也跟不丢，别说暴露了。我是发现那个大干部有问题。"

"什么问题？"大家都迫不及待。

"我发现他每周很隐秘地去见一个人，那是个棕色头发的外国人，后来知道是个A国人，还是国家情报局的人，掩护身份是大使馆的外交人员。那个A国人每周给他提供两百美元，和各种材料，指示他在互联网上造谣，污蔑，煽动，但并不是一味的谩骂，而是很有技巧的，都是那个A国人指导过的。他有五十多个马甲，IP也是国外的代理，很难被发现。"

赵克勤说："挺有本事的嘛，又当学生干部，还干这个，是同行啊。"

张夜雨说："你以为他真的在乎A国人让他说的写的那些东西吗？那你高看他了，甚至美元都是小事。他心里肯定盘算如果做得好，说不定直接能移民A国，比起考托福,GRE,再到A国留学打拼，这可省事多了。"

他顿了一下，又说："有一些人啊，会来事，嘴甜，当学生干部，在学校老师和同学之间，欺上瞒下，好处占尽，什么资源都捞到手。他就是这种货色。这些也就罢了，他还是个党员，甘当卖国贼……"

卢小羊说："他就是个汉奸而已，说他卖国贼，太高抬他了。我不是党员，但遇见这样的汉奸，我可忍不住。你没轻饶了他吧。"

"他也就是个喽啰。我赶紧上报，我们就盯上那个 A 国人了。还发现他和一个有点名气的人有瓜葛。你们可能都听过，叫莫册士的。"

莫册士？吴顶听到这个名字有点耳熟，一下子想不起来是谁。

赵克勤说："就是那个老家伙？"

张夜雨说："对啊，就是他。"

吴顶问："那是谁啊？好像听说过。"

赵克勤说："号称是个搞科学研究的，可不知道有什么学术成就，倒是经常大放厥词。比如说'我不会为发展武器装备而纳税'啊，什么'如果要花大量人力物力维护海洋主权的话，不如放弃海上无人岛'啊，之类之类的。我一直觉得他也仅是个误国文人。"

"现在你知道了，他那都是故意的，洋人给他的'研究经费'可就高了，第一笔就一百二十万美元，陆续还有。"张夜雨说，"可是接下来发生了我们没想到的事！"

"怎么了？怎么了？"赵克勤追问道。

"那个 A 国人突然死了。我们的人也没怎么盯他，毕竟不是什么大事。谁知他却离奇的死了。他死了以后，上面要求把和他有联系的家伙们都收网吧。"

"那你的情敌和那个老汉奸都被抓喽？"赵克勤问。

"抓老家伙没有确实证据，人家是以研究赞助费的名义给他的，而且他好像嗅到风头，收敛了很多。至于那个不要脸的，确实抓了，而且是让我亲自抓的。在这件事上，我感觉上面的老爷子大叔们表面上冷面无情，其实还真是照顾我，感动得很啊。"

"就这样就让你觉得感动了，你还真是好糊弄。"赵克勤又开他玩笑。

"不管怎么说，我的一口恶气是出了。那天那家伙把我女朋友，哦，不，前女朋友叫到他租的房子，要搞什么烛光生日会，两个人玩浪漫。我带着人守在旁边。我就等他们把彩色蜡烛点上，那男的将吹未吹的时候，一下子冲进去了。外面的车上把警笛拉响了，还搞了个探照灯，打在窗户上，绝对够气势，SWAT也不过如此了。"

赵克勤说："哈哈，这么过瘾的事，咋没叫上我。"

张夜雨继续说："我们几个人把男的按住，另外几个人把女的隔离开。那家伙一下子就尿了。我们把他提起来，摁在墙角。我前女朋友看见我，以为我是来是因为她，来找人打那个龟孙子的，还拼命为他求情，一会儿骂我心胸小，一会儿又求我说，要是真为她好的话，就别伤害那小子。我听着肚子里都笑了。那男的一看是我，也不顾假斯文，平常人模狗样的一套也扔了，一边哀求，一边说都是女的勾引他，不是他的错。我忍了几忍，才没把他打爆。我真不想再看他那副恶心的嘴脸，叫人先把他拉出去了。扭头看看，桌子没翻，蛋糕还在，我一把把蜡烛都拔了，甩了，拿刀子切了一块，拿着吃了，还挺好吃的。我一边吃一边到前女友面前，说：'你真的想多了，我这真不是为了你，我也不会为你干什么了，因为你不值。'说完，扬长而去。嘿嘿，痛快吧，哈哈。"

"那表彰和批评是咋回事呢？"

"批评当然是擅自动用了不该用的手段，监视窃听他人，不过没太大恶劣影响，大家自己人，就让我写了一厚本检讨，又被口头教育了几次，功过相抵，就算了。阴差阳错发现了一些坏人，也是狗屎运而已，不表扬我也无所谓，哈哈，你说被人抢女朋友的世界上多了去了，可是能有我这运气，处理的这么清爽的有几个？哈哈，羡慕我吧。"

他至少表现得很轻松，笑了很多次。

听完他的故事，吴顶往周围看了看，发现在湖边，长椅，器械上的人还多了一些。吴顶隐隐感觉这气氛不太对，好像哪儿有问题，但又说不出来哪儿不对。

正在环视四周，就听何俊说："学长，你的故事讲得好啊，又拖了这么长时间，你的人也来的差不多了吧，还没聚齐么？先来的过来认识一下呗？"这话说得笑吟吟的，就像大学生联谊的开场白一样。

吴顶恍然大悟，明白了自己到底觉得哪儿不对劲：四周看似闲散的人，全部都背对着自己这一面，几乎没有一个脸向这面的，略显刻意。

张夜雨听了何俊的话，笑容僵硬了几秒钟，又笑着喊道："呵呵，都过来吧，你们还是嫩啊，还说给小弟小妹们一个惊喜呢，这就被人看穿了，唉唉唉，别杵着了都。"

一听到招呼，那些背英语的，玩器械的，看风景的，谈恋爱的，呼啦一下子，迅速成弧形围了过来，气势逼人，而且个个板着脸，表情不善。

张夜雨继续扯皮："唉，何俊这小丫头，真是人精啊，你们这些人还在人家面前装，太嫩了真是。何俊，快给我们这些人指导指导。他们年纪比你们大，但按入门先后，你可是师姐。"

又对着那些大学生似的人说："快叫师姐啊。"

没人叫得出口。

张夜雨又扭头向那对装情侣的，说："我就看你们俩假装搞对象的不顺眼，肯定是你们搞得不像，让人看穿了！"

假情侣里男的红了脸，低下头。女的轻推了他一把，好像还在埋怨什么。

何俊微笑着说："师姐什么的可不敢当。"话虽这么说，吴顶没感觉出她有什么谦虚的意思。

何俊继续说："张学长，今天晚上你是管事的么，唐叔叔他们不来么？我们来到底干什么啊？还不能说么？"何俊直视着张夜雨，张夜雨不自主地低下头，说："快了，还有人要来，再等等。"

"还有谁要来？"何俊问。

"还有你认识的，先不告诉你，见了才惊喜。"张夜雨挤着笑容说。

卢小羊小声对赵克勤说："到底是怎么回事啊？你看他们怎么都黑着个脸。"

这时张夜雨身边的一个长相凶恶的人说:"不用等了吧,我们就够啦。"声音也不大,但人人都听见了。

张夜雨咳嗽了两声,说:"嗯——,何俊,那就明人不说暗话了,今晚的事主要是和你有关。"

何俊皱起眉头:"和我有关,什么意思?"

张夜雨深吸一口气,又长呼了出来,说:"家里出了点事,你最近有没有听到或知道一些不对劲的事?"刚说完,他就改口了,"嗯,这里不是谈这些的地方,不管怎么,我只管把你带回去就行了。本来想以通知的形式,让你回去,但你迟迟不来,上面以为你出什么事了,想叫人到处去找你吧,但又不想搞得满城风雨的。谁知道你只是小事耽搁了,唉,太大题小做了。走吧,我们这就回去。留几个人陪一下,其他人就散了好了。呵呵。"

何俊问:"到底出什么事了?"

张夜雨说:"具体我也不知道,应该没啥大事,组织上想找你了解一些情况而已,我们都被找谈过了,呵呵,是吧?"说着望向周围的人们,但周围的人避开和他目光相接,都不出声。

何俊说:"看你们这架势是来抓我的了,能不能告诉我,你们得到的是什么命令啊?"

张夜雨说:"哎,看你说的,也不是抓,你误会了……"

他旁边那个人突然打断他,汹汹地说:"别跟她磨叽了,明说了又能怎么样,你不说我说。何俊,你猜对了,我们接上级命令,见到何俊,立刻控制起来,带回去。"

何俊诧异地追问:"你说的是哪个上级?我做错什么了,要抓我?"

张夜雨说:"事情还在调查中,你要配合。具体情况我们也……"

旁边的人又打断他:"二号直接给我们做了情况通报:一号,也就是你的联络人有重大案情,而且在抓捕时拒捕出逃,后来烧死在大火中,而你也有重大嫌疑。"

张夜雨被他抢话，脸色不悦。

何俊瞪大眼睛："什么？唐叔叔,死了？有,什么重大案情？"说着,好像摇摇晃晃起来。

卢小羊和赵克勤也惊呼起来："怎么会!"

吴顶也大吃一惊,何俊带他来就是要见这个唐叔叔的,之前听来,此人既和何俊比较熟惯,又有权威性,只要见到他,各种情况就都掌握了。但刚刚宣告像一个重磅炸弹,"一号"的代号证实了这个唐叔叔的地位不低,而他居然有嫌疑在身,还出逃拒捕而死,这里面信息量太大,难怪何俊听了像被重拳击中,摇摇欲倒。

张夜雨说："我知道你接受不了,其他的也不用现在说了,来,和我们走吧。"说着,伸出手,想拍拍她。

何俊推后一步,躲开了,说："还有什么事？你告我,要不我不走。"

一脸凶相的家伙叫道："你走不走可不由你了,我们……"

张夜雨瞪了他一眼,打断了他。

何俊说："你们人多,要动强是吧？"

"唉,何俊,小羊。"张夜雨又叹气道："我们局的一个人,叫鲁静,你们都认识吧？"

何俊和卢小羊点点头。

"她牺牲了。"

这回卢小羊反应大了,他先是愣了好久,然后大叫道："啊？不可能! 怎么可能!"

何俊又受到一重打击,几乎要倒仰过去,颤声问道："她在哪儿牺牲的？去执行任务了么？"

张夜雨说："她就在这学校附近牺牲的,那是一个月以前了。"

何俊问："对方是谁？"

"不知道,一切都没查明,但是,没过多久一号出了事,在调查中发现,鲁静可能更早意识到一号的问题,而被……"

卢小羊叫道："你是说她被一号杀人灭口了？"

何俊问道："这些都是二号说的？"

张夜雨说："只是可能。鲁静是和一号比较近的人。"

何俊抑制住颤抖的声音说："那和我有什么关系？你该不会说是我杀了鲁静吧？太抬举我了吧。"

张夜雨说："不，一号的问题并不主要在这儿，据通报的情况说，他擅自篡改和窃取了重要数据，给国家带来的危害、损失和隐患不可估量。而他已经死无可查了，但他出事前曾去找过你，应该和你交代过什么，所以……和我们回去吧，说明情况，也好进一步采取措施，减轻损失啊。"

何俊低着头好一会儿没说话，突然抬起头，凄然地说："一号确实在之前来找过我，他说我们内部有敌人，他处境危险，如果他有什么不测的话，让我一定要逃到安全的地方去。所以我不能跟你们走，否则会被敌人的鼹鼠暗害的。"

凶巴巴的家伙说："哈哈，你可真能胡扯啊，再说，你跑得了吗？不知你怎么吓唬住了某些人，可吓不住我。"说着看了张夜雨一眼。

何俊委屈得两眼含泪，有气无力地说："我没胡说，一号交代给我一些东西，那是他用命保护的，我死了不要紧，但让对方得逞了，那就糟了。"

张夜雨说："什么死不死的，哪儿有那么严重啊？你跟我们回去，把你知道的、拿着的东西都交代了，就没事了。"

吴顶一下懂了，这一晚上围绕着何俊发生了这么多事，何俊口风很紧，一直说不知道原因是什么，现在明了了，这一切一定都和一号交代给何俊的什么东西有关。

"来抓我的只有你们吗？都没有什么像样的官儿吗？"何俊有气无力地问。

"二号说了，你没有什么问题，所以不要搞得满城风雨，人人说三道四的。否则，对你也有影响，所以小范围解决了就行了。只有我们几个同学，大家就当聚个会，认识认识，就陪你回去。"

何俊好像没听见，说："二号呢？二号不来，我就不走，二号来了我什么都和他说了。"

凶恶脸说："你以为你是谁啊？让我们兴师动众一晚上，该收场了。你们带家伙的也拿出来亮亮吧，不过真有点小题大做了，嘿嘿。"说着又瞥了瞥张夜雨，好像意思是嘲讽张夜雨太畏缩，没胆识。

吴顶看到站两侧的两个人各拿出一个带枪把儿的东西，但明显不是手枪，比手枪的体积大一些。

凶恶脸说："看见没，绳网枪，你要想被捆成只粽子，那就搞点名堂出来，哈哈。"

何俊扭头看着赵克勤，表情悲哀，不出声只动嘴唇。

赵克勤轻声咂了下舌头，避开何俊的目光，低下头。

何俊又扭头向卢小羊，恳求地说："小羊，相信我，这事有蹊跷。我不能和他们走，要是我死了，一号，还有鲁静姐的真相，可能永远查不明了。"

卢小羊皱着眉头，并没有什么表示。

何俊又转向吴顶，表情楚楚可哀，想说什么，又没说，转回头来。

吴顶觉得突然心中十分压抑，本来这事和自己无关，是他们什么机关的事情。如果何俊被带走了，估计也没人在意自己，他也就可以称心如意地回去了。

但是，不对。

吴顶感觉自己的想法已经变了。

要抓人也不该这么草率！为什么不考虑下何俊说的情况？

张夜雨说："何俊你也别瞎想，就是回去说明情况，安全得很，谁也不能伤害你，即使真有人要对你下手，我们会保护你的，而且你在外面更危险。赵克勤和卢小羊，你们两个也别做傻事。"

凶恶脸笑嘻嘻地从后腰拿出一副手铐，对何俊说："以防万一，我给你把这个带上吧，师~姐~？"最后一个词说得阴阳怪气之极。

就在他拿起何俊无力的前臂，要把手铐一扣的当口，一只手猛地攥住了他的手腕。他扭头一看，竟然是吴顶，叫道："你干嘛？"

何俊的性格奇奇怪怪的，平常高深莫测，吴顶捉摸不透，对她既熟悉又陌生，今天甚至还有些小抱怨。然而现在看着何俊又气又悲、又无奈又无助的表情，憋着一口气勉强支撑的模样，吴顶不知怎的，感觉热血冲头，怒气上涌。

不应该这样对待她！

吴顶语有些激动地说："我，我……，你别碰她！"手握得很紧。

凶恶脸手铐扣不下去，大怒，手臂使劲把吴顶推出两步，接着又要去抓何俊的手腕。

吴顶一个箭步上去，一掌打开凶恶脸伸出去的手，挡在何俊身前。

凶恶脸更怒，刚想把吴顶扯开，却发现吴顶的眼神不对，不禁一愣，道："干什么……"

你是什么东西！那么嚣张！

你是什么东西！害她露出那样的表情！

你是什么东西！竟然还敢抓她！

吴顶眼中有火，一字一顿地说："我说了，你别碰她！"

凶恶脸往后退一步，却对周围的人说："你们快去按住他啊！"

旁边三个人望向张夜雨。张夜雨微微一点头，那三个人一起扑向吴顶。

吴顶想，自己尽力拖住几个人，虽然杯水车薪，但也许能给何俊创造一丝机会。扭头看向何俊，她却还愣愣地看着自己，吴顶大急，心中叫道："别发呆了，快走啊！"就在这时，那三个人已经把吴顶挤在中间。

见吴顶使劲挣扎，和三个人你推我搡，不成样子，张夜雨使个眼色，又有三四个人朝吴顶和何俊夹攻过来。

"啊！""哎呦"的叫声连起，吴顶身上的压力瞬间松了，定睛看去，对方四五个人围成弧形，不明就里地躺在地上。再一看，卢小羊也站在垓心，扭头冲吴顶和何俊说："我对付他们，你们走！"

卢小羊出手帮忙了！吴顶知道卢小羊比自己强太多了，不禁喜慰。

凶恶脸站得最近，指着卢小羊叫道："你们快！网住他！"

"嘭"一声响，大网当头罩下，但是卢小羊和凶恶脸像是瞬间换了位置，凶恶脸倒在地上惨叫："罩住我啦！"大网收紧，他在地上一伸一缩地扭动。

此时，一阵"哧哧"声响起，浓重的烟雾弥漫开来，瞬间能见度大降，凶恶脸不由自主地咳嗽起来。其他人也骚动不已："怎么回事？""哪儿来的烟？"

又有一人喊："哎哎，你怎么抢我东西？"

只听赵克勤的声音嬉笑道："我来帮你网人啊。"

吴顶觉得有人凑到他耳边，低声说："快别愣着了，要跑了。"正是何俊的声音，听起来已经冷静了很多。

何俊抓住他的手，说："别跟我分开。"

霎时间，烟雾大得已经什么也看不清了。

张夜雨知道不妙，大声指挥，某某某某堵住上岸的路，剩下的往喷泉处合围。

突然赵克勤喊："哎呦，她要从湖上跑！"又听着扑通一声，果然有什么东西下水了，又有人被推到喷泉里的声音，不时还有凶恶脸的"哎呦"声，各种人的喊声，脚步声，扑腾水的声音，嘈杂一片。

张夜雨就感觉烟大得伸手不见五指，也以为何俊要游泳逃走，叫道："别让她从水上跑了！"好多人又涌向湖边。

何俊和吴顶拉着手，蹲下来并不挪窝。烟雾中一个人出现在眼前，一看是卢小羊。

卢小羊小声说:"往岸上冲! 我在前, 赵克勤殿后。"说罢就走。

何俊和吴顶赶紧跟上, 否则离得远了又看不见了。

身后还能听见赵克勤的叫声:"她要游得远了, 快, 谁会游泳, 快追!"隐约确实有人击水的声音, 好像是在游泳。

接着又有人说:"我下! 哪个方向啊!"还有"扑通扑通"的入水声, "哎呀, 好冷!"的怪叫。

这时烟雾已经不再变浓, 湖面上冷风一吹, 烟雾就淡了。

张夜雨感觉不对, 叫道:"别都往水里跳, 人到底在哪儿?"

卢小羊当先往岸上冲。有三个人站成一排, 挡在木桥上, 正焦躁得不知如何, 见到何俊跟在卢小羊身后, 还在愣神。

这桥没有护栏, 卢小羊好像只一眨眼时间, 就已经把三个人都甩到桥下了, 湖水不深, 三个人站起来, 水漫过膝盖, 都大叫:"哎! 哎! 在这边! 在这边!"一边往木桥上爬。

离开湖边上了岸, 四个人迈开大步飞奔, 向着黝黑的校园深处跑去。

吴顶这才想到, 他们选择在那个湖心岛聚会, 原来就是预计只要堵住上岸的口子, 何俊就跑不了, 但没预料到反而被声东击西。

赵克勤一边跑一边问:"何俊, 是你搞出的烟吗?"

何俊说:"是, 刚才头一蒙, 就忘了还带了个便携式发烟罐。"

赵克勤说:"什么? 哦, 多半又是什么伪装成钥匙坠儿、手机链、耳环、大扣子之类吧?"他每跑一步, 蹦出一个词。

何俊勉强苦笑道:"呵呵, 是啊。"

赵克勤说:"烟还真大。"

何俊恳切地说:"嗯。还是多亏你们帮我, 否则……我差点儿以为你们不帮我了呢。"

赵克勤说:"吴顶才和你认识几天啊, 都要保护你了, 我可不能……"一时间不好措辞，没说下去。

吴顶说："我也是一时冲动。"

何俊瞥了他一眼。吴顶一阵尴尬，觉得自己说错了什么，但也不知怎么纠正。

卢小羊说："是啊，张夜雨也还好，但看其他人那副嘴脸，真是火大。不过实话说，要不是吴顶，我还在犹豫呢。现在我就暂且赌你说的是真的。"

何俊没再说什么，感激地笑笑，对他们都点点头。

前面路灯下出现一个人影，四人也不在意。

又近了几步，看见那个人头上带个耳机，好像正陶醉于音乐中，眉头微皱，眼睛半开半闭，浑身随着节奏在一颠一颠的，仿佛听到高兴处时还要跳几下。

吴顶他们逐渐近了，这个人似有意似无意的，扭动着走到路中间来，但并没有看他们。

吴顶他们只好停住脚步。

这时左边的岔路上传来不急不缓的脚步声，一个男人走了过来，他戴灰色帽子，深色眼镜，硕大的口罩，把脸堵得严严实实，身上穿着呢子大衣，长度到膝盖，手上提着公文包，一副普通上班族的模样。

几个人想从带耳机的身边经过，突然他自顾自地跳起街舞来，虽然并没看何俊等人一眼，但已经挡住了去路。

何俊，卢小羊和赵克勤互望一下，知道来者不善。

吴顶想起刚才张夜雨一直说还要等什么人来了再说，看来是不放心，还要等帮手。这两个不速之客就是帮手吗？

正犹豫间，耳机男已经攻了上来。只见他好像只是在自己陶醉的跳舞，时而挥手，时而打转儿，时而又两手撑地，两腿横扫过来。

赵克勤站在前面，一下子被他搞得措手不及，招架不住。

卢小羊正要帮忙，口罩男也加速走了过来。

突然背后"呀吼吼"一声怪叫，一团黄影猛杀过来，吴顶还没心理准备，就被一下子撞得飞了出去，翻了个跟头，仰面朝天爬不起来。抬头看去，只见路灯映照下，一个满头黄发的女人从背后把何俊的脖子勒住了。那女人打扮地很妖娆，嘎嘎嘎地笑着，十分刺耳，一边还说："小何俊，何小俊，何俊小，哈哈哈，你想姐姐了没？嗯？这些当官儿的，真是会使唤人，我还在店里呢，就叫我出来干这些累活儿。还不多给开点钱。哼，我本来可不想来呢，但一听是来见你，我挂了电话就来了！哈哈哈！看我对你好吧！"

何俊被勒住了，看起来无力反抗，两脚勉强地踮着脚尖，话更是说不出来的样子。

黄毛女叫道："何俊我已经控制了，你们快把两个小子收拾了。"

口罩男一步一步走了过来，卢小羊一看这架势，个个都是硬手，一咬牙，心想先干这一个再说。一扭身面向口罩男而去。

哪知道口罩男一看卢小羊，突然停住了，卢小羊往前走，他开始慌慌张张往后退，一步没踩稳跌倒在地，像见了什么吓人的东西一样，四肢并用往后挪，反而搞得卢小羊一头雾水，不知所措。

黄毛女大声叫道："废柴啊，我只当你只是见着美女才变一滩烂泥，巴巴的一上来就把何俊这小妖精给弄住了，没想到你见着个伪娘也拉稀啊！"

卢小羊听她叫自己是伪娘，大为不满，侧目瞪她。

黄毛女还自顾自地在嘟囔："怎么你每次见了我，就啥事也没有呢，嗯，奇怪……"

那一边，赵克勤手忙脚乱，完全挡不住耳机男的一套"街舞拳法"，连连中招。他勉力支持了一阵，突然被使劲一推，失去平衡，两手下意识地乱抓，突然抓住一根细绳子一样的东西，用力一拽，总算没摔倒。再看时，耳机男却一下子不动了，直挺挺地站着，两眼茫然地睁着。赵克勤还在慌乱的招架中，也没管对方怎样，就一拳打了出去，没想到对方像死机了一样，一动不动，这一拳正打在对方脸上，耳机男哼也没哼飞了出去。

赵克勤自己也莫名其妙了，没搞清是什么情况，也没敢想能打到对方，而且还打得这么重。下意识地看看自己手里，貌似是扯过来了一根耳机线。

黄毛女仰头大笑，一边笑得止不住，一边还朗诵了个小诗："啊哈哈，笑死啦！专业跳舞，业余习武，一没音乐，战斗力五！小何俊，这两个废物点心不管用啊，还是我来收拾你们吧！啊哈哈——"

最后一个"哈"字没出来，声音戛然而止，原来是吴顶从背后扳住她的脖子，使劲儿往后拗去。

刚才吴顶被她冷不防撞飞了出去，就像被坦克撞了一样，滚到地上浑身散了似的，心中大怒，慢慢挣扎起来，见她勒住何俊，就也顾不得斯文，跃上前去，冷不防使劲儿要把她扳开。

黄毛女使劲晃动，想把吴顶弄开。但吴顶夹住她的脖子，死不放手。

黄毛女不得已松开何俊，两手向后伸出，反而把吴顶抓住，然后身体往下一弓，忽的把吴顶从前面甩飞了出去。吴顶又重重摔在地上。

黄毛女直起身来，一手去拢头发，一手又来抓何俊了。

但何俊不躲不闪，只一伸手，把一支黑油油的东西杵在她身上，再听得一阵过电的声音，黄毛女发出几声间歇性的叫声，就倒在地上。

赵克勤惊叹道："电击棒啊，你还真是什么都带啊。"

何俊闻着空气中有些电击的焦味，脸上有些歉然，微微俯身，看着瘫倒在地的黄毛女。

吴顶也已经爬起身来，他现在也不想着回去，到了这地步，只能跟着何俊，走一步看一步了。几个人听见张夜雨他们好像追来，赶紧又跑路了。

刚才张夜雨在浓烟中，听到有人喊何俊他们上岸了，心道不好，被人调虎离山了。烟雾虽然慢慢在散去，但还是看不清，辨认不了方向。他慢慢往前挪着，终于能大概看清东西了。只见湖里面，凶恶脸被捆得像个粽子，在水中扑腾，还好水不深，淹不死他。就是他扑腾的声音，让自己以为是何俊游走了呢。张夜雨听着他的呼救，心中鄙夷，真想让他一直泡在冷水中算了。

喷泉边扔着一个黑乎乎的东西，还往出散发着烟雾，张夜雨捡起来一看，是个伪装成折叠伞的发烟罐。他狠狠地把这东西往地上扔去，挥手叫其他人一起上岸去追了。

等张夜雨带着人来到时，口罩男已经站起来了，耳机男还在地上执着地找耳机线。至于黄毛女嘛，还在地上摊着，十分精准地每隔两秒钟抽搐一下。

张夜雨哭笑不得，在黄毛女后腰轻轻踢了一脚，叫道："别装了，快起来吧！"

黄毛女腾地一下，窜了起来，不满地说："谁装啦？我被电得都麻木了！"

张夜雨气哼哼地说："你们怎么让他们跑了！"

黄毛女说："你们那么多人，不也没拦住吗？"

张夜雨有些惭愧，说："那个卢小羊像饿狼一样，就凭我身后这些小绵羊，怎么拦？当然要指望你们这些人啦！结果，你们怎么一下子就让人跑了？"

黄毛女好像听到"你们这些人"这几个字很不高兴，说："我们这些人，也是人！我们这些人，从小练武的，也没读出书来，也没学历，脏活儿、累活儿、要命的活儿，都叫我们干，还得随叫随到。你也跟领导们说说，给我解决个正式编制，我立马就把何俊逮住！别说一个何俊，十个何俊也照抓不误。现在上面给的那么少，像打发要饭的一样，我们还不得干点自己的事，赚点儿外快啊？哪儿能一直在那儿闲坐着，等着……"

张夜雨打断她说:"等等！听你这么说，你是对上级有抱怨，故意把何俊放走的喽！"

　　黄毛女一听，意识到自己说错话了，暗骂自己心直口直，赶紧手扶着脑袋，摇摇晃晃地打岔说:"哎呦哎呦，我这被电的，浑身发软，头昏眼花，内分泌都……"

　　张夜雨刚才是听她抱怨起来没完了，就吓唬她一句，想让她闭嘴，结果现在她又扯起别的话头儿，就赶紧打断她说道:"行了行了，咱们赶快追人去吧！"

五、教堂疑云

吴顶四人撒丫子猛跑，见黑暗处就进，见窄路就钻，跑来跑去，好像已经跑出了大学生活教学区。天色黑得很，周围没什么动静，远处的老旧宿舍楼里透出住户暗弱的灯光。

C国的好多历史比较长的大学，校区的面积都比较大，环境清静，麋散着历史的特有气息。在校园不断的扩张中，好多昔日喧嚣的教学实验小楼，慢慢地被现代化教学楼所取代，沦落在学校的阴暗角落中，变成了什么仓库，老档案存放处，教学实验设备存放处，还有一些成为想寻求清静的学者们的隐居处和实验室。别说慕名而来的参观游客，即使是一般的学生和老师也很少涉足这些地方，从而也使得这些地方显得一丝寂寞，清苦和高傲。

何俊他们现在就逃到了这样一片地方，校内还是校外也分不清。大家都气喘嘘嘘的，停下来喘气。吴顶体质不错，呼吸了几口气，已经基本喘匀了。赵克勤略胖，还得呼哧呼哧地喘着。

蓦地，大家都发现眼前这栋房子与众不同。这是一座高大的尖顶建筑，和周围三四层的方块小楼相比，显得高大突兀。

大家都在惊讶地仰头看着着黑黢黢的大东西时，吴顶突然想起了什么。

"那是一个教堂！"吴顶说。

吴顶想起一两年前的圣诞节前夕，同学中好事者喊人去教堂过圣诞前夜，说有免费的英文《圣经》可以拿，好多人响应。吴顶自己虽然没去，但顺便上网查了一下这座城市里的教堂的情况，记得查到过上知大学旁有个天主教教堂，叫什么"圣母"啦，"原罪"啦，之类的一个很长的名字。那时候吴顶才知道原来每个教堂都有一个自己的很长的名字。这个教堂好像是清末，一个意大利人建造的，现在也算是文保建筑了。以前也许是个天主教徒集会的圣地，但现在可以说是"香火不旺"了。即使是无知的小年轻要去凑热闹，过圣诞，也去一些光鲜的大教堂了，不会问津这老旧建筑群中的圣母堂了。但吴顶现在设身处地地仰望它，觉得它依旧可以说得上是气势宏大的建筑。

寒风中夹杂着一些杂音，好像是人声，不光是从身后传来，好像是到处都有。

赵克勤说："我们得躲一躲。"

何俊说："是。"

大家都不约而同地向教堂走去。沿着围墙，转过拐角，就来到了教堂正面。教堂前面有一块不怎么平整的铺砖空地，隐在阴影中，教堂上部洒落浅浅的月光显得格外明亮。

四人来到空地前，通往教堂高大的正门有一段台阶，大家正在踌躇时，阴影中突然有人轻问："是谁？"

四人一惊，都扭头向声音的方向看去，但一时间模模糊糊看不清楚。

那声音又道："……坏人？"听起来像是个有些紧张害怕的小姑娘，但小姑娘黑夜到此干什么？

远处有隐约传来一丝嘈杂的声音。

赵克勤说："我们不是坏人，但是有坏人在追我们。"完全是哄小孩的口气。

对方怯生生地慢慢从黑暗中走了出来，刚开始看不清楚，再走几步出了阴影，从身高上看，和何俊也差不多，并不是多么年幼的样子，具体年龄不好判断，说不定比何俊他们还大些。但脸上却是一副稚嫩的，满是见到生人的紧张表情。

这个姑娘头上戴着貌似修女的帽子，衣服却不是修女的衣服，是一件素雅的外套，还穿着裙子和一双圆头的小皮鞋。

吴顶瞪大眼睛说："你是这里的……修女？"

对方抿着嘴唇，表示否定似的"嗯~嗯"了一声，又露出惊慌的神色，眼光在几个人脸上闪烁，说："坏……坏人，来了？"

卢小羊凑上来说："坏人来了，能带我们进里面躲一躲吗？"

那少女眼光往卢小羊脸上一扫，突然直愣愣地看着他，好像有点吃惊。

吴顶心想，但凡第一次见到卢小羊的人，估计都一下子难以掩饰自己的惊讶。他即使是剪了个短发，也没显得多么像男生，还是个英气勃勃的漂亮女生的样儿。当这么个不管对于男还是女，都让人忍不住想多看两眼的"姑娘"，突然粗声粗气地说起话来，别人不吃惊才怪呢。其实卢小羊的嗓音对于男生来说并不是多么粗哑，但却实在和他的形象不搭，令人忍俊不禁。

少女收回眼光，缓了一下说："好，坏人要来了，春香领大家躲起来。"

看来她的名字叫"春香"了，但自呼自名却让人觉得不适应。

叫春香的少女走上台阶，推开教堂厚重的大门，何俊等也跟上。

吴顶走在最后，看见卢小羊向赵克勤比划着什么，一根手指指着自己的头，嘴上也不出声地动着，从表情上来看，他好像是说春香脑子有问题。赵克勤笑了一下，摇了摇头，不知是否定还是怕被那少女看见。

大家都进来后，春香把门关上，又检查了几遍，然后扭过头来，一副稚气加困惑的神情，眉头微蹙，颇惹人怜。

何俊把手搭在她肩头，笑吟吟地问："你叫春香是吗？"

那少女道："嗯，我叫林春香。"

赵克勤有点坏笑地接着问道："你怎么知道我们不是坏人呢？"

春香一惊，又看看他们，舒了口气，说："你们不是坏人。"

吴顶也心中纳闷，这对话的层次太低了，好像给小朋友讲童话似的，这姑娘看着也这不小年纪了，莫非真是——傻的？但从精神状态、衣着打扮来看又不像。

何俊问："教堂里还谁？"她担心惊动了教堂其他人，人多事多，躲进来隐藏的目的就达不到了。

卢小羊说："就是，有没有神甫什么的，在哪儿啊？"

春香身子微微一震，半低着头，口里含含糊糊地说："神甫……神甫……他……"神情突然悲伤了起来。

吴顶看她神情有异，问："神甫出什么事了？"

春香抬起头，泪水要滚落，说："神甫被坏人们抓走了……"

四人听了大吃一惊，真没想到她口口声声说的坏人，是具体有所指的，不是抽象意义上的坏人，而且这所谓的"坏人"还抓走了神甫。

绑架吗？有没有报警啊？吴顶看大家也都一头雾水。

何俊拉着她，坐在教堂大殿中的椅子上，说："别哭啊，来，慢慢说，怎么回事啊？"

教堂里没开灯，好在大家都适应了黑暗，也不碍事。

赵克勤警惕地贴身到门口，侧耳倾听，外面好像已经没人追来了，大家这才都围拢过来，好奇地想听春香讲讲发生了什么事，看来春香并不是先天的傻，而是发生了什么事，受了惊吓和刺激。

春香却低着头不说话。过了良久，她才又抬起头，好像情绪已经好多了。大家都面面相觑，等着她继续回答问题，说说神甫的事。春香却眼睛一转，看着吴顶，细细地打量了他一会儿，看得吴顶莫名其妙。

春香突兀地说道："你刚刚摔倒了吗？怎么受了那么多伤？"

经她这么一说，吴顶才反应过来，自己身上好多伤口。刚才被黄毛女撞得滚出去好远，后来又被她过肩摔，搞得头上手上蹭破了好多地方，不过都不是什么大伤，也没怎么出血。之后又不停地奔跑，也就顾不上这些小事，她不说几乎都感觉不到。但是与赵克勤、卢小羊、何俊相比，从形象上来看，吴顶确实惨烈得多，不少地方肿胀，衣衫也皱巴巴的。

春香忽地站起来，说道："我去给你拿点儿药吧。"

吴顶还在说"不用不用，没事没事"的时候，春香已经绕过凳子，跑走了。

不一会儿，她端着个白色托盘回来，把托盘放在桌子上，拿棉签沾上些碘酒之类的东西，然后拿过吴顶的手，给他伤口上擦来擦去，轻轻吹了口气。擦完两只手，又擦了擦额头和脸上的伤口，又吹了吹气。

吴顶被她不由分说地这般处理伤口，感觉凉凉的痒痒的，有点尴尬地说："好了好了，谢谢谢谢。"

春香说："不行，还要包上才行。"说着又拿过来一些创可贴、棉球和胶布，在吴顶的小伤口贴上创可贴，稍大的伤口就用棉球加胶布贴上。

吴顶手足无措，只能直挺挺地坐着，任由她处理。鼻中闻到她身上的淡淡香气，更感觉有些尴尬了，不好意思地看看另外三个人。

终于，春香弄完了。吴顶身上东一块西一块，像打满了补丁，但春香看起来挺满意的，她把托盘放回原位，又快步回来坐在桌旁，平和地看着吴顶。

"嗯——"何俊看她忙活完了，对着春香又问道，"这个教堂只有神甫和你吗？"

何俊还是想问这个问题，所以又重启了话头。

春香扭过头来说："不是，教堂里只有神甫一个人，我不是。我是学校的学生。"

"那你在这儿干什么？"

"我是向神甫学弹琴的。"

经她这么一说，大家才意识到，这个教堂虽然冷清，但竟然还有管风琴。

说起弹琴，春香突然来了兴致似的，蹦起来说："我给你们弹一段听听。"

刚说完，就被好几只手给按下来，坐在椅子上了。跑了大半天，好不容易在这儿喘息一下，要是因为贪听琴声，把不该来的妖魔鬼怪招惹过来，就太不值得了。

吴顶也看出来，春香脑子没问题，说话对答流畅，但似乎是因为受了惊吓，心智略显稚气，喜忧转化很快。

何俊问："你说的神甫到底怎么了？"何俊老被她打岔，不得已总得把话题揪回来。

一听到神甫，春香的表情变得又难过又痛苦，绞尽脑汁似地回忆半天，这才慢慢开始讲述："那天，神甫正在阁楼上看书，来了几个坏人，要叫神甫走。神甫不干，和他们争吵，春香躲在一边，也听不清他们吵什么。后来他们就动手硬要揪扯神甫，神甫不走，他们就又推又打，从窗子里打出去，打到旁边大堂的屋顶上。"

春香说到这儿，眼神涣散，停了好久才又说："到了那边的屋顶上，神甫一个人扭不过他们，后来也不知怎么就动不了的样子。就在他们要把神甫带走的时候，来了一位姐姐，特别快地就把神甫抢了过来，春香都不知道她什么时候来的，就像一下子就变出来一样。但是神甫站立不住，躺在一边很没精神，也说不出话来。那个姐姐也顾不上照看神甫，因为那几个坏人一不留神被她抢走了神甫，不甘心，就又凶巴巴地围了上来，手里还拿着刀子。但那个姐姐真的很厉害，对方几个男人一起上也斗不过她，都接近不了神甫。"

说到这里，春香好像想起了什么伤心的事，嘴角咧开，马上要哭出来。她努力了半天，抽动了几下，总算把哭意压了下去，缓了缓神儿，才又说道："春香看神甫躺在地上一动不动，很担心，见那姐姐那么厉害，就想跑上去看看神甫怎么样了，结果坏人们一看见春香，就来抓春香，春香一下子被一个人抓住，胳膊像断了一样，疼得我大哭大喊，但坏人抓着我不让春香靠近神甫，把我往另一边拉，还拿刀子顶着春香，当时我吓傻了，他说什么我都听不进去了，只知道哭。后来那姐姐想来救春香，又想守护神甫，分了心，一不留神被坏人暗算了，受了很重的伤，坏人也趁机把神甫抓走了。姐姐挣扎起来，想去追他们，但已经站立不住，就从屋顶上滚了下去。春香吓得瘫了，想站起来去下楼去看，但腿软得站不起来。后来来了好多人，我才知道那位姐姐……死了！"

说到这儿，她又抽抽噎噎地哭了起来："是春香害了她，春香躲起来不出来就没事了，神甫也不会被抓走了……呜呜……"

听着她一会儿说"春香"，一会儿说"我"的，夹杂不清，但意思总算是明白了。

几个人听完都不说话，思考着什么。

卢小羊猛地站起来，说："这事情什么时候发生的？"

春香说："大概一个月前。"

卢小羊脸色凝重，又问："你说的那位姐姐，她……长什么样儿？"

吴顶心想，长什么样是很难用语言描述的，为什么要问这个？

春香说："她，她穿了一件蓝色的毛衣，一件红色的短外套，头发不长。"说着又停下来，抬头用略带奇怪的表情看着卢小羊，幽幽地说："她长得有点像你。"

何俊和赵克勤都小声"哦"了一下。

卢小羊更是脸上变色，看得出心情很复杂。

吴顶感觉蹊跷，用询问的眼光看着他们。

过了一会儿，赵克勤才解释似地说："鲁静师姐和小羊长得很像。"

卢小羊说："她是我表姐。"

吴顶这才恍然大悟，鲁静这个名字刚听过的，好像是一个什么侦查员的名字，但是不明不白地牺牲了。哪儿知道这儿有一个人目睹了整个过程。

何俊问："那警察来的时候，你跟他们说了这些吗？"

春香说："春香不知怎么了，那时候想说话就说不出来，脑子里乱哄哄的，好像什么都一下子忘记了，刚发生的事也想不起来，就被送回学校，又在校医院躺了好久。从医院出来，我就常来这里，最近几天才终于断断续续地想起来发生了什么，但一想起那时候就头痛，嗓子也干……"说话间，她就摇晃起来，手肘撑着桌子，缓了一下，好像好了一些，又说："春香今天来是想祭奠一下那位姐姐，就在门口的墙下放了一朵小花，插在小瓶里。在教堂找了一顶修女帽带上，为她祈祷着呢，你们就来了。"

吴顶他们面面相对，一时都不做声。

春香摇摇晃晃地站起来，满脸歉意地说："春香又头晕起来了，楼上有一个小休息室，春香要去休息一下，真不好意思。"

吴顶赶紧示意，让她请便。她就慢慢悠悠一个人走入黑暗中，听脚步声是上台阶了。

春香一走，卢小羊就跳起来说："何俊，我表姐的事，居然……我决定帮你，看来是赌对了，但是你要给我说说，到底你还知道什么啊？"

赵克勤对何俊说："我也想听听到底是怎么回事，不知道你能不能说。"

何俊郑重地说："我只能告诉你们，我相信一号没问题，他肯定是被陷害了，现在又有人想陷害我了，而且可能和陷害一号的是同一伙人。一号来找过我，我知道一些事情，所以现在估计有人想杀我灭口，也有人想从我这儿得到什么东西，但到底敌人是谁，有哪些人，我也不是那么清楚，所以不是不想说，是说不清楚。你们要是信任我呢，咱们就一起，你们听我吩咐，我知道要干什么，到了时候总会真相大白的。"

赵克勤听了说："好吧，既然这样，我就不问了。"

卢小羊问："那我们接下来干嘛？"

何俊说："现在天这么晚了，我们先在这儿休息休息再说吧。"

吴顶也感觉困得狠了，闭上了眼睛，但心像漂浮在动荡的海水中，根本静不下来。这一晚上的各种杂七杂八的场景混杂在一起，出现在大脑中。吴顶也不知道自己接下来该干什么了，只是觉得自己触及到了一件大事，现在回宿舍什么的都是小事了，还是跟着何俊要紧，因为听起来她有性命之忧，自己虽然没什么用，但多一个人总是多一份力量。

就这样在不知是醒是梦的状态下，吴顶趴在桌子上挨着时间。

吴顶迷迷糊糊，也不知道过了多，忽然隐约听到远处有什么声音，接着又听到一声东西碰撞的声音。他抬起头，发现何俊、赵克勤、卢小羊都已经直起身子，警觉地倾听。

又是一阵声音，这回很清楚，是什么东西掉在地板上的咚咚声。

几个人不约而同，说："走，看看怎么了。"吴顶也跟了上去。

来到楼梯，卢小羊先小心翼翼地上去了。这教堂比想象的要大，上了一层，发现有声音的房间门虚掩着。

四人奔到门口，一把推开了门。教堂斑驳陆离的绘画窗户玻璃，也没有减弱月光的照入。以这惨淡的窗户为背景，映照出两个人影。一个是似乎还带着修女帽的春香，另一个人的造型很典型，虽然衣服破烂，但依旧辨认得出。

四个人都惊呆了，嘴里嘟囔着："神甫……"

那人确实是神甫的打扮，与一般慈爱的神甫不同的是，他的脸上凶恶狰狞，在惨月下更显得吓人。而他的手却紧紧掐住了春香的脖子，把她抬起，往下看，她的脚已经离开了地面。

春香痛苦地闭紧了眼，一只手搭在对方抓住自己脖子的手上，好像想掰开它。另一只手伸了出去，好像要抓对方似的，但看起来并不能迫使对方松手。

吴顶他们乍一看这景象，是有点不知所措了：这是春香说的神甫吗？他从哪儿来的？他不是被抓走了吗？他干嘛想要掐死春香？该怎么办？

卢小羊在最前面，叫道："住手，放下她！"

神甫一样的人充耳不闻，嘴里咬牙说着什么，好像是在骂人。

突然春香伸出去的手像是被拔了电源的机器一样，一下子软了下来，耷拉在身边，完全不动了。

卢小羊一着急，冲上去就要抢人。刚迈出两步，神甫一把丢开春香，身体拼命扭动着，好像里面有东西要爆发出来似的，嘴里"啊啊"怪叫，痛苦不已。他扭头看向四人，这是四人进屋来第一次看到他的正面，只见他眼神里充满怨恨、痛苦，他的眼神扫过四个人的脸，最后直勾勾地盯着卢小羊看，看得卢小羊心里发毛。

对视了几秒钟，神甫蹒跚着走向卢小羊，卢小羊虽然心里有些紧张，但憋住了并不后退，只是暗暗警惕。

神甫一只手忽地抬起，搭在卢小羊肩头上，卢小羊见他的神情异样，但并不像要伤害自己，也就没把他推开。神甫把手搭在他肩上后，就此就不动了。

吴顶等看着这诡异的情境，心中砰砰直跳。

卢小羊感觉到肩头并没有受多大力，就慢慢地试探性地抽身出来。神甫依旧保持一只手向前伸的状态，佝偻着站着。卢小羊说："他……好像死了。"

这句话刚说完，神甫颓然倒地，再也不动了。

何俊他们赶紧挤进屋子去，只见春香眉头紧锁，但还有气息。神甫却是真的死了。

看着突然死掉的神甫，吴顶突然有一种强烈的压抑感，就在今夜，一个柯代，一个神甫，暴毙于自己面前。活生生的人，突然变成冷冰冰的躯壳，而且两人都是强忍着痛苦死去的，让吴顶感觉极不舒服。

吴顶压抑着心底的恶心难受，问道："这到底是怎么回事？"

何俊面色凝重，摇摇头说："这个教堂有蹊跷，我们不能再在这儿了，准备走吧。"

吴顶说："那她怎么办？"指着春香。

何俊说："我们管不了她了。"

吴顶说："她那么可怜，送她去医院吧。"

"恐怕不行。"何俊说，"我们自己麻烦更大。送她去医院我们要暴露了。"

"那就把她遗弃在这儿？"吴顶声音有点高了。

何俊还是平稳地说："嗯，恐怕只能这样了。"

"可这儿还有死人躺着呢。就把她这么留下？"

何俊有点不解吴顶在纠结什么，说："当然，难道还能带她走么？那太累赘了。"

吴顶一下坐在床边儿上，说："那把我也留下吧，我也累赘！"

何俊惊讶地说："你说什么呢？你得跟我们走啊。"

"你为什么这么心狠？"吴顶问。

"什么？"

"在你家门口，死了个人，就因为我恰好看到，你就说我必须跟你走，以免有危险，对不对？"吴顶语气有些激动。

"对。"何俊皱起眉头道。

"但现在也死了个人，这个人甚至伤害过这个女孩儿，你不但不带她走，还要把她就这么留下，假装没见过似的。我和她的待遇差得也太多了吧。"

"你，你是我朋友啊？她，我们才第一次见，为什么一定要带她走呢？"

"那你为什么一定要带我走呢？我和你也不是那么熟的朋友。"

这一句话噎得何俊哑口无言，半张着嘴，不知说什么好。过了好一阵子，她才说："我们不能再耽搁了，你听我的，不能带她，不管你怎么想我，都不能带她走。"这话说的声音不大，但斩钉截铁。

吴顶忿忿地想再说什么，话到嘴边，又住口了。他低下头来，抑制着激愤，自己也知道只能这样了，何俊的事要紧，不能再纠缠此事不放，耽误时间了。

春香躺在旁边，好像听见了他们的争吵，幽幽睁开眼，对着吴顶用微弱的声音说："别把春香一个人丢下，别丢下春香……"说着又闭上了眼睛。

吴顶看着春香恳求的表情，心中虽然不忍，但也没有办法，只能放弃带她离开。

就在几个人要下楼时，已经在站在门外的卢小羊突然叫道："什么人！"

吴顶他们也探头出去看，只见楼道里黑洞洞的什么也看不见。

就这么等了一会儿，黑暗中传来一个声音："既然被发现了，也不用蹑手蹑脚的了，哈哈。"是段万刚的声音。

他们怎么能找到这里的？难道是一直在跟踪吗？不对，那早就可以动手了啊，干嘛要等到现在？如果是刚到的，那他们怎么找到这个地方的？

一连串疑惑一时也想不通，卢小羊叫道："赶快进屋去！"说着把大家都推进屋里，把房门关上了，又找什么东西来顶门。

赵克勤斜身到窗户边，外面是教堂的后院，黑沉沉的没有动静。

段万刚他们好像也不着急，在门外说："快开门，乖乖地出来，我只是想问何俊一些事情，问完各不相扰。"

赵克勤打开窗户，探头望了望，说："他们还没到后面，我们从这儿下去。"

何俊也不再多问，说到："快，我们把床单和窗帘接起来！"说着，嗤的一声把窗帘一把扯了下来。吴顶和卢小羊把床单从春香身下抽了出来。

只听外面的声音说："我再等一分钟，你们还不出来，我们就要进去了啊。"

赵克勤扭头说："快，来不及了！"

春香突然醒来，对吴顶哀求道："别留下春香，春香害怕……"

何俊还没要说什么，吴顶抢着说："必须带着春香走，不能把她留给这些家伙。"

何俊也不再争辩，说："快！"

三人把接好的床单绑在床腿上。卢小羊说："我先下去接应。"说着，翻身出窗，四五米高的高度，没费什么劲就落地了。接着，吴顶看了一眼何俊，何俊扁着嘴，帮他把临时的绳索麻利地系在春香腰上，然后两人一起用力，要把春香吊下去。

这时候，门外的人开始撞门了，砰砰的声音很响。幸亏这门比较结实，一时间撞不坏，但也不可能支持很久。

春香吊下去了，卢小羊接住她，解开扣儿。接着吴顶一咬牙也顺着绳索滑了下来，手掌心有些痛。

这时候门已经被撞得松动了。

赵克勤小声说："你快下去吧！"

何俊攀上窗户，看了赵克勤一眼，赵克勤道："别磨蹭了，下去就赶快跑。"

何俊点了下头，也没说什么，就滑了下去。

此时门眼看在撞几下就要被撞开了，赵克勤说："你们快走，别管我了！"一边解开床单，把长索扔下楼去。

何俊叫道："你干什么？"

赵克勤说："你们快走，我拖住他们！"

卢小羊一看赵克勤不走，说："我回去帮他！"

赵克勤挥手叫道："卢小羊，保护好何俊！"

何俊见事已至此，说道："那我们到哪儿集合？"

赵克勤说："那就 S2 的地下通道吧，快，快！"

何俊见状，一狠心扭身就走。

卢小羊和吴顶无奈，都看了看赵克勤，就一人一边，搀起春香，快步跟上何俊。

撞门的人就是阿威，门锁已经不管用了，赵克勤从里面猛顶住门对抗着。就在他又要狠撞一下的时候，赵克勤的抵抗突然没了，阿威一下刹不住脚，猛地撞进房间去，还没看清屋内情况的时候，感觉左侧很强的压迫感袭来，急忙扭头，一个不知是什么年代的硕大木柜子劈头压过来。他下意识赶紧伸手顶住。

一个黑影从他和大柜子搭成的空间窜了出去，闪到他身前时还不忘对着他裆部猛击一肘。疼得他一下子泄了劲儿，两腿发软，上面那柜子异常沉重，压得他不能脱身，心中火冒三丈。

那个黑影自然是赵克勤，他窜出房间，立足未稳，就见一只大手来抓他，他就地翻滚躲了开来，看清楚来抓他的是段万刚。

段万刚没把赵克勤放在眼里，想赶快收拾了他，去查看屋子里的情况，就又挥拳而上。

忽听砰的一声，段万刚眼前一花，黑暗中一张大网当头罩来。段万刚猝不及防，赶紧伸手去挡，但那个网子一下子把他全身裹住，他倒在地上挣扎，网子却还不断收紧。

原来这是此前张夜雨手下的捕捉网，在湖边没来得及用的一个，被赵克勤抢了过来，一直揣在怀里，到现在突然用出来，一下子奏效了。

被柜子压住的阿威，强忍剧痛，大吼一声，想推开柜子，但柜子太重，又因为被打了要害，力气一下子提不上来。

段万刚大叫："别管这小子，去抓屋子里的！"

但阿威怒到极点，根本没听进去段万刚的话，只一心想脱身去把赵克勤暴打一顿。

赵克勤来不及看段万刚一眼，箭步冲向楼梯口，想下楼去往教堂门外跑。

结果刚转过角，楼梯口却站了一个人，好像是守在那儿。赵克勤脑子来不及想，一把要推开他，然后迅速下楼，结果对方也一把抓了住他的衣服。赵克勤已经一大步跨出去了，被这么一拽，失去平衡，为了恢复平衡也一把抓住对方的衣服。但是这一下反而让两个人都失去平衡，撕扯着骨碌碌地滚下楼梯去。

对方"呀"地一声尖叫，原来是个女的。赵克勤也顾不得分辨，两个人刚一着地，就要挣扎着站起来。但对方被压在下面，被他用劲一按，吃痛得很，伸手就要打他。赵克勤这才仔细一看，原来对方是那个叫小瞳的少女。她面带怒色，恨恨不休，嘴里念念有词，估计不是什么好话。

赵克勤突然心血来潮，想起她腰中的一把软剑，就一边伸手隔开她打来的一拳，一边在对方腰腹间一阵拍摸。

小瞳尖声大叫，嘴里说的啥，赵克勤也听不懂，索性充耳不闻。他没费什么劲就发现了软剑，找到剑柄的锁扣，一按打开，顺势把剑抽了出来，那软剑忽悠忽悠地摆动着。

赵克勤知道周围敌人环伺，不能停留，甩开挣扎着的小瞳，沿着大堂整齐长桌中间的走道，飞步向教堂的门口跑去。

眼看跑到门口，耳中传入轻微的"啾啾"的声音，刚开始不注意，等到惊觉，一道光弧已经直逼眼前。

赵克勤知道对方使飞刀的女人出手了，心中暗暗叫苦，手中把从小瞳处抢来的软剑舞动成一团，想就此冲出门去。但是对方的圆盘形飞刀上下翻动，左右齐至，实在难以招架，于是咬着牙，拼着挨上一两刀，受点小伤，想赶紧跑路。但是一不留神，一个人影已经晃到身前，伸腿一绊，赵克勤一下子扑到在地。

赵克勤两手用力一撑，迅速地站起来，发现是小瞳赶了过来，绊倒了他。

小瞳又是一脚，从背后踹来，赵克勤并不回头，轻轻一侧身，让了过去。

小瞳举拳又打。

阿剑向小瞳喊叫什么，好像是让她退回来，小瞳嘴里答应一声，还没等反应过来，右手手腕就被赵克勤攥住了。这个动作似曾相识，小瞳刚一发呆，右前臂上一阵剧痛，嘴里忍不住"啊"的叫了出来。小瞳心中暗骂自己，怎么又被拧住胳膊了。奋力想挣脱，但是赵克勤只再稍微加一些劲儿，小瞳感觉胳膊马上要断一样，疼得厉害，不敢再乱动了。

赵克勤另一只手从小瞳背后绕到前面，搭在她脖子上，软剑贴在她脖子旁边。

这时段万刚、阿威都摆脱了困境，走下楼来。

赵克勤拉着小瞳靠在墙角里，让阿剑的飞刀也不能轻易出手。

段万刚见到这情景，朝赵克勤喊道："兄弟，把刀子先放下，有话好说。"

赵克勤笑嘻嘻地说："我没话好说。"

段万刚心中暗骂，臭小子，有机会一定好好整治你，但嘴上说："我们之间就是误会，我只是想向你们打听一些事，怎么搞得动手动脚的。你把我们的人放开，我们好好聊聊，交个朋友。"

赵克勤说："放她可以，但你们得离得远远的。"

段万刚他们互望一下，各退了几步，说："这样行吗？"

赵克勤大笑，说："你们太搞笑了，这是在哄小孩子吗？"

段万刚说："那你说怎么办？"

赵克勤说："这样好了，你们都到大堂的另一边去，我领着这位小姐出门去，你们不能跟我，等我安全了，就放了她。"

段万刚说："那不行啊，我们这个小女孩年纪还小，你把她随便扔在哪里，她会迷路的。太危险了。"

赵克勤笑道："没那么小吧？"说完小声对着小瞳的耳边说："你多大啦？"

小瞳没有回答，只是呼呼喘气。虽然看不见她的脸，但估计脸色不善。

段万刚一时无法。阿剑想扔飞刀，但不敢出手，怕伤到小瞳。阿威骂骂咧咧的，已经快按捺不住了。

赵克勤见自己这一招成功地拖住了对方，心中稍安："他们太看重着小姑娘了，都忘了分兵去追何俊他们。"

这时，一个人跟跟跄跄地从外面跑进来，气喘吁吁的。

段万刚叫道："阿彪！"

阿彪汗颜地说："我拦不住，他们跑了。"看他狼狈的样子，估计和卢小羊他们动过手了，而且输得挺惨。

赵克勤看样子知道何俊他们已经逃远了，自己的使命也完成了，心中一宽，把刀子当的一声扔在地上，抓住小瞳的手也松开了。

小瞳往前走出两步，转过身来，有些诧异地看着他。段万刚他们也不知道他为什么突然放开了小瞳。

赵克勤笑笑说："我的同伴已经跑远了，我自己反正是跑不了，也不用再抓住你们大小姐了。不过连续两次都对一个女孩儿动粗，我心里很惭愧不安，请接受我诚挚的歉意。"说着，把右臂横在胸前，向小瞳微微躬了躬身，面带笑容，颇有风度。

段万刚他们一下子没理解他在搞什么鬼。

赵克勤挺直身子，两手微张，又优雅地说："现在您各位要杀要剐，悉听尊便。"

段万刚见他不反抗了，一时反倒有些不知该怎么办了。

却见小瞳面无表情，走回来两步，到了赵克勤面前，突然伸双手勾住赵克勤的头颈，两眼直愣愣地看着他。

这下轮到赵克勤不知所措了。他看着小瞳的眼睛，以前没有注意，现在这么近距离地看着小瞳，原来她的眼睛是蓝色的，蓝得像宝石一样。再看她的鼻子、嘴唇，心中突然有些异样的感觉，额头一滴汗滑了下来，刚才的潇洒劲儿一点儿也装不出来了，脸上不自然地笑笑，像抽筋一样。

赵克勤就这么和小瞳对望了好几秒钟，赵克勤感觉时间停止了似的，心脏砰砰直跳。小瞳突然脖子后仰，接着勾着赵克勤后颈的两手往前用力，头猛地向前撞去，正撞在赵克勤的额头上，赵克勤正心猿意马，毫无防备，就觉得像铁锭砸来，脑子里嗡的一声，口中"啊"地惨叫，就此不省人事，摔倒在地上。

小瞳摸着脑门儿，斜眼看着倒在地上的赵克勤。阿剑过来说："小瞳，你还是练硬气功的好，不要练剑啦。"小瞳气呼呼地白了她一眼。阿剑吐吐舌头，拍着她的背，赶紧又哄了哄。

六、地下长城

何俊几人在约定的地下通道等赵克勤，东方欲晓，仍不见踪影，都心情沉重。

何俊说："不等了，我们走。"

吴顶问："咱们去哪儿啊？"

何俊说："去车站！"

"车站？"吴顶问道。

"对！哦，就是18局的总部，在劳动广场的地铁站旁，代号'车站'。"

吴顶恍然大悟，原来"车站"是这个意思，他之前听卢小羊说去"车站"集合时，还纳闷了半天呢。

"我们回总部？那不是自投罗网吗？"卢小羊不理解。

"不，我直接去找二号，省去中间接手的人，那就没危险了。"

"哦，你这么说，就这么办吧。"卢小羊听说直接见到二号就能把此事说明，确实是个不错的方案，省得在外面被黑白两道追着跑。如果自己人里真的混入了坏人，那么减少中间环节直接去见高级领导是明智的。比如，假设跟张夜雨等人走的话，万一黄毛女、口罩男和耳机男中有一个人想暗害何俊的话，都防不胜防。卢小羊现在想起那三个人，自忖自己没把握胜得过其中任何一人，能从他们三人的围攻中逃走，真是侥幸。

林春香又受了这次刺激，最初不停地啜泣，说神甫不喜欢她了，要掐死她。吴顶只好安慰她说，神甫被坏人搞得疯了，不认识她了，云云。后来林春香哭累了，总算睡了过去。现在清醒过来，经过休息，精神状态稍微好了一些。吴顶扶起她来，几个人离开藏身之地，直奔劳动广场。

这时天色虽还昏暗，但广场上稀稀拉拉的，已经有人来人往。地铁劳动广场站规模不小，和周围的几栋大商场相连，从商场里也能下到地铁站里。

卢小羊指着一栋大商场说："那个就是 18 局了。"

吴顶不信，问："那不是个商场吗？"

卢小羊笑笑，说："对，但其实百货商场只租用了那个楼沿街的一小半空间，后面大部分就是 18 局了。一般人也不知道，这个商场的那些所谓闲人免进的办公区域，就通向 18 局。"

这是中隐隐于市啊。

吴顶一边叹服，一边问："我们就进商场吗？还没开门吧？"

卢小羊说："不用走商场里面，还有……"

话没说完，何俊打断他道："我先一个人去，你们在外面稍等。"

吴顶明白这不是随随便便能进的地方，点点头，四下一望，准备找个地方扶林春香坐坐，却突然隐约觉得有人看向自己，刚要找找这视线的来源，就听卢小羊说："吴顶，先别看，你两点钟方向有人盯着我们。"

说不看，但吴顶还是忍不住瞟了一眼。啊，是光哥手下的小刺毛，还带着几个人！

何俊低下头，悄声道："其他方向还有人。"

卢小羊急促地说道："他们要过来了！"

吴顶也看见小刺毛领着人，已经慢慢靠近过来。

何俊毫不犹豫，道："不能分开了，一起进去！"

卢小羊说："好。"说着就要向商场大楼走去。

何俊指了指旁边的地铁入口说："从这儿进，甩掉他们。"

卢小羊惊讶地问："这下面还有入口？"

何俊说："嗯，跟着我走！"说着率先进入了地铁口。

小刺毛见他们要进地铁站，招呼同伙，拔腿跑了过来。

何俊领着三人快步走到月台的尽头，这附近几乎没有人，也没有设置防坠玻璃墙，何俊一跃跳下月台，站在轨道上。

吴顶惊呆了，叫道："你干什么？危险啊，快上来！"说着伸手要拉她。

何俊催促道："入口还有一段距离呢，你们也快下来，跟紧我。"

吴顶不敢相信："什么，你是说入口在这火车的隧道里？"

卢小羊也是不能全信，但还是说："好，那得快点，火车快来了。"

吴顶叹了口气，也跳下去，然后扶着林春香下来。四人都站在轨道层了，何俊说："快走。"说完就沿着墙，走进黑暗的隧道中。

等小刺毛一伙追到月台，四处乱找，早不见了何俊四人的踪影。

吴顶等紧跟着何俊，贴着墙壁，摸黑走了大概几分钟，感觉有风吹过，还有隐隐风呼啸的声音。

何俊啧了一声，说："火车来了，大家紧贴着墙，等车过去。"

吴顶一惊，果然那不是风声，是火车的声音，说话间已越来越近了。他赶紧贴墙站着，恨不能把自己压扁了。扭头看看林春香，她虽然像小动物一样瞪圆了眼睛，但并没有问什么，只是安静地跟着走，好像只要跟着他们就安心了，其他什么也用不着知道。看吴顶望来，她对吴顶报以一个甜甜的微笑，身子也尽量贴着墙。

瞬间，火车风驰电掣，呼啸而过，让人喘不过气来，又似乎要把人吸走一般，巨大的声音也让人耳聋。这么近距离的接近奔驰的火车，吴顶虽然知道不会撞到，但还是心里咚咚直跳。

火车过后，四人继续前进，不多久，墙凹进去一块，出现一个足够容身的空间，在这个三面是墙壁的地方，就不怕火车了。

何俊轻车熟路地拉开侧面一个厚重的门，招呼道："进去吧。"

吴顶也不多想，跟着进去了。里面是向下的楼梯，装着昏暗的应急灯。往下走了大概一两层楼的样子，又出现了一个门，标着硕大的一个叉，还有一行字：无关人员切勿靠近！何俊二话不说，摸出一张卡一样的东西，在感应器上刷了一下，接着就转开门锁，走了进去。

门后是走廊，光线亮堂多了，不远处又是一个门，玻璃的，像是银行自动取款机外的门，明显看到门里不高的天花板上装着摄像头。门旁边有感应器一样的东西，这回何俊没有刷卡，而是像进她家时一样，把眼睛凑上去，门咔哒一声开了。

四人也不说话，鱼贯而入。

这里面除了拐来拐去、都是丁字路以外，就像是一个普通的写字楼一样，只是安静得很，不见一个人。何俊领他们到小会议室，先把林春香扶着坐在椅子上，卢小羊和吴顶也坐下．

何俊说："你们先休息一下，我去找点水喝。"说着她拉开门，走出去，又轻轻地关上门。

过不多时，她就返回屋子，手里拿了几个纸杯，在屋角的饮水机上打水，先接了两杯，给卢小羊和吴顶端了过去。然后又接了两杯，给春香一杯，自己拿一杯慢慢地喝着。她只喝了小半杯，放下杯子，说："你们在这儿呆着别动，我要去找二号汇报。"

卢小羊说："好吧，你注意点，尽量别被人看见。"

何俊说："这么早人很少，只有二号是工作狂，才会在。"

吴顶也点点头，知道有些事她不方便当着其他人说，知道的人越少越好。而且这是机要重地，自己这样的闲杂人等，还是别乱走乱看的好。

何俊又轻轻地拉开门，出去了。

吴顶长出了一口气，折腾了一晚上，终于要完事了。自己莫名其妙地卷进这么个事儿里来，真是……真是怎么样，自己也说不出了。但却完全没有轻松的感觉。把自己的干系摆脱干净了，就可以回宿舍好好的睡一觉了……应该这么想才对啊，可是心里却有一种不可名状的纠结感，为什么会有这种感觉呢？是因为自己不幸知道了一些正常生活以外的事，不由自主地要去想这些事吗？其实他也隐隐感觉到了，自己不只是知道了一些奇怪的事这么简单，而是接触到了一个绝大多数人永远不可能接触到的新世界。这个新世界就像他原来熟悉的那个世界的倒影，原来的世界运动，总会反映到倒影上。但两个世界又似相互隔离，一般人很难涉足两端。

真不知道还有多少人和事，是超出自己常识的，在熟知世界的倒影中。就比如自己所处的这个建筑，入口竟然在地铁隧道，没人领路，就是坐一辈子地铁也不可能知道啊，而且那个入口的铁门是封闭的，即使是地铁的维护工，从它前面无数次路过也进不去的。

他抬头看看林春香。她像依恋主人的小猫一样，两腿搭在椅子上，蜷缩成一团休息，还不住地往吴顶这边挤靠，可怜不已。卢小羊坐在另一边，手里玩弄着个什么东西，脸色阴沉，眉头紧锁，好像在思考什么事情。

吴顶被林春香挤着，不太舒服，但也不忍心闪开，只好维持着不动。他又想起了赵克勤，他能不能逃脱？逃不脱怎么办？那几个人都凶恶得很，换了自己能不能像他一样，为了朋友逃脱，舍身饲虎呢？何俊、卢小羊他们和赵克勤有默契，不用推辞客套，该怎么办就怎么办，而我呢？我当时为什么没主动说要代替赵克勤？虽然他们肯定不许，但自己心里根本没有这么一个选项。想到这里，一阵自责，自己遇到危险就只顾逃走，其他什么都不顾了。

这种自责的情绪一旦引起，比别人骂你要难受得多，而且更难排遣。吴顶深呼吸几下，心想：算了算了，马上回到原来生活，也没有这些关乎生死的抉择，也不用纠结了。既然何俊要把一切都告诉这个不管是什么的国家机关，那么什么危险敌人，什么污蔑陷害，还有救援赵克勤的事都交给他们吧，他们是专门干这个的，还要我操什么心，不想了不想了，回宿舍睡觉，完后还得写一堆作业呢。

总算说服了自己，刚要继续休息，突然他一个激灵，潜意识里有一种不祥的感觉：一旦迈入这个新世界的门槛，原来的生活就再也回不去了。

此时，卢小羊手里拿着个智能手机似的终端，这是神甫临死前放在他口袋里的。当时，神甫一手扶着卢小羊的肩膀，直勾勾地看着他。卢小羊觉得他可能把自己当成表姐鲁静了。据林春香说，鲁静曾经来救过神甫，但是没救下来，神甫就被什么人抓走了。而昨夜神甫不知为何又出现了，而且神智癫狂。但卢小羊觉得，他临死时的眼神并不像一个疯子，他用卢小羊的身体遮挡着别人的视线，把这个电子终端悄悄地放在卢小羊的口袋里了。然后又像是有话要说一样，用充满不甘的眼神看着卢小羊的眼睛，但可惜发不出声。

现在，吴顶和林春香都在闭目养神，卢小羊摆弄着这个东西，却怎么也打不开它，是什么时候碰坏了么？还是电池没电了？搞不清原因，卢小羊只好先作罢，把那东西又装回口袋里，他决定在弄清那是什么之前，先不告诉别人。

不知睡了多久，直到感觉有人在喊叫着打自己的脸，赵克勤才慢慢有了意识。他用力睁开双眼，感觉头痛欲裂，浑身也不自在。想把头抬起来，才发现原来自己两只胳膊绑在一个桌子上，心中一惊，这才完全清醒了：自己被段万刚他们抓了，捆在这里。使劲挣扎了几下，捆得死死的，完全挣脱不开。

刚才在打他脸的人是阿威，见他醒过来，朝其他人招呼了几句。

段万刚拖过来折叠椅，往上面一靠，说道："小兄弟，你醒啦，那就告诉我们那个小姑娘去哪儿了吧？"

赵克勤表情迷惘，说："哪个小姑娘？"

段万刚说："就是你的同伴啊。"

赵克勤挤紧眼睛说："我的同伴？……我头疼得厉害，什么都忘了。"

阿威过来，朝赵克勤脸上就是一拳，然后又是一巴掌，打得他满脸是血。

段万刚摆摆手，示意不要打了。

"你领我们去找见她吧，我们就问她打听个事儿。问完了就没事了，还要送你们一份大礼哦。"段万刚说，"否则的话，我们这位可不知道要干出些什么事来。"

赵克勤说："哦，你说他们啊。他们自己跑了，我怎么知道他们去哪儿了。"

段万刚说："你们就没商量什么见面地点吗？"

赵克勤说："没有啊。"

阿威抽出一把尖刀，急吼吼地叫着什么，看样子就要拿刀来扎赵克勤的右手。

赵克勤的手被绑死在桌子上，这一下扎下来，右手就废了，不由得紧张起来，叫道："停！停！"

段万刚止住阿威，凑过来，问："怎么样，想通啦？"

赵克勤看着段万刚说："段老板，你知不知道我们是什么人？"不等段万刚回答，接着说："你当年在码头被人围住，快被砍死的时候，是谁救了你？你一直想知道是吧。我告诉你，那就是我们的人。我们的人是什么样的人，怎么办事，想必你都见识过了。你想想你今天要是对我做什么，会有什么样的后果！"

段万刚哈哈一笑，说："小子，你这是在求饶吗？求饶不是这么求法。"

赵克勤一听大怒，激起了心中的雄心，心想：求饶个屁！我是为了你们好！你要知道你们惹的是谁！又想，打死也不能让他们看扁了，索性你们爱怎么样就怎么样，有你们后悔的时候！

段万刚说："小子，好好再求饶一次，我们就每次从你身上少切下来点儿。"

赵克勤打定主意，再不开口，免得被认为是求饶，只是怒目相向。

阿威拿着刀，在赵克勤手边晃来晃去，段万刚不住得威逼恐吓，赵克勤都给他们来个不理不睬。

阿威又不耐烦了，大吼着，意思好像是不管了，一定要扎下去了。

赵克勤咬紧牙关，等着忍受巨痛。

阿威猛地举起刀，就要扎落。

就在这时，小瞳喊道："不要扎！"

阿威的刀还高高举起，诧异地看着小瞳。

小瞳没精打采地说："我今天不舒服，不要见血了。"

阿威的凶悍劲儿已经上来了，轻易压制不下去，大叫着好像是说什么也要给赵克勤放放血，说着手上用力，又要落刀。

小瞳站起来，大喊一声："我说了不要！"这一声嘶力竭的一吼，把阿威也惊住了。过了半天，阿威气愤地把刀往桌子上一戳，气冲冲地走开了。

赵克勤逃过一劫，心砰砰乱跳，有些感激小瞳，但转念一想，哼哼，这就是惯用的审讯手段，有黑脸，有白脸，在黑脸们穷凶极恶的当口，白脸出来制止他们，还发生争执，博得被审讯人的好感和信任，然后伺机套出情报。

想到这儿，赵克勤冷笑一声，嘴上还不饶人，叫道："怎么不动手啊！怕什么啊！来啊！"

小瞳三步并作两步跳到跟前，飞脚侧踹了赵克勤好几脚，叫道："你闭嘴！闭嘴！"踹得可着实不轻。

赵克勤疼得呲牙咧嘴的，心中纳闷：你不是白脸吗？怎么白脸也打人啊，还打得挺狠？

一阵阵急促的铃声打破了周遭的宁静。吴顶一个激灵挺直了身体，林春香也惊醒了，起身坐起，看着吴顶，眼神里流露出疑问和惊惧。

　　卢小羊站起来，拉开门，露出一条缝儿，侧目往外面瞧，没发现什么。正要关上门时，门啪的一下被撞开了。卢小羊和吴顶大惊。定睛一看，何俊冲了进来。

　　何俊弯了腰，大口喘气，一边叫道："快，跑，快！"

　　卢小羊问："怎么了？出什么事了？"

　　何俊说："跑，跑！"

　　卢小羊满腹疑虑："这里是总部啊，能出什么事！"

　　何俊焦急地说："小羊，求你，先别问了，跑！"

　　"好吧！"卢小羊叹了一口气说，"但我可不想再这么没头没脑的了，一有空你就得给我讲清楚。"

　　何俊点点头，望向吴顶。

　　吴顶心里咒骂自己太灵光的预感，扶起林春香，问了一句："我们也得去吗？"

　　何俊又点点头，看着林春香囧囧的表情，没奈何地说："都走，一块儿，快！"

　　吴顶问林春香："走得动吧？"林春香点点头。吴顶说："那就走吧！"

　　于是，何俊、卢小羊、林春香、吴顶鱼贯而行，溜出了房门。何俊突然又转回身，飞快进房间，把几个人喝水的纸杯一把抓起来，跑着出来，关上房门，领着三人向前快跑。

　　和来时一样，拐来拐去，几个人在尽是丁字路口的迷宫里快步前行。有时何俊拉开一扇门，里面是楼梯间，几个人就下楼梯。但楼梯也不是一路直通到底的，下了几层就没了，又从楼梯间出来，找到新楼梯间，再下楼梯。如此这般，不知道下来有多少层，吴顶也数不清了。

　　吴顶心想，来的时候就是从地铁进来的，那已经是地下了，现在又下了这么多层，那应该是更深的地下了。

终于，当何俊又费力地推开一扇门后，眼前突然开阔了，现出空旷的地下停车场，稀稀拉拉停着几辆汽车。何俊扫视一下四周，见没有人看守，就径直走向一辆深蓝色越野车。

卢小羊问："我们开车走么？"

何俊说："对，我们要去远处，你开车，我指路。"

卢小羊也不问什么了，接过何俊递过来的钥匙，打开车门，坐到驾驶席上。

吴顶和林春香也上了车，坐后排，何俊坐在副驾驶的位置。

卢小羊发动了汽车，何俊指引他离开停车场，走了没多远，就向着一个黑漆漆的隧道口开去，那硕大宽阔的黑洞像是怪物张开的大口，小小的汽车一头扎了进去。

进入隧道后，吴顶感觉并没有想象的那么暗，隧道顶上安着灯，好像是感应式的，随着车的前进渐次亮了，车后面又渐次熄灭。车灯照亮两边的反光标志物，一条道路清晰的显示出来，不会因为黑暗而一头撞在墙上。

走了好一阵子了，照这个速度应该不久就可以出地面了吧！吴顶想，这个地方太诡异了，从停车场到出地面居然要这么久。

刚刚还紧张不已的心情，因为车子出乎意料的顺利前进，而被淡忘掉了。

吴顶看看身边的林春香，她好像又很乏力的样子，捆着安全带还头一点一点地打瞌睡。就在这时，隧道两边的墙上一闪一闪地亮起了黄灯，隔几米就有一对，像十字路口的交通灯一样。

卢小羊扭头问何俊："这是怎么了？"声音有些惊疑。

何俊脸色沉稳，说："减速，慢慢停车。"

卢小羊慢慢减速，前方好像出现了岔道，两根黄黑相间的隔离杆横亘在隧道中间，卢小羊把车停在杆前，又问："这是怎么回事？"

何俊不答。这时响起了当当当当的铃声。

吴顶突然觉得这声音很熟悉，想道：这似乎是铁路岔道的铃声。

刚一转念间，就听到轰轰的声音，接着一阵呼啸，一列火车飞驰而过，巨大的轰鸣在隧道中震荡回响。

这么深的地下，应该不是地铁通过吧？而且看样子也不像是运载旅客的车厢啊，倒像是货车。

火车通过了，铃声也停了，两根杆子升了起来。

何俊说："好了，继续走吧！"

卢小羊加了一脚油，车又逐步加起速来。

吴顶问道："那不是地铁吧？"

"那是军列。"何俊说。

"军列？"吴顶问，盼望得到更多的回答。军列走地下？难道这路跟哪条铁路通起来了？

"这儿的深度已经远超一般的地铁深度了。"何俊说。

"嗯，这个我也感觉出来了。但到底有多深啊？走了这么久还不出地面？"

"你知道'深挖洞，广积粮'的年代吧？"何俊问。

深挖洞，广积粮？

"嗯，历史课上学过一点儿，应该是为了应对大规模战争吧？所以多挖防空洞来防空袭，多存粮食打持久战。"

"对，但不光要防一般的空袭，还打算要防核打击，所以洞要深挖。"何俊补充道。

"好吧，可能是吧。"吴顶没想过这些。到底多深算深呢？核弹的威力印象中总是无敌的感觉。

"后来呢，大规模战争的可能性没了，好多防空洞就改变了用途，有的变成了地下商场，有的成了城市地铁的雏形，有的就荒废了。"

还有的变成了地下停车场。吴顶知道何俊的意思是现在这儿就是当年深挖的"洞"。但这样太不方便了，从停车场到出地面要走这么久，太折腾人了。

"但是还有些呢，"何俊继续说，"据说继续发挥它们应有的功能，而且还在扩展延伸。前几年媒体上曝光过的'地下长城'你听说过么？"

"地下长城？"吴顶回忆了一下，想起来了，确实有看过这样的报道，外国媒体好像也着实大惊小怪地咋呼了一阵。

"哦，那个我记得说是战略导弹部队修的吧，用来保护导弹的。"吴顶说。这下你可没考住我。"还能用来运送导弹的，据说。"他补充道。

"对，外国人的媒体是这么报道的。说他们知道了我国战略导弹部队的地下迷宫，可以藏多少多少枚导弹，大肆胡猜。其实我觉得他们太天真了。"何俊略带调侃地说。

吴顶一愕，问："为什么天真？"

"要真按他们说的，我国搞这个已经五六十年了，如果我是设计者的话，我才不会只把它修成导弹仓库呢。"

"嗯？那要修成什么？"

何俊没有回答吴顶的问题，而是反问他道："你觉得，只有战略导弹部队在挖洞吗？"

吴顶不解她为什么有此一问，答道："什么意思，还有谁在挖？"

"你不知道吗？不光C国，很多国家的空军都在挖啊，军用机场旁的好多山都被挖空，作为藏飞机的洞库呢。"

哦，确实如此！

吴顶想起来，自己去过的航空博物馆，有一个展馆就是当年的山体洞库，里面大的超乎想象。由此看来，在没变成博物馆之前，那里面说不定停满了整装待发的作战飞机。

"不仅空军，海军也要挖洞哦！"何俊说。

"海军？海军要洞干什么？"

"海军有潜艇洞库，使潜艇可以在洞里直接下潜、出海。这样外军的空中侦察也不能判断潜艇位置。"

"哦，这样啊，有道理！"吴顶听到这里，以此类推，问道，"那陆军呢？总用不着挖洞了吧。"

"陆军需要移动！"

"什么需要移动？"吴顶不解。

"你想啊，陆军太庞大了，集结、行军都不易隐蔽，在现在侦察手段这样多的情况下，很难做到突然性战略移动。"

"哦，我懂了。"吴顶知道何俊想说什么了，"你是说要让部队在地下行军，以躲避侦察！"

哇！吴顶得出这么个结论，不禁把自己吓了一跳，要真这样的话，这个工程量可大得离谱啊。但转念又一想，不过真要以五六十年的时间跨度来看，也未必就不可能。

何俊道："说到这儿，你明白我为什么说他们媒体天真了吧？要是让你来设计这个所谓的'地下长城'，你会只单单用它来藏几发导弹吗？"

吴顶说："是啊，既然要修，不如把空军、海军现有的各个洞库都连起来，形成网络，那就什么也能从地下运输啦。说不定连潜艇都能运呢！"

何俊不由笑道："呵呵，你想象力挺强啊。而陆军的话，我觉得只要在各集团军的部队驻地附近布置入口，再和民用的公路、铁路有接口——"

吴顶接着道："那陆军就能神不知鬼不觉地出现在敌人意想不到的地方了！"

"是吧，所以正常想来，这个地下网络肯定要联通四个军种，这样既是军事运输网，又是防攻击防侦查的防护堡垒，又是能出奇制胜的攻击利器。这才配得上叫'地下长城'嘛！"

何俊突然像军事专家一样大谈军事，突然觉得太投入了，顿了一下，看了昏昏沉沉的林春香一眼，放软语气说："不过也只是我的幻想，不知道真实是怎样的，呵呵。"

到此，吴顶已恍然大悟，联通陆、海、空、战略导弹部队，走打藏一体，确实比只用来藏导弹的仓库要实用的多了。这并非不现实，反而是效费比最高的做法，如果让自己来设计也确实要搞成这样才够意思，否则不过是个大仓库而已。

只不过自己看了那条报道，它怎么说就怎么听了，并没有深想一步，唉，好多事情好与不好，成与不成只是一念之差。

吴顶被何俊启发着讨论了半天，设想这么一个宏大的、全国性大联合战斗堡垒，禁不住有些激动，情绪亢奋起来。突然脑子里又是一跳，有点纳闷：我们为什么讨论这个啊？

从沉思中回过神来，看着车外飞快闪过的厚实的水泥墙壁和前方反光条的亮光，宛如置身于一条地下高速公路之中，心中一动，咂了咂舌头，叫道："不是吧！难道，难道我们现在就在这个'地下长城'里？！"

虽然光线昏暗，吴顶在后面坐着也只能看到何俊侧脸的表情，但感觉得出来自己的反应很符合她的预期。

猜对了。

吴顶暗骂自己反应迟钝，感觉自己的思维能力因为突然来到了一个陌生的领域而变得不再灵光了。

七、高山栖仙

赵克勤躲过了阿威这一刀，心中默默松了一口气。

阿剑从旁边沙发上起来，说："那现在怎么办？"

阿威没能下手，在屋子里颠过来跑过去地埋怨着。段万刚也站起来，几人都用粤语交谈，越说越激烈。

赵克勤在旁边一句也听不懂，但听得久了，突然好像听出了些什么。

罗忠新？

在哪儿听过这个名字啊？

赵克勤苦思冥想，对啊！吴顶说过，吴顶说过他们要找一个叫罗忠新的！

在段万刚他们激烈的争吵声中，赵克勤突然大叫："你们要找罗忠新干什么？"

争吵声一下子停止了，几个人都瞪着赵克勤。

段万刚问道："你听得懂我们说话？"

赵克勤说："不懂，但我听着像罗忠新。"

"你知道罗忠新？"

赵克勤轻蔑翻了翻眼睛，好像是在说一件人尽皆知的事。

"他在哪儿？"

"就这么捆着，我说不出话来。"赵克勤眼睛撇向一边，不看他们一眼。

段万刚给阿威打个手势，阿威不情愿地拔起刀，割断赵克勤手上的绳子。

段万刚说："都割断吧。"

阿威这才恨恨地把绳子都割断了。

段万刚说："小兄弟，你都告诉我吧，刚才都是误会。你要是知道罗忠新什么事，都告诉我吧。我们也不用麻烦地去找那个小姑娘了。"

他们找何俊是为了找罗忠新？为什么？

赵克勤脸上露出若无其事的表情，说："我要先问你们一些事，才能决定告不告诉你们。行吧。"

段万刚脸色虽然不悦，但考虑了一下，说道："我看你年纪虽小，但骨头很硬，咱们可以交个朋友，你想问什么就问吧，但问完一定请把罗忠新的情况都告诉我们。"

他现在说话口气客气多了。

赵克勤问道："你们洪义会本来在花港活动，为什么来这儿？就为了找罗忠新？"

"你连我们是洪义会都知道。嗯，是那个老师告你的喽。没错，我们就是来找罗忠新的。"

"为什么找他？"

段万刚脸露犹疑之色。这句话问到了关键之处，他不清楚赵克勤是什么身份，怕冒然表露己方的立场，就问不出什么有价值的东西了，就问道："你认识罗忠新么？"

赵克勤说："我刚才说过了，我问完问题，你们回答了，才能问我，所以你先回答我的问话。"

段万刚咬了咬牙，心中不爽，随即想，拿这小子死马当活马医了，索性和他说了，看他怎么反应。于是冷冷地说："他暗算了我们会长，我们要让他负责。"

"具体是怎么回事？"赵克勤不动声色地问。

"罗忠新是搞台洲独立的，原来也算是个军情局的情报人员，后来退役了，就搞所谓的贸易，其实是联络分裂分子。他和很多道上的人物有来往，大家知道他军情局的底子，面子上都还客气。但我们不搞独立，很多时候就应付他们。他们台洲人当年在花港搞得动静很大，很多帮派都是他们支持的。我们虽和他们不和，但我们太大，他们拿不下，不敢轻易动手，也还太平。"

"你们为什么不和他们一路？"

"我们可是正经洪门传人，当年天地会的一支，拜的是关二爷，不敢说精忠报国吧，也不会干分裂国家卖国贼的勾当。"

拜小说和各种版本的电视剧所赐，天地会的名字现在人尽皆知，但人们都只把它当成虚构的故事，却不知这个神秘而庞大的组织如潜龙一般存在着，至今分支遍布全世界，以各种各样的形式存在着。

但以赵克勤听来，感觉有点儿好笑，打趣道："哦？看不出来你们还挺有原则。"

段万刚接着说："哼，但是 C 党，我们也是不招惹的，毕竟他们是官，而且 C 党阴险，搞不好翻脸不认人，还会赶尽杀绝。所以我们两不相帮，只管自己地面上的事。"

他停顿了一会儿，才又说："可是最近，罗忠新又来找我们会长，本来谈得还好，但他突然说让我们和他们干一些大事。"

"大事？"

"其实就是上街游行，支持花港独立，说想让黑帮把花港搞得越乱越好，让警察都顾不过来，不知道该管谁。我们不想参与，罗忠新硬要我们参与，后来越说越僵，我们会长火了，说我们和你们不一样，不是数典忘祖的人。罗忠新说，你们干的烂事那么多，还立牌坊。会长说，惟独这件事不做，这个牌坊立得。罗忠新当天就走了。谁想他贼心不死，买通了一个堂主，在会长的屋子里放了个小炸弹。会长虽然命大，但也受了重伤。"

原来是这样！赵克勤心中默默地想。

"我们把那个堂主干掉后，就到处找罗忠新报仇，听说他来了内地，就追了过来，但线索一下丢了。就在我们一筹莫展的时候，有人联系我们，说他可以帮我们，但是一切得听他的指挥。我们开始不相信，怕是罗忠新的花招，但后来想是他的花招也罢，总比没有线索好，就答应了。后来，那个人给我们准备了一些东西，像什么追踪定位器啊，盗听器啊之类的，还有毒针和毒药。这些东西道上都不怎么用，倒像是007要用的东西。

"有一天，我们被他通知，到那个教堂，让我们抢那个教堂的神甫，据说他知道罗忠新的线索。等我们到了，发现已经有两伙人在抢那个神甫，一个女的孤身一人和几个男人对阵。我们刚开始觉得，那几个男人也太差劲了，拾掇不下一个年轻女的。后来越看越惊奇，他们打得实在是太激烈了，本来那个女的占上风，后来不知怎么的就不行了，我们离得远，看得不清楚。那几个男人架上神甫就走，我们就上去动手了，说来惭愧，我们几个人也没挡住他们，被他们跑了。"

说到此处，阿威他们脸上无光，想来当时吃了些亏。

"就是说，你们没截住神甫，让线索又断了？"听到神甫、鲁静的事，赵克勤突然觉得前后的事有点儿要连上了。

"是的。就这样又过了快一个月，直到昨天，我们发现了一个那天晚上在教堂交过手的人。那个人被我们堵在僻静的地方，本想抓住他逼问罗忠新的事，没想到就他一个人也能折腾出那么大的动静。后来我们给他来了一毒针！那毒药十分阴狠，据线人说会让人痛苦不已。一针的剂量对于拷问来说最好，能让他痛不欲生却又不马上死，你只要说可以给他解毒，他就会在死前把该说的都说出来。扎两针的话，过不了多久就死了。但没想到那个人中了剧毒，居然还跑掉了。我们想，反正他也活不久了，就没管他。"

赵克勤想，不是你们没管他，是你们追不上他。

"就在那个时候，线人又来了消息，让我们去找那个叫何俊的女学生，他说只要抓住了她就能知道罗忠新的下落。"

"为什么？何俊怎么会知道啊？"

"这个我们也有怀疑，但一直都听他的，他也不让问具体原因，只说听他的没错，我们一狠心，干脆他说什么我们就干什么了。但没想到居然抓不住那女孩，好在我们已经把追踪器装在她身上了，下面就只等它发信号了。"

"什么？什么时候装的？"赵克勤十分惊讶。

"就是我被你们抓着的时候，悄悄挂在她书包上了。"小瞳不无得意地说。

赵克勤想起来，当时自己扭着小瞳的胳膊，站在吴顶和何俊的后面，看来是趁自己不注意，小瞳做了手脚。有点太小看小瞳了。大意！

段万刚接着说："这个追踪器本身没有电池，是靠周围的电波充电，所以每次充电都要耗费好多个小时。也就是说，好多个小时才发送一次位置。这太慢了。"

"那下一次发送是什么时候啊？你们又要去抓我的朋友了？"

"上一次发送恰好是我们要到教堂的时候，下一次发应该是不久之后。其实，我们也不一定要去抓她，只要你指明罗忠新的位置，咱们就不用兜圈子了。"

"等等，你们说你们快到教堂的时候，那个东西发了信号？那你们怎么知道要去教堂呢？"

"线人叫我们去的。"

线人怎么会知道何俊在教堂？

赵克勤感觉好多事想不通。这个线人会是谁呢？会不会是那个神甫自己呢？他利用了段万刚他们：第一次，神甫有难，让段万刚他们去帮助他。第二次，也就是刚才的事，神甫不知怎么逃脱了，回到教堂，又招段万刚他们过来。但是神甫为什么要让段万刚他们去找何俊呢？

何俊应该并不知道什么罗忠新的事情。假定何俊真的不知道，那为什么这个线人要让段万刚他们去找何俊呢？段万刚他们被人利用了肯定是真的，但利用他们的目的云里雾里。

特工装备！段万刚刚才说的对方提供给他们好多好像007用的东西！

赵克勤想到这儿，眼前一亮，莫非是一号！一号死没见尸，这件事蹊跷得很，以一号的经历来看，不能想象他轻易地就被人干掉了，还是在自己国家。如果此事属实，真是小河沟翻船，即使一号以前的对手们，也会扼腕叹息的。如果一号没死，他在暗中操控段万刚他们，也是有可能的，他自己不便出面，先是让段万刚他们去帮助鲁静，后来又让段万刚他们去找何俊，其实是想借他们的手把何俊保护起来。

想到一号如果还活着，暗中帮助他们，那可是多了一个大援，心中一喜。

段万刚道："兄弟，我讲得差不多了，该你说说了吧。"

赵克勤脑子一凉，关于罗忠新，他实在所知有限。脑子里拼命运转，罗忠新是干什么的？嘴上也问了出来："你们知道罗忠新是干什么的？"

段万刚瞪大眼睛："干什么的？我刚才不都跟你说了吗？"

"就是啊！那你应该知道他来这里的目的了吧？"

段万刚被问住了，一下子没反应过来："我不知道啊。"

"当然是到处联络黑道啦。"赵克勤说。

段万刚沉吟道："没听说他和内地有什么联系啊。"

赵克勤说："以前没有，现在也可以有啊。"

"那他和谁在联络呢？"

"和那个一翁啊！"

"他和翁总有瓜葛？"

"是的，翁总最近要宴请罗忠新呢。"

"哦？那这么说，翁总的手下来围攻我们，其实不是偶然的喽？"

赵克勤都是在自己编，到这个地步只能硬着头皮说："有这个可能性。"

"不知道他又许诺给翁总什么好处。"段万刚说，"罗忠新这儿也有靠山，就不好下手了。"

阿剑插话道："只要我们盯住他，总有机会的。"

小瞳说道："不管十年八年，只要我们还有人，就要报这个仇！"

段万刚听罢，哈哈大笑，说："我们的女人都这样有骨气，我还担心什么！洪义会这么多年不倒，自有他的道理，我倒要看一看，这些畜生们能不能把洪义会给铲了。"

赵克勤见他们虽是黑帮，虽然手段不高，但也自有一股义气和豪气，心中也有了几丝钦佩。

段万刚又转向赵克勤道："小兄弟，你还知道什么，知道他可能去哪儿吗？"

赵克勤想起杨光说的话，心想把他们引得越远越好，就说："我听说几个黑道大佬要聚会，好像是在栖仙山上，罗忠新说不定也会被邀请去。"

段万刚沉吟不决，打开电脑，查看栖仙山的位置，拿不定注意，问其他人道："你们觉得怎么办？"

阿威最看不惯赵克勤了，但赵克勤却被段万刚护着，自己不好发作。此时他坚决反对栖仙山之说，认为那是胡扯，是陷阱。

赵克勤绷着脸，不动声色。

阿剑和小瞳也拿不定主意。眼看天色已经大亮了，几个人一宿未眠，但没有困意，说来说去，拿不定主意。

阿威说："我看还是要等信号来，去抓那个女的。"

阿剑也说："虽然不知道那个线人是谁，但他还是可信的。要是我们这次不按他说的做，说不定以后他再也不告我们任何消息了。所以我们还是应该去抓何俊，而不能听这个人说的，胡乱去什么山里。"

段万刚也点点头。

就在此时，墙边桌上老式传呼机一样的东西"哔哔"响了两声。小瞳一下子蹦过去，口中叫道："传来信号了！"

段万刚说："赶快拿过来。"

小瞳把那个东西拿给段万刚，段万刚赶紧把上面显示的经纬坐标输入到电脑里，一按回车，地图上一个地点就闪动起来。

段万刚看着那个地方，愣了半天，说："这是……"

其他人都诧异看着他，等他认定地点。

段万刚环视众人一周，说："这个地方就是栖仙山附近！她也去栖仙山了，何俊确实去栖仙山了！"接着又大叫道："真的是栖仙山，这下就不用犹豫了吧！阿彪，赶紧准备，开那台大车，马上出发！"

阿彪答应一声去了。

段万刚裂开嘴大笑，搂住赵克勤的肩膀说："小兄弟，这下子都对上了，你没骗我，线人说的也是对的！那姑娘去了栖仙山，你说罗忠新也在栖仙山，全对上号了。"他又有些不好意思地说，"刚才我还怀疑你了，哈哈，和我们一起走吧。"

赵克勤唯唯诺诺地应着，一边说："你要相信我，就不用耽误着半天了。"一边被段万刚热情地拉着去坐车。但他心中惊诧不已，何俊怎么去了栖仙山？她去哪儿干什么？

卢小羊一边开车一边嚷了起来："何俊，你别再顾左右而言他了，这一天来我都让你搞晕了，你再不解释清楚，我可不干了。"

何俊说："别着急啊，我现在也说的是正事啊！"

卢小羊哼了一声，说："你先给我说说，为什么我们都到了总部了，又要跑了，你去见二号，没见到吗？"

何俊说："见到了。"

"那为什么要跑路？"

"就是他要害我！"何俊咬牙道。

"什么？"卢小羊大惊，"是二号要杀你？"

"嗯，我去他的办公室。可能是太突然了，他开门就愣了一下，表情不自然，我就有点怀疑了。进屋坐下，他问我怎么一个人来了，居然没有人给他说。我说我摆脱了那些被派去找我的人，就是要直接面对他。他听了，什么也没说。然后我说有一号告诉我的秘密，要向他汇报。他听到这句话时想显得满不在乎，但是他的眼睛瞬间流露出异样的光芒，这些表情的细微变化可逃不过我的眼睛。"

"呵呵，你还真是读心术高手啊！"卢小羊笑道。

"读心术不敢当，但是一个人的表情是真的还是演戏，心情是什么样的，我还是能看出来的。于是，我就开门见山地说，18局有大鼹鼠，这个人要害一号。我这么一说，果然二号的表情又有些变化，有些紧张，又有些失望。他说，哦，还有什么别的吗？他说这句话时，虽然想显得漫不经心，但却难以掩饰地有些期待。"

卢小羊哼哼了一声，好像对何俊的察言观色的技能并不十分信任。

"我没有回答他的问题，"何俊继续道，"反问他说，一号到底出了什么事？和张夜雨的口径一样，他说一号有问题，畏罪逃跑，被追捕时，把一栋房子烧了，自己也死了。我又问，是您带队去抓的吗？他犹豫了一下说，是。那我就更确定了。二号陷害了一号，但还有一些情报没得到，现在又来打我的主意了。"

卢小羊说："二号性格阴鸷，也许和一号不太融洽，但是也不能说明他就是鼹鼠啊。"

何俊说："你接着听我说。我当时听了他的话后，说，一号告诉我的就是这些，我汇报完了。说完，我就起身要走，他一下子跳过来，把门按住，说你不能走，还有事要单独问你。我说，我知道的都说了。他目露凶光，要上来抓我。我顺手把一杯热水泼到他脸上，冲出房间，撞了墙上的火警报警器，一边逃一边放下隔火挡板，总算没被他抓到。"

卢小羊问："你和他破脸了，按理他肯定更要抓你了啊，可是我们逃了这么久，平安无事，也没见人来追啊？"

"嗯，确实。"何俊想了想说，"我猜，二号刚开始想趁我不知道情况，把我骗到总部，他单独审问我。现在他知道我已经警惕了，不想让其他人经手，以免情报泄给别人，所以假装我没去总部，也不立马派人来追。但是，他肯定不能就这么善罢甘休的。"

"那报警器哇哇响，别人不知道？"卢小羊问。

何俊说："敷衍此事，对他来说不是难事吧。"

过了好一会儿，卢小羊问："你就说这么多？那我们现在要干嘛呢？"

何俊叹了一口气，说："你得让我想想啊，怎么跟你们说好呢。"

她扭头看了看闭着眼、蜷缩在后座椅上的林春香，沉吟一会儿，好像下了决心，说："好吧，本来是不应该给你们说的。但是现在人人都要找我，看来已经不是什么秘密，告诉谁也无关痛痒了。"

吴顶知道何俊终于要把疑云点透了，到底是多么大的秘密，吴顶无法想象，只感觉不由得有点紧张，心跳加速了。

何俊说："前天晚上，一号，也就是唐叔叔，突然到我家。吴顶你不知道，一号虽然是18局的一把手，但他是我的直接联络人，和鲁静姐经常照顾我的生活，和亲人一样。还有小羊，我都是从小就认识的。所以一号来我家并不稀奇。"

"哦。"吴顶点头道。

"然而，那天他却一反常态，是从后院翻墙进来的，在屋角按我们事先约好的节奏拍了几下。他刚翻墙进来时，我就有点警觉，听到暗号后，让他从窗户进来。他不让开灯，拉着我来到客厅。"

卢小羊和吴顶都静静地听着。

何俊说："我问，唐叔叔，出什么事了？他呵呵一笑，说，也没什么大不了的事，就是有人要和我玩小游戏。我知道他是不想把事情说得太严重。坐了几秒钟，他神色郑重起来，说，何俊，长话短说，你知道栖仙山吗？我说听说过。他说，那儿有个重要的导弹基地。"

"导弹基地？"听何俊直奔主题，吴顶好奇地问，"什么导弹基地？"

"是弹道导弹基地。据说装备了各种射程的弹道导弹。"

"哦，现在导弹还需要基地吗？"吴顶又问道，"我看国庆阅兵的时候，弹道导弹都是车载的，可以随处发射。"

何俊说："车载发射确实机动灵活，但并不意味可以取代固定发射。在基地可以发射的特大的导弹，车载的就不行。而且，基地的导弹可以时刻处于待发射状态，一旦有事，反应速度快。"

吴顶点点头。

何俊说："唉，这次的事就和这个速度快有关。"

"哦？这会有什么关系？"吴顶和卢小羊都好奇。

何俊说："本来，为了追求导弹发射反应速度，做了很多努力，然而，发射导弹的流程越简易，越引发另一方面的担忧。"

吴顶一边听何俊说，一边也想到了，虽说兵贵神速，打起仗来一定是越快越好，但是导弹这东西，像是国家手中握着的一杆枪，而且是时刻瞄准潜在对手的，现在和平时期，要是一不小心，手一抖发射了，那可要惹出祸来。

想到此，吴顶说："嗯，发射太容易了，反而要防止误发射了。"

何俊说："对，就像枪要加上保险，防止走火一样，发射导弹也要加上一些保险。但是，除此之外，还有另一个原因。"

另一个原因？吴顶一时不解。

"嗯，还要防止有人故意发射。"

"就是防自己人咯。"

"也可以这么说。现在是和平时期，在试验或演习时，基地要发射导弹的话，先要由总参的人带来一份密钥和发射命令，还要由战略导弹部队司令部来的人带来一份密钥和任务参数。然后再由基地主官输入他们保管的密钥，导弹才能激活。"

吴顶听她说得头头是道，诧异道："你怎么知道得这么详细？"

何俊说："都是那天一号告诉我的。他要说的事，就与此有关。"

吴顶和卢小羊都不再接口，等她说下去。

何俊接着说："一号说，虽然刚才所说的安全措施挺复杂，但毕竟是在军方内部进行的。为此，最近18局和军方合作研发了一套安全系统，其实主要是18局搞的，以提高防止误发射的能力。而这个系统放在18局主机上，用网络和导弹基地连接，基地那里只留输入输出的接口。"

卢小羊说："嗯，18局的超级计算机性能还是不错的。"

何俊说："正是这个安全系统，惹出麻烦了。一号说，这个系统刚刚测试安装完，密码只有他掌握，所以有人开始想打他的主意。"

"为什么打他主意？"吴顶和卢小羊异口同声问道。

何俊道："一号说，那个基地近期要搞一次重要的导弹试验，时间节点卡得很紧，但是有些敌人想方设法要破坏这次导弹试验，破坏不成就想尽量推迟试验。他们意识到如果能杀一号，那么导弹试验会因为没有密码而无法进行，另外由于一些设计和技术上的原因，这个安全系统又不能轻易被撤销或者绕过，这样一来，不仅短期内导弹无法试验，而且这个基地也将陷入瘫痪。"

吴顶想，本来为了安全而设计的东西，反而会变成限制自己的枷锁，世上的事还真是难说。想想银行里，因为忘记了自己设定的密码而取不出钱的人，每天还不知道有多少呢。

卢小羊也说："这安全系统搞的，不成了作茧自缚吗？"

何俊叹气道："是啊，一号也这么感慨过，安全和自由往往是矛盾的，平衡点很难掌握。但事已至此，我只好问他说，那我能做什么呢？一号说，我要把密码告诉你。"

听的两人都"哦"的一声。

何俊说:"我当时也很惊讶,说,为什么告诉我啊,我才是个学员,直接告诉局里的人就行了嘛。一号说,我刚从那个基地出来就碰到麻烦了,爪子还挺硬,我好不容易才摆脱。局里有鼹鼠,我不知道该信任谁;报告上级,我一下子又找不到安全的线路,所以就委屈你了,把这么大的事交付给你,真不知道对你是好是坏啊。我一听,感觉责任重大,说,我该怎么办?他说,对手估计快找到这儿来了,我出去把他们引开。如果我能摆脱他们的话,你就什么也不用做了,但是如果你一旦听说我死了,就要立刻直接去把密码告知发射基地。"

"所以,所以,我们就……"卢小羊说。

何俊说:"是的,去基地的方法就是,来到地下车场,开一号的车,从地下网络去栖仙山。"

吴顶听完,出了一口长气。原来现在何俊是唯一知道这个密码的人,怪不得招来各种妖魔鬼怪。

何俊顿了一下,说:"你们以为'地下长城'是说来就来的地方吗?这地方全是自动化控制的道路,要不是这个车上有像 ETC 一样的电子通行证,我们早就被拦下来了。不对,是连进都进不去啊。"

"所以你听说了一号的事,就打算要来 18 局和地下网络相通的地方了?"卢小羊问。

"嗯,大概是这样。我本来想一号小题大做了。一号常年在海外,什么大风大浪没经历过?现在又是在国内,应该没事吧。所以也没在意,还邀请了吴顶来做客。"何俊说到这儿,声音有点低。"唉,都是我不小心,把你也卷进来了。"

这一句是对吴顶说的。吴顶不知道该怎么回答。"没事?"但明显不是没事的样子。要责怪她?也没那么生气。只是又唉的叹了口气。

何俊又说道:"其实柯代突然死掉,我就预感有事了。但还不能确定。后来到了上知大学,听说了一号的事……"突然何俊说不下去了,强忍着不哭出声来，但还是哽咽了起来。

一路上危机纷至沓来，何俊一直果敢坚强，现在略有余暇，想到一号，她忍不住一下子悲从中来，低着头，两只手掩在口边，肩膀一跳一跳地抽泣。吴顶心里也难受起来，真想上去抚摸她的头发，拍着她的后背安慰安慰她，但何俊什么道理不懂呢。

卢小羊听她说到一号和表姐鲁静的事，不由得也一阵神情恍惚，他赶紧稳定情绪，把稳方向盘。

何俊过了一会儿，抽了抽鼻子，控制住了情绪。

吴顶摸出身上装着的一包纸巾，递给了她。何俊勉强笑笑，以示谢意。

何俊缓过来，继续说："我决心要来局里，一直没能给你们解释清楚，真是对不起。真想就我一个人干，死也好活也好，尽力了也就认了，但还是把大家卷进来，赵克勤还不知怎么样了。"说着又有点控制不住情绪。

卢小羊说："没事，咱们是哥们儿，你要说不让我帮你，我才要骂你呢。"

吴顶也说："我也没事，就是我老拖你们后腿，心里过意不去。"

何俊笑笑，说："谢谢，不过我还是太天真了，差点犯了不可挽回的错。"

吴顶问："怎么了？"

何俊说："我没有听一号的话，没有直接开车去栖仙山，而是去找了二号。我真后怕，明明一号说家里有鼹鼠，但我却不警觉。"

吴顶想，确实，一号百般警觉，甚至甘冒危险也不回18局，而何俊却自作聪明地贸然回去，实在太大意了。不过见何俊已经这么难过自责，吴顶也不再说什么。

赵克勤被段万刚带到一辆面包车前，心想，现在只能且跟着他们去看看，再想办法脱身。

段万刚拉开车门，说："小兄弟，你坐里面吧。"

赵克勤嗯了一下，上车坐到最后一排。最后一排两边没有车门，想下车，想扰乱司机，可不容易。段万刚也跟着上来，说："小兄弟，不是信不过你，但还是……"

赵克勤看他手上拿着个扎带，心中冷笑一下，把两只手伸了过去。段万刚用扎带圈住赵克勤的双手，然后次的一扎，捆住了他的两手。

赵克勤旁边坐着小瞳，小瞳却并不看他，只是看着前面。中间一排坐上来阿剑和阿威，段万刚坐在副驾驶的位置，阿彪开车。

车走了好一阵子，赵克勤见小瞳一直板着脸，就凑过去说："昨晚谢谢你啊！要不是你，我的手就……"

小瞳刷地扭过头来，说："我可不是为了救你，是怕你流血流死了，死得太便宜！等我慢慢收拾你。"

赵克勤苦笑一下，自嘲地摇了摇头。

小瞳说道："你笑什么！"

赵克勤本来没要笑什么，听她这么问，反而越是要笑一笑了，就又鼻子一哼，面带轻蔑地笑了一声。

小瞳本来就不知怎地有点气不顺，现在看他居然还牛哄哄的嗤笑，一下子又想起他欺侮过自己，瞬间气不打一处来，举起拳头狠狠地朝赵克勤脸上就是两下。

赵克勤感觉，这拳力开碑裂石一般，直透脑仁儿，头又在车窗椅背上碰了几下，眼睛也肿了，鼻血也喷了出来，整个人天旋地转的，像不倒翁一样晃来晃去的。他使劲抖了两下头，想清醒一些，逞强的话是一句也说不出来了，因为牙齿不由自主地咬紧了，以抵抗疼痛。

不料小瞳又叫道："你又笑什么！"

赵克勤听了哑然，加上鼻子被打了，两行泪不受控制地都流下来了，也就叫道："我这是哭！哪儿是笑啊！"

小瞳见他被自己打得满脸血泪混杂，惨兮兮的，气也消了大半，心中有些歉然，咧了咧嘴，露出两颗牙尖尖，本来是想笑一下的，结果笑得有些尴尬。

干愣了一会，小瞳一下子想起了什么，从口袋里拽出一个小手帕来，说："我给你擦一擦吧。"

赵克勤见她这样，点了一下头，算是答应了。

小瞳的手帕刚递到赵克勤脸前，又有些犹豫不定地停住了。

赵克勤疑惑地看看她，不知她又怎么了。

小瞳微微有些担心地问："你不会咬我的手吧？"

赵克勤听了，仰头哈哈大笑。

小瞳嘟起嘴来，怒道："你这又笑什么？！"

赵克勤笑道："哎呀，你太可爱了……"

小瞳不等他说完，就狠狠地扯住赵克勤的后脖领子，拿着手帕按在他脸上，胡乱一阵乱揉，疼得赵克勤啊啊乱叫。揉了几下，小瞳把手帕往地上一扔，自己靠住车的这一侧，恢复了不理他的状态。

两个人在车后一阵闹腾，车里其他人都悄没声的，好像睡着了一样。

在地下隧道里，车行了几个小时，四周仍然黑沉沉的。其间，林春香一度被噩梦惊醒，又委屈不已，抽抽噎噎地说神甫生她气了，不喜欢她了，哭得十分伤心。吴顶也安慰不出什么新意，过了好久，她才总算把这个劲儿过去，现在却又把头靠在吴顶的肩膀上，好像找到了最舒服的姿势，睡得十分香甜，吴顶也不好意思躲开，把她惊醒。

卢小羊忽然"咦"了一声。

吴顶把头抬起来，想看看怎么了。

卢小羊说："前面好像是出口了。"

果然，前面有电灯泡大小的亮光，而且越来越大。越野车终于从这个大怪兽的肚子里冲了出来，但面前只铺着一条小路。

卢小羊问何俊："我还以为是直接开到基地深处呢，原来不是啊？"

何俊也满腹狐疑，沉吟道："我也不知道啊，从图上看，路是没错的，但也没说哪儿出地面的啊。那就这么走吧，反正就这一条路。"

但走不多时，就来到了一个丁字路口，一条大路横亘在前，这下要判断一下方向了。

卢小羊说："总之是往高处走，对吧？"

何俊说："嗯，也只能这样了。"

卢小羊一打方向盘，车子继续爬山。这条路沿山而上，曲曲折折，颇不平坦，路两旁杂草灌木丛生，有的地方灌木枝条横伸半空，有的地方杂草漫过了路面。又走了一段，路变得平直了一些，卢小羊的车速也快了起来。

突然，砰地一声，车子迅速向左侧倾斜，林春香也惊醒了，哦的一声惊呼。

卢小羊心想，爆胎了，赶忙向右侧打方向。

说时迟那时快，路面的杂草中突然冒出亮光光一个东西，还没来得及减速的车被它迅捷撬了起来，像被绊倒的战马，向前扑去。还好这一段路比较宽阔，车在地上翻滚了几圈，终于停住了。

吴顶虽然有些晕，扶着脑袋，暗自庆幸：要是撞在山上，或是翻下崖去，那就凶多吉少了，现在车只是底朝天了而已，大家都系着安全带，应该没什么大事。

就在他有些放心，准备爬出车时，却听得有杂乱的脚步声奔过来，又听一个人大叫："错了，错了，搞到别的人了。不是没有别的车上来吗？"

又听得有人喊："快，赶快处理了，还来得及。"

车门突然被拉开了，卢小羊他们头昏脑胀的，被人七手八脚地拉了出来。

有人说："有几个雌儿。"声音猥琐。

有人说："这小子一个人把着三个妞儿，肯定不是好东西，嘿嘿。"

先前那个发号施令地说："都他妈快点，正主儿马上来了，把他们捆了弄走，把这车藏起来，别让那老东西闻出味儿来！快，快，这一票干漂亮了，今天晚上少得了你们的好处吗？"

他们大概有十一二个人，欢天喜地，脸上露出强抑心火的潮红，动作麻利地把四个人捆住，推推搡搡弄到山坳里藏着。那台车也被翻了过来，推到死角处。要是在平时，这十几个人一起上，卢小羊也一并都打翻。但现在被撞得头昏眼花，手脚不听使唤，稀里糊涂地都被人捆住了，幸好这伙人不是冲他们来的，只好先观望一下，以求脱身。

看那伙人在路上搞来搞去的，吴顶明白了，他们在路上设置了陷阱，估计是能扎破轮胎，隔翻汽车的机关，说不定还有陷坑什么的，一下子也不得尽知，总之他们是在专门搞一个目标，结果吴顶他们的车从半路杀出，首先扎进了陷阱中。

只见这些人好像准备妥当了，都蹑手蹑脚地藏了起来，山坳中，石头后，长草里，都有人。有几个还拔出手枪，就像抗战片里游击队打劫鬼子的车队似的。

不多时，只听得汽车驶来的声音越来越响，而且不止一辆。

碰的一声，第一辆车的左前轮爆胎了，司机猛打方向，这车并没有像何俊他们的车一样翻过去，而是一下子冲下路面，躲过了前面的障碍物。

后面还有两辆车，都吱的一声，踩了急刹车，停住了。

埋伏的众人一声大喊，一跃而出，前后左右包围了车队。有枪的用枪指着车子，没枪的都上去一下子拉开车门，有的车门拉不开的，一伙人大叫："开门！开门！下车！要不就开枪了！"

车里的人一下子好像懵了，被人占了先机，犹豫了一阵，都从车里出来了。埋伏的人中的一些上去，把车里的人都扯出来,还一边搜身,果然搜出几把手枪，都拿了过来。

车队的人因为没有抵抗的机会就被擒了，好像感到窝囊，脸色都很阴郁。

埋伏的人大获全胜，领头的人，走过来，笑嘻嘻地向车队中一个满头银丝，两眼角下垂的老人说："翁总，您老人家好啊！三爷让我在这儿迎接您，给您带路，陪您一起去掬星山庄去。"言语客气之极。

翁总哼了一声，说："钩子，你可真长大了，搞这些下三滥的勾当。"

钩子说："谢您老的夸奖，您这就请吧？您坐我们的车，就在前面，其他的兄弟我们会照顾好的。"

翁总一言不发，大步向前走去，说话间已经走出好几米了，钩子握着手枪，就要跟上。就在这时，忽听一声轻响，什么东西划破空气，一掠而过。

接着啪塔一声，什么东西掉在地上。

翁总站定了，头也不回。

一阵寂静，一阵沉默，然后钩子突然撕心裂肺地叫了起来。

只见他握枪的手只剩拇指还在，模糊的伤口在冒血，那枪连半个手掌一起掉在地上。

说时迟那时快，又是嗖嗖几声轻响，拿着枪的几个人都头上冒出血花，哼也不哼中弹倒地而死。同时，翁总的手下一块动手，只几秒钟，局势逆转，钩子带的一伙人就全数被擒，被押着跪倒在翁总身后，钩子浑身发抖，腿一软也跪下了。

此时道路右侧的山崖上垂下一条绳索，几个身着迷彩的人，一个接一个地迅捷滑了下来，来到翁总身边。

翁总说："不愧是海外的特种兵啊，让你们提前探路，太明智了。"又转过身来，说，"幸亏我走得远了些，没溅上一身血。晚上还要参加宴会呢。钩子，是你们三爷让你这么干的？"

钩子说："对对，全是胡三儿让我干的，我可对您一向敬重啊，我，我……"他挥着残缺的手，一时语塞，想辩解几句，又想求饶，不知怎么说好。

翁总不耐烦的说："都处理了吧，真影响心情。"

那一帮五六个全副武装的人，就上前去拉扯钩子等人。

钩子挣扎着喊："翁总，翁总，我今后跟着您干了，绝对忠心办事……"

翁总啥也不说，只一挥手。

钩子一伙还剩的几个人就被押在山崖边，背后嗤嗤枪声轻响，像行刑一样，都被打死了。山崖下是大陡坡，长满了密草和杂树。尸体都从这个斜坡上滚了下去，一眨眼都不知道掉哪儿去了。

穿迷彩服一伙人中的头子说："刚才他们还抓了几个小孩，一块儿都解决了吧？"

翁总说："是吗？那就处理了吧！"

说着，就有几个人向何俊他们藏身的地方走来。他们拨开齐腰高的草，眼看就要到何俊他们被缚的地方了，突然眼一花，一个人影如飞豹跃起，先是一拳打翻最先一人，接着三步并作两步，弓腰撞向一个穿迷彩服的，趁着撞的冲力，把那个人顶在前面，直向翁总冲来。几步之后，那人影抛开顶在身前的挡箭牌，身子侧飞，腾空而起，从上向下直扑翁总。翁总惊了，倒退几步。翁总身前的人下意识地伸手去挡，总算没被那人影抓住翁总。几个穿迷彩服的反应不慢，举枪向那人影射击了。那人影也身手灵活，躲避枪口的指向。但好几只枪同时开火了，他被逼到山崖边，眼见逃无可逃，就要被击中了，突然一个后空翻，跳下山崖。

几个迷彩服赶到崖边，什么也看不见，领头的说："这掉下去，肯定摔死了。"

翁总有点吃惊，说："好。"

那个人影就是卢小羊。

原来他们几个人被藏到草丛中后，就开始挣扎着想脱身。吴顶给何俊示意，自己用牙齿帮她解开手上的绳子。何俊表示先给卢小羊解开。吴顶就用牙去咬卢小羊手上的绳子，想解开它。但这实在太难。接着后面的车队到了，眼见的他们杀人不眨眼，吴顶越发急了，拼着牙齿崩掉，用力想解开绳子，咬得牙龈出血。但时间不够了，刚解开卢小羊手上的，那几个人已经走近了。

卢小羊眼看大事不好，孤注一掷要擒贼擒王。但对方人太多了，终于没有得手。

吴顶见他掉下山崖，心中迷惘，听见耳边何俊的声音小声说："放心，他死不了。"

可是我们凶多吉少了。

这时，翁总手下一个人快步走到何俊等的身前，看了看。吴顶和何俊一看，竟然是杨光。

杨光冷漠地瞥了他们一眼，跑回翁总身边，说："翁总，这里面好像有钱教授要的那个女孩。"

翁总眉毛一扬，也走到何俊他们附近，看了看，大笑道："还真是踏破铁鞋无觅处，得来全不费工夫。呵呵，正愁没处找去呢，你看，这就在这儿等着呢，哈哈！"

一帮手下附和道："翁总是大富大贵的人，要什么来什么，老天爷都给准备好啦！"

有人问："除了这个女的，其他两个怎么办啊？"

翁总一听，正自沉吟，杨光又在他耳朵边上说："他们是一起的，说不定也有用，反正也跑不了，一块儿送给姓钱的当礼物吧。"

翁总说："嗯，有道理。一块儿都带上车，出发了。"

就这样，何俊，吴顶和林春香三个人被人押上车，跟着翁总一伙人，又上路了。

八、邀友掬星

汽车沿着盘山路不断往上走，走了好久，突然两边山势逼近过来，穿过这段山谷，又走一阵，豁然开朗，车停在一个雕梁画栋的建筑跟前。

何俊他们被带下了车，跟着翁总一行人进入大厅里。这厅呈扇形，装潢得古色古香，红地毯铺地，头顶上悬着大吊灯，山倒过来一样大，桌椅设计古雅，光可鉴人，十分考究。

厅里已经来了不少人，翁总的手下押着何俊等坐在不起眼的一片区域。翁总则径直向在红木沙发坐着的几个人走去，一边走一边说："不好意思，给佛祖过寿，我耽搁了，该罚该罚！"

几个人都站起来，一个和蔼慈祥的老人笑着说："你东道不在，我们都不知道该怎么办了。"

翁总说："您才是今天的主角，我就是给您使唤的，都听您吩咐。"

那老人笑道："那可不敢当。"

翁总又转向一个穿着质朴的中年汉子，那人先开口道："翁总！"

翁总说："于老弟，最近生意还好干吗？"

那汉子道："有点紧，越来越不好干了啊！"

翁总说："我想进一批这个，带食儿的，不知道好不好搞。"说着手比划了一个手枪的样子。

那汉子面露难色，想了一下说："我想想办法，有信儿了就告您。"

翁总点点头，扭头向第三人，伸手和他握在一起，满脸堆欢，说道："胡三爷，好久不见您了，越精神啦，哈哈！"

那个身材微胖的胡三爷道："翁总才是红光满面啊！"

　　翁总说："来的路上碰到钩子他们了，他们说是来接我的，这家伙办事可真不错，我挺喜欢的，让人好好招待他们了。"

　　胡三儿脸上依旧笑容满面，说："那我替他们谢谢翁总啦，呵呵！"

　　翁总压低声音说："听说前一段出了点小状况，后来不要紧吧？"

　　胡三儿说："唉，我很看重的一批货，黄了，丢了几个瓢儿。那个架梁的说是翁总给戳的针儿。我一听就火儿了，他妈的，敢挑拨我和翁总的关系，当场就打掉了他两排牙。"

　　翁总说："打得好，要是我就割了他的口条子。"

　　说完两人还又拍拍打打的，很是亲热，然后翁总又转向下一个人。

　　这个人带个眼镜，文质彬彬的，满脸麻子。见了翁总，点头哈腰的，双手跟翁总握手。翁总也不那么客套，说："最近要是有什么好豆子，就介绍几个来，给兄弟们解解闷儿。"

　　那人道："没问题，兄弟们喜欢啥类型的尽管说，我请客。长得像哪个明星的，我都能能找到。"

　　翁总说："明星本人呢？"

　　那人说："那我可就赔大发了。"

　　翁总大笑，放开他手，又面向第五个人。这人脸上一道大疤，从嘴角划到腮帮子。

　　翁总说；"老武，最近手气不错吧？"

　　姓武的说："凑合吧，输钱不要紧，最要命的是这瘾上来了，一下子凑不齐局啊。逼急了我，立马就买机票去澳门。"

　　翁总说："那是你太厉害了，没人敢和你玩吧。"

　　姓武的说："您不知道，现在的人越来越没信用了，欠了钱倒一个个成大爷了。有一个家伙愣是躲到 P 国去了。他他妈的有钱坐飞机，没钱还债啊。"

　　翁总问道："那怎么办啊？"

姓武的说道:"我也不想讨钱了,让人去拜见他,一刀算一个数儿,把账结了。"

翁总在和这些大人物寒暄,吴顶他们被人押着,坐在翁总带来的手下之中,离得不远不近,也大致听到。吴顶想起杨光说的对联"一翁二拐三脚虎,四眼麻子刀疤五。横批是'佛祖在上'。"想来就是这些家伙,那个和善的老者估计就是"佛祖",姓于的汉子是"二拐",胡三儿是"三脚虎",小马是"四眼麻子",老武是"刀疤五"。

翁总说:"人都到了,大家就入席吧。"说着领众人走向一个大圆桌。那桌子几乎半个篮球场大,而且架在一个舞台一样的高地上,几个人走上台去,按位分坐了。

翁总接着呼唤为佛祖祝寿,众人吵吵闹闹地吃喝了起来。

段万刚他们一路打听,也来到了栖仙山。确认了山庄的位置,就把车停在了一处荒芜之处。

五人下了车,段万刚看着远处的掬星山庄,心想,罗忠新应该就在那里,接受翁总的宴请了。我们偷偷摸进去,趁他不备,一下子干掉他,那是最好了。但万一露了相,那可是寡不敌众,不好脱身。

想到这儿,把车门拉上,对小瞳说:"我们进去摸摸情况,小瞳,你留下看着他吧!"

小瞳一听,不愿意道:"绑得紧些好了,看着他干什么?"

段万刚说:"那也得有人看着他啊,不能让他跑了。"

小瞳看了看阿威、阿彪,说:"那阿彪看着好了,我要进去。"

段万刚板下脸来,说:"听话!你看好他,自己也别乱跑。阿彪跟我们去,在外面接应。"

阿彪答应一声。

段万刚毕竟是长辈,小瞳见他说得这么严厉,虽然不高兴,也不敢再顶嘴。但一想为父亲报仇,自己居然不能亲自上阵,十分不高兴。

段万刚又说："你坐进车去，不要乱出来，让人看见。"

小瞳噘着嘴，钻进车去，狠狠把门一推，嘭的关上了。

段万刚见她进去了，就招呼阿剑、阿威、阿彪一起悄悄摸向掬星山庄。

小瞳进了车里，见赵克勤优哉游哉的，好惬意的模样，心中气不打一处来，上去在他腿上又踹了两脚。赵克勤好像根本没感觉到一样，还是一副让人不爽的表情。

小瞳怒道："要不是你，我就报仇去了！"

赵克勤举起绑着的双手说："那好啊！你把我放了，你也能爱去哪儿去哪儿了。"

小瞳又踢了他两脚，一边踢一边说："放什么放！想得美！"

赵克勤还是笑眯眯的。

小瞳只是单方面的泄愤，对方无动于衷，自己也觉得没趣，就扭转身子，气哼哼地不理他了。

宴会厅里。众人喝了一圈儿酒，翁总说："今天我还请了几位朋友，想向各位引荐一下。"说着跟旁边一个手下说了些什么，那手下就出去了。桌上其他几位，听他突然要叫什么人来，都一脸愕然。

不多时，引来一行人，来到台上。

翁总说："我来介绍一下。这位是台洲教授联合学会的钱永炽钱教授。"示意是一位戴眼镜的儒雅学者。钱教授微微躬身点头。

"这一位是上知大学的教授，莫册士老先生。"翁总接着介绍。一个精神矍铄的老者点了点头。

"这一位是罗忠新先生，在台洲、花港之间做大生意，大家多熟悉熟悉。"罗忠新面带微笑，表情狡黠。

"这一位是A国来的唐木先生，是钱教授的朋友。"一位三十多岁的男子很有风度地躬身致意。

接着，翁总又给钱永炽介绍佛祖等人，钱永炽一一作揖，口称"久仰"。相见完毕，众人入座。先来的几位虽心中诧异，为什么叫来这些文绉绉的家伙，但也没多心。众人开始谈一些闲话，偶尔互相敬酒碰杯，觥筹交错一阵，翁总站起来说："其实呢，今天除了要给佛祖过寿之外，这位钱教授还有话想跟在座的各位说。"

大家都把目光集中了过来。

翁总说："钱教授，请！"

钱永炽站起身来，面带谦和的笑容，缓缓给各人抱了抱手，说："永炽今天呢，能见到各位豪杰，三生有幸。永炽虽然生在台洲，长在台洲，但是作为炎黄子孙呢，一直心系祖国内地，为这里忧心挂怀。自从赤祸横行，戡乱失利，大好河山沦入匪手，举世炎黄子孙，无不扼腕，痛心疾首。永炽作为读书人，孱弱无用，手无缚鸡之力，但却怀有拳拳赤子之心。现在忝为台洲教授联合学会的会长，联合了很多同道。虽然现在台洲政府当局，放弃理想，自甘堕落，屈从于淫威之下，但是民间并不苟同。我们在台洲召集了许多仁人志士，有学者，有军人，有学生，还有花港、S 国等等全球的义士。甚至一些国际友人，在国外有影响力的人物，也为了支持我们正义的事业，贡献自己的力量。特别是台洲军方许多高级将领的加盟，让我感到信心大增。所以呢，永炽想要告诉各位一件机密大事，虽然说是机密大事，不该随便宣之于口，然而在座的各位都是好朋友，都是忧国忧民侠肝义胆的真英雄，再瞒着诸位那就是不敬了。这件事就是，在不久的将来，我们要高举义旗，发动义师，不仅要打破向恶党献媚的台当局，还要集合各方豪杰，振兴光复大业，推翻暴政，解亿万民众于倒悬。为此要请名震四方的各位豪杰，施以援手，共谋大业！"

他说得逐渐兴奋了起来，脸现红光，声音激动。

但是一干听众听得大眼瞪小眼，面面相觑。

过了半天，众人也没缓过神来，武刀疤本来就对台洲腔儿不太适应，现在更是一脸纠结，扭头看着马四眼说："听球不懂，啥意思啊？"

马四眼也皱着眉头，扭头看着钱永炽说："你的意思是，你们要攻打内地？"

钱永炽说："对，我们要光复大好河山。"

胡三儿突然哈哈大笑，笑得前仰后合，手在桌子上大拍，叫道："光复？蒋光头喊了那么多年'反攻反攻'，也不敢真动手，到了现在了，你们还敢盖着十八床被子做这个梦啊？疯了？这面不收拾你们，你们就他妈的给祖宗烧高香吧，还敢来招惹，台洲鸡眼那么小的岛，你们拿什么来反攻？真的是老寿星吃砒霜，活得不耐烦了吧？哈哈，笑死了，哈哈！"说着，手中的酒洒了一桌面。

翁总脸色阴沉了些，其他人有点头，有的笑吟吟地看热闹。

钱永炽也没太沮丧气恼，继续保持微笑，说："我们一方当然力量有限，所以永炽这次来呢，就是要求助于各位大佬，各位大佬都是一呼百应的人物，有了您各位的支持，我们里应外合，大事可成啊。"

胡三儿说："你是不是个神经病啊？你三岁小孩儿吧？还里应外合？都他妈用不着正规军，武警就足够把你做啦。我自己他妈的都不知道哪一天脑袋搬家啦，还敢陪你玩这号家家啊！"

钱永炽说："诸位都长期受暴政压迫，心有余悸，我也能理解。但是，敌人的力量很大，我们也争取到了很多支援。比如这位罗忠新先生，他就不辞劳苦，联络各方，已经争取到了花港新龙帮呀，十三凯呀，等等帮派的支持。还联络到了藏区、西疆的朋友。而这位唐木先生，认识A国、J国情界的很多重要人士，我们行动起来，他们会予以相应的支持，甚至直接参与。但是如果我们自己没有动作，只是一直清谈，人家也没法参与啊。"

那姓于的于兴国，一直板着脸，这时慢慢地说："引外国人来打，那是要卖国么？"

老教授莫册士一听这个，插话了："这位老弟，此言差矣。这非但不是卖国，其实是救国！我们国家最大的问题，就是没有接受西方国家的彻底改造啊。本来也是有机会的，但是运气不好，总是被打断了这个进程。世界上落后地区，但凡是被彻底殖民改造过的地方，都发生了脱胎换骨的变换，比如说花港。花港为什么这么繁荣，就是因为它经历了一百多年的西方殖民，所以才快速发展了起来。"

于兴国哼了一声，说："你是说C国也该被侵略个一百年？"

莫册士摇着头说："这个恐怕还不够！C国太大了，恐怕至少要老老实实地被殖民三百年才行啊！所以啊，这次是个大好的机会，我一听钱教授说，就兴奋得不得了。我们不能总是把机会白白浪费了。"

于兴国怒气上涌，低下头喝酒，忍住不说话了。

胡三儿又说话了："我觉得悬，A国能为了你，和C国开战？退一万步讲，就算A国真和C国开战了，C党要收拾我们几个，还不是一顺手的事啊。你说是不是啊，老武？"

武刀疤说："就是，我觉得我现在就挺好，对抗政府？老子还不如去打几圈麻将，也没有掉脑袋的危险。"

钱永炽叹了口气，说："唉，怪我没有说清楚，我们的计划其实不只如此，我们计划的核心，也许该给各位讲一下了。听了这个，我想诸位都会有不同的想法。"说着手一挥，说，"请严局长出来相见。"

有人随即走出大厅，不一会儿，一个中年人走了进来。

钱永炽说："来来来，给大家介绍一下。"说着起身迎接。

何俊小声惊呼道："二号！"

吴顶一凛，他听二号的事不少了，没想到他也来到了这里，不禁坐直身子使劲看了看二号的模样。

只见二号严继红对一干人待答不理地走了上来，在大圆桌旁随意地坐了。

钱永炽说："把我们J国的朋友一起请上来吧。"

不多时，一对男女推着轮椅，走了过来，那男的身体壮实，那女的带着个大墨镜，看不清脸，但显得年纪不大，他们把椅子腾开，把一个老人推到桌前。那老人向众人点头致意。

钱永炽说："严局长是 C 党情报机关 18 局的副局长，一直忍辱负重，着实令人钦佩。这件事说来话长。我们呢，虽然是个小团体，但是很荣幸能一直和 A 国、J 国的情报专家交流，大家分享资源。比如说近藤事务所的这位荒山老师。他们那儿的一个年轻人，自己策划了一个行动，进展了一段时间，还算有成果，但毕竟还有些问题。这个年轻人呢，在原有的基础上，组建了一个自己的小情报网络，想通过一次行动来证明自己。年轻人嘛，想早日建功立业，这心情我们是理解的。到底是什么计划呢？我也不卖关子了。大家可能不知道，在这个栖仙山的顶上，有一个导弹发射基地。这个年轻人呢，用那个情报网，逐步渗透进这个基地，买通策反了主要的长官，想利用这些人发射导弹，让他们自己的导弹打到自己的城市里。"

说到这儿，众人"哦"的惊呼。

"但是呢，"钱永炽继续说，"毕竟人年轻，干这样的大事，露出了些小马脚，险些出了问题，于是呢，我们就代替那个年轻人，接手了这个计划。也多亏了我们这位严局长，他是内部的人，把他们局里碍事的人除掉了，才使得此事不至于功亏一篑，实是居功至伟。但是好事多磨啊，发射导弹要经过很多步骤，每一步都要有密钥认证，也就是要不同的人来输入密码，其他密码我们都没问题，但那个被除掉的人掌握的密码一下子没了。据我们调查，他把他的密码告诉了一个女学生，于是我们就动用各种力量要找到这个女学生，但就是差那么一点，一直没找到。"

钱永炽说到这里，众人都抬头看他，见他脸上不但没有遗憾沮丧之情，反而笑嘻嘻的。

钱永炽也慢慢扫视众人，最后和翁总相视而笑，这才说道："但是老天相助，刚刚翁总来的路上，已经把这个女学生找到了，这一下就万事大吉了，呵呵！"

胡三儿说："我就不懂了，往城里打几发导弹，能有什么用？一打导弹 C 党就垮了？"

马四眼惊呼："难道你们要发原子弹啊！"

此言一出，众人一阵骚乱。

钱永炽微微一笑，很得意的说："各位果然都是聪明人，都想到点子上了。如果发一般的导弹，就像放了几个大烟花，没什么用。如果发核弹，代价太大，C 党说不定会发射核弹打击台洲，那样是我们不愿看到的。那么发射什么弹好呢？"他故意停了一下，众人都瞪大眼睛看着他。

"电磁脉冲弹各位听说过吗？"他又故意一顿，眼睛环视四周，说，"这种炸弹并不伤人，但可以让很大范围内的电子电气设备失灵，小到手机，电子表，大到发电站、战斗机，都会统统废掉。即使没有完全报废，在短时间内也是不能恢复了。如果发射这种导弹，每一枚上带着几个分弹头，那么只要两发就能覆盖东南沿海，甚至到达内陆腹地。就在明天，就是一个千载难逢的机会，C 党要在这个基地试验一个导弹，他们会派一些人来具体监督指导。这些人就像是带着钥匙，来打开军火库的门一样，只要他们打开了门，我们就能随便从里面选择我们喜欢的武器发射了！一旦成功，我们台洲就会行动，到那时内地东南沿海繁华城市，就会变成不设防的地区，他们常年经营的机场、导弹阵地，港口，弹药库，储备油料库，都会成为我们的靶子，他们想从别的地方调部队来，也会因为机场、铁路不能用，而要花很长时间，而且我们的藏区、西疆的行动也会让他们顾头不顾尾，我们在花港的同志们会尽量制造混乱，而你们各位老大，我想让你们也带上你们的人，上街去想怎么搞就怎么搞，只要乱就好。到那时，C 党想管你也有心无力啦！只要一旦乱了起来，我们的进攻再加上各个盟国的帮助，就会形成骨牌效应，我相信，一定就能摧枯拉朽的！功成之后，大家高官厚禄是一定的。"

他已经抛弃了刚开始的斯文劲儿，激动得声嘶力竭。

吴顶听得天旋地转，回不过神来。他看向何俊，她也好像震惊地说不出话了。他所说的"女学生"，不用说，就是指何俊了。

难道是一号搞错，没弄清敌人的真正目的？我们到底是应该帮助发射还是阻止发射？我们其实离开这儿越远越好，但我们却自投罗网了吗？

吴顶头都要炸了，看看旁边，连林春香都一改娇弱的表情，变得有些愤怒的样子。

于兴国一拍桌子，站了起来，叫道："佛爷，您事先知道这事儿吗？这是要让咱们往死路上走啊！您真的同意这么干吗？"

佛祖结结巴巴地说："我，我其实早都不问江湖上的事了，翁总掌管吧！"

于兴国说："您这是怎么了？您是不是被这帮人绑架了？"说着转向其他几人，"各位老大，我们都是刀尖上混口饭吃，不能这么往死路上走啊，这样搞，当汉奸，就是死了也埋不进祖坟啊。下到地底下，我也没脸见我老爹。"

一向木讷不说话的于兴国会第一个跳出来反对，翁总有些吃惊，说："于老弟，你吃 C 党的苦还少吗，何必这样呢？"

于兴国大声叫道："不对，这是两码事。我知道自己不是好人，但还没烂到勾搭外国人，尤其是 J 国人来我们这儿撒野的份儿上！"说着怒视 J 国老人荒山。

翁总道："别着急啊，有事慢慢商量吧！"

于兴国道："没什么好商量的了，这事我不参与，各位还有谁跟我一块儿的，我们一起走吧！"等了半天，其他几人还在观望犹豫，他哼了一声，说："算了算了！那我先走了，告辞！"

说着大踏步走下台，手下的人也都从桌子旁站起，呼啦啦都跟着他要走。

翁总突然大叫道："于老弟，你不能走。"

于兴国问道："为什么？"

翁总大笑道："我们今天说了这么多机密的事，你就这么听了，然后就走了，我可放心不下啊。"

于兴国身子不动，只扭过头来，说："那怎么办？"

翁总说："要不就留下，我们再商量商量，要不呢，就别走了。"

于兴国说："您放心好了，你们的事我保证不说，但让我参加我也不干！兄弟们，走！"

翁总看看钱永炽，钱永炽唉了一声，向唐木点点头，使个眼色。

唐木不动神色，向台下一挥手。只见嗖的一下，大厅门口多了两个人。这两个人肤色较深，身材精瘦，个子也不高，长得还一模一样。原来是一对双胞胎。

两个人没有表情，眼神犀利，也不说话，双手合十，屈了一下身。

于兴国说："怎么？要灭口么？"

翁总说："咱们兄弟一场，我可不想走到那一步啊，你别逼老哥啊！"

于兴国向手下说："上！"手下们都拔出枪，匕首，护着于兴国，一个高大魁梧的大汉当先开路，径直向大门闯去。

两个拦路的双胞胎瘦子一动也没动。

那大汉呼的一拳打了过去，一个瘦子闪到一边，另一个一侧身躲过了。

那大汉也不答话，虎虎生风，一拳一拳地打去。那个瘦子都堪堪躲过。

众人看两人身材实在悬殊，好像一个小猴子站在一棵大树跟前一样。那大汉的拳势凶猛，但凡打中一下，那瘦子都非得筋折骨断不可。

但眼看那大汉打得兴起，却总也打不到，那瘦子仿佛是机器人一般，总能做出令人意想不到的扭转，在间不容发之际躲过攻击。

那大汉大吼一声又一拳打去，那瘦子这次没躲，两手一攀，搭住了他的前臂。那大汉收拳之时竟把那瘦子带得双脚离地。胳膊上挂了个人，却好像恍若无物，大汉臂力大得惊人。

却见那瘦子，真如猴子爬树一般，手脚并用，在那大汉身上向上爬去。

那大汉刚想来把他摔在地上，那瘦子快捷异常地攀住了他的头颈，全身缩成一团，向后一拗，众人只听得咔咔一下脆响，那大汉的头颈竟然已经被拗断了。

硕大魁梧的大汉，一瞬间被制，哐啷一下倒地而死，那瘦子身子一挺，已经站在地上，还挡在门口。

于兴国惊得呆了，回过神来，满头是汗，指挥手下道："冲啊，快冲出去啊！"手下们同声大喊，二十几人一起向外冲去。

离门还差几步，刚刚还挡在门前的两个瘦子一下子不见了，一伙人正在诧异间，却见那两个瘦子竟然混在他们中间。

这一惊就好像见到鬼一样，都吓得尖叫。那两个瘦子却已经动手了。只见他们膝顶肘撞，闪转腾挪，招招击向人的咽喉，关节，太阳穴，裆下。最奇的是，两人配合得天衣无缝，就像一个人有四手四脚一样，两个人对对方在什么位置，做了什么动作，看都不看就知道似的。而于兴国的手下则乱作一团，拿刀拿枪的也发挥不了作用，偶尔乱开枪还吓得大厅其他人乱躲。

两个双胞胎瘦子快似鬼魅，每一两秒就有一个于兴国的手下倒下。不一会儿，这场发生在大厅门口丈许见方的范围内的战斗就结束了。

于兴国两条胳膊脱臼，被拽回到台前，翁总说："于老弟，何苦呢这是。"

于兴国咬牙切齿地骂道："狗杂种们，不得好死！"

唐木手一扬，转身回到座位上。

那瘦子中的一个两手同出，击打在于兴国的头的两侧，于兴国登时七窍出血而死。那两人一躬身退了下去。

翁总等也回到座位上，说："哎呀，钱教授您带来的高手果然厉害，我大开眼界，真是赏心悦目啊！"

钱永炽说道："其实除了有两个我贴身的以外，其他几个高人都是唐木老弟在安排着。来来来，唐木老弟，趁这个机会，我们给翁总介绍一下也好。"

唐木微笑着说道："好的。"一边站起身来。

钱永炽和唐木以及翁总一块儿从中央的台上下来，来到一个圆桌前。围坐在桌旁的几个人都站了起来。

钱永炽说："这都是那个什么公司，嗯……"

唐木提醒道："戴娜美特国际安保公司。"

钱永炽说："对，就是从这个公司请来的。这两个就是一直跟着我的，他叫彭梯儿，他叫特屈儿。当然都是代号啦。"一边说，一边手拍着二人的肩膀。

翁总一一与之握手，口中直说厉害。

接下来是刚刚力克于兴国一伙的双胞胎兄弟。

钱永炽说："这二位刚刚大显身手，他们是从 T 国来的，祖传拳法十分厉害，名字叫……嗯……叫……还是唐木老弟，你来介绍吧。"

唐木笑道："好。这两位叫做雷酸、雷汞。"

说罢，雷酸、雷汞两兄弟合十向翁总微微躬身行礼。

翁总也客气地还礼。

接着是五个穿迷彩服、战术背心的西洋人，他们体格健壮，神情彪悍，一看就是训练有素的军人。

唐木说："他们五人都是 A 国的退役特种兵，这一位是队长，叫塞姆汀。这四位是他的队员，代号分别是 C1，C2，C3，C4。"

翁总又与他们握手，一边扭头对唐木说："我自己也请了一些特种兵保镖，你看，就在那儿坐着呢。"一指不远处一桌，翁总的雇佣兵保镖就坐在哪儿，和塞姆汀他们互相明里暗里地打量对方。

吴顶和何俊见那两个 T 国瘦子已如此厉害，而除此之外他们还请的有好多厉害人物，感觉到了姓钱的等人在这件事上押了大宝。

翁总见都介绍完了，但还有几个空着的座位，就问："还有吗？"

特屈儿插嘴道："还有一个，苦味酸大姐，不知道跑哪儿去了。"

翁总不解，问道："什么？"

特屈儿说："她叫苦味酸，是个女的，一来就不知道跑哪儿去了。"

唐木神情略有些尴尬，岔开话头说："除了这个女的，其实还有一位，刚刚牺牲了，叫……"

话没说完，砰地一声，大厅的一扇门被猛地撞开了，一个穿着西装的女人闯了进来。她眼睛一扫，就气冲冲地走了过来，嘴里嘟嘟囔囔不知道说的哪国话，来到这个圆桌前，也不瞟翁总和唐木他们一眼，看着特屈儿就问："达莉娅呢？"

特屈儿纳闷道："什么？"

那女人道："苦味酸呀，你们是这么叫她吧？她人呢？"

特屈儿一脸无奈，说："我怎么知道啊？那大姐我可惹不起，还敢打听她去哪儿了吗？"

那女人见问不出个所以然来，一副不满的表情，依旧是视旁人如无物，气冲冲地一瞬间走掉了。

她来去如风，还挟着一股怒气，一进一出一问话，整个过程让人感觉就像幻觉一样，一眨眼就过去了。

翁总没搞明白这不管不顾的女人是什么情况，问道："那是？"

特屈儿说："好像是苦味酸大姐的朋友，看样子也在找她呢。"

钱永炽见场面有些尴尬，就提议道："翁总，我们还是回席上吧！"

翁总说："好！"

三人又上台，回原位就坐。

翁总坐定了，突地又转头向其他几个人道："怎么样？各位，刚才说的事都考虑好了吗？"

胡三儿等人看了这阵势，都暗自揣测，带来的人也比于兴国的强不了多少，见人家还有高手，心想大家一起闯也未必能赢啊。

胡三儿低头不语，喝了口高脚杯里的红酒，但杯子里已经所剩不多了。侍者双手捧着酒瓶过来，替他斟酒，倒了小半杯。

胡三儿也不在意，又喝了一小口，把杯子放下，盘算今天怎么办好。

突然，胡三儿从肺里发出受伤野兽般的低吼，火烫屁股一样猛地站起来，连椅子也带翻了。他右手伸出食指悬在半空不住颤抖。

有谁喊了一声："酒里有毒！"

人人大惊。

胡三儿一下子翻到在地，不停扭动挣扎，他带来的几个人奔上台来，围着他大叫："三爷，三爷！"手也在他身上比划，几个人又摁脑袋又捂嘴的，只折腾了一两分钟，胡三儿已经不出声了，嘴里只有出气没有进气。

其中一个人站起来，挺悲痛地说："三爷不行了。"

翁总笑眯眯地说："你也跟了你们三爷那么多年了，就把三爷的摊子接起来吧，好好干！"

那人道："谢谢翁总！我们以后都跟着翁总，您让干啥就干啥！"

翁总说："好，好！"

几个人又一鞠躬，抬起胡三儿的尸体下台了。

这一切，胡三儿毙命，新人接班，好像是一出舞台剧，是日程里既定的项目，一切都突然开始突然收场，当事人好像都觉得正常得不行，其他人即使诧异地要叫出来，在这一刻也都被这气氛压得发不出声来。

至于胡三儿是怎么被毒死的，好像是最不值得关心的事。

翁总又笑容可掬地转向马四眼，说："小马，你考虑的怎么样啦？"

马四眼已经抖得像筛糠一样，浑身僵硬，说："我听您的，您怎么说，我照办。"

翁总高兴地说："好！那老武，你怎么说？"

武刀疤心想：他们说得好听，我要是真跟他们干，公然跟政府对着干，十有八九是玩完了，半辈子的家产，事业，还有一条老命估计都得赔进去。但是，眼看着于兴国和胡三儿相继暴毙，这一个"不干"说什么也出不了口啊。

正当他犹豫不决时，罗忠新站起来说："武老板，决定不了的话，您爱赌，不如我们来赌一把，让老天爷做决定怎么样？"

武刀疤一听到个"赌"字，一下子抬起头，问："怎么个赌法？"

罗忠新笑嘻嘻地说："我们赌赌运气。"

说着来到胡三儿的位置旁，一伸手把胡三儿的红酒杯拿了起来，里面还有不少酒。接着，他说道："不好意思，借各位的杯子一用，我和武老板玩一玩儿。"说着又从桌上挑出了还有酒的高脚杯，摆到武刀疤面前。

武刀疤一看，总共是七只杯子，不知他要闹什么玄虚。

罗忠新说："这七只杯子，其他的各位都喝过里面的酒，并没什么脏东西在里面，唯独胡三爷的那一只，只怕是有点问题。武老板，我们这样，两个人轮流喝这七杯酒，一次拿一杯喝，要是我喝到那杯毒酒，我认命，去见阎王爷。要是您喝到了，说不定您百毒不侵，能扛过去呢。"

这就是在赌命啊！

武刀疤看看七只杯子，记得靠右边角上的那个是胡三儿的。

罗忠新又说："您只要跟我赌了这一局，不管结果如何，您就请自便了，谁也不会再难为您。"

他又抬头问道："我要是不赌呢？"

罗忠新说："那当然是您的自由了。但是，咱们愿赌服输，一旦开始了，就不能放弃了，否则……"

"否则怎样？"

"否则的话，嗯——"他好像在思考，说"就给对方打个欠条好啦，金额嘛，就 50 亿吧，美元哦。"

武刀疤好赌成性，有赌局不赌，大违本性，心想，左右都好活不了，把心一横，说："好，我赌了！"

罗忠新说："好！那是您先喝还是我先喝呢？"

武刀疤心想，自己大致知道那一杯是毒酒，还是自己先喝占优势，就说："我先来吧！"说着就要拿起一杯去喝，突然又想起一事，就挡住罗忠新的视线，自己把每个酒杯的位置稍微动了动，这样才拿起一杯，一饮而尽。

众人都见到胡三儿刚喝了一口酒，马上就毒发身亡了，药力之快，十分惊人。眼见武刀疤等了一下，没有异样，有的人哦哦地发出呼声。

罗忠新不紧不慢，拿起一杯，对着灯看了看，也喝了一口，把杯子放到一旁。让后做了个"请"的手势。

武刀疤额头上渗出一滴汗，端起一杯，喝了下去。罗忠新也喝了一杯。

剩下三杯。

武刀疤拼命回想罗忠新拿酒杯过来时的情景，想判断出哪一杯是毒酒，但看着这三杯酒，越想越混乱，手不自主地发抖了。

罗忠新说："请喝！"

武刀疤颤抖地端起一杯，又放下，又端起另一杯，优柔寡断，平常赌场上的洒脱，全抛到九霄云外了。

终于还是硬着头皮，喝了一杯，然后战战兢兢地等，看身体有没有什么变化，好像没有？这才长出了一口气。

罗忠新又慢条斯理地拿了一杯喝了。武刀疤瞪大眼睛看着他，什么事也没发生。

罗忠新微笑着指着最后一杯酒，说："请。"

武刀疤瞪大眼睛，看着最后一杯酒良久，耳边听着不知谁在喊叫："喝啊，喝啊！"想起胡三儿刚才的惨状，大叫一声，瘫倒在地上。

吴顶在台下，虽然被人拘束着，但发生的一切看得清楚，听得明白。他想，罗忠新为了逼武刀疤就范，居然甘冒生命危险，这件事看来却有些蹊跷。罗忠新真的这么有胆色吗？

何俊却像是看穿了他的心思一样，凑过来低声说："哪一杯也没毒。"

"什么？"吴顶有些吃惊。

"胡三儿不是喝了毒酒死的。"

"那是怎么死的？"吴顶一想刚才的情景，胡三儿大叫一声站了起来，手指不停地悬在半空中颤动，就是在指着面前的酒杯啊。

何俊悄悄说："你再想想当时他的表情。"

吴顶一向记忆力过人，看过的东西像录像一样存在脑子里。他又回忆刚才的一幕，胡三儿的手是悬在酒杯上颤抖不错，但说到他的表情……他当时一脸惊愕，两眼瞪大了看着前方。

可这又怎么样了？

吴顶说："我想起他当时的表情了，就是很吓人而已啊。"

何俊又启发他道："你想想啊，要是他发现自己喝了毒酒，想指酒杯的话，该是怎么样的？"

该是怎么样？

吴顶皱了眉头，设想着这个过程。突然他也意识到了什么，嘀咕道："一个人想用手指什么东西，那和他眼睛看的应该是一个东西，不会指一个东西却看着另一个东西。但胡三儿却指着杯子，看着前方，这是为什么呢？"

何俊看他思索一阵，就又说："万一他不是想指酒杯呢？"

"嗯？那他是要指什么？难道是——"说到这儿，吴顶情不自禁地抬头往台上望去，想确认一下自己的想法。

"对，你跟我想的一样。他是要指他正在看的东西，他想指人！但是中毒之后，手臂已经无力，只能抬到那么高了，再抬不上去了，所以看着像指着酒杯。"

"他想指人？那他想指的是谁？"吴顶依旧看着台上，想像胡三儿如果是想指人的话，那应该是要指……

"是那个J国人？"吴顶问道。林春香也很感兴趣，凑过来支起耳朵听着他俩说话。

何俊点点头，说："对的。那个J国老头估计是用什么东西暗算了胡三儿，胡三儿虽然感觉到了，但已经说不出话，无法质问他了。后来又有人喊酒里有毒，大家就都以为他是喝酒毒死了。"

吴顶一听，觉得有道理，也不得不佩服何俊的观察力之强。一般人的注意力都被吸引到那杯酒上去了，谁还注意他的视线，何俊却还能冷静观察。

原来是罗忠新和J国人串通好的，他早就知道哪一杯也没毒，所以才那么好整以暇地装腔作势。

何俊接着说："J国人借鉴了克格勃，本来就惯于搞什么毒针毒药的，至于那个J国老头用什么方法把毒药送到胡三儿身上，我就看不出了。"

吴顶听了不禁又往台上看去，只见那个J国老人若无其事地坐在轮椅上，他旁边戴大墨镜的女人却目光扫视过来，吴顶见她穿着正式，年纪好像并不大。

台上，武刀疤还躺在地上，罗忠新拿着一张字据，有一个人对武刀疤半扶半推的，另一个人抓着武刀疤的手帮他在字据上签字，然后又拿来朱红，把他的手指按上，强制他在字据上按了手印。

武刀疤见这 50 亿美金的欠条已经签字画押，自己也算是卖给人家了。这些人的手段厉害，自己打也打不过，赖也赖不了，想起自己对欠债不还的人的手段，要是都反过来用在自己身上，那简直生不如死。

　　想到这儿，万念俱灰，惨叫一声，又如同瘫痪了一样，躺倒在地上。

　　翁总一挥手，几个人上台来，拖死狗一样把武刀疤拖走了。

九、羽化飞仙

　　见武刀疤也就范了，钱永炽等都暗自得意，忽然耳边有一种"啾啾"的响声，本来厅中声音也有些嘈杂，也没在意，突然眼前白光连闪，不知什么东西，明晃晃地从几个方向飞向罗忠新。

　　罗忠新见躲无可躲，慌了神儿，脸色煞白，。

　　J国老人身后的那个女子双手连扬，一阵叮当声响过，那些白光一一跌落，原来是一些圆盘形的飞刀。那女子用来打落飞刀的暗器，有的钉在柱子上，像是四角形的飞镖。

　　原来发射飞刀的正是段万刚一伙的阿剑。

　　段万刚等人虽然带枪，但几个人都对自己的枪法没有信心，原指望出其不意，用飞刀解决了罗忠新，以报大仇，但不知道厅中能人甚多。

　　这一下露了相儿了，只得拔出枪，乱射了几枪，叫道："姓罗的，留下你的狗命！"

　　厅中人多嘈杂，枪响引发一片混乱，纷纷扰扰。段万刚等人却也无法趁乱，去杀罗忠新。

　　嘈杂声中，众人只听得头上发出"咔吧咔吧"的声音，有人抬头去看，只见那个山一样的吊灯，不知怎么搞的，摇晃了起来。

　　有人反应过来，刚高叫一声："要掉下来啦！"

　　那大吊灯已经裹挟着一阵劲风，从天而降，压将下来。

　　离得近的人，只觉得气为之滞。那大吊灯着地时，一声巨响连着一连串锐响，玻璃四散飞溅，气势迫人，好一阵子噼里啪啦的，良久不绝。大厅中光线一下子昏暗了下来。

吴顶眼前一黑，才知道原来外面天已向晚，一下子不太适应，看不太清东西，只觉得都是人影晃动。

突然觉得有人在给他弄手上的绳子，听到一个声音附耳说："我给你们解开绳子，趁乱跟我走！"却原来是杨光的声音。

身边的何俊低呼一声："小羊！"又听到卢小羊的声音，说："快跟我走！"

吴顶听到卢小羊果然没事，还来趁乱救他们，心中高兴，也顾不上问他怎么从悬崖下脱身，混进山庄的。

只听杨光说："跟我来吧，我知道后门怎么走，能通到后面的山路上！"

何俊对卢小羊说："杨光是自己人，救过我们，可以信赖！"

卢小羊嗯了一声，说："快！"

吴顶问林春香道："怎么样？能不能跑？"

林春香使劲点点头。

整个大厅乱作一团，有的人已经大打出手，打得不可开交。

吴顶、何俊、林春香解开绑缚，跟着杨光、卢小羊，快步而行。走到厅角的一个安全出口，几个人迅速出去了，好在没人注意到。

下了两层楼梯，来到一个储藏室似的地方，在这个屋子的那一头，有一扇门仿佛在招呼他们快出去。

几个人加快脚步，眼看就要到门口了，忽地窜出几个人，挡住去路。

其中一个人得意洋洋地说道："我就知道你有问题，光哥，可让我抓住你了！"

杨光在黑暗中看不清，但听声音认得，叫道："小刺毛！"这人正是昨晚刀刺王昆的小刺毛。

小刺毛说："这些人是翁总要的重要人物，你要带他们去哪儿？"

杨光知道时间不能耽搁，低声喝道："滚开！"伸手拽出自己的短棒，扑上去就打。卢小羊也上去动手，只几个回合，小刺毛带的四五个人抵挡不住，尖声惨叫。

眼看就要打翻他们几个，夺门而逃了，屋子的灯忽然亮了。楼梯上噔噔噔噔地走下人来。当先的正是翁总，后面还跟着翁总的六个雇佣兵保镖。

杨光大急，奋力打开门，叫道："你们快跑，我挡住他们！"

何俊不知怎么办才好，卢小羊也想一块儿拼了。

杨光大吼："快！快啊！"一边把吴顶何俊四人推出门去。四人通过杨光身边，都感激又担心地看着他。

杨光高声道："告诉我妈妈，我是好人！"

林春香眉头皱着，强忍着，泪水眼看就要下来了

待几人都出去了，杨光把门闭住，还像门神一样，持棒把守门口。

翁总怒道："杨光，我待你怎样！没想到你是个二五仔！"

杨光不说话。

翁总从保镖手里接过手枪，二话不说，对着杨光连开数枪。杨光身上中弹，靠在门上，还坚持站立。翁总又扣了几枪，杨光这才瞪大眼睛，滑倒在地上。

翁总对六个保镖说："快去追！那个何俊，我要活的！"

保镖们应声而出，拉开杨光的尸体，打开门都出去追赶何俊等人。

翁总对小刺毛说："这次多亏了你报信，我开始还不信，差点让这个二五仔坏了大事！以后，富新区的生意就由你来接手吧！"

小刺毛大喜，说："全靠您栽培，您要我干啥，我小刺毛绝不含糊！"

翁总嗯了一下，点点头，说："把这尸首收了吧！"

小刺毛道："是！"招呼手下人来收尸。

他自己走到杨光的尸体旁，见满地都是血，但还是不放心，怕他没死透，用脚尖把杨光的那根带棱的棒子拨开几米，心想，要是挨他临死一击，那就不值得了。

眼见杨光一动不动，心中得意起来，俯下身子，笑道："光哥，哈哈哈，我……"

话还没说完，杨光就像诈尸一样，电光火石地弹了起来，张开满是鲜血的大嘴，一口咬住小刺毛的咽喉。

小刺毛的惨叫声，听得人不寒而栗，他带来的几个人都吓呆了。

小刺毛想把杨光推开，两手就像不是自己的一样，使不上劲。

翁总本来都转身上台阶了，听到惨叫，低头一看，杨光像僵尸一样挂在小刺毛的颈中，也吓得够呛，指挥道："快把他拉开！"

小刺毛带来的人七手八脚，扯了几下都没扯开，突然杨光自己掉了下来。众人正要庆幸终于分开了两人，却见小刺毛一手捂着脖子，一手拼命伸出，不知要抓什么。

他虽捂着脖子，但喉头处的血像水龙头一样流着。小刺毛伸手乱抓，周围几个人见他样子吓人，都避之唯恐不及，他踉跄几步，抬头看见翁总，瞪着大眼，又向翁总扑来。

翁总大骇，在楼梯上使劲一脚，把小刺毛踢得向后摔出，这一下他再也站不起来了，在地上扭动几下，就一命呜呼了。

杨光半靠在墙根下，也已闭目而死。

小瞳和赵克勤坐在车里，又气闷又无聊，突然山庄那边骚动起来。

小瞳赶紧坐直身子往外看去，但太远了也搞不清。就在这时，却看见四个人手里提着棒子什么的，鬼鬼祟祟地向着车子的方向慢慢摸了过来。

小瞳正没好气，见有人来招惹，就想出去好好教训他们一顿，撒撒气。

赵克勤看出来她的意图，说道："别动，低下头，别惊动他们！"

小瞳切了一声，说："怕什么，他们敢来，我就要他们好看！"

赵克勤说："别，别招惹他们！让他们过去最好！"

小瞳说："你说不行，我偏要做。"

赵克勤说："那你把我的手松开，我也好帮帮你。"

小瞳说："你当我傻啊！再说，谁用你帮啊！"

这时那四人已经到了车前，正眯着眼向车里张望，小瞳把手放在门把手上，赵克勤赶紧想制止，说："别别……"

但小瞳不听，一把把门拉开了，跟着跳了出去，又猛地把门关上。

那四个人见有人出来，吃了一惊，待见是个少女，就问道："你是干什么的？"

小瞳说："你管我！"

一个人道："哎哟，还挺横啊！翁总说，只要看到可疑的人，都抓回去，我看她就挺可疑啊，你们说是不是？"

其他人都痞里痞气地说："就是就是！抓住她，快抓住她。"

小瞳大怒，嗖得一下，把软剑拔出来，拿在手里。

那四个人见她有兵器，也一下子把棒子都抓紧了，一个人叫道："别怕，一块儿上，上啊！"

四个人就一步步靠近过来。

小瞳不说二话，也挥剑而上。她的剑术是花架子，这四个人打架也没章法，但见棒子、软件舞得呼呼作响，你进我退，乱作一团。

不多回合，小瞳的软剑就被打飞了。四个人更加胆壮，不一会儿，已经把小瞳围住。小瞳虽说练过，但究竟是个女孩儿，被那四个人推搡拉扯的，挣脱不了，心中大悔又大急，实在不知如何是好。

突然，四个人中的一个惨叫一声，跌倒在地。小瞳睁眼一看，另一个家伙也被打倒了。再仔细一看，却原来是赵克勤来救她了。

赵克勤虽然打斗不如卢小羊，但也是实打实的和18局的格斗教练练过几年的，有些根基。他一上来就先干倒了两个，剩下两个放开小瞳，冲赵克勤过来。其中一个挥舞着棒子，赵克勤躲过他的攻击，一拳打在他下脸上，那人飞出去倒在地上。还有一个想趁赵克勤没腾出手来，偷袭他，却后脑上一痛，原来是被小瞳从背后一棒子给打翻了。

看着四个人躺在地上，小瞳心有余悸，喘着粗气，说："你，你怎么出来了？"

赵克勤说："我看你危险了，想办法弄开了手，就来帮你了。"

小瞳说："哦。"

赵克勤说："喂！多亏了我救了你欸！你就这反应啊，谢都不谢一声。"

小瞳哼了一下，扭过头去不看他。

耳听的又有人跑了过来，两个人大惊，立马站起来，向声音来处望去，待看清楚来人，松了一口气，原来是段万刚他们回来了。

段万刚四人来到车前，见地上晕着几个人，不解地问是怎么回事。

听了小瞳的讲述，段万刚心中后怕，心想：我只想着山庄里面危险，没想到把小瞳留下也不安全，多亏了这小子，否则怎么对得起她父亲。

想到这儿，重重地拍了拍赵克勤的肩膀，说："先上车，罗忠新他们往山顶上去了，我们开车上去，一定要找到他。"

几个人答应一声，都上了车。这一回，段万刚不捆赵克勤的手了。

车又走上盘山路，在夜色中一路向山顶进发。

小瞳还是和赵克勤坐在最后排。小瞳一直脸贴在自己一侧的玻璃上，不知在想什么。过了好大一会儿工夫，她慢慢靠向中间，用手指头捅捅赵克勤。赵克勤扭过头来，询问地看着她。

小瞳低着头，不好意思地说了声："谢谢你。"声细如蚊，几乎不闻。

卢小羊当先开路，沿着这一条土路，领着几个人，不顾一切地向前跑去。山路崎岖不平，时而上坡，时而下坡，有时还有点儿陡。

跑了没多久，就听见后面隐约有声音，并哗啦哗啦逐渐大了起来，还有人喊叫。他们知道有人追来了，不由得又加快了脚步。

转过一个小弯儿，这一条小路到了尽头，通到一条大路上来。那条大路看起来平直了许多，而且好像有点下坡的趋势，应该好走了。

看着道路变好了，卢小羊反而脸色阴沉了下来，说："在这样的路上，我们恐怕跑不脱。你们快走吧，我在这儿拖住他们，争取时间！"

何俊急道："别，大家一齐走，我不想再抛下同伴了。"

卢小羊说："我没事，你们快走！"

吴顶觉得自己不能再退缩了，说："你们走！我留下！"

卢小羊急道："你别争了！"

何俊说："要不你们走，他们要抓我，就跟他们去吧，跟你们没关系，你们走吧！"

卢小羊突然大怒，道："密码落入他们的手里，那是什么后果，那个台洲人说得兴高采烈的，你没听见吗！老子最恨汉奸，看见那帮汉奸就来气，你还说要和他们去？快走快走，不要逼我骂你这有人生没人教的孩子！"

何俊听他说得很过分，又是气又是悔，转身就走，走了两步，还是转回头来说："小羊，你不要，不要……"

卢小羊说："我挂不了的，你居然这么瞧不起我，火死我了！"又对吴顶说："就靠你了！"

吴顶听他这么说，一下子感觉责任重大，天塌下来也得扛了，于是点点头，跟着何俊就要走，突然感觉少了些什么，有什么不对劲，但一下子又想不起来。转身四周瞧瞧，突然叫道："林春香哪儿去了？"

这一下三人才意识到，林春香不见了。

卢小羊催促道："估计刚才没跟上，你们先别管了，这些都交给我来办，快走快走！"

林春香弄丢了，这荒山野岭的，她一个弱不禁风的小姑娘一个人可怎么办？遇到什么危险如何是好？吴顶感觉心都沉到底儿了，但也没有办法了，无法分身去找她了。何俊也一跺脚，不再逗留，伸手扯住吴顶的胳膊，沿路快步走去。

六个雇佣兵领头的是 S 国人，还有一个 V 国人，两个 P 国人，都会说一些中文，但是水平参差不齐，S 国人说得最好。最后两个是花港人。

　　他们在山道上追击，并不担心目标因为夜色而丢失。因为他们带的两个红外热成像装置上，呈现出来的是，在漆黑的背景上，清晰的留下了猎物们走过的痕迹。在路面上、草丛上、树干上都显示出红点、黄的和蓝的色斑来，那都是目标残留的热源。

　　沿着这样的路标一路追去，直到猎物跑不动为止，总能抓住他们的，所以雇佣兵并不跑得特别卖力。

　　就这样不紧不慢地追了一阵，一个小拐弯处所显示的光斑突然多了起来，而且很杂乱。雇佣兵们停下脚步，看来猎物们曾经在这里歇脚。

　　嗯？好像有人脱离了出来，走向了旁边。是分开逃了吗？有几个分开了？

　　各种色块斑驳陆离，杂乱无章，很难辨别。

　　一个花港人拿着成像器弯着腰观察光斑的走向，确认真的有人往旁边走了。

　　他顺着光斑延续的方向，又往旁边树林里走了一段。

　　到这里光斑还有，但前面地面上却没有了？这是怎么回事？

　　他把仪器往起举了举，光斑在附近一棵树上又出现了。

　　哈哈，原来你在这里。

　　线索又有了，心里很高兴，顺着树干继续往上搜寻。只见一个一个光点顺树而上。

　　这个花港人反应较慢，把眼睛离开了仪器，抬头看着这一棵黑乎乎的大树。

　　有人爬到树上了？这么说，难道树上有人？

　　刚这么一想，就看见树干一阵晃动，呼的一声，一个什么东西从天而降。

在不远处路上的 S 国人他们耳听得那个花港人一声惨叫，赶快朝他跑去。只见一个黑影刚刚把他打倒在地，好像正要把他的枪抢下来。另一个和他关系好的也是花港人，第一个冲上去。

卢小羊见其他人都警觉了，心中暗暗叫苦。对方真不是吃素的，一下子已经到了跟前，呼喝着纷纷出手了。

卢小羊调动所有运动神经，堪堪避过四面八方压来的手抓、拳打、枪砸。

雇佣兵们更是吃惊，这个家伙一瞬间和几个人都过了招，动作之快，反应之灵敏，身体控制之准，简直匪夷所思。

几个人吃惊之余，已经拉开距离，准备用火力解决了。

卢小羊枪抢不到，已处于被动挨打的劣势，虽然比起下午在山道上时多了夜幕的掩护，好了很多，但依然无法取胜。他想，看来需要打乱他们的联系，各个击破才行。

想到这里，他向身后的山坡隐去，想吸引敌人都来追自己。

雇佣兵们没有动，S 国人打了个手势，几个人一起开火，砰砰砰地打了一阵，打得草木横飞。卢小羊躲在树后，压低了身子，总算没被打到。

S 国人说："走吧，那不是我们要找的女孩，不要再浪费时间了。"

第一个花港人已经爬了起来，他的脸被从树上跳下来的卢小羊击中了，疼得火冒三丈，听 S 国人这么说，心有不甘，但也没办法。

几个人刚要继续追何俊，只听旁边树林里刷刷地响，有人故意弄出很大动静来，接着就听卢小羊在说："嘿嘿，打不着我，你们枪法太差了！"

那个花港人脾气暴躁，听了卢小羊的挑衅，脸上还火辣辣的疼，只气得青筋暴露，说什么也要去宰了他不可。

第二个花港人对 S 国人说："我们两人去抓那小子，你们四个继续前进，应该也够了。"

S国人想了下，说："好吧，带上仪器，那小子挺厉害的，打死他就行，不要活捉。"

　　第一个花港人话都没听完就跑去追了，第二个赶紧跟上。

　　花港人甲拿着红外成像仪，扫了几下，看到可疑的亮点处就开枪，不一会儿打完了一个弹夹。卢小羊躲在树后，看着子弹嗖嗖从身边飞过，在夜色中留下道道亮线，心想，对方有热源探测仪，这么藏是藏不住了，但一出去就被人看到了，怎么办？唉，把他们引得越远越好，其他先不管了。

　　想到这儿，一下子跳出来，就往远离道路的方向跑。

　　花港人甲狞笑道："小子，终于出来了！"追了上去。

　　花港人乙也跟着他去追卢小羊，S国人他们则继续去追何俊了。

　　天已经黑了。借着月光，吴顶和何俊两人勉强看得清道路，一路匀速小跑，以保持体力。吴顶平常体育课上长跑还可以，也经常打篮球锻炼，虽然跑得已经很累了，但还能够继续。何俊背着包，也不落后，吴顶有时怕她跑不动了，扭头看看她，见她虽然喘气粗了，但表情一如既往的平淡，也就不担心了。

　　突然，身后远处，又有人声传来，两人相顾，都大惊失色。

　　卢小羊怎么了？虽然知道他只一个人，对方有六个人，以寡敌众，十分凶险，但心想他战斗能力高强，人又机智，总有一种侥幸心理，觉得他应该没事。但现在见敌人又追了上来，两人心情都沉重起来。

　　山路蜿蜒曲折，听声音对方追来，还需要十多二十分的时间。

　　两人又下了一个大坡，何俊突然停步，说："这么跑，跑不掉的，我来想点办法。"说着，卸下身上的背包，翻腾起来。

　　吴顶很诧异，问："你要干什么呀？"

　　何俊沉着脸说："搞个好玩儿的。"说着取出一个柱状物体来，像是一个气压式的喷灌，喷杀虫剂或是发胶的那种。

吴顶好奇地问："这是什么啊！"

何俊道："这是强力胶，把这胶涂在这儿，他们追过来了，都得像粘蟑螂纸上的蟑螂一样，哼！"

吴顶听了，哭笑不得，心想，这有用么？还不如赶快跑呢！

何俊见他一脸怀疑，说："你不信啊，这可不是一般的强力胶，学名叫止动剂，是局里研制的高科技的东西，粘度能达到上万帕秒，要是涂在水泥地上，连飞奔的汽车都能一下子粘住。"

吴顶咋舌道："那么厉害？"

何俊说："对，这种胶如果大量洒到敌人的公路、跑道那些地方，可以大大迟缓敌人的行动。"

"那你这一路怎么不搞这个？"

"这一路都是土路，洒上这胶，效果不好，我看这儿还勉强能用，而且是个下坡的坡底，他们下来速度快，即使察觉了什么，也可能停不住脚的。"

吴顶觉得有道理。看看四周，旁边有一块大石头矗立，另一边有一棵大树，脚下盘根错节，那是大树的根，都很粗壮，露出土来不少。

何俊蹲在地上，拿着那个喷灌，往树上、根上、石头上涂胶，说："你小心一点，别沾上了。"

吴顶心想不错，可别一不留神，自己先成被粘住的蟑螂了。

就在此时，不远处追兵已至。他们看见吴顶和何俊，喊道："别跑了！"逐渐逼近。

何俊已经把胶都喷完了，但低声嘟囔："来得好快！还需要一些时间，才能发挥最好的效力。"说着，拉吴顶躲到大石头后面，从包里又拿出一个什么东西，阴阴地说："只有用这个试试了。"

吴顶摸黑看不清是个什么东西，见只是一个小圆棒，问道："口红？"

何俊笑道："嗯，猜对了一半！这是伪装成口红的闪光弹，女孩儿专用品，给你，你扔得比我远吧？"

吴顶接过来，说："闪光弹？晃人眼的？"

何俊说："对，听我的信号，你就拔开这个小棍儿，再打开盖儿，朝他们使劲扔出去，扔完赶快躲过来，闭紧眼睛。"

吴顶心砰砰跳，说："好！"把那"口红"攥得紧紧的。

何俊从石头另一侧观察，见对方到了三四十米的地方了，小声说道："扔！"

吴顶跨出一步，身体像一支弹弓，奋力把小闪光弹朝追兵扔了出去，然后迅速闪了回来。

雇佣兵只听什么东西落地的声音，也没在意，突然天地异变。

吴顶感觉到了这闪光弹的威力，强烈的白光像一道道利剑，仿佛连着大石头也要被它们刺穿了。

何俊闭着眼睛，把头一扭，听对方有惨叫的声音，叫道："成了。"

对方一下子就像瞎了一样，有一个人慌乱之中，阴差阳错扣了枪管下挂着的榴弹发射器的扳机。

何俊刚刚为闪光弹打了对方一个出其不意，感到高兴，就听嘭的一声闷响。马上知道有情况，喊了一声："趴下！"就去扑吴顶。

榴弹已经在旁边炸开了。

吴顶只感觉轰的一下，两耳的鼓膜好像都陷了进去，何俊也猛地撞了过来。

何俊好像没了骨头一样，靠在身上。吴顶伸手扶住何俊，突然感觉血气扑鼻，定睛一看，何俊头上鲜血涌出。

何俊喃喃道："快跑，别管我了！"说完便失去神智。

这时，闪光弹的光已经消散了，敌人们都啊啊大叫，怒不可遏，他们的视觉虽没有恢复，但应该也快了。

吴顶一咬牙，拿过何俊的背包，挎在前面，转过身去，一猫腰，想把何俊背在背上，但何俊身子软绵绵的，完全无法配合，调整了几次，腰腿一起使劲，背着何俊直起身来，沿路继续逃走。

但是，跑是跑不成了，何俊的两手也不能抓紧自己，吴顶怕她翻到后面，只得弯了腰快走，每一步都不轻松。

跑出大概一两百米，听身后又是哇哇乱叫，知道敌人中了强力胶陷阱了，精神一震，提一口气，努力前行。

黑漆漆的山路上，吴顶感觉自己思考能力都没了，啥都不管，就是一个劲儿地快走，体力已经到了极限，但是脑子里并没有要停的意思，只觉得多迈出一步，多有一分指望，至于指望什么，自己也不想了。

突然，吴顶一凛，何俊的头一直搭在自己的肩膀上，刚才还能感觉到她细微的呼吸，现在好像没了！

吴顶两手托着何俊的腘下，一动一不敢动。明明想把何俊放下，看看到底怎么样了，但又希望什么都不用想，就这么一直走好了，假装何俊还和刚才一样。

但越不想想，越觉得不对。何俊，难道没气儿了？

何俊就这么安静地搭在自己身上。吴顶脑子里闪现出自己在教室里，坐在何俊旁边，但认识了一段时间了，说话却并不多，大部分交流也是客套一下。

突然感觉悲从中来，当时要是和何俊多说说话，多聊聊自己和她的事，聊聊家人，聊聊小说、电影、明星，多开开玩笑，哪怕是多吵吵架，惹她生气，哄她开心，那该多好啊！

何俊这样的女孩儿，万里无一，我干嘛总是对她不太热情呢？后悔的感觉侵蚀着内心，感觉自己的精神要崩溃了，有一种自暴自弃的念头充斥在内心里。

他牙齿都要咬碎了，不知不觉也放慢了脚步，耳边突然响起了说话声："前面，前面，好像有个楼，我们去躲躲！"

是何俊的声音！

吴顶全身一阵，何俊没死！吴顶心中欣喜难以言喻，暗骂自己，就不往好事上想。嘴里"哦"的答应了一声，感觉带着哭音，不像自己的声音，咳嗽几下，清清嗓子，掩饰一下。脚下加速，向黑暗中的建筑前进。

待靠的近了，才看清原来那是个学校。

吴顶背着何俊到了学校门口，传达室里的看门大叔走出来说："今天不上学咧，都没人咧。你们咋了这是？"

吴顶和他说，自己二人被坏人追，还受伤了，想进学校去躲一躲。

看门大叔仔细打量了他两人一番，不知是不是因为看他们面善，就领着他们进了学校大楼，打开校医室，让他们俩先在这儿躲着。

吴顶见看门大叔转身要出去，还是不太放心，说："要是一会儿那些人追来了……"

看门大叔说："我不说，不说。"说着就关上门，走出去了

吴顶把何俊放在床上，到旁边的柜子里找来些消毒碘酒、纱布，要给何俊包扎伤口。

正在此时，楼外一阵嘈杂，雇佣兵追来了。

雇佣兵们丢盔卸甲，身上破破烂烂，一副狼藉惨状。他们来到学校门口，正好看见看门大叔，没好气地一把就把他拽了过来，问道："有两个人，来这儿了，他们在哪儿？"

看门大叔说："没人来啊……"话没说完，就被人在身上打了一拳。

S国人道："胡说，就这一条路，还能跑了？"

看门大叔一脸委屈，说："那可能是过去了吧，没来啊。"

雇佣兵们用热成像仪对着去路一阵扫描，没有什么热源留下，恨恨地又对看门大叔推打几下，说："光斑全在这儿了，跟本没过去！敢快把人交出来！"说完又踢了看门大叔几脚。

此时，何俊用一块儿纱巾按在头上，止着血。她听着楼下的争闹声，脸色依旧波澜不惊，对正在给她包扎的吴顶说："吴顶，不用包了，我想最后再求你一件事？"

吴顶两手攥着绷带，听了这话，感觉奇怪，问："最后？"

何俊说："这件事太难了，但请你一定不要推辞。"说着在背包里翻腾，取出一个东西。

吴顶觉得她的背包像机器猫的口袋一样，总有宝物拿出来，每次都能阻住敌人，这一次不知又是什么东西，不知能不能出奇制胜。

何俊把那东西交给吴顶，吴顶一摸，感觉凉凉的，辨认了一下，惊道："这是，枪！"

何俊说："拜托你把枪指着我的太阳穴上，扣一下就好了。"脸上带着微笑，好像说的是帮她画画眉似的事情。

吴顶惊得合不住嘴，说："你要干嘛！"

何俊说："我不能让他们活捉了，没办法。"一点恐惧的神色也无。

吴顶叫道："不行！一定还有办法的！"心如乱麻，根本想不出办法来。

何俊却笑着说："确实还有别的办法，但是未必比这个好。"

吴顶听说她还有办法，心中一喜，忙道："什么别的办法？快说啊。"

何俊说："把我的两只眼睛都挖出来！"

吴顶吓了一跳，问："为什么？"

何俊说："我说的那个导弹安全系统的密码，其实并不是你们想象的那样是一串字符，而是生物加密装置，要扫描眼睛来解锁。"

"嗯？扫描眼睛？像你开家门一样？"

"对。一号前天来我家时，带着一个终端装置，连上 18 局的内部网络，把本来应该一号在场才能解开的安全密钥，换成了我。也就是说只有扫描我的眼睛才行。我告诉你们说我知道密码，其实是骗了你们，正确的说法应该是：我就是密码！"

吴顶对于扫描眼睛解锁的事，在电视剧电影，还有现实生活中都见过，想起电影里一个场景：有人把死人的脸硬凑在扫描装置上来解锁，于是问道："那打死你也没用啊，他们还是可以……"后面的话说不出口。

何俊说："嗯，你是说我即使死了，他们还是可以用我的眼球去解锁，是吧？"

吴顶点点头。

何俊说："那是以前了。18局开发的这个是最新的技术，可以检测两眼的间距，眼球的形状，还能识别出只有活人才会有的眼球抖动。"

"眼球抖动？"

"对，人自己虽然感觉不到，但眼睛其实一直在微小地抖动着，这个抖动是不规则的，而且频率较高，有八九十赫兹，机器很难模仿。"

"真的啊？"

"对，所以用被挖出来的眼球，或死人的眼睛的话，是不会有这个抖动的，安全系统会判断这不是一个活人，而不解锁。"

吴顶脑子飞快地思考，这样的话，要想解锁确实一定要是个活人才行，但是好像还有一种方法可以骗过系统，于是说："假如有人把目标的眼膜图案复制下来，印在隐形眼镜之类的东西上，戴在眼睛上去扫描，岂不是就能解锁了？只靠眼距、眼球形状这些不明显的特征能判断不是本人吗？"

何俊赞许地点点头，说："你想得很对。所以这个安全系统还要鉴别一项，那就是眼球上血管中的血液流动。"

"啊？这个都能检测到？"

"是的，所以你说的隐形眼镜也是没用的。这个系统不能说是完全保险，但安全性已经很高了。"

"哦！"吴顶略微懂了。

何俊说："所以你还是开枪吧，虽然只挖眼睛也是可以的，但我可不想受苦。我自己下不了手，也不想落自杀的名声，所以不好意思，我知道这事对你不好，但是，我只好下辈子再补偿你了。"她的笑容好像是为了自己的调皮而感到抱歉的小姑娘。

吴顶结结巴巴地说："可这是，那能不能……"口干舌燥，不知道说什么好。

何俊握着他的手，引着他把枪顶到自己太阳穴上，说："以防万一，还是打这儿吧，眼睛也能一起毁了。"

吴顶感觉自己已经没有了自主意识，完全顺着她的意思，没有反抗，手虽颤抖，但枪已经指好了位置，食指也已经放在扳机上，只待一扣了。

何俊脸上的笑容就像笼罩着一层淡淡的光，那么安宁、圣洁、甜美、幸福。

她慢慢地说道："老天待我真的很好啊，让我现在就死，这样你就永远只能记得我十八岁的样子了。"她顿了顿，看着吴顶的眼睛，又幸福又害羞地说，"我只希望死在你手里。"

用这近乎于表白的语气，却说出这么残酷的话，吴顶感觉甜蜜和悲苦交织，幸福和绝望同至，自己心都碎了。

然而，吴顶看着微笑的何俊，觉得她的笑容和以前见过的都不一样。在学校时何俊也一直微笑，但那像是一种习惯性的、礼节性的笑容，但现在，她这确实发自内心的、满足的微笑，好像心愿达成了，又好像累了一天，要舒服地入睡了似的。

何俊温婉安宁的表情，知天认命的神态，凛凛让人生敬。月光从窗口洒落，像是上苍打开大门，迎接她飘然升华。

不论是谁，如果突然看见这样的景致，一定气为之夺。非曹植重生，无人能状其脱庸离俗之态。

然而，这对于此时持枪顶着何俊头的吴顶来说，更加让他心中乱成一团。看着何俊期许的眼神，他几乎就真要以为自己这一枪打下去，何俊会极乐升天。于是手指开始微微用力。

十、祸福无常

卢小羊像只鼯鼠，在树和树之间跳来跳去。这样即使敌人能看到他，也很难打中他。

再往前走不远，脚下的坡度大了起来，开始爬山了。

花港人甲乙二人咬牙切齿的，紧追不舍。他们两个人也上了山坡，能追踪卢小羊留下的热源，但要抬头打枪已经不可能了。

这山坡可真不低，坡度时缓时陡，两个人追了老半天，如果是爬楼的话都已经爬了二三十层了吧，累得气喘吁吁，还是没追上卢小羊，终于坡度渐渐缓了，好像到顶了。

山顶上是一片长草，远处波光闪动，平滑如镜，原来是高山草甸，还有高山湖泊。

两个人没心情欣赏美丽夜景，拨开长草，一步步跟着光斑的指示前进，看着卢小羊留下的脚步痕迹越来越近，想来他也已经没有体力了，马上就可以抓住他了。

花港人甲想到这里，恨不得马上抓住那他，把他撕扒了。

渐渐地接近湖边了，干草也矮了，一眼望去，湖光简直有些晃眼。

突然，仪器图像上显示前面地上好像躺了个人，发出一大片红外光。

那小子体力不支，倒在那儿了！

再跑近两步，确实是个人影倒在一个小水塘旁边，看衣服依稀就是那小子。

花港人甲招呼同伴，两人快步跑了过去。

花港人甲先到，一把就抓了下去，手一碰到就感觉不对。提起来一看，只是衣服而已！底下垫了石头，黑夜里也看不清，像极了一个人，再一看还有裤子。

那小子把衣服脱了，放在这儿吸引我们，自己跑了？

不对啊，热源显示到这里就没了，他不穿衣服，更容易留下热量痕迹啊，但是拿仪器看了四周，确实没有了啊。奇怪！

花港人甲对同伴说："你到那面找找，还能跑到天上去！"

花港人乙答应了，转身要走，就听得一阵哗哗的水声。

花港人甲也扭头看去，一个人影像水鬼一样，从旁边的小水塘里钻了出来！

啊！

这惊骇的一声惨叫刚喊出口，他下颚上就重重挨了一击，两眼一翻就软倒了。

那黑影一晃又到了花港人乙的面前，花港人乙来不及把枪举平，头部就已经挨了重击，一声不吭扑地晕倒了。

这黑影正是卢小羊！

原来他利用自己的衣服散发的热量，吸引敌人，自己闭住气，潜入到小水塘中隐藏自己的体温。待敌人到了眼前，正迷茫的时候，抓住时机，使出全力一举击倒了两人。

敌人有先进设备，能掌握自己的动向，远距离拿枪射击的话，自己难有胜算。于是利用这水塘，终于转危为安。但是，大冷天的钻进水塘里，实在冷得够呛，如果再在水塘里多呆一会儿，别说打倒敌人了，自己先冻僵了。他从敌人身上搜出绳索，把两人都捆了几圈，这才扯过衣服，披在身上，趔趄地坐在地上，擦干身体，休息喘气。

就这样背对着湖水，吹着阴惨惨的冷风，看着两个一时半会醒不来的人，卢小羊感觉体力和脑力都需要恢复。

不知道昏昏沉沉地过了多久，卢小羊突然感觉哪儿有些不对劲，是风？是光？都不像啊。但怎么有一种说不出的感觉，好像周围环境哪儿改变了，又好像有谁盯着自己。

卢小羊一个激灵，眼睛来回扫了扫，并没有什么发现。他站起身来，下意识地转过身来，突然一下子被眼前的景象惊呆了，又一屁股坐倒到地上。

平静的湖面上，凭空出现了一个黑黝黝的硕大物体！它就那么静静的横在水面上，好像已经在那儿有一千年了，可刚才明明什么也没有的啊？

鲸鱼？只在海里有吧。

难道是……水怪？

卢小羊一向艺高人胆大，天不怕地不怕，这次却感觉一阵心寒，这是什么？他的心跳仿佛都停了，脑子一片空白，就直愣愣地看着这个大"水怪"。

正惊异间，湖面上泛起几条白线，好像是快艇什么的开来了。又有一个大探照灯似的东西悬在空中，晃晃悠悠地照着卢小羊。

接着，有人上岸了，影影绰绰地朝卢小羊奔来，还有几声狗叫的声音。

那大探照灯也飘了过来，发出嗡嗡的声音，就悬在卢小羊头上不远处。

卢小羊眯着眼，拿手挡着光，使劲看去，居然像是一个科幻电影里的小飞船一样的东西，四角上有调整前进和上升的引擎，底下带着明晃晃的灯。

那小飞船慢慢地降落，吹得地上的草向四周躺倒，断草飞来，打到卢小羊的身上脸上。

这不是做梦吧？

现实中有这么先进的飞行器吗？

卢小羊脑子已经无余力细想了。

再看冲到自己身边的一群人，穿着迷彩服，拎着大狗，好像在向自己说着什么，但自己充耳不闻。

"飞船"里出来个人，也走过来，好像是个女人的声音，他们说什么话，卢小羊也没去听，这一天折腾的够呛，精神一直绷着，好不容易靠钻到小水坑里，拼着全身的肉都要冻掉了，才打倒了追兵，又被湖里的"水怪"吓了一跳。现在听到大狗汪汪汪的叫声，看到这些人穿着作训服，带着部队的臂章，看着那个从科幻飞船里下来的人，看到慢慢沉入水中的"水怪"，大概明白了什么，突然一阵放松，往后一仰，闭目昏睡了过去。

雇佣兵四个人估计是让何俊的粘液陷阱整得够呛，有的浑身泥土，有的衣服破破烂烂的，有的还粘着割下来的树皮、树根。现在面对黑洞洞的楼门，一时不愿进去，只是对看门大叔连推带搡，又踢又打，逼迫他当先领路去找何俊他们。

看门大叔被踢了一脚后，顺势瘫到在地上，雇佣兵们大怒，又把他提起来，拿枪捅着他，叫他在前面领路。

就在这时，听见里面砰地一声，声音不大，却是枪响无疑。

几个人愣住了，不知道发生了什么。

等了一会儿，S国人说到："不能等了，大家都进去，看看怎么了！"说着领着三人就要冲进去。

突然，楼梯上出现了一个人，慢慢悠悠，摇摇晃晃，啪嗒啪嗒地朝着他们走来。

这些人都退了几步，待得那人走出楼，借着月光一看，原来是吴顶。

只见吴顶歪七扭八地踱着大步，两眼放着异样的光芒，手里还拿着一把袖珍手枪。

雇佣兵们没把他放在眼里，但还是举枪对准了他，说："把枪放下！"

吴顶也不怎么看他们，把枪啪地一下扔了。

S国人对两个P国人示意，进楼去找见何俊。

两个P国人就朝楼里奔去，还没到吴顶身边，吴顶突然两眼看向他们，叫道："都不准过来，要不大家一起死！"另一只手一下子举起来，好像手里握着什么东西。

两个人一愣，不知道他手里拿着什么，都停了脚步，扭头看S国人。

S国人问道："和你的那个女孩子呢？"

吴顶说："已经被我打死了。"脸上一副无所谓的样子。

S国人见他浑身血迹，确实像是开了枪打了人，大怒道："你真的打死她了？为什么？翁总就是要她活着！"

吴顶仰头哈哈而笑，又突然一下止住笑容，说："你急什么！你那么生气，你赶快打死我啊！只不过我临死前手这么一动……"说着扬了扬左手中的东西，又把手藏在背后，说，"到时候大家一起下地狱吧，哈哈！"脸色又一转，道，"不过有一个好消息你们就听不着了。"

S国人见他半疯半癫的，不知道是真是假，只接口道："什么好消息？"

吴顶眼睛似笑非笑地看着他，过了半晌，说："好消息就是，你们不用抓那个女的回去，也能交差。"

S国人不解："什么？那怎么行？翁总说了要那个女的，一定要活的。"

吴顶又是大笑，说："一看你们就是马仔，翁总他们的计划，从来不跟你们说吧！"

S国人听了，有点脸红。他们被雇来，虽然价格不菲，但是说好听了是贴身保镖，说不好听了只是高级打手。平常在城里，就是跟班的，只能装装样子，连枪也一般不敢拿着。这次总算到了深山老林里，能展示一下他们特种部队的风范，让翁总他们也见识见识。

翁总虽然对他们态度不错，但是却并不当他们是自己人，什么计划，什么目的，一概不会让他们知道。

被吴顶说中痛点，S国人心中不痛快，说："怎么没说？翁总要在这个导弹基地发射导弹，那个女的知道发射密码，所以要抓她回去。"

吴顶不等他说完，就狂笑不已，笑得S国人怒不可遏，叫道："你笑什么？"

吴顶说："亏得你们还是当兵的，连这点儿军事知识都没啊？不过也难怪，你们那些地方，也没有弹道导弹这么高级的东西。"

几个人都怒目而视，吴顶恍若不见，说："你们以为弹道导弹是烟花啊，拿打火机一点就放了？弹道导弹的发射要多少道手续啊，有多少人管着啊。你真以为翁总他们几个就能发射导弹啦？就差抓这个小女孩回去，告诉他们密码，他们一按按钮就发射啦？你们低成本的垃圾电影看多了吧？一般人信了也就罢了，你们当兵的也信啊？可笑可笑。"

S国人虽然愤怒，但听他说得有道理，强抑怒火，说："那到底是怎么回事？"

吴顶说："你可知道这是什么？"说着扬了扬左手的东西。

S国人说："那是什么？"

吴顶说："我要是说了，你知道了不该知道的，不怕翁总生气么？"

S国人说："怕？我们怕过谁？翁总见了我们也客客气气的。他要是敢给我们使什么脸色，我们发起火来，把他们也都做了！"他刚才被吴顶说得地位很低下似的，现在要在口头上长长脸面。

吴顶说："好！那你知道2003年的非典么？就是SARS。"

S国人被他一个劲儿地提问，当成傻瓜一样，很不爽，说："当然知道！"

吴顶举起手里的圆柱体说："这里面装的是SARS的变种，编号SARS-11，比当年的SARS危害大十倍，人感染了很快就完了。"

此言一出，众人都一凛。

S国人问道："你的意思是，翁总要这个了？"

吴顶说："对！还有那个台洲人。他们要把这病毒在C国大肆散播，搞得C国人心惶惶、社会大乱，再借助洋人的势力，以控制瘟疫的名义进军C国。"

一个P国人说："那他们，翁总，他们自己也要生病，怎么办？"

吴顶一脸鄙夷地说："他们早跑了，在国外远程指挥就行了，哪儿你这么傻！"

P国人被他说得很是脸红。

S国人说："这东西怎么到你们手里的？"

吴顶说："那个姓严的局长你们看见的了？"

"嗯，见过啊。"S国人说。

"这是他从实验室里偷出来的。那个实验室也在这个深山里，远离城市。实验室研究当年SARS的情况，那病毒经过这么多年的进化，新品种就是这个了。本来要严格保密的，却被姓严的偷出了样本，要给姓钱的台洲人。"

"然后呢？"

"结果就如姓钱的说的，姓严的他们局里有人知道了这件事，又从姓严的手里偷了过去。后来，姓严的追杀了那个人，但这个样本在那个人被杀前，转移给了何俊，也就是那个女孩儿。我们要把这个送回到实验室，没想到路上被你们抓住了。"

V国人躁动不安，用V国话大叫："听不懂，什么意思？"

吴顶转向他，用V国话给他解释了一遍。

V国人突然听到吴顶讲V国话，大为吃惊，默默地听完，隔了良久，叫道："假的，假的！"又叫道："你怎么会V国语！"吴顶根本不理他。

P国人笑了，用马来语说："你会说马来语吗？你再用马来语说给我们听听？"

吴顶牛哄哄地撇了他一眼，也不犹豫，又用马来语简略说了。

两个P国人相视而笑，觉得挺有意思似的。

吴顶斜视着，问S国人说："要不要我再用英语给你解释一遍？"

S国人阴沉着脸，手一摆，说："不用了。"皱着眉头还充满怀疑。

吴顶接着冷冰冰地说："那女孩被你们打伤了，伤很重。她跑不动了，又吓得厉害，一直哭，后来又说不愿被感染，非要我打死她。我本来也觉得带着她太麻烦，既然她有要求，我就成全她了。"

看雇佣兵的脸色，好像都半信半疑。

吴顶赶紧打断他们的思考，又说："你们带我走吧。我要把这个东西亲手交给翁总或者钱教授。你们谁来抢我的，我一摁这个盖子，大家一起感染。"说着拉开大衣的拉链，左手握着东西伸进大衣里，好像要藏起来不让他们碰触。

S国人说："那你要什么条件？"

吴顶说："我要你们带我一起离开，我不想死，不想被感染。"

S国人心想，等你把东西交出来，就由不得你了。此时心中已经有七八分信了。

这时V国人叫道："钱，台洲人，为什么来骗我们？"

S国人一想，对啊，没必要啊，于是问道："他们为什么要编导弹发射的故事来骗我们？他就说要找这个东西，不告诉我们是什么不就行了？"

吴顶脑子飞快地转着，脸上不动声色，又是哈哈大笑，好像真的感到好笑似的，笑个不停。

S国人怒道："你为什么笑，快回答我！"

吴顶在这一笑的时间里，已经想好了回答，说："我笑你们太天真了，看不出翁总他们的用意。"

S国人说："什么用意！"

吴顶说："你听到导弹这个事儿的时候，还有什么人在场？"

S国人也是在大厅中才听到了导弹发射的事，说："就是刚才听说的，当时人很多的。"

吴顶说："对啊！这话根本不是给你听的，是要逼那些帮派老大们就范，故意咋呼他们的！哪儿是用来专门骗你们的啊？"

S国人一想，不错，确实是因为那些人不愿意参与钱永炽说的事，而钱永炽为了劝诱他们，才逐步讲出什么发射导弹的事来。再一想，假如病毒之说是真的，确实不能告诉那些帮派，否则不仅利用他们不成，还会立马引发骚乱。这么一想又信了几分，说："既然是这样，那就走吧，跟我们去见翁总。"

吴顶意在引开他们，能保护何俊，自己死活已经无所谓了。或者说，如果能为保护何俊而死，他对自己的人生还满意些，否则他会为自己的无能无用，陷入没有止境的自我厌恶之中。

现在见雇佣兵们终于上钩了，自己这半天癫狂的演出总算没路出马脚，心中欣慰，暗暗出了一口气。但总怕他们想起何俊来，要去楼上看看何俊是不是真死了，那就麻烦了，所以趁现在他们没想起来，吴顶装作大大咧咧的，一步步向学校的院门走去。

S国人，两个P国人，V国人也转身要跟他离去。

突然，S国人叫道："等一下，我还有一个问题，翁总他们那么想要你说的那个病毒，而且知道就在那小姑娘身上，为什么抓住她的时候没有直接从她身上拿出来！翁总当时就能把东西拿到手啊，为什么不拿呢？"

吴顶人已经放松了，突然一下子又听到他的问题，脑子一片空白，实在想不出怎么圆谎，而且这确实是一个硬伤，额头上一下子汗就下来了，身子也僵硬的好像扭转不动了一样。

这些表情的变化逃不脱S国人的眼睛，他一下子察觉到有问题，直勾勾盯着吴顶，吴顶越发连转回身都做不到了，脑子更是无法运转。

S国人大步走到他身边，一把抓住他的左臂，把他手里的东西抢过来一看，是一个棕色的瓶子，上面贴着个标签，写着两个艺术字："碘酒"。他知道差点被骗了，一把把碘酒瓶子摔得粉碎。

两个 P 国人倒是见机得快，飞步上楼，不一会儿架着何俊下来了。何俊虽然头上有伤，但站立走动好像没什么问题了，只是神情复杂地看着吴顶。

S 国人咆哮一声，一拳打倒吴顶，上去又猛踢猛踹。吴顶最后一搏，终于还是功亏一篑，心灰意冷，默默挨着他的拳脚，也不出声。

此时，从校门口传来一声脆生生的呼唤，叫道："爸爸，爸爸，你还不回家么？"

众人扭头，见是一个十三四岁的小姑娘，清纯稚嫩，眉目如画，楚楚可人，正倚在校门门边，看这么多人，有些认生。

看门大叔急忙叫道："你先回去，我一会儿就回家，快走快走！"

V 国人一见大乐，几步跑过来抓住她，就往院子里拽，说："别走啊！大山里，也有白白的啊，让我看看。"表情猥琐至极。

小女孩有些惊惶，叫道："爸爸，他们是谁啊？"

看门大叔上去抢自己的女儿，却被 P 国人兜头一掌。

小女孩见爸爸被人欺负，一下子流下泪珠来。看门大叔想再去抢女儿，却被人挡着上不去，急得苦苦哀求。

V 国人一脸坏笑地说："今天累，不白干，现在有两个女的，该放松了，大家玩一下哈！"

S 国人板着脸，指着何俊说："这个是翁总要的人，先别动！"

V 国人说："这个长得大，好玩。"

S 国人说："等翁总办完了事，她的利用价值没了，再给你。"

V 国人叫道："那时候，没有我的，没有我的！"估计是说那时候就轮不到他了。

S 国人怒喝："说了不行就是不行。别废话了！"

V 国人满脸不高兴，又不敢犟，喃喃的嘟囔，把抓着的小女孩往地下一推，说："这个，可以吧？"

S国人有些鄙夷，又有些无奈，不能总是拂他的意，唉了一声，算是答应了。

吴顶见V国人要行兽行，只感觉怒气冲顶，热血沸腾,，使劲爬起身来，一边叫："畜生！"一边去和V国人拼命。但是他能有多少劲儿啊，这一下反而惹怒了V国人。

V国人一把推翻了他，上去就打。

吴顶掩护何俊逃走失败，已经感觉毫无生趣，对自己的无能为力感到的痛心，远大于皮肉上受的任何苦楚，现在只觉得为保护小女孩，哪怕死了，心里也稍有安慰。他也知道，即使是他被打死了，也不能阻止V国人侮辱这个小女孩，但对自己良心也稍微有些安慰，于是拼命挡在小女孩身前。

V国人下手越来越狠，吴顶却还是一次次扑上去，死死地抱住他，几次打翻，几次扑上去。

V国人怒极，抽出手枪，哗啦一声拉动枪栓，对准吴顶要下杀手。

吴顶倒在地上，半撑起身子，看到V国人拔枪，不禁扭头朝何俊看去，只见何俊也看着自己，清丽的面庞上写满了无限悲苦。想起刚才何俊自己面对死亡时的超然，吴顶不忍心看她这样的表情，于是使出浑身力气对她微笑着。

阻止不了他们的恶行，何俊也要被带走了，自己的最后时刻也要到来。

但是，那又怎样！枪口下的吴顶反而不怎么担心了，一股豪气从心底升起。我死了又怎么样！何俊被抓又怎么样！敌人趁虚来攻又怎么样！从古到今，几千年来，想毁灭我们的人层出不穷，可是到现在，我国还立在这里，多少敌人却都已灰飞烟灭了。谁嫌死得不够快，就尽情地来招惹吧！

想到这儿，又刷地扭回头，怒目瞪视着V国人，等着他动手。

忽然，一阵劲风毫无征兆地刮来，众人耳中听到几声脆响。挡着看门大叔的 P 国人只感觉眼前一花，发现看门大叔已经从面前消失了，扭头去找，只见看门大叔站在 V 国人和吴顶之间。V 国人本来持枪要打吴顶，此刻拿枪的右手却不自然地扭曲着，骨头估计都断了，看起来十分吓人。而那把枪被看门大叔倒提着。

众人脑子都反应不过来，不知出了什么变故。

V 国人不明所以，看着自己畸形的右手，惊恐地大声惨叫了出来。

S 国人也没看清是怎么回事，但一看这个架势，吃惊地想道，这个家伙难道……虽然不信他能有什么高明功夫，但是也不容情，一甩背上背的枪，对准了看门大叔，说打就打。

突击步枪啪啪啪地响起，火舌一闪一闪的。

看门大叔双肩一抖，快如闪电地把身上的军大衣脱了下来，接着又是一阵风起，闪开了枪击。

那件绿色的军大衣，就像是看门大叔留下的视觉残影一样，还保持被人穿着的形状，在空中停留一瞬，才不情愿地落下地来。

S 国人一看没打中，心中更惊，隐隐感觉到高手的气息，一咬牙，据枪向旁边搜索，就想一梭子赶快打死了他再说。

突然眼前一黑，不知怎的，院子墙边挂着的灯灭了，霎时间一片漆黑，眼睛完全看不见了。

"啊啊。"几声闷叫传来，好像是 V 国人的声音。

S 国人连忙蹲下身子，查看热成像仪，要分辨敌人在哪儿，但屏幕上尽是红黄蓝的色斑，不停地在闪耀，不知到底哪个是敌人，哪个是自己人。

吴顶倒在地上，从看门大叔挡在他身前那时开始，就感觉身周围的空气变得特别有质感，充满了张力。

现在黑得什么也看不见，就感觉一阵阵气流像波浪一样，伴随着一记记闷响，气浪涌来，拂过他的身体，又向后传去。

V国人，两个P国人，在闷响声中，相继惨叫倒地，噼噼啪啪，哗啦哗啦各种声音响作一团。

S国人知道同伴都被收拾了，不知死活，也就顾不得那么多了，开枪乱射。

枪口的火焰每闪一下，吴顶能看到一下东西，只见看门大叔的动作像一个个剪影，每逢一闪，变一个姿势，换一个地方，一跳一跳的，就像是DVD卡碟了。

S国人见总也打不中对方，发狠似地大喊，突然喊声像被从中截断一样，枪声也停了，四周恢复平静，一片黑暗。没等吴顶的眼睛适应了黑暗，灯又被打开了。

吴顶的耳朵还被枪声震得嗡嗡作响，环视一下，见四个雇佣兵躺在地上，看样子并没死，但应该也动弹不得了。

看门大叔走过来，捡起地上的军大衣，抖了抖土，又穿在身上。

看门大叔的女儿虽然受到惊吓，并没有哇哇大哭，只是流泪。看门大叔过去抱抱她，她把头埋进爸爸的怀里，委屈地又抽泣了几下，爸爸摸摸她的头以示安慰。

看门大叔说："没事没事。"

小女孩道："爸爸，我，我害怕。"

看门大叔柔声道："不怕，没事了。"说着走了过去，把四个雇佣兵身上的兵器都搜出来，哗啦哗啦扔到一边。又从他们身上搜出绳子，都把手绑在背后，再把四个人绑在一起。

吴顶慢慢站起来，和何俊都坐在台阶上，四手相握，四目相望，恍如两世为人，真不敢相信，憨憨厚厚的看门大叔手段如此高强，垂危之际遇上这样的人，实在是侥幸之至。

过不多久，四个雇佣兵也都从昏迷中苏醒了过来。

看门大叔往台阶上一坐，说："这动刀动枪的，到底是怎么回事？你们这些货是什么人？"

何俊见这个大叔不像坏人，到这地步和他说了也无所谓了，就叫吴顶给他讲。

吴顶把自己知道的、听到的简略讲了。

看门大叔转头问 S 国人道："是这样吗？" S 国人点点头。

看门大叔说："台洲人勾结洋鬼子要和我们 C 国开战？还要用什么脉冲弹把我们的防御都先破坏了？真有想法！不过，我看是好事，好事啊，太好了。C 国就该让人打打了，你看现在 C 国乱七八糟，乌烟瘴气的，什么鸟人都有。C 国人就是记吃不记打，常让人打打才好呢！也能记取点教训。"

吴顶听他说得偏激，不禁后悔起来，也没搞清楚他到底是什么人，一下子就告诉他了，不知道他听了这一番话，要怎么办。又一想，看他的身手可不是一般人，一定有点来头的，说不定他也要抓何俊。要是那样可糟了，二十个吴顶也不是他对手啊。

那个 V 国人突然说话了："就是，就是，C 国不好，C 国坏，该打！"

看门大叔侧目看他，目光冷得冻死人。

V 国人并没停口，继续说："你说得对，就该教训 C 国。"

看门大叔身子一晃已经到了 V 国人身前。众人还在错愕间，看门大叔已左手揪住 V 国人的领子提了起来，右手左右开弓，在他脸上来来回回扇了十七八个大耳光。每一下都呱呱地响，听得吴顶都替 V 国人感觉疼。

看门大叔说："你是什么东西，还敢说 C 国不好！这是给你的臭嘴长点记性。"

V 国人被他突如其来的一顿耳光打得丈二和尚摸不着头脑。

别说 V 国人，连雇佣兵带何俊、吴顶都楞了，明明他自己刚骂了 C 国半天，怎么又听不得别人顺着他说呢？

V 国人更委屈，脸肿得五官都挤在一起了，含糊不清地还要申辩："你说了，我才说的！"

看门大叔说道："我说是我说！我说了你就能说吗？我自己说 C
国多少不好都行，但要是其他人敢在我面前说一点 C 国的坏话，我就
要他好看，打不出他尿来！"

吴顶想，这未免有点太霸道了吧。刚见时看门大叔唯唯诺诺、老
实憨厚的样子，现在却一身戾气，真是判若两人。

看门大叔说："折腾了半天，我还没吃饭呢，我要和女儿回家了。
你们就走吧！"说着捡起地上的刀子，要给雇佣兵松绑。

吴顶急道："不能放他们！"

看门大叔说："那怎么办？弄死？"

吴顶说："那也不必了吧。"

看门大叔说："真不爽快！那还养着他们啊？"

吴顶说："报警吧！"

看门大叔没好气地说："没电话！"说着把四个人的绑缚都割断了，
说："我女儿不想见血，看在我女儿的份儿上，放你们走了！你们要
是想回去告什么翁总，又领人来打搅老子，尽管去哈！我一定奉陪。
不过我奉劝你们一句，最好沿着这山路赶紧下山，回你们老家去是正
经，要再在 C 国乱搞，那就死无葬身之地了。"

雇佣兵本以为凶多吉少了，没想到这么容易就放了。S 国人知道
他是良言相劝，说道："我们绝不敢再和您动手了，我们也绝不再见
翁总了，我说话算数，这就尽快回国去。"

看门大叔说："把你们的破铜烂铁也都带上，别落下东西。"

雇佣兵们把自己的刀枪都捡起来，低声商量了些什么，向看门大
叔点头致意，就走出大门，又向来路走去。

看门大叔喊道："哎哎哎，你们不往山下走啊！不是叫你们下去
吗？"

S 国人说："我们还有两个一起来的同伴，找见了他们，我们下山
去。您放心，我说过不再见翁总他们就是不见了，即使见了也不敢再

跟着他干了。"

看门大叔点点头，雇佣兵们就慢慢地走了。

看门大叔扭头对吴顶和何俊说："你们两个也饿了吧！去我家一起吃点饭吧。"

吴顶也真有点饿了，两个人就跟着去了。走了不远，就到了一个普通农家小院中。

看门大叔也不怎么热情，他女儿也很不好意思似的，低着头把吃的端出来。何俊赶快也去帮忙。

看门大叔也不说自己也不问他们，四个人就默默吃饭。

何俊见小姑娘眉目清秀，虽穿着质朴，但气质不俗，不时偷偷看他们一眼，也不说话，就问道："小妹妹，你妈妈呢？"

小姑娘不答，低头拿筷子拨拉饭菜。

看门大叔说："这孩子他妈已经不在了。"

何俊听了有些伤感，不再做声。

吃完饭，看门大叔也不留客，说："你们还是去那个校医室去歇歇吧，看你们也累得够呛了，现在跑路的话天太黑容易出危险，睡醒了，明天再决定怎么办吧。"

说完起身，说："我送你们过去！"

三个人又回到学校，安顿了两人，看门大叔就走了。

吴顶和何俊两个人面对面独处，和前一夜在何俊家做客时的情景已经完全不同了，好像那是很久以前的事一样。

何俊说："当时让你打死我的，你怎么不开枪？不听话！"

吴顶说："幸亏我没开枪。我想，说什么不能开枪，但又不知道该怎么办好，就傻乎乎地冲出去了。还好还好，你没事，敌人也走了，这一定是好人有好报啊。"

何俊笑道："你是好人啊？"

吴顶说："你是。"

何俊微笑着揶揄他说："你那一套病毒的故事，编得挺好啊，演得也好，我在上面听了，差点就相信了呢！"

吴顶不好意思地说："我那是狗急跳墙了，不过我也挺吃惊的，自己居然编了个从来没想过的故事。我就是因为跟着你们，才变成这样的。"

何俊说："跟着我们，让您学坏了，实在对不起。"做出一副道歉的样子。

吴顶被她捉弄的没话说，何俊赶紧换别的说："你有没有想过，万一他们真带你走了，你怎么办？"

吴顶说："我只想把他们引开，让你逃走就行，后来怎么办，我也，我也不管了。"

何俊心中感动，抓住他手，说："你为了我，连命也不要了么？"

吴顶不好意思了，当时确实是这么想的，但自己怎么好意思说出口。

何俊说："我们也歇歇吧，累了这么久，养养精神。"

吴顶见只有一张病床，就搬了一把椅子，趴在旁边桌上。何俊也不推辞，说："那我就睡床了。"说着走到吴顶身边，伸手搭在他肩头，俯身在他耳边说："谢谢！快休息吧！"

吴顶感觉心中一甜，闭上眼睛，鼻中问到何俊身上的淡淡清香，睡意汹涌袭来，不多久就睡着了。

十一、密林暗影

　　在京城最不起眼的一个角落里，有一栋不起眼的小楼。现在，在这个小楼的会议室里，暗红色的会议桌旁，一个四十岁不到年纪的男人坐在中间，三四个人分坐他两边，在听一个人做着讲解。

　　那个人站在幻灯旁，指着屏幕说："栖仙山，山势峻峭，层层叠叠的，然而主峰山顶，却是台地，一副高山草甸的景象。请看，长草过膝，就像蒙古草原。而且山顶上有两个淡水湖，一大一小，中间相连，就像一只宝葫芦。所以，大的叫大葫芦湖，小的叫小葫芦湖。导弹基地依着大葫芦湖而建，在西面，而小葫芦湖旁也有一个单位，是海军的秘密研究所。这个研究所和导弹基地虽然都在栖仙山顶，但其实相距还有不少距离，他们的安全保卫也是分开执行的，他们之间也不往来。说不定其中有好些人都不知道对方的存在。

　　"平常要想上到山顶，得走大路，就是这一条盘山路。过了这个山谷，现在是叫掬星山庄的地方，继续往北，绕山而行到山的北侧，地势较缓，沿山路就能到山顶。另外，掬星山庄的山谷后面，还有一条路，比较窄，是通到山的南侧，这一条路一直向下，并不能直通山顶。"

　　坐在中间的男人听了，点了点头，说："嗯，地势你们搞清楚，上下的路线都具体拟定好。"

　　其他几个人点头记录。

　　那个男人又问道："基地里现在是什么情况？"

　　旁边一个人答道："战略导弹部队司令部派去的人带着一份密钥，

还有任务指令，已经被他们控制了。"

那男人哦了一声。

这时进来一个人，传进来一份文件。

接着文件的人大略看了一下，向男人汇报道："江总，总参派去的人，刚刚也被控制了。"

那男人说："嗯，这些都在意料之中，就是不知道他们最关键的那一环怎么样了。这可真是个悬念啊。不过，我们就做最坏的准备吧。"

说着，他站起身来，又道："时间差不多了，我们也该动身去凑凑热闹了。"

其他人也都站起来，说："是！"

吴顶这一睡昏昏沉沉的，脑子里七荤八素的乱成一团，各种人影你来我往，死人、爆炸、凶杀，惊讶、恐惧、绝望，一股脑涌来，也不知道睡了多久。

突然，一伙人哗啦一下子闯进门来，为首的是钱永炽、翁总，手下更是众多，凶神恶煞地抓着何俊就要走，何俊努力挣扎，但挣扎不脱，周围的东西也在打斗争闹中被打碎了不少，吴顶也想上去拼命，但不知道为什么手脚就是动弹不得，眼看何俊被抓走了，临走时一直凄苦地看着自己，才心中一痛，醒了过来。

原来是一场梦！

吴顶见自己还趴在桌上，外面天都已经大亮了。

想伸个懒腰，就感觉浑身不得劲。

眯着睡眼四下一看，何俊不在屋里。再仔细一看，屋子里乱七八糟，好多瓶子罐子掉在地上，有的打得粉碎，好像是经过了一场激斗，吴顶这才一下子全醒了过来。

难道那个不是梦，竟然是真的？！

他还不能相信，觉得可能何俊只是出去一下。但为什么屋子里的东西都打碎了呢？想到这里，拉开窗户，撕心裂肺地大叫："何俊！何俊！你在不在？"

等了半天，没有回答，只有回音。

吴顶头痛欲裂，扭头在屋子里看来看去想找出些端倪，发现何俊的背包都不见了。何俊不可能不打招呼自己就走了吧？再一看，发现地上有一小滩血迹，用手一摸，已经干了，这一下更敲死了何俊被抓走了的感觉。

如果真是大打了一场的话，自己怎么记忆这么模糊呢？头上又是一阵疼痛，吴顶脑子里乱想，难道我被人下了药，所以头才这么疼，脑子才这么糊？

他站起来，活动一下筋骨，出去四下在学校里找，希望何俊突然一下子蹦出来。学校楼里寂静得吓人，吴顶找来找去，没有何俊的踪影，害怕起来，隐隐觉得再也见不到何俊了似的。心中不敢真这么想，怕自己不吉利的想法会成真。

吴顶越来越焦躁，他从没有这样的感觉：想见一个人，见不到就五内俱焚，抓心挠肝的难受痛苦。

吴顶心中突然一亮，看门大叔！

何俊是不是去他家了？对对，一定是自己去他家了，去吃早饭了。

吴顶觉得这个解释合理之极，高兴得飞也似地向看门大叔家跑去。

到了小院，在门上拍了拍，不一会儿，那小女孩来开门了。

吴顶说："早上好！"

那小女孩也不说话，微微点了点头，看了他一眼，就低下头，领他进来了。

看门大叔出屋来，看见他来了，说："你又来干什么？"

吴顶心中一凉，说："何俊，就是我那个同伴，没来您这儿么？"

看门大叔说："没来，怎么？没跟你在一起？"

吴顶的心一下子好似铅一样沉重，最后一丝希望也破灭了。

他突然大叫道："大叔，求您帮帮我！何俊她又被他们抓走了！我，我要救她。我没有办法了，只能求您帮我了。求您帮我一块去救出何俊来！"

看门大叔说："又被抓走了？怎么回事？"

吴顶就把自己早晨醒来看见的，想到的，以及那个不知是不是梦的情景说了。

看门大叔一脸不屑，说："就算是她被抓了，我为啥要去和你救她？"

吴顶说："您那么厉害，昨天晚上，他们四个拿枪的都打不过您……"

看门大叔打断他说："不是，不是，我是问，我为什么要去帮你救人。昨天是因为他们要动我女儿，而且运气好，我要是再去和这些人打交道，指不定就死了。跟我本来也没关系，我为什么要去？"

吴顶一时语塞，不知道怎么说，这事确实危险，而且和对方无关。

看门大叔说："她是你什么人？"

吴顶不懂他的意思，说："同学。"

看门大叔说："就是同学关系么？"

吴顶说："是朋友。"

看门大叔说："只是一般朋友的话，我劝你也别去找她了，你也知道，那些人有多坏，你去了就是赔上小命。"

吴顶说："我自己是肯定不行的，所以想请您帮忙。"

看门大叔冷笑道："我还是不知道，我为什么要去，和我有啥关系。"

吴顶大声说："这不光是我的事，不光是何俊的事，这是关系到国家的事。要是让他们得逞了，我们国家要遭受多大损失，说不定有亡国灭种之祸，国家兴亡匹夫有责，国家有难，老百姓也受苦。所以希望您出一份力，阻止他们的阴谋。"

吴顶说了这一翻话，自己也有点吃惊，就在一天前，他觉得自己还对国家民族什么的没有太大认识呢，现在却切实感觉到国家命运和自己连在一起。

看门大叔说："大道理讲得不错。我就是不去！"

吴顶见说服不了他，有些气恼，转身就要出门，索性自己去找何俊，尽了人事也就心安了，是死是活都随它去吧。

这时，那小姑娘却开口说："爸爸，你就跟他去救人吧。"

看门大叔诧异地瞪大眼睛，像看傻瓜一样看着女儿说："哎！他可是要去救他相好的诶！"

小姑娘听了大急，把眉头一皱，脚一跺，手一甩，身子一扭，又恼又羞，生起气来。

看门大叔跑到女儿跟前，凑过去想看看女儿的脸，女儿躲着不让他看。看门大叔一边追着看女儿，一边说："喂，生气啦？"

小姑娘还是不理他。

看门大叔忙道："好好好，那我就去，真不知道你怎么想的。"

小姑娘依旧噘着嘴。

看门大叔说："哎呀，我去还不行吗？喂，那个小子，等我收拾一下，一起去。"

吴顶听了，喜形于色，看着小姑娘，连声说谢谢。

小姑娘脸色绯红，娇艳地不言不语。

看门大叔进屋，不多时又出来了，在毛衣外面套了件破旧褪色的迷彩服，穿了双胶鞋，说："小子，走吧！"扭头见女儿已经不再生气，脸上微微有欣慰的笑意，嘟嘟囔囔地说道："唉，女生外向啊！到这时候，老子的命什么的都不值钱喽，死到外面也没人给抹把泪啊！"

小姑娘一听他说什么死啊死的，感觉自己确实有点伤老爸的心了，心中一酸，眼圈红了，跑上去抱着看门大叔的胳膊，流泪道："爸，你早点回来，我一个人怕！"

看门大叔一见女儿的泪水，嘴角也是一抽，伸臂搂住女儿，在她额头上轻轻亲了一下，说："没事，很快就回来了，你在家别出来。"说着跟吴顶转身出门了。

看门大叔走在前面，说道："对了，我叫谭章。你叫什么名字？"

吴顶说："谭伯伯，我叫吴顶，口天吴，山顶的顶。"

谭章说："我们要去救人，听你们前面说的情况，只怕要去山顶上去，但她消失了这么久了，我们得抄近路上去。你行吗？"

吴顶不知他指的是什么，接口道："行的！"

谭章说："你现在说得好听，那山路可不是好玩的。哦，不对，其实根本没有路，你要是上不去，我就没办法了。"

吴顶向远处山峰望去，见虽然较陡，却也不是不能上人的，就说："我跟着您上！"心想你能上得去的，我也一定能上去。

谭章哼了一声不再说话，迈步就走。

吴顶紧紧跟上。

走了一阵，开始爬坡了。从下面看坡势不陡，但实际爬起来却并不轻松。脚下全是黄土沙石，有时还要怪石突兀，树木也横枝斜杈的，十分碍事。

别看谭章怎么也有五十岁了，走起来却步履轻盈，这些石头树枝倒是他借力的好工具。吴顶已经累得气喘吁吁，咬牙坚持，不肯服输。

一路上谭章看吴顶很不顺眼的样子，不停冷嘲热讽，说他弱不禁风，这点路也走不了，一定是官宦子弟，娇生惯养。吴顶也不争辩，默默地听着，咬牙坚持爬山，心想要是真的放弃了，还不让他嘲笑死。就这样，身心受着极大的折磨，却也不退缩。

爬了不知多少时间，已经到了山腰，眼前是一条山沟。沿着山沟上去，坡度缓和一些，吴顶感觉险路已经走完了，此后应该能轻松了。

谭章让他休息一下，不知从哪儿掏出干粮和矿泉水，让他吃喝，恢复体力。

吴顶忍不住问道："谭伯伯，您到底是干什么的？为什么功夫那么厉害，还知道这山上秘密导弹基地的情况？"

谭章瞥了他一眼，说："我就是学校看大门的啊，每天在这儿，这山里有什么还不知道啊。我有女儿陪着，就够了。等女儿大了，就准备一个人老死山里，谁叫你们来，又搅了我的清净日子。"语气中颇为不满。

吴顶无言以对，低了头不说话。

两人歇息得差不多了，谭章说："走吧。"

两人沿着山沟，继续前行，走了一段时间，看见前面树下的草丛里好像有什么东西。两人慢慢走近，吃了一惊，那居然是几具死尸。再仔细一看，原来就是从谭章家走了的四个雇佣兵。谭章检查了一下，说："看样子是枪战，被人打死的，对手应该有好几人。"

这四人虽不是好人，但吴顶见他们居然就这么死于非命，还被弃尸荒野，心中别扭不已。又想，这些人前一天处决钩子等一伙人时，也是用枪打死，丢下山崖去的，现在自己也遭此厄运，真是报应不爽。却也好奇他们为什么会死在此处。

谭章动作变快了，从尸体上找出一捆绳子，拔出了一把匕首给吴顶，让他插在腰间，说："不能沿着这缓坡走了，我们从这个山崖上翻过去，估计这上面没有敌人。"说着指了指旁边的山崖。

吴顶吸了一口凉气，这山崖得有七十度的坡度，而且并不平直，怪石嶙峋，干枯的树木横生倒长，看看就觉得难上。

谭章又祭出了他轻蔑的眼神，说："怎么啦？发愁了？"

吴顶一听，咽不下去这口气，说："没事，上吧。"说完一马当先，跑到崖下，手脚并用就往上攀。但没攀几下，就不行了，如果再爬高点，一失手，掉下来就会当场摔死。不禁踟蹰起来。

谭章见了，笑道："你这样不行，别逞英雄了，还是看我的吧。"说着也往上爬去，只见他像猿猴一样，两只胳膊上下翻飞，不多久就爬上去好多。看得吴顶心惊肉跳，十分佩服，和这五十岁的大叔比起来，自己体能还真是差多了。

再抬头看一会儿，谭章已经不怎么看得见了。

谭章爬上顶去，见是一片茂密的杂树林，有的树叶子已经落了，针叶树还是墨绿色的。

他拿出绳子，一端系在树上，又在自己腰间绕了几圈，把另一头扔下去，喊道："你抓着绳子爬上来，记住先绑在自己腰里。"

吴顶依言而行，绑好了绳子，说："我上了！"那绳子不粗，吴顶把衣服袖子拉长，垫在手心里，再握住绳子，一步一步向上攀去。

但即使有绳子辅助，依然耗费不少体力，吴顶爬着爬着，速度逐渐慢了，手上磨得生疼。

突然，突突突的一阵响声，像是枪响。手里抓着的绳子突然下降了几尺，又一下子停住了。

吴顶问："出什么事了？"

谭章不答。这时绳子向上绷紧，看来是谭章在往上拉绳子。

吴顶也赶紧用力，手脚并用，奋力向上。又上得几步，看见了谭章，见他两手使劲往上拽绳子，但脸色铁青，看来费力不小。

两人一块儿使力，吴顶终于登上顶峰。

没等吴顶喘几口气，谭章已把他按爬下来，说："我想错了，这树林里居然有敌人，刚才看到我们，开了枪，所以我赶紧把你拉上来了。现在听我的指挥，不要乱动。"

吴顶大惊，转身看他，才发现他身上到处是血，大慌道："你受伤了，要不要紧？"

谭章摇摇头，说："还死不了，对方是在远处打的。幸亏有这片树林，打不太准，树林挡着，他们一下子也过不来。"

吴顶问："我们现在该怎么办？"

谭章也不说话，表情不善。

看来实际情况不容乐观，吴顶的心感觉沉沉的。举目望去，树林里影影绰绰，好像到处是人，这里啪的一响，那里鸟叫一声，都吓他一跳。

进了树林里好像进了结界一样，外面明明是阳光普照，树林里阴暗诡秘，仿佛树林里的空气是胶质的，阳光照进来也被粘住了。

谭章说："跟紧我，弯下腰，跑！"说完一下子窜了出去。

吴顶赶紧跟上。

他们这一动，好像整个林子都跟着动了起来，不知道是飞鸟走兽，还是残枝败叶，哗啦哗啦地直响。也不知是幻觉还是怎么的，感觉好像还有人在开枪，子弹噼噼啪啪地打在树上地上。吴顶跟紧了谭章，头都不敢回，只是往前跑。

谭章估计敌人还在几百米之外，跑到一处树木比较密的地方，说："先在这儿看看情况。"

如果在平地上，几百米的距离不值一提，但在这树林里却已经看不到了，何况这林子里地形起伏，还到处长着长草枯藤，有时候近在咫尺也看不到。

吴顶见谭章流血不止，心中焦急万分，说："谭伯伯，先把血止了吧。"

谭章嗯了一声，却并没有止血，而是抓了几把枯树叶，站起来要了吴顶的匕首，斩下几段干树枝来，又在一颗松树上划开口子，刮了些松脂下来。

吴顶纳闷地看着他，不知道在这么紧要的当口，他要干什么。好在打枪的人也并不急于马上找到他们。

谭章把枯树叶、细树枝、松脂啥的都拿到一起，又用刀削了几下根粗树枝，然后把干树枝用力摩擦。时间不长，居然磨出烟来，他赶紧加上松脂和干树叶，不一会儿着起小火来了。

这样居然能生火？吴顶十分佩服。

谭章堆了好多干树枝树叶在火种上，一下子烧出好浓的烟。他看看烟的走势，辨别了一下风向，双手向下，示意吴顶在此别动，拿起烧红的干树枝，二话不说窜了出去。

留下吴顶一个人，不禁心慌起来，听到随着谭章一动作，远处的敌人也有了动静，还夹杂了枪声，不禁又为谭章担心。

一会儿，谭章嗖的一下又出现在吴顶面前，毫无征兆，吓了吴顶一跳。

谭章说："我到处去点了些小火，搞点烟出来，干扰一下他们的视线。但敌人也不简单，都是洋人，说的什么话，我听不懂。刚想往前再接触一下，就被他们感觉到了，嘿嘿，高手，厉害！"

吴顶看谭章身上血污更多了，不知他是不是又受伤了，听他的意思，感觉情况不妙。敌人看来是在防范此处，想到被打死的 S 国人他们，隐隐感觉就要步他们的后尘了。

"要不我们退回去吧？从山坡上再下去，行不？"

"不行，那儿周围没有遮蔽物，只能被人当靶子。还是这里好，树林又大，躲起来的话很难找到。"

"嗯。那我们就隐蔽起来？"

谭章说："我们这儿烟最大，他们一定要被引过来的。我们不能束手待毙，得给他们留点小礼物。"

"小礼物？"吴顶不解，不知是不是错觉，他感觉谭章脸上隐隐浮现微微的阴笑。

谭章已经忙活起来。只见他一会儿割树干，一会儿弯树枝，一会儿用绳子捆。

吴顶不解地问："他们马上就来了，你做这些干什么？"一边说一边四面张望，因为敌人随时都有可能出现在旁边。

"小声点儿。你也过来帮忙。"

吴顶走过去，问："干什么？"

"我们弄些陷阱给他们，时间不多了，只能搞些简易的。起不起作用就听天由命了。"

"陷阱？"吴顶脑子里浮现出一个大坑，上面铺着伪装的布，再撒上些浮土。接着又想起了何俊的粘液陷阱。想到何俊，又是一阵揪心。

谭章说："嗯，对方是高手，专业的，一般不会中陷阱的。"

"啊？那我们还搞？"吴顶觉得，这不是自相矛盾嘛。

"在对付实力差不多的人时是这样。但我们不是。"

"什么意思啊？"吴顶不解。

"他有好几个人，都是专业的，而我们只有两个人；他们装备精良，有枪，我们什么也没有；他们步步紧逼，我们惊慌失措。看样子，那些雇佣兵也是他们杀的。荷枪实弹的四个人都轻松被干掉了，何况是我们？"

"那你是说，我们死定了？"

"不是，我的意思是，我们一定要让他们以为我们毫无胜算，死定了。"

"让他们以为？那又怎么了？他们也不会手下留情啊？"吴顶还是纳闷。

"笨！笨死了！我是说要让他们轻敌，绝对轻敌，这样他们才不会想到我们布置了陷阱，我们的陷阱才有可能成功！"

吴顶恍然大悟，谭章虽不善表达，但听他的分析十分有在理，不禁频频点头。

"我刚才去到处点火，制造烟幕，结果和他们接触了一下。估计他们已经起疑了，所以回来的时候故意洒下一些血滴，像是慌慌张张逃走的样子。"

他一边说，一边又挖着小坑，把削尖的树枝一根根直立着埋进去，再用树叶覆盖上。

干完这个，他又让吴顶去几个地方踩几下，然后他又走到脚印旁，伸脚故意抹掉。

吴顶问："为什么又蹭掉了？"

"只留几个脚印，太突兀了。要让人能看出有人来过的痕迹，而且是被人故意擦掉了，这样才显得拙劣。"

谭章又让吴顶帮忙，把一个不大不小的石头架到树枝杈上，一旦触发的机关，石头就会砸下来。然后再用树枝伪装遮盖，从树下看去，很难发现。

他干这些事时，在地上树上上蹿下跳的，动作麻利，动静很小，时而指挥吴顶帮忙，时而侧耳倾听周围树枝踩踏的声音，时而因为几只鸟儿的飞起而加快速度，时而拿吴顶的身高为尺度在树上比划，时而抬起鼻子闻闻气味，时而又抬头看着太阳愣神，不知在心中盘算什么。

就这么忙活了一阵，树林里的烟渐渐散了，看来地面上湿气还是太重，火烧不久就灭了。

谭章最后找了一片长草丛，让吴顶钻进去，然后在外面伪装了一阵，说："说什么也不要动，就算看见我被人打死了，你也别动，他们找不到你，你就能活命。"

吴顶答应了一声。

谭章说："我也去隐藏了，你一定不要动，让我找机会解决他们。"谭章自己受伤不轻，其实已经很虚弱了，吴顶心中紧张，既替谭章担心，又为自己害怕。

谭章从烧火的灰烬中抓了一把，按在伤口上，尽量止住血，然后走出三四十米外，在一棵树下的灌木丛中隐蔽了。那里现在什么也看不出来，树叶都一动不动，要不是吴顶亲眼看他钻了进去，肯定不会以为里面有会出气的东西。

特种小队的队长塞姆汀殿后，C1，C2，C3，C4 四名队员在前。五个人之间拉得很开，虽然速度不快，但稳健地压了上来。塞姆汀相信自己队员的能力，连全副武装的四个家伙都收拾了，清理两个普通人轻而易举吧。

他们接到钱永炽的指令是，镇守基地的这个方向，凡是有谁经过，想靠近基地，一律不留活口。但估计这两个家伙听了枪响，害怕了，有一个窜出来了一下，又不见了。这人有些心机，搞出好多烟来，闻着挺呛人的。

C3 前进得较快，看到前面有一堆刚刚熄灭的火，还冒着烟，C3 对着对讲机说："看到火堆，已经灭了，我去检查一下。完毕。"

C2 说："好的。我就在你左侧，马上过去。完毕。"

C3 蹲到火堆旁，拨动一下烧焦的树枝，看看地上的泥土和枯叶，发现一些痕迹，好像是被人蹭掉的脚印，心中好笑，这明明好似欲盖弥彰嘛。他站起身来检查，在痕迹消失的地方，他警觉了起来，那些家伙可能就藏在这附近。他顺手扶了一下旁边的树干，就听得嘣的一声轻响，下意识地抬起头来，一根削尖的树枝裹挟着劲风，出现在眼前。

C2 听到耳机里一阵嘈杂声，停步低头，左手按着耳机说："C3，你那里还好吧，有什么情况。"不听回答，又叫道："C3！C3！"不见回答，就加快脚步向 C3 的方向前进。

吴顶在伪装好的草丛里，屏息凝气，突然脚步声大作，C2 快步走来。吴顶的心脏大跳起来，越想"不能动不能动"，身子越是不由自主地抖动起来。这一下，C2 被吸引了过来，端起枪一步步向吴顶走去。

塞姆汀听 C3 不回答，隐隐约约感觉到有些不祥，说："每个人报告情况！完毕！"

C1 说："C1 在！正在向 C3 方向前进，完毕！"

"C4 在！正在向中间靠拢，完毕！"C4 说。

塞姆汀叫道："C2，你怎么样！"连呼叫几声，没有回应。

他感到事情蹊跷，正在猜想 C2、C3 出了什么状况，突然耳机里传来沙沙的静电声,还有模糊的声音道:"C2 在。正在左侧搜索,完毕。"

塞姆汀轻出了口气,说:"全体向 C3 的方向集合! 注意警戒! "

谭章对着草丛里的吴顶说:"行吧,也只能这样了,让他们稍稍放松些警惕。唉,多亏你会外语。"说着蹲下拖动一个尸体,这正是被拧断了脖子的 C2。

谭章又说:"那个无线电通话器你留着,听听他们的动静,但不要再应答,也不要弄出声音!"一边拖动 C2,一边又回头对着草丛说道:"别再动了! 下次可没这么容易了! "

原来,刚才 C2 发现了吴顶的藏身之处,慢慢向其靠近,谭章不得已从隐蔽处飞窜而出,以迅雷不及掩耳之势拧断了 C2 的脖子。此时听到 C2 的耳机里有呼叫声,赶紧把他的无线电通讯设备扔给吴顶,让吴顶用英语含含糊糊地应答了一下,以迷惑敌人。好在那无线电台的声音失真比较大,吴顶的应答也短,所以应该没露出破绽。

吴顶看着谭章把 C2 的尸体藏在他自己本来藏身的地方,自己来不及再找草丛枯叶之类的好地方隐蔽,只得爬上树去隐藏了。

C1 快步跑到 C3 处,远远看见 C3 直挺挺地立着,感觉情况不对,绕到正面一看,不禁大吃一惊,只见一根树枝从 C3 的眼中戳入,直接入脑。

这绝不是不小心造成的事故,是有人利用树枝的弹力做出的机关陷阱!

C1 吓得够呛,对着对讲机说道:"C3 死了。这是陷阱! 重复,有陷阱! "

C1 看着 C3 恐怖的模样,精神有些崩溃了,大喘着气,慢慢向后退去,想离 C3 远一点。他没注意到,在附近几棵大树的掩映下,有一棵胳膊粗的小树被弯成了弓形。

C1 就感觉脚下一绊，那棵小树突然没了束缚，迅猛地要恢复挺直状态，这一下巨大的弹性势能，带动一段绳索，直勒 C1 的咽喉，C1 没来得及喊出一声，颈骨已经被巨力带断，全身像是被弹弓抛出去的石头，划着弧线，高高地飞了出去。

C4 正一路小跑，奔向目的地。突然头上呼嚓一声，一个大东西，径直掉了下来。他大惊，赶紧躲避。那东西带断几根树枝，在树枝间撞来撞去，终于掉在地上。C4 一看竟然是个人，再仔细辨认，竟然是自己的同伴 C1，人已经死了。真是匪夷所思，又没有爆炸，C1 怎么被搞到天上去的呢？

C4 为人凶悍，知道好几个同伴遭了毒手，咬牙切齿，恨不得把对方一把抓出来，打成肉酱。但直到现在，还不知敌人是啥样的，这让他心中无比焦躁，端起枪快步向前冲去。

看到 C3 的尸体，他更是怒火难抑，一边举枪乱射，一边大喊："出来！懦夫！"

塞姆汀这时也到了，他阻止了发狂的 C4，和 C4 说了些什么，两人就十分警惕地开始搜索和勘察周围的状况。他们谨慎仔细在四周转来转去，时而一起，时而分开，有时候在一个地方蹲很久，也许是在研究地上的痕迹。

吴顶一动不动地观察着，那两人一会儿离自己远了，一会儿又绕回来了，一直也没走远，但也没发现自己的这个隐蔽之处。就当吴顶觉得他们检查半天也没什么收获，估计差不多就要走了的时候，明显看到塞姆汀和 C4 对望了一眼，此时两人相隔十多米，各在谭章藏身的大树的一侧。看到他们这么一使眼色，吴顶心中暗叫：不好！

果然，两人一起举枪，猛地朝谭章隐藏的树上开火了。他两个人之前转来转去，一眼也没望树上看过，但明显早已经发现了树上有人，是为了不引起树上人的怀疑，故意不看树上的。

谭章虽然猝不及防，但还是察觉到了不对，在他们开火前一刹那往旁边躲闪。攻击如影随形，接踵而至，谭章不得已在树冠掩护下窜高伏低，到另一侧跃下树来，勉勉强强地躲过了这一轮犀利的攻击。但行踪已露，他正在飞快地想着对策，耳听的叮的一声，自己跃下的时候好像触发了什么。

糟了！

好几颗爆震弹和手雷先后爆炸，谭章虽然已经做出了躲闪的动作，但这一连串爆炸陷阱攻击范围很大，他还是被气浪掀了出去。

原来塞姆汀他们刚才转来转去，并不仅仅是勘察，而是互相掩护，在谭章的眼皮子底下布置了这个连环绊发雷陷阱，然后逼迫谭章进入这个陷阱之中。他二人没说一句话，只靠眼神和手势就完成了这一切，着实训练有素，配合默契。

谭章受了爆震弹的爆炸，身体瘫软，脑子昏昏沉沉的，被 C4 拖到塞姆汀面前。

塞姆汀一脚踩住谭章，问道："还有一个人在哪儿？"

谭章听不懂英语，不知道他在说什么，而且脑子还像一团浆糊，索性不回答。

塞姆汀又问几句，谭章一声不吭，C4 朝谭章踢了几脚，又拿枪指着，威胁开枪。

这时，两人耳机里同时传来沙沙的说话声："我是 C2！我是 C2！"

两人一愣，C4 拿起话筒，问："C2？你在哪里？"

"在你们身后。"

"嗯？" C4 纳闷了，好奇地转过身去说，"你搞什么鬼？怎么不过来？"

但那声音并不理会，只是一直指挥他，转过身，往前走，走过几棵树，绕道树后面，并没有什么东西。再弯腰一摸，枯树叶里有东西，拉出来一看，赫然却是 C2 的尸体。

C4知道被人耍了，怒不可遏。塞姆汀说："那边好像有声音！"

C4一听，恶狠狠的朝吴顶的方向而来。

冒充C2的正是吴顶。他看塞姆汀要对谭章下杀手了，心中急得不知所措，也就顾不上谭章的叮嘱，拿起通话器冒充C2说起话来。心想，这至少可转移二人的注意力，最好能让他们都跟着自己的指示走，离开谭章。等他们找到C2的尸体，吃惊之际，说不定谭章就有逃跑的机会。但他却没顾上想，这样一来自己就暴露了。

C4来到吴顶藏身处前面，看着眼前一大片草，不知道里面有没有人。吴顶心中惊惧，知道自己很难逃出他的搜索。但随即想，反正是暴露了，不如把他引开，引得越远越好，这样谭章面对一个敌人，说不定还有些机会逃生。想到这儿，把心一横，哗啦啦从藏身地站起来，转身往后就跑。

C4知道就是这个人用通话器作怪，狠得牙痒痒，狰狞地大步追去，要把吴顶活捉住。

谭章看到吴顶自己跑出来，引得C4去追，心中叹息，吴顶虽是好心，但不该为了救自己再冒充C2的，不但没引开敌人，还暴露了位置。这一下恐怕凶多吉少，两个人都要毙命于此了。想到这儿不由得十分不甘，愤懑得呼吸都急促了。

塞姆汀也不急着杀谭章了，等了半天不见见C4回来，就又呼叫C4。耳机里传来听到C4的回答，看样子塞姆汀放心了。

谭章虽听不懂英语，但从塞姆汀的语气中也明白，吴顶应该是没逃脱C4的魔掌。

塞姆汀松了口气，心里想怎么处置这个让自己损失了几个手下的家伙，低头一看，不禁诧异："他在干什么？"

只见自己的俘虏貌似在忍耐强烈的痛苦，再仔细一看，他把自己的手指插到自己的伤口里搅动，痛得自己浑身颤抖。

搞什么鬼？

塞姆汀下意识地放开了谭章，退了一步。

谭章匪夷所思地弹了起来，就像是提线木偶从躺倒的状态一下子就立起来了。

塞姆汀一惊，也不知是不是光线的原因，只见谭章好像膨胀了一样，每个伤口都在往外喷血，表情异常恐怖。

塞姆汀胃部抽搐了一下，但转念暗骂自己：有什么好担心的，他是一个浑身是伤的人，我是前海豹突击队员，我怕什么？去死吧！

想到这里，举枪就打。

但谭章又像提线木偶被拽走一样，一眨眼忽的没了，再一看已经闪在一旁。塞姆汀心中一紧，不停地扫射，但对方忽前忽后，在树丛中闪动，快得不可思议，好像看穿了自己下一次要打到哪儿。

这，这家伙怎么搞得？C4还不回来么？

塞姆汀闯荡战场这么多年，大风大浪见得多了，但不知怎的居然有些心慌起来，自己都有点纳闷了。

一梭子子弹打完，刚要换子弹，那身影却唰地靠近，自己倒完全笼罩在他的阴影里了。

这家伙有这么高大吗？

其实只是塞姆汀的心理作用，但他感觉好像世界一下子变暗了，这个空间的气场也变得阴森森的。

谭章青筋暴露，怒气满满，杀气腾腾，低吼一声，手一挥，塞姆汀差点跌倒。他调整好平衡，感觉手臂几乎断掉。

这是什么怪物？狼人变身了么？现在也不是月圆之夜啊？

塞姆汀往后跳跃，要拉开距离。突然觉得腿软，好像还在打颤。

怎么了？

又感觉浑身力量都凝聚不起来了，小腹一松，险些尿了出来。

难道自己的大脑还没意识到，但自己的身体已经先于大脑感受到危机了么？

想到这儿，前海豹突击队员冷汗都下来了。

他扔掉突击步枪，想迅速拔出手枪，尽快解决敌人。

但手指却不听使唤似的，抠了半天也没打开枪套。平时，自己快速出枪的成绩都是零点几秒，现在手指像灌了铅一样，怎么也拿不出枪来。

我竟然有这么害怕？为什么？为什么！

越这么想，手指越打颤，发了狠地使劲抠，也不开枪套。

心中一急，尿真的出来了，口中也发出了一种不像是自己的喊声，听起来充满了绝望。

谭章发了狂一样，浑身飙血，凶神恶煞地又冲了过来，一拳打出，塞姆汀飞了出去，倒撞在树上，跌在地下，大咳起来。

恶魔！恶魔附体！塞姆汀心中大叫。

谭章一下子压到他身上，只压得他肺都差点吐出来。

谭章看着不可一世的敌人居然一下子吓得肝胆俱裂，已经落败，却没有一丝欢喜。想到吴顶凶多吉少，又看着这昏暗的树林，仿佛一下子又回到了当年的南疆战场，好多往事纷至沓来，一时间各种情感像是奔流的洪水控制不了，脸上阴晴不定，变幻莫测。

塞姆汀见他表情奇怪，并没关注自己，悄悄松开枪套，终于把手枪拿在手里了，拇指拨开保险，快若闪电地就要把枪举起来打向谭章的头部。

谭章忽听的不远处有人喊道："小心他的枪！"一下子回到现实中来，一掌挥出，塞姆汀出枪虽快，但依旧没快过这一掌，噗的一声上半个头都打烂了。举到一半的手枪无力地跌下，浑身又痉挛了一阵，就断气了。

向谭章喊话的就是吴顶。见吴顶居然没死，还活着回来了，谭章一阵兴奋，但并没有太表现出来，只是拍了吴顶两下，说："你小子没死啊！"

吴顶被他拍得生疼，肩膀上的骨头都要碎了，只得干笑了一下。

谭章说："哦！刚才是你在和这家伙说话吧？我这才反应过来。"

"对，我听他又用对讲机呼叫了，就含含糊糊地答应了一下。"

"咳咳，我以为你死了呢，一下子没控制住，就跟他拼命了。咳咳，嗯，会外语就是好哈。哈哈"

吴顶也听出来了，自己的死讯居然刺激了谭章，让他一下子发飙了，心中有些感激。

他再看谭章身上的血迹好像更多了，惊呼："谭叔叔，你血还没止住啊，快，快……"

谭章笑道："没事，这是我自己搞的。刚才我让手雷震得脑子晕乎乎的，就用手在这个伤口里搅了搅，真他妈疼啊，亏得这样疼，脑子才清醒过来。"

吴顶看他的眼神都变了，心想，这是什么家伙啊，用这么残忍的手段让自己变清醒。

谭章就问吴顶怎么和C4周旋的。

吴顶说："这还多亏了您布置的陷阱啊。"

原来C4飞一样地去追吴顶，吴顶在树丛中东跳一下西躲一下，想摆脱追击，但C4感觉马上就能扑倒他了。

突然C4脚板一阵剧痛，脚像被钉在地上一样，人一下子摔了出去，枪也飞了好远。

一看脚下，一根木签子洞穿左脚，透出脚背来，C4知道踏中了陷坑。

原来这些陷阱布置在退向山崖边的方向，当万一暴露藏身地，在向后退去的时候，想靠这些陷阱阻一阻敌人，说不定可以争取到时间，重新寻找新的藏身地。

C4十分悍勇，大叫一声，折断脚底板下面的一截木签子，一条腿站起来，又奋力去抓敌人。

吴顶见一个木签子陷阱还不能完全困住敌人，敌人又势如疯虎地扑了过来，就想引他到下一个陷阱，但腿已经有点软了，不听使唤。

C4虽一条腿，但一跳好远，几跳就接近了吴顶，正要扑倒他，只见吴顶转身恶狠狠地反扑了过来，手里还攥着匕首，要使劲刺下。

C4见他反扑上来，一阵狞笑，心想，还怕追不上你，你自己反倒送上门来，正好！见一刀扎来，一举手已经抓住了吴顶的手腕，把他扑到在地，压在身下。吴顶感觉手腕就像被铁钳夹住一样，一点也使不出力气来了。对方凶神恶煞的面孔贴了过来，另一只手掐住自己的脖子。吴顶感觉气息不畅，脖子上生疼，两腿发了疯似地乱踢。

快啊！快！

吴顶心中急得直叫，两腿踢得更猛了，但脖子上敌人的手越掐越紧，自己恐怕随时可能断气。

要死了，要死了。吴顶心中凄凉。

何俊怎么办？谁能救她呢？自己再也见不到她了。

突然，劲风袭来，通的一声，C4两眼一翻，倒了下来，手上也不用劲儿了，一块儿大石头骨碌碌地滚在一旁。吴顶一下子能喘上气了，使劲呼吸了几口，这才慢慢推开C4，挣扎着站起来，心想，好险！差点以为就这么完蛋了呢。自己好不容易把C4引到这个大石头陷阱下，要是在被C4掐断脖子之前，都触动不了机关，那可就亏大了。

不过他这也是绝境中不得已的冒险，因为万一石头打得偏些，说不定打不死C4，反而把自己砸死了。

十二、潜龙冲天

谭章突然警觉起来，抬起头好像在嗅什么味道。辨别了一阵子，他一下子动作又快了起来，在几个敌人的尸体上翻找着，不一会儿，把好多东西都集中到一起，有 M4 步枪，弹夹若干，手雷七八个。他检查弹夹里的余弹，把弹夹都排在地上，装上一个，一拉枪栓，对着不远处就开火了。

这一下毫无征兆，吴顶被吓了一跳，叫道："你干啥啊！"

谭章说："他奶奶的，还有不干净的东西。你趴下了。"说话间，已经打光了一个弹夹，单手秒换弹夹，继续开火。

枪声大作，吴顶大叫："哎呀！危险！别乱打！"

谭章不听，继续像着了魔一样狂打。

结果他这一打，树林里真的有一个人影在移动。而且那人好像身手很快，不停地变换位置，谭章也不让他松懈，对方跑到哪儿，他子弹打到哪儿。瞬间又打光两个弹夹，谭章一手抓起几颗手雷，连珠价地四处掷了出去，手雷轰轰地爆炸，气浪一阵阵袭来，吴顶耳膜都要凹陷了，大叫："那是谁啊？"

谭章打子弹，扔手雷，就像不要钱似的，刚才大敌环伺的时候他也没这么冲动过，现在就好像有什么非除之而后快的东西一样。

对方好像上树了，在树与树间跳来跳去，谭章的子弹也跟着打得高了些，就在他又要换子弹的一刹那，一个人影从树上跃了下来，一边还笑道："老谭，不搞了，不搞了！我认输还不行嘛！"

谭章好像没听见一样，二话不说，从死尸身上一把抽出手枪，对着那个人就打，那人赶紧避开枪口的指向，叫道："你个狗日的，还真想打死我啊！"

谭章一串子弹连续扣出，一个弹夹很快打光。那人趁着这个空当，一掌就切他手腕，谭章把枪一抛，另一只手匕首已经刺了出去。

两人又打在一起。

吴顶只见两个人刚开始动作还不快，但是越打越快，接着就看不太清了，两人都不出声，但周围飞沙走石，气浪翻滚，拳势逼人，吴顶感觉这样的招式，自己挨上一下就非死即伤。

两人斗了一阵，突然谭章的手腕被人拿住，不得已放脱匕首，身子整个一拧，以求解脱，但对手已经接住匕首，谭章身子刚站定，对方的匕首已经横削了过来。谭章赶紧后跃或后仰都能躲避，但他却突然像被关掉了开关，一下子不动了，两手一垂，说："没意思，不玩了。"耷拉着眼睛，一脸很无聊的死样子，扭转头，看也不看对方。

对方一刀悬在空中不动了，等了良久，骂道："你个狗日的，开也是你，关也是你，你这不是要赖皮么？"

谭章说："什么要赖皮？说得好像你赢得了我似的。"

那人道："刚才这可不是我赢了么？"

谭章眉毛上挑，一边嘴角都快撇上天了，说："那可不是你赢了嘛。你又没被人在身上打几个眼儿，怎么会输呢？"

那人被他说得哭笑不得，心想他受伤了也是实情，但自己本没要和他打啊，说道："你就这德行，输了还找借口，全无风度。"

谭章说："我干掉这五个硬爪子，然后又和你打了个平手，什么时候输了？"

那人笑道："好像不全是你干掉的吧？"

谭章说："我的陷阱干的也就是我干的！"

那人说："好，你嘴硬的很，回家也这么犟，让你女儿掐死你！"

吴顶见两个大叔谈得十分融洽和谐，插嘴道："沈老师，谭伯伯，你们以前认识啊？"

那个来人正是吴顶的语文老师沈老师。

沈老师还在开玩笑，说："我交友不慎啊，认识了这人。"

谭章这次没有继续斗嘴，仰天叹了口气说："我们好早以前就认识了，我，有时候想想当年的日子，也挺……"好像一下子找不到一个形容词来表达心情。

沈老师也叹了口气，说："我们也好久没见了，没想到在这儿碰到了。"

谭章说："那你不在大城市里呆着，跑到我们这山沟沟里来干啥啊？"

沈老师沉吟片刻说："我听说这栖仙山上最近挺热闹的，就来凑凑趣。结果刚来就见这林中打得热闹，赶过来时你已经把敌人解决了。对了，你们两人怎么在一起啊？"

吴顶就粗略讲了一下昨晚的事。谭章在一旁一副不屑的表情，却也不插嘴。

沈老师听了导弹发射的事，也吃了一惊，听说他们要去导弹基地搭救何俊，也就决定和他们一起去基地。

三人一起向西走去。不多时，穿出了林子，眼前豁然开朗，再扭头看这个林子，简直就是笼罩着黑黑的妖气一样，几米深的地方就看不见东西了。

林子外是一片高山草甸，远处还有泛着波光的大葫芦湖，仿佛一片塞上风光。

三个人感觉心情为之一畅，大步向前走去。

沈老师笑着对谭章说："听吴顶刚才说的，你刚开始装作学校看门的，被几个人又打又踢，还装怂。后来才发威的？"

谭章说："我本来就是学校看大门的，又不是装的。"

沈老师继续开他玩笑说："你火气挺小啊，那么被人羞辱都不爆发，佩服佩服！喂，你可知道刚才你干掉的这伙人的代号是什么吗？"

谭章说："不知道，怎么了？"

沈老师笑道："刚才这伙人，领头的叫塞姆汀，手下分别是 C1 到 C4。"

谭章感兴趣了些，说："哦？挺酷的嘛。听起来威力十足啊。嗯？你怎么知道他们代号的？"

沈老师好像被问到这个，有些不好回答，只是说："我，我还一直在关心业界的动态啊，哪儿像你躲在这儿享清福。不过要我说啊，他们都名不副实。"

"哦，为什么？"谭章好奇道。

沈老师道："你想啊，你昨晚那么能忍，被人又踢又打，揉来揉去，怎么都不爆，才配叫什么 C4 啊！"

谭章微微一笑，说："我是 C 国产的，我叫塑五。"

沈老师哈哈大笑，拍着谭章的肩膀说："好你，都会讲冷笑话了，看不出啊！"说完两个人都大笑起来。

吴顶也不懂他们笑话是什么意思，就没吭声。

三人正一边走，一边谈笑间，突然脚下大地惊天动地地一震，接着持续地剧烈抖动起来。

他们都以为是地震，站都站不稳，忙停住脚步。旁边的湖水却起了变化，水底深处隐隐泛出光芒，好像火山爆发，岩浆巨流蓄势待出。

三人耳边都轰轰作响，突然猛听的碰的一声闷响，一个庞然大物好像挣脱束缚的火龙，跃出水面，带着一团火焰，震耳欲聋地直插云霄。水面上一瞬间水汽满天，银珠飞溅，继而波涌滚滚。

那是一枚火箭，从水底发射了！

三人还没缓过神来，又是一枚，带着一团大火球，飞了出来，声音大得像要把人撕裂，火焰映红了水面，热浪逼人，蒸汽喷涌，简直要把人烧化了，烫熟了。

经过这样气势慑人的场景，三人都愣神了，呆呆地望着空中浓重的白色烟雾，同时意识到：糟了，敌人得手了，导弹发出去了！

湖面上白茫茫的一片，涌起的水雾弥漫着。

吴顶他们的衣服都有点湿乎乎的了，冷得直打哆嗦。

沈老师首先急切地说："我们赶紧往那边赶吧！"

谭章笑道："好，好，反正导弹已经发射了，那个小姑娘怎么着都无所谓了，是吧，哈哈！"

吴顶心中暗骂：这家伙没心没肺啊，出了这么关系国家安危的大事，他倒好，不说感到担忧，还幸灾乐祸。

谭章又摆出一副不知羞耻的表情说："看热闹，我最在行了。不用干那些拼老命的事儿了，太好了。"

说归说，三人还是大步流星地赶路。

大葫芦湖还是挺大的，加上现在能见度不好，几乎看不到对岸，而湖对岸才是他们的目的地。要绕半个湖过去，路程可不近。

走了好半天，前面小丘上出现了一个小房子，三个人精神一振，加快脚步。

那是几间平房，石灰白墙已经花花点点的，墙上的标语也模糊不清了。房顶上架着大天线架子，看样子是个雷达，但明显已经废弃了很长时间了。

沈老师说："好像是个旧的雷达站。"

房子周围枯草及膝，杂乱无章。

三人走到房前，谭章警觉了起来，伸手挡住两人，沈老师也盯着新被踩到的杂草和门前石板上的脚印。

沈老师悄声说："小心点儿，给你一把枪，刚才从死人身上拿的。"

谭章白了一眼说："我不要，给你留着保命吧。"

沈老师苦笑着收起手枪，打手势让吴顶看着点后面，他和谭章两个人蹑手蹑脚地靠近门口。

吴顶也赶紧跟上去，学着他们的样子，注意脚下不弄出响声。

谭章怕门上有什么机关，慢慢地检查门口，但看了半天好像没什么特别的。和沈老师对了一下眼神，猛地推开了门，又退到旁边。门里寂静无声。

三个人小心翼翼地前进，但都没什么异常出现。

就在大家放下心来，查看房后时，突然发现那宽大的屋檐下，阴影中坐着一个人，三人都是一惊。

吴顶突然大叫："林春香！"

那个人正是林春香。只见她萎顿在墙角里，身上脏兮兮的。

吴顶快步抢上去，摇动林春香的肩膀，林春香却已经气息全无。

谭章上前去一探，说："死了！"

吴顶脑子一片空白，死了？大脑好像拒绝理解这个词的意思。昨晚，在山路上和她跑散了，后来也没有顾上想她，她却怎么跑到这山顶上了？

谭章和沈老师看了看吴顶，也没说话，两人一起检查了一下林春香的尸体。

沈老师说："从表面看，虽然有不少的外伤，但好像都不致命。"

谭章说："准确地说，是都故意避开了要害。"

吴顶的眼神焦点涣散，被眼前的不能接受的事实震惊了，呆呆得缓不过神来，只机械性地问："什么？"

谭章说："就是说有人在她死前，折磨了她很久。"

这太残忍了。吴顶突然软在墙上。

她是我要带着走的，是我没保护好她，都是我的责任，……她死得好惨！

吴顶想到林春香那楚楚可怜的娇怯怯的样子，心乱如麻，一眼也不忍看她现在的惨状。

谭章扶起林春香的脸，看了看说："长得太漂亮了。"

沈老师也赞同地嗯了一声，转向吴顶说："吴顶，这个人你认识啊！"

吴顶精神恍惚，说："对。"

沈老师说："她是干什么的，你了解吗？"

吴顶一下子被问住了，自己对林春香一点也不了解，说："她说她是大学生，其他的我也不了解，怎么了？"心想，他们问这个干嘛？

沈老师说："唉，我们认识的一个人，有点精神不正常了，也就是……变态了。"

吴顶问："怎么不正常了？"

沈老师说："据说是特别见不得漂亮的女性，尤其是年轻的。如果再聪明、个性点儿，那更是受不了，往往要做一些……折磨……"说着看了林春香一下。

吴顶瞪大眼睛说："您是说，这是你们认识的那个人……干的？"

沈老师说："有些像啊。不过那家伙还不至于滥杀无辜，还是有一定自控力的吧？难道是接着活儿了？"

谭章说："也许是别人干的，那反正我们也猜不出来，别费神了。"

吴顶问："你们，你们怎么认识那样的人？那个人是……干什么的啊？"

谭章嘿嘿一笑说："和我们一样啊，是杀人的。"

卢小羊醒来时，发现自己躺在一间不大的屋子里，没什么陈设，顶子上一盏日光灯亮着，也没有窗户。

自己的衣服也扔在床边，自己昨天在湖边脱了衣服，就没再穿上。想起自己晕倒前遇到一些部队，估计自己被他们带到这儿来的。

他从床上下来，穿好衣服，走到房间门口，用手拧了一下把手，门从外面反锁了。这是很普通的锁，他从腰带夹层里摸出几根小金属棒来，在锁眼鼓捣了几下，门应手而开了。

卢小羊探头探脑地走出房间，见走廊里安安静静的没人，就一直走下去。一个门开着，探头一看，硕大的一个屋子，里面摆着一个怪模怪样的东西。

卢小羊突然想起，自己在睡倒之前，曾经见过一个科幻片里飞船一样的飞行器，原来就是这家伙啊。他兴奋地想仔细研究一下这是什么高科技，转念一想，还是先侦察一下周围的情况好，就绕过这个东西，穿过屋子从另一边开着的一扇门蹑手蹑脚地出去。

又是一条走廊，他慢慢走着，突然发现前面一个门开着，里面发出光来。他踱到门口，听见里面有两个人在说话。

一个人问："那个东西怎么样了。"

另一个人说："就是从那个抓来的人身上得到的东西？诺，就在这儿，已经修好破解了，里面有好多不明不白的东西，已经向上面汇报了。"

卢小羊一听，在身上一摸，啊，神甫塞给自己的手机一样的东西不在了，看来是被他们拿去破解了。

又听第一个人问："抓的是什么人啊？"

"不知道啊，总之都先关起来了，这里也不是审问人的地方，等别人来，把人提走吧。"

"嗯，也是。管他呢。走，出去透透气去。来根烟。"

"好。"

说着，两人就往出走，卢小羊慌忙躲避，两人出来也没看见他，就走远了。

卢小羊小心翼翼地进去，看见自己从神甫哪儿拿到的机器就放在桌子上。他把东西拿起来，试着启动它。自己拿到这东西后，就一直启动不了，现在看来已经被这个地方的人修好了，一下子屏幕亮了。

里面有好几个文件，其中有一些是音频文件，还有些是别的什么。

卢小羊随便打开了一个音频文件，听了起来。

这个声音是？

卢小羊听完一个音频，大惊失色，里面的内容太出乎意料，他有些颤抖地打开了另一个音频文件。

等卢小羊听完全部的音频，又看了其他的文件，已经浑身出了一层汗了。

他突然一个激灵，心中只想，现在是几点几分？

他慌慌张张地左顾右盼，也没见有表，低头一看，心中暗骂自己笨，面前的电脑开着，清楚地显示了时间。

时间很紧迫了！我得赶紧行动！

告诉这个地方的人，让他们层层汇报上去？

不行，他们还在怀疑我，说不定又让他们关起来，审查半天，那就误事了。

我不能让他们发现，要赶快出去。别的都先不能管了，我要去拦住那个人！可是怎么拦呢？那个人应该已经出发很久了，我必须得快！

怎么才能快呢？

卢小羊抓耳挠腮，怎么办，车也没有，有车也不行啊！飞过去啊？

想到飞，他突然想起什么，一下子跑回那个大厅，那个古怪的飞行器还端端正正地放在厅中。卢小羊走到它跟前，伸手摸了摸它的表面。乍见这东西时是在晚上，卢小羊当时神智还有些恍惚，现在看着它就没当时那么不可理解了。它有四个桶形的引擎，布置在四个角上，靠短翼连接在机身上。引擎的喷射方向能够转动，以调节角度。看起来它的原理有些像 V-22"鱼鹰"之类的倾转旋翼机，只不过是小型的。

卢小羊看出来，这个大厅其实是这个飞行器的机库，前方的大门是能打开的。如果开着这东西，说不定能来得及。

不过这想法也太夸张了，偷了这东西飞过去？

卢小羊心里没了主意，就摸着它漫无目的地环绕。绕过一个引擎，一个人突然出现在眼前，卢小羊吓得差点没叫出来，倒退了两步。

那个人叉着手，笑吟吟地看着他，穿着一身卡其绿的衣服，是个二十三四岁的女的。

那女的问他：“你怎么跑出来的？在这儿干什么呢？”

卢小羊有些紧张起来，答不出话来。

“你在打这孩子的注意？你想开着她走？”那女的指着飞行器说。

对方一语道破卢小羊的心思。

卢小羊皱了皱眉，心想，不能让他们再抓住，会耽误的大事，要顾全大局，先把她控制住再说。

想着就抬头打量她。

“你想打倒我？怕我喊人来啊？”

又被她提前把自己想的说了出来，卢小羊一怔。

“我可不是你的对手，投降了。那两个大男人都让你打倒了，你一个小姑娘，厉害厉害。”

“我不是什么小姑娘！我是男的！”卢小羊大声纠正道。

对方也没太惊讶，略带嘲弄地笑笑，看着他说：“你真是男的啊？我看你证件上写的性别男，还以为写错了呢。”

卢小羊最不爱听这个，不太高兴，说：“我看你还不像个女的呢。”

对方微微一笑，一下子凑过来，说：“别生气。”说着，伸手要摸摸卢小羊的头。

卢小羊刷地闪开了，那女的没摸着，又撇嘴笑了笑，就像拿倔强的熊孩子没有办法一样的表情。

卢小羊更不爽了，说：“你不是要喊人吗？怎么不喊了？”

“你那么嚣张啊？催着我喊人抓你？”

“你喊来多少人我都不怕，也抓不住我。”卢小羊一向挺谦虚低调的，现在有点火气，说话也冲了很多。

"哎呦，算你厉害，可真闹起来了，你就算没被抓住，也走不成了不是？"

确实是这样。对方居然在为自己着想，好奇怪。

"你到底想怎么样？"卢小羊气还没顺呢。

"你是不是真想开这孩子啊？"那女的摸着飞行器问。

卢小羊看了她半天，觉得也不用再瞒她，就点了点头。

那女的又逗他似地笑着对他说："当真啊？你会驾驶她吗？"

卢小羊撅着嘴，说："看起来像汽车一样，能有多难！"

这东西确实看起来和汽车有些像，四个轮子，只不过多了小翅膀和外置发动机。

"确实有人叫她是飞行汽车，但开起来可和汽车差多了。你随随便便要开，你自己废了不要紧，可别要把这孩子摔坏了。"

人要紧啊，还是机器要紧啊？

卢小羊无言以对，他有病乱投医，只是这么乱想，也没真敢就上去开，想来也不会那么容易的。

虽如此想，但卢小羊还是恨恨地说："你有完没完？一直嘲弄我？惹火了我把你这破玩意打成渣渣。"

"脾气真坏！"对方斜了斜眼睛，"其实，我就想告诉你，我会开的。"

"哈？"

"我会开的，这地方现在只有我一个飞行员在，只有我会开她了。"

"你为什么要告我这些？"

"我看你想开她，估计你不会，所以就想来帮你咯。"

"为什么？"

"什么为什么？"

"为什么要帮我？"

"我知道你不是坏人，看你想用她，就发善心了，不行吗？"

"你又不认识我，怎么知道我是好是坏？"

"你不就是叫卢小羊么？是我抓了你们三个来的，你一个人打倒两个人，我都看见了，那两个人不是好人，我知道。"

"你怎么都看到了？"

"对呀，我们的无人潜艇正浮出水面，摄像设备就拍到你们打架了。"

无人潜艇？卢小羊脑子一转，想起了那个水怪，当时感觉就像它在看着自己，原来这感觉真的没错。

"那也不能证明我就是好人啊？"

"哎呀，你这么想证明自己是坏人啊？"

"就是觉得哪里不对……"

"你到底走不走？不走算了啊。我歇着去了。"

"还是不懂你为什么要帮我，我也不认识你……"

"我就闲的没事干了，要拉你坐这宝贝去兜风，小姐，您肯赏光么？"那女的揶揄地说道。

卢小羊气不打一处来。这话听得就像一个开着豪车的富家公子，在街边搭讪妹子似的。

"就算你真有心开这个送我，你做得了主吗？"卢小羊看对方不过二十多岁年纪，不像什么头头，估计说了也不算。

"怎么做不了主？这个地方，跟这个宝贝有关的人里，现在我是级别最高的。"她有些不服气地说。

"嗯？怎么可能？"卢小羊不信，他看对方虽然比自己大了得有六七岁，但毕竟很年轻。

"别小看人！我可是海航的飞行员，现在临时借调到这儿的。"

"海航的？"

"我可是飞航母战斗机的飞行员！"她一字一顿地说。

"真的假的？"这一句话可听的卢小羊瞪圆了眼睛。他知道，航母舰载机的飞行员那可是飞行员中的精英。这姑娘这么厉害？

"哼！"见把卢小羊震住了，对方的鼻子翘到天上去了。

"好好，那你真能送我到我想去的地方？"

"嗯，只要知道具体地点。"

"可有点远哦？"卢小羊把手机似的设备打开，点了一个文件，屏幕上显示出地图模式，并标记出一个地点来。

那女飞行员看了看，说："嗯，不近，中途肯定要加油了。"

"你这东西速度多快？"

"达到巡航状态，得有接近500公里时速。"

"那么快！"卢小羊眼睛一亮，那么快的话就有戏了。再看这东西的眼光都不一样了。但又一想，速度那么快，这东西可靠不可靠啊？

对方笑吟吟地看着他的脸，说道："怎么？害怕啦？"

卢小羊又被人看穿了心思，脸上一红，不好意思起来，逞强道："谁，谁害怕啦？走，这就出发。"说着话就趔摸着怎么钻进这"飞行汽车"里去。

那姑娘笑道："这机库门还没打开呢，你着急要坐进去干什么？"

卢小羊一听，讪讪地问："那我开大门去？"

那姑娘又笑道："还是我去开大门吧。你不是男的吗？你费费力气，把四个轮档给搬开好啦。"

一辆中巴车在崎岖的道路上行驶。

这辆中巴经过改装，内部像一个会议室一样，正有七八个人围坐着。车天花板上架着一个屏幕，屏幕上显示出一个屋子，沙发上坐着三四个高级军官。原来两面是在开电视会议。

车里一个女的汇报道："江总，钱永炽已经先于其他人逃跑了，现在正从地下网络向西北边境运动中。他还从基地拷贝了不少机密资料。"

那个被叫做"江总"的人名叫江南，他说："嗯，我们现在还不能打草惊蛇,不能主动安排大部队去堵住口子。"他沉吟片刻,又道,"在那个边境附近有多少部队?"

这时屏幕里的人说话了:"只有一个边防连。"

"嗯。"

那女的说道:"不过,不出所料,卢小羊看到那个'手机'里的东西后,主动要去堵住钱永炽。现在柯素鹈带着他,已经要出发了。"

"唉,这么安排让他们去,我总是感觉有些不妥。"江南脸色微沉。

那女的说:"不能直接下命令,没办法。而他去,就能通知那个边防连,还能认出钱永炽。"

江南依旧面色凝重地沉吟道:"卢小羊身手不错,但我总担心有什么闪失,别拖不住钱永炽,反而……"说到这儿,江南不说了。

江南思考片刻,抬头对着屏幕说道:"能不能请军方再派出一支精干的小分队,去边境支援一下呢?我感觉现在的力量还不够,但又暂时不能派大部队去。"

屏幕那边的一个上将说:"好,我去协调一下。"

江南说:"好好,据情报显示,大批分裂分子训练营的人员正在向边境集结,看样子也是被他们勾结,要不利于我。我们要早做准备。"

又一个将军说:"嗯,我们会做好准备的,一旦可以动手了,会火速行动。"

江南说:"那好,那好!"

中巴还在不快不慢地前进。

卢小羊坐在飞行汽车的座舱里,戴着头盔。海航飞行员柯素鹈坐在前舱,轻车熟路地摆弄着仪器。只听四个引擎低沉地轰鸣了起来,机身也慢慢向前移动起来。

飞行车缓缓驶出机库,转了个弯儿,已经到了一条像跑道一样的路上。

柯素鹈说："我们要起飞了啊，你没问题吧？"

卢小羊心中着实有些忐忑，他一向胆大，但惟独对什么过山车、蹦极等项目怵头，现在坐在这个不知道靠不靠谱的飞车里，不由得不担心，但看人家一个姑娘尚且这么轻松，就硬着头皮说："没问题，走吧！"

柯素鹈也没在说什么，飞车慢慢加速，引擎都倾斜着，一边提供升力，一边提供向前的推力。接着身子一腾，飞车离地了，不像一般客机，这个飞车起飞的角度比较大，以很陡的角度向上爬升，卢小羊看地面越来越远，手心里捏了把汗。

飞车速度越来越快，连接引擎的四个小机翼已经能提供不少升力了，随之引擎的角度也逐渐趋于和机身平行了。

这里本来就是高原，现在飞车又爬到了一定的高度，卢小羊看着山峦起伏，云海涌动，景色壮丽，紧张的心也舒缓了一些。

柯素鹈说："你还好吧？"

卢小羊说："没问题！"

"精确的目的地我已经输入定位系统了，距离可不近啊。我们得抓紧了。"

"嗯。"

刚答应了一声，就听得引擎的声音一下子变得尖利了起来，卢小羊刚一愣神，飞车就像被发射出去一样，猛地加速起来。

卢小羊感觉整个人都要被压扁在座椅上了，一颗心要不是使劲憋着，说不定早就甩出腔子了。

这个状态持续了好一阵子，飞车才终于停止了加速。

卢小羊大出一口气，叫道："你干什么啊！突然加速！我都没心理准备！"

"嗯？"柯素鹈好像很奇怪，"我不是说要抓紧了吗？你还答应了啊？"

卢小羊不满地道："我还以为你说抓紧时间呢，谁知道是抓紧扶手啊？再说你这破玩意里也没扶手啊！"

卢小羊感觉自己被她耍了，牙齿咬得咯咯响。

柯素鹈说："刚才吓着你啦？对不起，对不起。"

"我才没被吓着呢！这点儿事儿有什么好吓的啊？"

"呵呵，小姑娘还挺犟的。"

卢小羊大怒，说："你成心要吵架吗？我都说了我是男的……"

一语未毕，飞车突然向左侧横滚起来，卢小羊感觉像进来滚筒洗衣机一样，甩得七荤八素，五脏六腑都要吐出来了。

这突如其来的横滚也不知翻了多少圈，才改回平飞状态。

卢小羊吓得腿脚酸软，天旋地转，大口喘气，说不出话来。

柯素鹈没事儿人似地说："哎呀，来了一阵风，吹得好厉害。"

卢小羊知道她是故意让飞机转起来的，恨恨地道："你，你……"

还没说出什么狠话来，飞车突地又向右侧横滚了起来，卢小羊被甩到座舱另一侧，脸贴在舱盖上，五官都扭曲了，这一次可不敢再逞强了，叫道："求你求你，别转啦，再转要死人啦！"

飞车又猛地改回平飞状态，柯素鹈自言自语地说："风好猛，难操控。"看起来转得再厉害，对于她来说也跟家常便饭一样。

卢小羊虽然看不见她的表情，但都感觉到她忍俊不禁的情绪充满了整个机舱。

被她这么耍弄了半天，卢小羊自己也哭笑不得。他也不是心胸狭窄的人，反而有些佩服起柯素鹈来，操作得心应手，抗旋抗晕，还装得好人似的，无赖得可以。

接下来一路无话，飞了近三个小时，柯素鹈降低速度，在一条车辆较少的道路边，发现了一家加油站，就慢慢地垂直降落下去。

落地以后，柯素鹈就像开车一样，把飞车开到加油站里，开始加油。

加油站的服务员都看得呆了，瞠目结舌的，说不出什么完整的话来。

卢小羊问："这种地方就能加油？"

柯素鹈有些得意的说："这孩子的好处就是不挑食，吃粗粮就行，就是吃得多些。"

卢小羊想这东西要是能普及了，在战场上用来侦察什么的，可比武装直升机方便多了。

柯素鹈说到吃，自己也感觉馋了，来回瞅瞅，看加油站里有个小卖铺，就去买东西。一会儿，买来一些矿泉水、面包、饼干、卤蛋啥的，递给卢小羊一些，说："请你吃。"

卢小羊看着吃的也饿了，就道了谢，接过东西来。

卢小羊叉开腿，坐在路边大啃大嚼。柯素鹈吃得可比他斯文多了，说："你慢点吃，别噎着了，当心一会儿上天，风一吹再转几个圈，把吃的都吐出来。"说着自己也笑了。

卢小羊知道她开玩笑，笑道："你再故意摇晃我的话，我真吐可就都吐你身上了哦！"

两人吃完东西，油也加好了，重新回到座舱里，盖上舱盖，就在公路上滑跑起飞了。

加油站里的人一直看着他们出神，等想起来拿出手机照相时，飞车已经是天边的一粒小黑点儿了。

十三、惩恶锄奸

吴顶沉浸在沉痛中，想到这么柔弱天真的姑娘，本该有一个平静而又充满淡淡幸福的生活，竟然就这么凄惨离开了人世，不禁悲从中来。

沈老师正要来劝劝吴顶时，远处传来几声闷响，好像又是枪声，惊起一片鸟儿，呼啦啦飞向天空。

沈老师警觉地说："走，去看看！"

吴顶也觉得现在不是悲伤的时候，于是强行压制了一下情绪，跟着沈老师和谭章向声音传来的方向前进。

三人不知道是什么情况，不想冒然暴露自己，就压低了身子，拨开高高的枯草，向前一步一步地慢慢走。前方还是有声音不断传来，好像是有人在不停地踩断枯草。

终于，这种声音好像中断了。

就这样沉寂了一会儿，突然，"噢～～呵！"的一声大叫直冲云霄，是一个女子的声音。这一声响彻山谷，就好像长年的奴隶挣脱枷锁时，发出的呐喊。

吴顶等三人面面相觑，加快脚步，想看个究竟。

终于看到人了，果然是个女的，正在一步步地低头蹒跚而行。

在她背后，有一个男人靠在一棵树上，一动不动。

又往前走了几步，吴顶一下子站住了，说："等等！那个人是……小瞳！"

沈老师也回忆起来了，说："哦？你这么说好像是她。"

吴顶说："慢点，看看她要干什么。"吴顶想，小瞳既然在这里，估计段万刚他们也就不远了，他们的目的不清楚，总之不要轻易现身得好。

沈老师点头同意。

只见小瞳低着头摇摇晃晃地走，吴顶顺着她的目光看去，发现地上有一团东西，那是个人！

吴顶伸头看去，辨认了半天，失声说道："那是，那是……"

沈老师也认出来了，叫道："赵克勤！"

原来躺在地上的人正是赵克勤。他一动不动，不知死活。

小瞳终于走到赵克勤身边，俯下身去。

吴顶说道："不好！"奋不顾身地冲了出去。

沈老师也跟着冲出去，谭章说："不知道你们说的是什么！"也跟着冲过去。

吴顶大叫："住手！"

小瞳听而不闻。

吴顶冲到跟前，正要动手把她和赵克勤分开，却见小瞳双膝着地，凝视着赵克勤。赵克勤浑身是血，表情平静，好像在努力保持着神智。

小瞳好像要告诉赵克勤什么似的，但什么也没说，表情幽怨，两个人就这么对望着。

沈老师赶了过来，看了下赵克勤说："赶快给他止血！"说着，检查赵克勤的伤口。吴顶也赶快撕开他衣服，扯成布条给他包扎。

"你为什么要这么做？"小瞳突然问了一句，盯着赵克勤。

赵克勤微笑着说："我可能快要……"

小瞳突然提高声音，大声叫道："你为什么要这么做？"

赵克勤问："做什么啊？"

"你为什么要去夺他的枪？"

赵克勤说:"他要拿枪打你啊,我怕他……"

"谁让你救我了?谁让你救我了?!我又没让你救我。"小瞳激动得语无伦次。

赵克勤笑笑,有气无力地说:"谁也没让我,我怕他伤到你。我就觉得不管怎么样,不能让他伤到你。"这句话说得情深意切,毫无做作。

不料小瞳却大怒,伸手在赵克勤身上打了起来,一边打一边叫道:"气死我了,气死我了,谁让你死在我前头的!你自己故意要死,是不是?好气我,让我难过,让我伤心,是不是?"

用自己的死来使对方伤心,这代价也太大了些。

小瞳越说越气,叫道:"看我难过了伤心了,你就高兴了,是不是?我才不会让你得逞呢!你想死在我前面,没那么容易。"说着她突然捡起地上掉着的手枪,咻地对准自己的下颚。

赵克勤大惊,伸手要阻止她,但受伤太重,手抬了一半就落下去了。

"啪"的一声枪响。

再看时,小瞳手中的枪散发着余烟,人却安然无恙。原来,多亏沈老师眼疾手快,拨开了她的手,她才没打穿自己的头。沈老师劈手把枪夺了过来。

赵克勤见小瞳没事,松了一口气,但这一下情绪波动太大,加上受伤后身体虚弱,一下子昏了过去。

沈老师对小瞳说:"你这孩子也太愣了,他死不了的!"

小瞳脸上表情一松,接着五官皱成一团,抽抽噎噎地哭了起来。

吴顶在一旁看着,忘了给赵克勤止血,眼睛还瞪得很大,下颌好像脱臼了似的,嘴都合不上了。这是由于这两个人的言行过于惊人了。在一天前,这两个人还是仇人似的,现在是什么关系啊?

赵克勤又被伤口的疼痛给激醒了,睁开眼,看到小瞳泪眼婆娑,伸手到她脸边,用大拇指给她抹了一下泪水。

小瞳轻轻地说："我，报仇了。"

吴顶这才想起向那个靠在树上的人看了一眼，隐约记得那个人是罗忠新。谭章正在饶有兴趣地检查他的尸体。

赵克勤说："我受伤后，听见你和他搏斗，后来你大叫了一声。"

沈老师也说："是啊，我们也听见了，那一声可是中气十足啊。到底怎么回事啊？"

小瞳有些不好意思，对赵克勤说："我当时扭过头来，看到你扑向他，才知道他躲起来要打我。看见他开枪都打到你身上了，我一下子急了，就跟他拼了。但是他力气比我大，我们打到树那儿，他靠着树，一手抓住我的右手，一手掐住我的脖子，我怎么动也挣脱不了，感觉就要憋死了，不知道怎么办好，心里急得很，不由自主就使劲大喊了起来，然后好像用头去撞了他一下。不知为什么，他的手就软了，口鼻都开始流血了。"

谭章这时走过来，插话道："真是好铁头功啊，那家伙的后脑勺都撞进树干里了，一根短树枝还从后脖子这儿插了进去，眼睛突出，七窍出血，死得好惨。嘿嘿。"又对赵克勤说，"小子，你以后可得小心了，惹人家不高兴了，一头撞死你啊！哈哈！"

赵克勤说："我已经领教过一回了，脑仁儿现在还疼呢。"转向小瞳，问道，"那你没事吧？"

小瞳摸一摸自己红红的前脑门儿，说："没事。"又不好意思地低下头了。

原来，段万刚他们在掬星山庄大闹一场，宴会一片混乱。钱永炽等人也不在意，不愿为小事与段万刚等人纠缠，就在保镖的护送下，向着山顶的大葫芦湖导弹发射基地去了。

段万刚一行也一路循迹追来，决心找不到罗忠新必不罢休。到了基地附近，却见戒备森严，一时无法可施，也不敢硬闯。

直到导弹发射，基地突然变得混乱起来，罗忠新等各自分头逃跑，却冤家路窄，一头撞到了段万刚等人。

小瞳、段万刚他们一见罗忠新，分外眼红，拔枪就打。

罗忠新身边带着雷酸、雷汞两兄弟，两人机敏异常，立刻拉着罗忠新隐蔽，对方的一顿乱射，根本伤不到分毫。

罗忠新下令道："干掉他们，闯出去。"

雷酸和他兄弟对了一下眼色，雷汞嗖的一声窜了出去。

雷酸还护着罗忠新，站在原地。

雷汞快如闪电，对阿威阿彪手中喷射的手枪视如无物，事实上也确实没有对他造成威胁，明明都是朝他打去的，不知怎的子弹都好像还离他几丈远。

雷汞瞬间已经接近了阿彪，阿彪喊都没喊出一声就扑地倒了。

阿威一看，大吼一声，把枪一抛，摆好架势，挡在路中。见雷汞到了眼前，又是呵的一声，朝雷酸猛打过去。

他拳打得呼呼生风，猛恶异常，但每一下都把力使到十足十，招数已老。

雷汞微微冷笑，快捷得躲过他的几招，突然单手撑地，身子像一个压缩到极致的弹簧，瞬间伸展，双脚急向阿威蹬去。

阿威下意识的伸手去挡，卡的一声，臂骨已断，对方双脚蹬在胸口，他身子平平地飞了出去，砸在地上。

段万刚大惊，觉得对方之强，匪夷所思。他大步向前，暗吸一口气，力贯双臂，迎着雷汞而去。

雷汞也不二话，打算也秒掉这个老家伙。

但没想到一交上手却发现，这老头儿比刚才那高大的年轻人可老道多了，他连下几下快招杀手，都没造成实质性的伤害。虽然时间长了终究能打倒他，但却不能速战速决。

这时，阿威还躺在地上，还没从昏迷中醒转过来，阿剑扶着他，一边观看战局，一边想叫醒他。

小瞳叫道："我也来！"

说着，拔出腰间软剑，双战雷汞。

雷汞本来几招过后，已经大占上风，现在小瞳拿着一把剑，在眼前晃来晃去的，还得提防她，不禁有些焦躁起来。

赵克勤见局势堪忧，眼见雷酸还没出手，已经弄成这个样子，只怕不赶快把雷汞制住，就没有胜算，也就溜达到雷汞身后，见空当就打打黑拳。他可比小瞳的身手强多了，攻向小瞳的拳脚倒有大部分被他挡了下来。

远处白光一闪，雷汞也没在意，刹那间已经看清，一个圆碟形的飞刀掠过眼前，接着肩头一痛，已被飞刀割伤。瞥眼看去，飞刀已经飞回那个女人手里。

这一下，雷汞大怒，前面好整以暇的风度也抛到脑后，恨不得一拳将这老头子捣死，然后再一手一个捏死这两个小的。

雷酸见兄弟不能速战速决，也大出意外。论外表凶恶程度，这几个家伙可比二拐手下的差多了，本以为不够雷汞塞牙缝的，一分钟就该解决了，没想到居然这一阵子都没拾掇下来。他感觉脸上有些挂不住了，对兄弟喊了一声什么，然后不急不慢地走了过来。

阿剑见雷酸走来，两手一抖，两只飞刀从两侧齐攻雷酸。雷酸突然加速，两刀从身后绕过，没挨到他。阿剑见他行动如此迅猛，知道对方厉害，也不客气，一把把的飞刀连珠价放出，有前有后，有上有下，形成饱和攻击。雷汞越走越快，飞刀来的也越来越多。不料雷算前进方向不改，不躲不闪，两手好像不是肉长的一样，直接把飞刀一一拍落。

阿剑手中飞刀越来越少，不但阻挡不了对方，对方还越来越近，不由得有些心慌了。

段万刚靠憋着一口气苦苦支撑，咬牙硬挺，一来年纪大了，二来对手实在是太强，身上已经挨了好几下，受伤不轻。只一个雷汞也还罢了，眼见雷酸也来动手，心中寒意大增。

雷酸恨阿剑的飞刀总是扰乱心神，一上来就扑向她。

阿剑手握飞刀，一手横一手纵，猛向雷酸劈了过去，雷酸一拳横打，阿剑的刀子还没割到敌人，敌人的拳已经打倒身上。阿剑抵挡不住，横摔了出去，在地上滑了几米。

雷酸迈上一大步，打算一拳就解决了她，突然侧面一声怒吼，一团黑影席卷过来，原来是阿威清醒过来，见他要伤害阿剑，爬起来奋力扑去。

阿威这一扑实属拼命，雷酸一惊，本来能躲开的，不知怎的居然被扯到了衣服，一个踉跄。阿威扯着他的衣服张着大口，横冲直撞过来。雷酸甩他不脱，见他撞来，一记重拳打在阿威胁下，要叫他放手。

阿威恍如不觉，像坦克一样，一下把雷酸撞翻在地，用没有断的一只手肘顶在对方脖子上。雷酸被压得翻不了身，左右开弓，一拳拳打在阿威的两肋，但阿威像是一块石头一样，就是不松劲儿。

罗忠新见他们打得乱成一团，心急如焚，知道在这是非之地多呆一刻就危险一分，导弹被打了出去，马上大批军警就蜂拥而至，到时候再跑只怕就跑不了了。想到此处，他一刻不停，扔下雷酸雷汞兄弟，向外就跑。

段万刚知道拖不住雷酸他们太久，看了一眼小瞳，大叫道："小瞳快去追他，别让他逃掉！快快！"又望向赵克勤，眼神中充满了恳求。

小瞳说："可是，你……你们……"

段万刚又大叫："别管我们，快去！要报仇！"说着发了疯似的向雷汞打去。

小瞳还再发愣，不知道怎么办才好。

段万刚又看向赵克勤，说："拜托……"

赵克勤心中不忍，知道段万刚让小瞳逃命是真，报不报仇都不重要。再拖一会儿，几个人都得死在这儿。罗忠新的危险程度就小的多了，但也想让赵克勤一起去，好照应小瞳。段万刚自己已经决意要拼死拖住雷酸雷汞，好在雷酸一时起不来身，自己说什么也要阻住雷汞。

赵克勤看着段万刚乞求的眼神，一狠心，拉起小瞳的胳膊就走，说："赶快去追他！"

小瞳也知道留下他们凶多吉少，但仇也不能不报，又看了伙伴们一眼，跟着赵克勤追赶罗忠新去了。

段万刚见小瞳走远，心无牵挂，圆睁怒目，只攻不守的要和雷汞拼命。

但毕竟不是对手，身上受伤太重，最后奋力一跃，两手掐住雷汞的脖子，整个人就挂在雷汞身上，气力全用在两条手臂上。雷汞一拳一拳打在段万刚身上，段万刚逐渐手上无力，只能勉强拢住敌人的脖子，再也使不出力来。

另一边，阿威也到了极限，压不住雷酸了，雷酸撑起阿威硕大的身躯，一脚把他蹬的飞跌出去，跟着自己一跃而起。

阿剑步履蹒跚的还想一搏，被雷酸轻轻一扇，就重重地摔了出去。

段万刚已经支撑不住，口中喷出鲜血，半立半靠的挨在雷汞身上，手有气无力的抓住对手的衣服，雷汞依旧不解恨，拳脚齐向他打去。

身后突然传来一个声音："这么欺负老年人，太不害臊了。"是个女人在说话，声音尖利，带着些戏谑的语气。

雷酸雷汞兄弟也不知听懂没有，并不搭话，扭头侧目想看看来者何人，不料刚才声音还在几十米开外，现在一团黄影已经来到眼前。

这人来到好快。

雷汞也只小吃了一惊，并没太当回事，岂料这女人借着冲过来的势头，二话不说，用肩头猛撞过来。

雷汞赶紧一挡，感觉对方力量还真大，自己的鞋底在地上摩擦着滑出好远，最后还差点倒了。

这一下可吃惊大了。

再定睛看时，只见一个高个子女人，描眉画眼，穿一件黄上衣，染一头黄头发，穿着的高跟鞋也就比高跷短一点儿而已。那女人手里提着段万刚，轻轻地放在地下，段万刚已经神志不清了。

雷酸也吃惊不小，这女人速度快，力气也大，什么时候把段万刚像拎小鸡儿一样拎走了？

雷汞雷酸知道来了劲敌。雷汞阴沉着脸，手一翻已经多了一把匕首，径直向黄毛女走来。两人已经很久没有动过兵器了，不，应该是很少能遇到要让他们动兵器的敌人。

黄毛女嬉皮笑脸地说："这就要打吗？真是粗鲁，一点儿也不可爱。"明明是她先撞别人的。

雷汞脸吊得老长，拿刀就刺。

黄毛女大叫："哎呦，救命啊，要杀人啦！"嘴上叫的夸张，动起手来也不含糊。

雷汞连续地快攻，都被躲过了，不仅如此，黄毛女也还击了几脚，那女人好像执着于用她的长钉似的鞋跟在雷汞身上钉几下。

黄毛女甩开长腿，连环向雷汞进攻，嘴上大呼小叫，雷汞节节后退。

黄毛女踢得兴起，突然砰砰砰砰的枪声大作，子弹一颗颗贴着雷汞的胁下、耳边，向黄毛女打来。

这一变故突兀之极。原来是雷酸拾起地上掉的枪，朝着黄毛女打来。但三人站在一条直线上，中间隔着雷汞，黄毛女根本没注意，也看不见雷酸的动作。

雷酸就好像视自己的兄弟为空气，毫不迟疑地连续开枪，简直是要把雷汞枪毙了一样的架势，但子弹都堪堪避过雷汞的身体，射向黄毛女。这双胞胎兄弟着实心意相通，配合默契，后面开枪的固然枪法精准，前面的要是稍微乱动，难免中弹，但两人如同一人，信任不疑，相互之间的动作配合不差分毫。

碰上这样的绝招，黄毛女可惨了，"哎呦"一声，这次可是发自肺腑的惨叫，躲闪不及，肩窝、左臂、大腿相继中弹，好在毕竟有雷汞挡住中间，才没被打中要害。但也倒地打滚起来。

雷汞不给对手喘息的机会，提刀准备了结敌人。然而地上的黄毛女，眼神里并没有恐惧的神色，还在像孩子撒泼一样地打滚儿，嘴里叫道"哎呦，疼死我啦"。虽然她受伤是不轻，也不该这么夸张的像一出喜剧。

雷汞微微一皱眉，略一抬头，已发现远远近近的出现了一些人，像围观街头打架看热闹的人群一样，看着自己。

大批敌手已经来了。

雷酸雷汞互望一眼，知道这些人看似散漫，其实是并不把他两个太放在心上，就像如来佛祖看手心里的猴子，再怎么折腾也尽在掌握。这个女人也是一样，知道自己大援在后，有恃无恐。

一般人审时度势，见对方势大，要么投降屈服，要么赶紧想法子逃走。雷酸雷汞兄弟凶悍异常，明知不敌，却不能忍受敌人的轻视这巨大的侮辱。两人一般心思，先把眼前这个一直嘲弄自己的女人干掉再说。

杀气刚现，一个四方形的黑乎乎的东西就向自己袭来。雷酸凝神一看，这物体好像是上班族用的公文包，还带着两个提手，不快不慢地飞到。雷酸举手一推，想格挡开它，手刚一触到，就感觉不对。那个公文包受到阻挡，咣当一声，狠狠砸在地上。这哪里是个包啊，分明就像一个铁疙瘩一样，又硬又沉，足足有四五十斤重。雷酸咧嘴皱眉，没做好心理准备，右手疼得不能动弹。

一个戴着帽子口罩大墨镜，穿着风衣的男人慢悠悠地走过来，好似要来捡回公文包。另一边出现了一个怪模怪样的东西，仔细一看，原来是一个人倒立着，好像跳街舞似的，陀螺一样在地上转圈，两条腿很有节奏感地呼呼踢来。

离这里几百米的小高地上，站着一些人。其中一个三十多岁的男人，目光深邃如海，正是江南。他脸上没流露出什么喜怒的情绪，只是默默地看着这里打斗。看到两个 T 国兄弟和口罩男、耳机男交手，黄毛女从地上翻身起来，半边身子受了好几处伤，但仍然很蹦蹦跳跳的，她趁着雷酸雷汞不能分身之际，一人后背上给了一拳，两人吃不消，都跟趄地站不稳了。她报复得手，得意地大笑。又看到一群人上去，把雷酸雷汞七手八脚地按住抓了，把黄毛女按在担架上抬走了。还有一些人在看地上的段万刚等的情况。

这场景乱乎乎的，江南微微皱了下眉。一个穿军装的匆匆跑来，和他说着什么，好像在请求他答应什么事，说了半天，江南点了点头，许可了。那穿军装的赶紧道谢，挺直了敬礼，就又匆匆走了。

江南扭转了身，侧头向旁边一个穿羽绒衣，戴红围巾的女人说："这里的事儿交给你处理吧，我先下去了。军队的人要自己清理门户，里面的事就让他们自己去办吧，你看好外面就行了。"

那女的点点头了，红围巾一荡一荡的。她传下命令去，本来在各处隐隐绰绰看似杂乱无章的站着的人，把包围圈扩散到外围。

一会儿，几队穿黑绿色迷彩服的战士像水银一样，渗入导弹基地。

"二号"严继红抬起头，深吸一口气，又吐出一口白气，慢慢地往前踱步，好像在等待什么，思考什么，犹豫什么。

"喂！"背后有人心虚地叫道。

严继红停下脚步，并没回头。

"喂！"那人又轻呼一声，然后听见背后有窸窸窣窣的脚步声，那人鬼鬼祟祟地走到严继红身边。

严继红侧眼一看，原来是莫册士那老头儿。他现在可没有那风度翩翩侃侃而谈的劲儿了，本来直直的身板变得佝偻猥琐起来，相比之前，人萎缩了一圈儿。

莫册士警惕地看看周围，说："好多当兵的，还有大小特务都来了，这地方已经被包围了，你，你不是什么局的局长吗？你熟悉他们的路数，一定知道怎么出去，"他看着严继红的表情，但严继红没有丝毫表情，他咽了一口唾沫，"对吧？"

严继红不置可否地哼了一声。

莫册士继续说："你现在要出去吧，怎么走？"

严继红并不正眼看他，嗯了一声，拿手随便往前方划了划，好像是说就往前方走。

莫册士说道："好，你带着我，我相信你一定能逃出去，我就跟着你走了！"看对方只是看着前方，也没反应，就又加上一句，"行吧？"

严继红哗哗哗地迈开大步往前走，莫册士赶紧佝偻着跟上。

两人就这么一前一后地走着。

严继红昂首挺胸，好像专门挑大路走。莫册士满腹狐疑，觉得该找人迹罕至的小路密道才对，但又不敢说，硬起头皮就把赌注押在他身上了。

再走一阵，拐了几道弯儿，眼前出现几顶临时搭建的大帐篷，还有一片片的人，连人的面目都看清了。

莫册士慌了起来，这哪是要金蝉脱壳，这不是自投罗网吗？刚要趁人不备转身逃掉，已经来不及了。

好几个人已经挡在面前，逃是逃不掉了。又有一个戴红围巾的女人，带着一些人走了过来，径直走到严继红面前。

严继红开口了，说："你好！好久不见。"

那女人说："严继红，你有危害国家安全的重大嫌疑，现将你逮捕，接受调查，请你配合！"

严继红点点头，也不说什么，欣然接受，伸出两手。

几个人上前给他戴上手铐，领到帐篷旁边，检查他的随身物品，还有四五个人围在旁边看着他。

带红围巾的女人见严继红已经被捕，扭头对莫册士说："莫册士，你也一样，跟我们走吧！"

莫册士突然又挺直了身子，提高声音道："你们凭什么抓我？"

红围巾说："今天在这里的都有重大嫌疑，都要接受调查，而你更是重点调查对象之一，你不要装了，我们早注意你了。"

莫册士声音进一步扩大："注意我什么？我干什么了？"

"今天这儿发生了恐怖事件，你不知道吗？你涉嫌参与其中！"

"我才没参与呢！我什么都不知道！"莫册士激动地瞪大了眼睛，"我来这儿就是会会朋友，吃吃饭，喝喝酒，这也有罪吗？你们这是法西斯行为！"

红围巾不耐烦地皱眉道："你什么都不知道？不光这些，你还涉嫌散布不良信息，造谣生事，扰乱公众舆论。这些都是你的罪名。"

莫册士仰天大笑："这些也能被你们编造成罪名啊？我说说话，写写文章，发表一下自己的看法，就有罪啦？你们这是不讲人权，践踏公民言论自由。就凭这个就要抓人吗？那你们来抓吧，抓我就是你们心虚的表现！"

红围巾轻轻哼了一声，心想，今天的事只怕他确实不是参与者，人家也不会让他知道这样机密事宜，而他平常发文章言论的手法很高，虽然对社会舆论危害不小，但隐蔽性很高，却并不能因此抓他。

莫册士见说僵住对方，大为得意，大摇大摆地就准备走了。

突然一个人挡在他面前。他一愣，仔细一看，原来是"二号"严继红。严继红手上还戴着手铐，就那么直愣愣地站着。

红围巾回头一看，那几个看守严继红的也楞在原地，不知道怎么这个人一下子就跑到那儿去了。

莫册士见他脸色铁青，颤声道："你干什么？一块儿走么？"

严继红两手一扭，清脆的一声响，手铐的链子已经被拉断了，莫册士感觉不妙，又道："怎么了！"

严继红如雷轰电闪的伸手一抓，在莫册士喉咙上抓出一个大血窟窿来。莫册士捂着脖子，两眼突出，慢慢瘫倒，不能理解这发生的一切。

严继红甩甩手上的鲜血，冷冷地说："杀不尽汉奸走狗，生平一大憾事。"这恐怕是他正式对莫册士说的唯一一句话。

严继红蹲下身，抓起莫册士衣服的一角，把手上黏糊糊的血浆擦在他衣服上，一边向上斜睨看着红围巾他们说："你们办事太窝囊，被自己的条条框框限制住了，本来想跟你们走了，我实在忍不了了，跟江总说一声，我走了。"

说着，起身要走，好几个小伙子这才反应过来，一拥而上，突然又都一下子飞开了，就像身上栓了跟绳子，一下子被拽了回去，跌在地上。

严继红说："算了，我不想伤人。"说着扭头走了，眨眼工夫已经走出好远。

红围巾打个手势，周围好几个人咻地追了过去，刚想自己也赶去，肩头却被人一拍。

红围巾转过身来一看，却是江南又回来了，叫道："江总。"

江南说："看我给你带来了谁！"他身后跟着几个人。

红围巾迷茫地辨认了一下，突然眼睛一亮，叫道："老沈，老谭！你们怎么来了？好久不见啦，你们都在干嘛啊？"

原来来人正是沈老师、谭章、吴顶、赵克勤和小瞳。

赵克勤被人抬着，放到帐篷底下，有几个人过来护理他了。

红围巾和沈老师、谭章似乎以前都认识，但好像好久不见了，老友重逢，十分高兴。

吴顶听他们有一搭没一搭地聊天，大致听出来，他们好多年前是在一起工作,后来就分开了,彼此一直没见面。至于一起干得是啥工作，为啥分开了，他们谈话里没有透露。

小瞳看见段万刚他们在帐篷的一侧，赶紧跑过去，只见段万刚伤较重，气息奄奄地躺在担架上，旁边有医生在抢救。阿威和阿彪虽然也受伤躺着，但没有生命危险，阿剑在照顾他们。小瞳也帮忙干这干那的，一边讲述自己杀了罗忠新，报了仇的事，大家听了都很高兴。

这时，一个人跑进帐篷叫道："报告！"

大家的目光都转向来人，江南说："说吧！"

那人道："刚才严继红逃脱后，趁乱袭击了看守，把 T 国的两兄弟救出，三个人一块儿逃走了！"

红围巾有些不悦，说："他们三个混在一起，可有点棘手了。"

江南站起来说："确实。告诉大家，不要贸然抓人了，只要掌握他们行踪就行。"

红围巾答应道："是。"

这边阿剑听见 T 国兄弟逃了，不爽地叫起来："你们为什么不去抓他们！就因为有你们的什么局长，你们就要包庇自己人，是不是！？"

听了这话，江南还没说什么，红围巾却一反常态，呼的一下来到阿剑面前，如电的眼神逼视阿剑，说："小丫头，你说话注意些。什么是'包庇自己人'？嗯？你根本不了解我们，我们对自己人更狠，多少人都庆幸他们只是我们的敌人。"

这几句话虽说得声音不大，但她散发出的气场使阿剑不禁有些心虚，萎顿了下来。

红围巾停了一会儿，又说："你的飞刀，耍的挺好看，但用处不大，有机会我可以指点你一下。"

阿剑张大嘴，不知怎么接口。

段万刚听了这话，睁大双眼，直勾勾地看了红围巾一会儿，说道："你，你是，是……"

红围巾瞥了他一眼，说："段老板，算你记性好，是我那年在码头上救了你和你们陈会长。"

哦，居然是这个人！吴顶想起沈老师说过，他的一个同事在危险的情况下，救过陈会长和段万刚，原来那个"同事"就是这个红围巾。

红围巾、沈老师、谭章，他们这些人当年在一起能干什么工作啊？真的如谭章之前所说，是"杀人的"吗？吴顶心中各种疑问，想来想去，没有答案。

段万刚听了红围巾的话，一个激灵，口中还在涌出鲜血，但却挣扎着要坐起来，还拉着小瞳和阿剑，要给救命恩人磕头。

红围巾上前扶住，口中忙道："快别，赶紧躺好吧。你们洪义会虽是黑帮，但居然为了不卖国和别人结仇，就冲这一点，我们也该帮一把的。"

段万刚听到这里，情绪激动，断断续续地说道："我有件事还瞒着小瞳。小瞳，你，你父亲前几天在医院过世了，我没敢告你。"

这噩耗来得太快，小瞳一下子呆住了。

段万刚声音哽咽地看着红围巾说："我，我想求各位，各位……长官，各位高人，我们陈会长和我都去了，只怕这孩子要遭人欺侮。请求各位，大人大量，帮她一把，我段万刚还有我们陈会长感激不尽……"

小瞳听了，已经哭得泪人儿一般。

红围巾看看江南，江南走过来，俯下身子，对段万刚温言道："你放心，洪义会的事，我们以前就管的，以后也不会不放在心上。"

段万刚也看出江南是个大人物，听他这么说，心中石头落地了，笑容浮上脸颊，口中不住称谢，又挣扎着要起来行礼，刚坐起身来，头就一歪，气绝离世了。

小瞳一见，扑在他身上，放声大哭。

十四、假作真时

　　吴顶见整个基地都被军警包围了，清场工作似乎也到了尾声，周围的人好像都在忙着什么，或者在谈论着什么，没有一个人注意到一个明显的不对劲的地方：何俊不在这里。

　　里面陆续有人出来，有人抬着担架，好像在运送尸体一样。吴顶不知怎么的，感觉脸上发烫，心脏激烈地跳动。

　　没有，还是没有何俊的消息。

　　吴顶感觉每一分钟都在煎熬，生怕下一分钟会听到坏消息，又期待下一分钟会来好消息。就这样感觉时间都凝固了。

　　不知道过了多久，突然有人在旁边说什么，抬起头一看，是在上知大学见过的张夜雨。

　　张夜雨拿着一个移动电话，问吴顶道："你就是吴顶吧？你的电话。"

　　吴顶狐疑地抬起头，接过电话。

　　"喂，"对面的声音不高，带着些不安与疑虑。

　　吴顶一下子就蹦了起来，把电话贴得耳朵紧紧的："是……是何俊吗？"尽量让自己的声音听起来平静些，但好像不太成功。

　　"……是……"

　　"何俊！你好吗？你在哪儿？"

　　"……导弹被发射了……"

　　"我知道导弹发射了。你……没事吧？"

"导弹发射了，你不怪我？"

"我干嘛怪你？又不是你故意的。我担心死你了……"吴顶听着自己粗重的喘息声，不知怎么表达自己有多么不怪她，不只是不怪她，甚至是怪自己。

停了很久，何俊低语道："……我想见你……"

话虽然很轻，但吴顶听得清清楚楚，这是他听过最梦幻的话了，简直有点不敢去回想刚听到的声音，怕一回想整个人都要化了。

"我……我也想见你。你在哪儿啊？"

"我……我在掬星山庄，我跑出来了……我自己……这儿没什么人……我找到个电话……"一向镇定自若的何俊，不知怎的有些语无伦次了。

吴顶叫道："好好，见面再慢慢说，我这就去找你，你就在那儿待着，等着我，听见了吗？"

"……嗯……"何俊低低地回答。

等着我！吴顶挂了电话，跑到赵克勤旁边，说："我知道何俊在哪儿了，她在山庄里，我这就去找她！"

赵克勤说："是吗？我和你一块儿去吧。"说完这话，才想起来，自己还爬不起来呢。

"不用不用，你好好养伤！我自己就行！"

赵克勤看着吴顶猴急的样子，想来这里已经没什么危险了，就说："好吧，你慢点儿。"

吴顶像一个充满氢气的气球一样，确认了下到掬星山庄的路，就沿路飘了下去。

日头已经下沉了，光线昏暗了下来。

吴顶一路好像不知道累一样猛跑，借着下坡的冲劲，好像也省力了不少。突然脚下一绊，重重地摔了一跤。但心中高兴，摔跤了也不觉得疼，跳起来继续跑。

正甩开膀子跑着，就听有人喊："等等！"这一声似有似无，似远似近，吴顶以为自己幻听了，也没在意，还继续奔跑。

不多久，又听到一声："等等！"这一次听得真切，可周围没人啊，吴顶见天色已暗，不禁有些发毛，这像闹鬼了一样。

吴顶慢慢停下脚步，感觉脖子后面发紧。

吴顶仔细一想，这声音好像是个女的，而且听起来很娇嫩，再一想，不对啊，刚才没意识到，现在才反应过来，这句话是用日语说的！

什么人在用日语喊我？吴顶一下子想不出合适的人选。

夜幕下，路旁的树冠上一阵摇晃，一个苗条的身影在空中轻巧地转了个圈儿，划了一个弧线，落在吴顶面前，慢慢站起身来，说："终于肯等我一下啦！你急什么啊！"还是日语。

吴顶警惕地盯着这个不速之客，一声不吭。

"哎呀，我只自顾自的说，你不懂日语的，呵呵。"这个女孩儿把刘海儿用皮筋扎起来，支楞在脑门儿上方，穿着怪异，说话清脆。

谁说我不会日语？吴顶这么想，但并没有马上为自己辩驳。

"你听不懂那也挺好。昨天晚上我一直在看着你们呢，只不过你们不知道而已。怎么说呢，你昨天晚上挺帅的，嘿嘿。"她还是自顾自地说，还眯着眼很花痴地点点头。

昨晚？在那个学校里？我被人打的像烂泥一样，还挺帅的？她不是把谭章和自己搞错了吧？

"你在监视我们！你是干什么的！"吴顶突然用日语开口道。

那女的楞了半天，说："欸？！"像是突然死机了一样，"欸？！你会说日语？不对……你不是J国人吧？"

"我是C国人！！"吴顶不由得有些大声了。

她又眨巴着眼睛，一副搞不清状况的表情，一下子低下了头，"什么呀，心眼儿太坏了，假装不会日语，害的人家……"后面说啥听不清了。她说着还杵过来一拳，在吴顶肩头轻轻捣了一下。

谁要跟你在这儿打闹了！吴顶心中涌起些怒气，但也不便躲开。

"你到底是谁啊！别跟我这儿套近乎，我还有事呢！"

"哦？这么着急，肯定和这个有关喽？"她说着伸出小指晃了晃，"挺厉害的嘛。"

见吴顶怒目而视，那女孩儿摆手说道："哎呀，好了好了，我们昨天见过的嘛，你忘了？"

吴顶皱起眉头思索。昨天？见过？

"在那个宴会上啊，我站在中间，和我们理事长站在一起的啊。"

宴会？中间？理事长？

吴顶不着边际地苦苦思索，她说的什么啊？脑中突然一闪，冲口叫道："啊！你是站在轮椅旁边的J国女的！"

她满意地点点头："是吧，我在中间台上，也看见你了，你坐在台下的吧。"

"那不能叫见过面吧！离得那么远。"吴顶记得当时她穿着正式，好像是西服之类的，戴着墨镜，根本看不见脸的。而且台下那么多人，怎么会看见自己？

"你看见了我，我也看见了你，怎么不叫见面？"她扭动几下身子，低垂下头，一下又抬起来，面带羞涩地说："你真的不认得我么？我还以为我挺有名的呢。尤其在……"后面又听不清了。

认得你？有名？你在说什么啊？不是说昨天才隔着老远看见过一次吗？怎么能叫认得？

吴顶感觉自己脑子不够数了似的，和小姑娘打哑谜真是增加心理压力的好途径。

"你在说什么啊？不可能认得你……吧？"

在昏暗的背景光里，仿佛有一束高光打在她那仰起的脸上。吴顶看着她扎起来的朝天刘海儿，露出的额头，有点失望的可怜巴巴的眼睛，稍微抿起的小嘴。

等一等，好像是有些眼熟……

大脑就像计算机，总是在暗中跑着一些后台程序，吴顶脑中又是灵光一现，脱口而出："你是……你是……五十岚杏奈？"但实在是没有心理准备，说得结结巴巴的。

看着小姑娘得意的微笑，证明了自己猜对了。

可是……可是五十岚杏奈是知名偶像团体的成员，最近正在远方办巡回歌迷见面会，怎么可能出现在这里，像一个忍者一样戳在自己面前？

"你真是……你不是唱歌的吗？"

"咱可是个偶像，嘿嘿。"这个偶像说着一口地痞腔儿。

吴顶脸又沉了下来，说："但你其实是个间谍！对吧？"

打着开演唱会的名义，其实是要参与破坏活动！

"我可不是间谍，我们只是来看看，我只是观察者而已！只在暗中观察而已！"五十岚急忙辩解道。

吴顶白了她一眼，鼻子里哼了一下，说："暗中？那你还跳出来，叫住我干什么！"

"我只是想和你交个朋友。嘻嘻。"

"我对和什么大名鼎鼎的偶像交朋友没有兴趣。"说着扭头就走。

五十岚杏奈一转身，就闪到他面前，气鼓鼓地说："哎！态度那么差啊！我一到哪儿不是立马围上一堆人，多少人想跟我说个话都说不上！"

吴顶义正词严地说："你跟破坏 C 国国家安全的人是一起的，按理说我应该抓住你，把你交给警察，但是我知道自己抓不住你，所以我先要下山去，然后立刻去通报警察，让他们来抓。你要是不想让我通报的话，最好在这儿把我解决掉，否则不要后悔！"说完绕开她大步又走。

五十岚杏奈在后面叫道："干嘛对我这么凶啊！"萌得无以复加，铁石人也要回头。

但吴顶不理，继续前进。

五十岚杏奈又大叫道："我这儿有个东西，你一定想看，是跟你女朋友有关的！"

我女朋友？吴顶很诧异，停下了脚步。

"谁是我女朋友？"

"就是昨晚和你在那个学校里的女的啊。"

是何俊！

吴顶快步走回来，说："什么东西？"

五十岚杏奈脸上表情古怪，好像是说，这样你就肯理我了。

"是我昨晚在山顶上用手机录的一段视频，里面好像有她哦！"

"快给我看！"吴顶催道。

"你这是求人的态度啊？"五十岚杏奈眼睛斜向上四十五度，开始要挟。

"那你要怎样？"

"嗯——我想想，"五十岚杏奈翘起嘴，好像在思考，然后看着吴顶的眼睛说道，"先给我道个歉，然后我们做朋友吧！"她嫣然一笑，伸出右手。

吴顶很不情愿，但是又想看她所说的视频，只好满脸不自在地说："好。"然后勉强和她握了握手。

"看你的表情，即使我们是朋友了，你依然要让警察来抓我，是吗？"

吴顶给她来了个默认。

五十岚杏奈爽朗地笑了，说："好吧，给你看视频吧！"说着掏出手机，调出视频，给了吴顶。

视频很短，吴顶看完如堕冰窟。

视频很昏暗，但里面的人一个是何俊无疑，另一个倚靠墙根儿躺着，依稀就是林春香，简直和今天早晨吴顶发现她时的姿势一模一样。何俊站着，好像在说什么，手里还拿着东西，是一把小刀。

林春香死前，何俊在她身边！至少能得出这个结论。到底发生了什么！吴顶心中一下子像挂了铅块一样沉重。昨晚自己睡着后，到底发生了什么？何俊不是被人抓去了吗？怎么会在那个雷达站？她站在林春香面前在干什么？

当吴顶还想再看一遍时，五十岚杏奈一下子抢走了手机，说："看清楚了吧？别问我问题，我什么都不知道，我只负责观察。"

"为什么要给我看这些？"吴顶问。

"为了和你交朋友啊。不过你可别和别人炫耀，说和我认识，否则我粉丝们嫉妒的怨气都会咒死你的，哈哈！"

吴顶心情差到极点，表情估计很吓人。自己本来想马上见到何俊，和何俊把一肚子的话都说了，但在看到视频的一刹那，整个世界都像蒙上了浓重的阴影。

五十岚杏奈依旧笑得很灿烂，说："你马上要叫警察来了，我可得赶快逃命了。哈哈，再见咯，我会再来找你的！"说着假模假式的把手掌斜斜地放在额头前，侧着脑袋俏皮的敬了个礼，然后退入阴影，然后就像气泡融入水中一样消失了。

赵克勤被移到一个四面封闭的营帐里休养。虽然感觉还是很虚弱，身子底下的担架不怎么舒服，但是神智却很清醒，想睡却睡不着。

刚才还乱哄哄的很多人，现在却都不知道去哪儿了。小瞳抹着泪守了他一会儿，就坐在一旁直打盹儿。看着她无力打败睡魔，却还勉力支持着的样子虽然很有趣，但赵克勤还是坚持要求她找个舒服的地方先休息一下。

也不知吴顶怎么样了，见到何俊了没有。

就在他无所事事的时候，外面出现了一个人影，接着一阵冷风吹进，有人掀开厚门帘进来了。

　　赵克勤见来的人身形苗条，以为是小瞳，刚想叫就发现认错人了。

　　那个人嘴里嘟嘟囔囔，自言自语什么，左右一看，发现地上躺着的赵克勤，愣了一下，随即走了过来。

　　来的这个女人个头高挑，一头亮白色的头发散发着微微的黄光，五官精致，面容白皙，不管是怎样扭曲的审美观估计都得承认她是个绝顶美女。但却无法判断她的年龄有多大，说她已经40多岁也挺贴切，但说她只有20多岁估计也有很多人相信。赵克勤看着她的脸，心中打了个突，光是长相漂亮也还罢了，她的眼神很特别，好像已经把你看穿了，又好像是黑洞一样要把人吸进去。这眼神里包含着冷峻、严肃、残忍、调皮、妩媚、温柔、忧伤，简直就是好多感情的混合体。赵克勤不想看她的眼睛了，但是怎么也移不开自己的目光。

　　那女的也很好奇地看着他，走到他旁边，蹲下来对这赵克勤说了句什么。但不是中文，也不是英语，好像是 R 国语的调调，赵克勤茫然不知所措。

　　她又说道："我说你受伤了啊？"这回是中文了，而且说得很标准。

　　赵克勤嗯了一声，赶紧闭上眼睛。

　　那女的也不见外，掀开赵克勤身上的单子，一边打量一边嘴里又说些听不懂的。大致意思好像是在看赵克勤伤在哪儿了，是什么伤，一边自己说话，一边点头同意。

　　赵克勤有些不好意思，不知道她要干什么，刚想说点啥，突然伤口一阵剧痛，情不自禁的哎呦一声喊了出来。

　　原来是那女的用手在使劲压他的伤口。听赵克勤大喊一声，她也不停手反而变本加厉了。

　　赵克勤强忍住不再叫出声，但是头上汗珠一颗颗渗了出来。

　　那女人还在用手戳他的伤口，那表情好像是在研究什么事情，对实验体兴趣盎然，一边又自言自语地说："好像真的很痛苦的样子啊！哦，原来如此。"一边又变换手法。

"呜嗷"一声，门边扫进一阵风，像老猫护食一般，露出两对尖牙，小瞳扑向了说 R 国语的女人。那女人把手从赵克勤的伤口上收回来，轻轻一侧身，闪开了小瞳。小瞳怒发冲冠，张牙舞爪，并不罢休，又冲向她。

那女人优哉游哉地轻松一躲，就离开小瞳两三米远，等小瞳再接近了，再一躲，又拉开距离。一边躲闪，一边打量小瞳，不时地咂咂嘴，发出啧啧的声音。

赵克勤看出小瞳实在奈何不了对手，而对手那副尊荣，就好像看到什么十分诱人的甜点，强忍着不让口水流出来的样子。赵克勤感觉身上一阵鸡皮疙瘩。

突然，那女人冷不防掐住小瞳的下颚，往起一抬，眼中露出一股贪婪的光，舔舔嘴唇，自言自语地说："不错，不错，挺嫩的，嘿嘿，嘿嘿。"

小瞳被抓着很不舒服，但对方劲儿太大，摆脱不了她的手，也打不到对方的身体，心中愤怒，嘴里连珠价地骂了出来。黑道家的大小姐，想来骂人的词汇量不容小觑。

那 R 国国女人咽下一口口水，面带诡异笑容，自言自语的说："好，还挺倔的，那更好玩了，呵呵，呵呵。"好像发誓要减肥的小姑娘，终于不能抑制自己，要把带草莓的大蛋糕一口吞下去。

两个人各自说各自的，一个说粤语，一个说 R 国语，赵克勤一句也不明白，这时候有点羡慕吴顶了。

但是虽然听不懂，看着那 R 国女人漂亮得让人炫目的脸上浮现出的贪婪笑容，还是感觉毛骨悚然。

又是一阵寒风吹过，那么短的时间里，这个简易的安置屋里进来了好多人，仿佛一个人进来施展了分身术一样。

赵克勤仔细一看，原来是谭章，沈老师，红围巾。还有一个没见过的女人，剪着齐齐的短发，穿着正装。

R国女人见到这么些人，尴尬地一笑，放脱了小瞳。小瞳捂着脖子咳嗽起来。

那短发的女人生气地看着R国女人，说："达莉娅，找也找不到你，你在这儿干什么？"

达莉娅依旧表情尴尬，说："我就是到处转转，散散步，哈哈，哈哈。"

沈老师说："达莉娅，好多年不见你，好不容易来了，也不来找老伙计们叙叙旧，到处躲猫猫。"

达莉娅说："没，我，马上就要去找你们……"

刺溜刺溜，谭章和沈老师像鬼影一样，窜到达莉娅身旁，出手各控制了她的一条手臂。

沈老师阴郁地说："达莉娅，不，该叫你苦味酸吧？你参与这次恐怖活动，罪大恶极，我们虽然有交情，但都帮不了你了。你老实交代你的罪行，组织上宽大处理，让你死得没有痛苦一些。"

"不对，不对！"达莉娅动弹不得，嘴上大叫，"我是跟他们来了，但我可没干什么啊！"

"拒不认罪是吧？"谭章也黑着脸说，"你这么些年来，在全世界各地可做了不少案子啊，回回都把人折磨致死，手段残忍，情节恶劣，应当就地正法！"

"那些都是坏人，我……"

"还要狡辩！"沈老师打断她，大声喝道。

"动手吧！"谭章冷冷地说。

红围巾面无表情，一言不发，嗖嗖两声，拿出一只明晃晃的东西，像是弯刀一样，一步步朝达莉娅走来。

达莉娅被沈老师和谭章抓着，前面还有红围巾，见这三个高手伺候自己一个，哭丧着脸对着短头发的女人说："智研！他们要杀我了，你都不管么！快救我啊！"

智研两手交叉胸前，头撇向一边，脚在旁边一颠一颠的，说："哼，谁叫你不和我说一声就到处乱跑，找都找不到你，让人杀了活该！"

达莉娅摆出一副凄惨的表情，突然大叫："老唐！我快死了，你还不出来见我！"叫得声震屋瓦。

红围巾一下子没绷住，噗嗤一下子笑了出来，弯下腰去，说："哎呀，不行了，我装不住了，笑死我了。"

谭章和沈老师也放开手，笑道："苦味酸大姐，你还真默契啊，和你开个玩笑，你还演得挺入戏的啊。"

达莉娅却一脸沮丧，说："我都要死了，他都不出来见我么？"

谭章说："谁啊？"

达莉娅说："那还用问么？老唐啊！我听严给姓钱的说，老唐死了。我一看就知道是假的，他肯定在哪儿躲着暗中操作呢！所以我也就悄悄地找，但总也找不见！"

沈老师说："这么多年了，还对老唐念念不忘啊！"

达莉娅说："哼！他是不是还跟那个小贱人勾搭着呢？总有一天我要整治她，把我最新发明的技术都用上，呵呵嘿嘿。"她的笑容又高兴又邪恶。

她不知不觉中陷入自我的世界，自言自语道："怎么才能抓住她呢？明的暗的都试过了，不奏效啊。嗯……她太狡猾了，别像上次一样差点伤到自己了才好。嗯……"说着下意识得摸了摸右边上臂。

红围巾打断了她的脑内对话，说："鲁静牺牲了。"

达莉娅抬起头，没听懂似的，问："什么？"

红围巾说："鲁静，已经不在了。"

达莉娅诧异地说："怎么可能？死了？又是假的吧？"

红围巾说："真的。"

达莉娅知道红围巾不会说假话，但一时不能接受，说："我都杀不了她，是谁能伤的了她？敌人有很多么？她可以跑啊？"

"被人暗算了。"

达莉娅呆若木鸡，愣了半天，突然放声大哭，悲痛欲绝。

红围巾见她哭得伤心，想劝劝她，说："你也别那么伤心，没想到你和她关系原来这么好，这么替她难过。"

达莉娅依旧大哭，一边哭一边叫："只有我能杀她的！只有我能杀她的！是谁！谁敢跟我抢？我饶不了他！"

红围巾伸伸舌头，说："凶手也死了。"

达莉娅停了哭声说："也死了？是谁啊？能有这本事的应该不多吧？"

红围巾说："就是你在雷达站杀的那个女的，叫林春香的！"

赵克勤一惊，怎么是她？赵克勤曾见到林春香的尸体被抬过来，虽然有些替她可怜，但也没太放在心上。现在，突然听到这句话，实在大出意料之外。想起鲁静，论智论力，都是赵克勤所知的一流人物。那个林春香怎么能暗算得了她？而林春香怎么又被这个R国女人杀了呢？

达莉娅也不信，问道："啊？那家伙很弱啊？怎么可能？"

赵克勤也满腹狐疑，迫切想知道答案。

红围巾从兜里拿出一个东西，说："你们听听这个就知道了，但不要外传！"

何俊坐在掬星山庄的大堂前台阶上，不时向来路上张望。本来喧嚣热闹的山庄现在寂静得怕人。不远处有几盏小灯发出微弱的光，背后这个硕大的建筑昏暗而凄惨。

噔噔噔噔的脚步声由远及近传来。

何俊一下子站起来，又马上矮下身，藏身于阴影中。

来的人停住了脚步，转过头来。

何俊感觉心里一动，忍不住出声叫道："……吴顶……"

吴顶看见何俊从阴影中迈出一步，大喜道："何俊！"快步走到何俊面前停住，满脸漾笑，问道："你好吗？"

何俊小声说："外面风冷，我们到屋子里说吧。"说着往屋子里走，吴顶也跟着进去。

一进屋，何俊一把牵住吴顶的手，说："以为不会再见到你了……"

吴顶的手就让她这么握着，笑道："这不是见了吗？你头上的伤不要紧吧？"

何俊抬头，两眼在他脸上看来看去，低声说："没事……"顿了一会儿，又道，"你怎么到山顶上去了？"

吴顶说："我要去找你啊！你不见了，你不知道我有……多着急。我硬拉上谭伯伯，哦，就是那个看门的伯伯，要去基地救你。现在想想我真是太傻了！哈哈！"

"……你怎么傻了？"何俊幽幽地问。

"就凭我就想救人？太不自量力了，还差点搭上谭伯伯的一条命。"

"……你那不是傻，是勇敢。为了救我……我很高兴……我很……"何俊越说声音越小。

"我那就是愚蠢，事实证明，你根本不用救，是不是？你现在不是没事嘛！哈哈。"吴顶高兴地合不拢嘴，兴奋地说着。

何俊默默地看着他。

"……哈哈，你没事太好了。我早上在那个学校醒了，看见你不在了，那个屋子里乱成一片，就恨自己怎么睡得那么死。诶，到底是怎么回事啊？是不是那帮雇佣兵又跑回来了？"

何俊没说什么，表情复杂地看着他，过了一小会儿，手一松，放开了吴顶的手腕，往后退了一小步，冷冰冰地说："你想问什么就直接问吧，不用那么费事了。你现在装得可不如骗那些雇佣兵时好了。"

吴顶尴尬地说："什么……装啊？我没……"

何俊说:"人在表演或是说谎时,有很多反应,生理上的、心理上的。专业人士经过训练能够克服一些,但潜意识里的东西总是不由自主地反映出来,或多或少罢了。"

"你……想多了吧。"吴顶感觉额头上出汗了,这难道就是潜意识的不自主反映?

何俊继续说:"要想万无一失地欺骗别人,只好先欺骗自己了,让自己都信了才行。"

"我,我可没有要欺骗你!倒是……"吴顶又不自觉地提高了声音。

"倒是我骗了你,是吗?"何俊直愣愣地看着吴顶。

"我不知道!我,我,……我就问你,你是怎么从那个学校离开的!"吴顶心情激动起来。

何俊走开两步,背对着吴顶,低着头,两手又抱在一起。

"唉……"何俊叹了一口气,"我不想说谎了,我是自己走的,在你睡着的时候。没人来抓我。"

吴顶胸口像是被一个大锤击中,但还是怀有一丝希望,说:"你为什么要走,去哪儿啊?"

"你还没想到么?当然是去基地,发射导弹要用秘钥的,必须我去,没我发射不了啊。"

吴顶心中一片乱麻,虽然他看了那个视频,这种可能性也想到了,但是仍然不能相信,内心选择性地希望这是假的,但当何俊自己亲口说出来,不由得心中一阵寒冷一阵痛苦。

发不发导弹都不要紧,她真的骗了我?

"不不不,你,这太假了,你生气了,是不是?故意这么气我的?"

何俊撇了他一眼,苦着脸说:"我看起来像生气么?算了,你既然意识到了,全告诉你也无所谓了。你昨晚昏迷过去,是我让你闻了一些药物。"

吴顶听了,眉头都皱成一团了。

"放心，只是一些辅助催眠的，没有害处。"

"你让我睡着了，然后还把屋子里的东西打烂好多，好伪装成你被人劫持走的样子，是不是！"吴顶的呼吸都粗重了。

这次你可想错了。何俊心中暗暗想起昨天晚上的事。

当时，她看着吴顶的面庞，突然控制不了自己，感觉天旋地转，一下子拔枪顶住自己的头，差一点自我了结。总算用极大的自制力，才没开枪，把枪一把甩开，却再也抑制不了心中的委屈，发疯了似地把自己一次次扔到地上，撞到墙上。屋子里，一边是东西乱飞，瓷片、玻璃碴四散飞溅，一边是吴顶沉沉的睡去。直到把自己搞得气喘吁吁，何俊这才深吸一口气，风暴过去，心如止水。

但现在何俊不置可否地嗯了一声，说："所以你觉得我走得奇怪，就怀疑上我了么？但刚才通电话时，你好像还没怀疑似的。"何俊语音里透出一些忧愁，自言自语地琢磨着。

唉，看五十岚杏奈给的那个视频前，一直没怀疑。

吴顶脑子里感觉矛盾重重，说不清道不明的混乱，说："不对，不对，不对，还是不能相信你的目的是发导弹，这不合理啊？"他不知不觉地在努力为何俊辩解。

何俊叹了口气说："这已经没什么好怀疑的了，导弹已经发射了，对吧？而没有我这导弹发不出去，对吧？所以事实证明我主动去促成了发射，不是吗？否则的话，我只要躲起来就好了，即使从昨晚摆脱追兵的时候开始，我只要随便藏在哪儿，谅别人也不可能一下子找见我。"

确实如此！

"可是，你从什么时候开始决定要这么干的呢？"

"从一开始！"

"什么时候是'一开始'啊？"

"从一号来我家，把这件事告诉我开始。"

"一号，他到底是怎么想的？"

"那个钱永炽说的都是真的，一号想阻止发射，但被人追得紧了，来到我家，但我已经不是一号所想的那样了，我也不想按他为我设计的那样生活了。"

"你叛变了！你背叛了一号！你背叛了赵克勤和卢小羊对你的信任！是这样么？"

何俊的眼神游离，缓缓地说："虽然不好听，但可以这样说。"

"你！你为什么要这么做！"吴顶又气又急，真想不通何俊好好的，干嘛要做这么危害国家，危害几亿人的事，于是大声叫道，"你为什么要帮着发射啊？这对你有什么好处？啊？你说啊！你怎么变成这样了？"

"变？"何俊撇起嘴说，"你怎么知道我是变了呢，还是一直就是这样。"

吴顶被问得哑口无言。何俊也撇着头不看他，貌似不想回答他的问题。

"不对，还是不对。"过了好一会儿，吴顶才又说，"你说，一号在你家就能联入18局的内部网，然后就直接改了密钥，那你为什么不在你家直接再改了它呢？改成你想要的就好了嘛，干嘛要跑出来？"

何俊又叹了口气。

吴顶诧异地看着她："怎么了？"

"这就是最麻烦的地方，有一个非常棘手的问题。"

"什么问题？"

"这个问题就是——你！"

"我？"吴顶诧异得无以复加。跟我有什么关系？

"对，发射导弹的步骤很多，每一步都需要认证。本来这些都不是问题，但18局开发的安全系统，使用了最新的生物识别技术，你也知道这个环节是在18局的超级计算机上进行。这样限制了军队，即使有人完全控制了基地，外部也可阻止导弹发射。"

"是啊，这个我知道了，怎么了？"

"在 18 局进行的是双主官认证环节。"

"什么双主……什么意思啊？"

"你看过电影里苏联核潜艇发射导弹的场景吗？艇长和政委分站两边，各拿一把自己保管的钥匙，插入控制盘，一起转动钥匙才能解锁。两个钥匙孔离得足够远，远到任何一个人都不能同时转动两把钥匙。"

吴顶想了一想，嗯，好像在《猎杀红色十月》之类的电影里看到过，点了点头。

"我们的很多做法都是学习苏联的，所以我们也有类似的军事主官和政委一起解锁的程序。只不过在 18 局负责的安全系统上，用来解锁的不是钥匙，而是他们各自身体上包含的生物信息。类似指纹解锁一样，但要高级得多。"

对啊，你说过要扫描眼膜的嘛。

吴顶恍然大悟，说："你，你的意思是，除了你，还有一个人的眼睛要被扫描？"

"不，不是的，两个密钥不一样，一个是强膜扫描来解锁，另一个则是 DNA 解锁。"

"DNA？"

"对，要测试 DNA，系统判断是预制人员的 DNA，系统才会解锁。"

"那不是会很麻烦？这个可比扫描眼睛要复杂的多了。为什么一个密钥比另一个高级那么多？"

"不，未必是你想象的那样。你之所以会觉得检测 DNA 复杂，是因为去一般机构测试 DNA 总要花上好长时间，而扫描眼球只要几秒钟就好了，是吧？"

吴顶点点头。

"检测 DNA 要对细胞之类的做很多处理。以前的方法费时费力，现在技术越来越先进了，有了快速提取数据的仪器。即使接下来要比对很多数据，对于18局的超级计算机来说，也只是一眨眼的事。"

"好吧，就算没我想象的那么复杂，那也不怎么简单啊。"

"两种方法各有各的安全之处。我昨天给你讲过了，眼球强膜认证的话，必须要有那个人在场，而且得是活的。而 DNA 认证的话，只要能搞到那个人的血液、粘膜细胞，哪怕是唾液都行，但是需要一台解码 DNA 信息的仪器。"

"这不是肯定的嘛？我想基地或是18局都有这样的仪器，而且是时刻准备就绪的吧。比起发愁没有仪器，更应该发愁的，是怎么弄到那个人的 DNA 才对吧？"

"是啊，你说对了，基地和18局都有这样的仪器，而且是时刻就绪的。但是问题是我家没有！"

"你什么意思？你家没有？"

"你不是问我为什么不在家就改了秘钥吗？因为我家没有那样的机器。所以我得出门，还必须要搞到那个人的 DNA。"

吴顶隐隐感觉有些事情要联系上了，心中莫名涌起一阵恐惧，战战兢兢地问道："那你要搞谁的 DNA 啊？"

"你的啊！"

吴顶又感觉脑子不够数了，要晕倒的感觉。怎么会……

"我的？"

"嗯。"

"……"

"不知为什么，一号把初始 DNA 信息设定成你的。他跟我说，是他把你转到我们学校的，手头一直留有你入学体检时抽的血样，为了迷惑敌人，就把你的血液放进定序仪里。"

"等等，是一号把我转过来的？我根本不认识也不知道他啊？"

"嗯，他早就看中你了，想把你招入麾下。"

吴顶突然意识到，自己以前都想差了，自己其实早已卷入进来了，只是自己不知道而已。天才到底是不是好事呢？

"那你叫我去你家，其实就是要……"吴顶的心像挂着铅球。怪不得你前天一定要叫我去你家呢。根本不是学外语！也根本不是别的什么！

何俊使劲咬着下嘴唇，道："对，我是要想办法从你身上提取DNA的。但是出了一些事，被打断了，你也知道。所以不得不带着你跑路。"

"其实你不用带着我跑，想搞到我的血液很容易，你可以给我一刀，或者怕脏了自己的手，告诉你的同伙，让你的同伙干也行。这样不是简单方便吗？"吴顶不无嘲讽地说。

"在你现在看来，我冷血，残忍，恶毒，虚伪，是吧？"何俊眼睛低垂，幽幽怨怨地说。

吴顶鼻子一哼。

"唉，好吧，我也不否认，我就是这样的。但你说的方法不可靠。因为我和他们联系用的是死信箱，并不能马上就联络到。而且我有简单的方法，为什么要用那么冒风险的办法呢？"

"可是你的简单的办法却没有成功，不是吗？"

"唉，都怪二号太多事。"

"什么意思？"

"他不太信得过我，所以假意搞什么集合，意思是让我不要犹豫了。"

"他信不过你，是什么意思？你们不是一伙的吗？"

"哼哼，宴会时你看见的那些家伙，你觉得他们关系如何？"

"那些家伙？嗯——钱永炽应该是领头的吧？"

"他确实是头儿，但并不管多少事，也没有多少能耐管事。那个罗忠新，倒是联络了不少黑道，但是靠所谓黑道，可干不了这样的大事。而二号，孤高自傲，估计根本没把这些人放在眼里，他，才起了关键作用。还有就是那个唐木，你看他好像没有说什么话、做什么事，但是那些境外杀手却是他在掌握着。"

"……"

"你明白我的意思了吗？"

"你还是直说吧！我脑子慢。"

"也就是说，台洲有人想干一大事，但是没有能力。好，有人来帮你干，你只要抛头露面就行了，二号和唐木表面上是服从于他，实际上他们才是这次计划的主要实施者。"

"那二号不信任你是什么意思？"

"和我联系的人，是唐木。"

"嗯？"吴顶不理解。

"唐木来和我联系，给我……给我说了一些事……总之，他来接触我了，我就决定参与了，就这样。我和唐木他们说，到时候我会把密钥安全带去的，在那之前不要频繁联系了，但是二号不以为然。尤其是当时间越来越接近了，他估计是想确保我不出问题，就假意通知大家集合，其实是想让我去见他。但咱们路上耽搁了，迟迟不到，他那时有点着急了，所以就有了在上知大学里，让那些学生强行抓我的一幕。但是他根本不知道，除了我，还需要你。"

"唐木没有告诉他？"

"是我谁都没告诉。"

"为什么？"

"我，我不想让你卷入太深，我只想等只有我们两个的时候，取你的一点血液就行了。但是没想到事情那么多，总也等不到。"

"那你去18局是要干什么？"

"其实是想在那儿更换密钥。还有，我不太喜欢二号，所以想就在他找不到我的时候，突然出现在他面前，让他吃一惊。"此时何俊脸上露出了一丝笑意，但转瞬即逝，接着说："我见到他，跟他说了情况，他说系统不是谁想什么时候改就能改的，现在没法在18局总部改掉，这一点我不知道，一号没告我这么多。二号想了半天，说如果由他带我去基地，目标太大，就给了我地下车库的钥匙，让我自己直接去基地。"

吴顶默默地听着。

"怎么样，都明白了吧？"

"你说你不告诉他们我也是密钥的一部分，是不想把我卷入进去，为什么？"

"我告诉了他们，他们可能直接去找你！"

"那又怎样？我刚才那个疑问还是存在，他们直接找我也好，你不用拐弯抹角，直接给我放血，不都比你采取的方法省事得多吗？"

"我……"何俊语塞了，分辨道，"不管你信不信，我真的不想让你有危险，不想伤害你！"

"为什么啊？"吴顶冷冷地道。

何俊瞪了吴顶一眼，张开口，但欲言又止。你一定要逼我说出来么？

"反正你都伤害了那么多人了，多我一个不多啊。"吴顶说。

"我哪儿有伤害那么多人了！"何俊一直压抑着情绪，现在听着吴顶刀子一样伤人的话，一下子没忍住，委屈的泪水涌上来了。

"这导弹发射出去了，不都是拜你所赐吗？整个东南地区都要陷入瘫痪，不知道要有多大损失！"

何俊沉默了一会儿，说："好，这个我承认。但是，我可真没有直接伤害过谁！"

"那你肯定也不会承认，林春香是你害死的喽？"吴顶紧接着就是一句。

何俊睁大眼睛，说："这件事怎么也算在我头上了？"

"哼哼,你不先问林春香怎么死了,那就是说,你已经知道她死了,是吧?"

何俊整个人像软了一样,有气无力地说:"嗯,我是知道,但……"

"但不是你干的,是吧?我替你说了。"

何俊闭住眼睛,一只手扶住头,摇摇晃晃的,低声哽咽着说:"怎么变成这样了?刚刚通电话的时候明明好好的,我,我当时好高兴,虽然只一个晚上没见,但好像好久没见你一样,巴不得永远不分开了……真不想变成这个样子啊!"

吴顶听何俊真情流露,心中一热,但转念间似乎有一种扭曲的感觉在咬噬着心灵。

"你别装了!"吴顶的声音冷得吓人。

何俊茫然地瞪大泪眼,抬头看着他。

"你现在的演技有没有折服你自己啊?"

何俊脸上露出痛苦的表情,咬着下嘴唇,好像在忍着不哭出来。

"你要真感到后悔的话,那也是后悔你没掩盖好真相,没有骗成我。"吴顶不依不饶。

每一句话都像箭一样。但吴顶看着何俊越来越可怜表情,感到这箭不光射向何俊,也射向自己,自己的心也在滴血,胸口想压了大石头一样,痛苦越来越重,但是这痛苦中,却好像还夹杂着一丝快感,让他不能停止去攻击何俊。

我……我……我这么喜欢她,信任她,她却欺骗了我……怎么办?

"你一直讨厌林春香,所以就杀了她,对不对!"吴顶想起谭章、沈老师的话,咬牙切齿地说。

何俊瞪视着吴顶,表情变得阴鸷起来。她深吸了一口气,头也挺直了,变得和刚才那个马上要崩溃的何俊判若两人。

何俊睥睨着说:"嗯,不错,就是我杀的!怎么了?"

这一下吴顶都有些不知所措了,他没想到何俊一下子承认了。在他心里，还是希望不是何俊干的。甚至在内心深处有这样的想法，就算真是何俊干的，她罪大恶极，但如果她软语相求，求自己原谅她，想和自己重归于好，自己多半也从了。

但谁知何俊的态度一下子变了。

"全是我干的。如果没有我，什么钱永炽、二号、唐木全没用了。我才是这件事的核心，要不要干全凭我的意愿。那个林春香也是我杀的。怎么样，都告诉你了，你想怎么办？"

"我，我……你……"

"我怎么了？我就是这么坏，我是你的敌人，你高兴了吧！"

"那，昨天晚上你个给我枪，让我打死你，那……是怎么回事？"

"我演给你看的，行吧？我那时候还要继续伪装嘛。所以那就是要你玩的，你还当真啊？"

"你就不怕我真的开枪了，那你不就白忙活了吗？"

"怎么，后悔当时没打啊？就你这样的，你敢吗？你知道怎么杀人吗？我就知道你不敢，才放心那么做的！"

吴顶感觉火往上冲，说："早知道这样……"

"早知道就怎样了？就敢开枪了？别骗自己了，绵羊就是绵羊，变不成狮子。"

吴顶气得脖子都涨起来了。

"怎么？你不服气啊？那我们再做个试验。"

"试验？"吴顶从牙缝里出声道。

"对啊，你现在动手还不晚啊，给！"说着把一个东西塞进吴顶的手里。

吴顶一看又是那一把手枪。

"你现在那么生气，正是为民除害的好时候。来，冲着这儿打！"说着拿住吴顶的手，引导他向前一天晚上一样，把枪口顶住了自己的太阳穴。

何俊仰着头，说："动手吧！"

吴顶看着她清澈的眼睛，坚毅里隐藏着凄婉，几缕青丝撩拨在手上，吴顶觉得自己都僵住了，好像控制不了身体，臂膀和手指都在颤抖。

不要逼我啊！

吴顶有一种箭在弦上不得不发的感觉，好像扣动扳机是顺理成章水到渠成的事，但是怎么可能让这样的事发生呢？

两个人就这样互相凝望着，时间好像停止了一样。

如果眼神真能说话的话，他们已经说了千言万语了吧。

如果这样的场景发生在言情偶像剧里，接下来一幕应该是接吻了吧。

但是这里和言情剧不同的一点是，男女主人公除了在无声地交流之外，男主人公还拿着一把枪，顶着女主人公的脑袋。

吴顶突然一下子松了下来，手垂在一旁，浑身都出汗了，好像虚脱了一样。

何俊略带埋怨地瞥了他一眼。看这情景，倒像是吴顶刚从鬼门关走了一遭，而不是何俊自己。

"下不了手吧？乖宝宝就该回家找妈妈，杀人越货的事，还是交给我这样阴险狠毒狡诈虚伪无恶不作十恶不赦的坏人来干吧！！"何俊说了一连串的形容词，把自己都气着了。

没有那么严重吧？

"我可没那样说过……"吴顶有气无力地说。

"算了吧，你就是这么想的！"何俊气呼呼地说。

"我，我……你是不是其实没杀她，而是……"

"就是我！就是我！就是我杀的！"何俊挺直脖子高声说道。

怎么变得好像气氛不对了。

何俊一下子扭过身去，大步走开两步。吴顶不由得跟上去两步。

何俊忽地转过身来，又换成了冷峻的面庞说："好了，我反正暴露了，该说的都说了，机会也给你了，没功夫再跟你耗着了。"

吴顶还想再问什么，鼻中闻到一股淡淡的香气，好熟悉。突然，他想起来了，昨晚自己入睡之前也闻到过这个气味。

"别！别！"吴顶喊道。

我不想再睡过去，我还有话要给你说！我原谅你了！不不，你原谅我吧！我们和好吧！我们在一起吧！我们再也不分开了好不好？不管其他人怎么样，就我们两个在一起，好不好！

……你别走！！

吴顶恨自己为什么这些话都没说出口，现在却已经说不出来了，只有嘴一动一动的，发不出声音。

吴顶直直地看着何俊，感觉意识渐渐远去，何俊俯下身子也看着他的眼睛。

吴顶已经不能判断自己是清醒，还是睡着了，他感觉，或者说他让自己相信，最后自己看到的何俊充满了不舍和哀愁，她在默默地说什么，没有出声。

说什么啊？

忘了我。

忘了你？怎么可能？你已经给我的心染上了这辈子都不能根除、最纠葛最缠绵的病灶，无药可救了。

我……恨你……

何俊把吴顶平躺在地上，看着他良久，终于站起身来，要往外走。

呵呵呵呵。

传来一阵娇嫩的笑声。

"什么人！"何俊喝道，走出门去。

嘻嘻呵呵哈哈嘿嘿。

笑声此起彼伏，忽远忽近，忽左忽右，判断不清方位。

何俊也不转身，微微扫视周围，静观其变。

"呐，你就那么想死吗？"那个声音说到。

说的是日语，何俊听不懂，但一下子想到了宴会上见到过的 J 国女子。

"你那么想死的话，我可以帮帮你哦？呵呵！"

一个东西嗖地掠过何俊身边，钉在地上，何俊的衣服被划开一道口子。何俊看了一眼，地上扎着个飞镖。

不要惹我。

"怎么样？一定要死在他手里才行么？"五十岚杏奈继续说，声音依旧飘忽不定。

又一支飞镖掠过何俊，钉在地上。

不要惹我！

何俊感觉身体里一股怨气，四处冲走，无处发泄，自己拼命压制着。

五十岚杏奈呵呵娇笑。

"你死了最好，没人和我抢了，哈哈……"

五十岚杏奈笑声未绝，突然发现何俊猛地动起来，动若脱兔，迅捷无比，自己还没反应过来，就觉得背后强烈的压迫感袭来，杀气逼人。赶紧扭身，何俊已经站在离她三尺之地了。

她本来以为自己的扰乱视听之术，能让何俊判别不出她位置，没想到何俊瞬间已经近身。这一惊来得太快，都没来得及细细估量对方显示的实力，她就上手了。

五十岚杏奈手中握着还没甩出去的苦无，直刺何俊。

何俊略微一斜身，手臂微微在她手腕上一挡。

五十岚杏奈本来应该收回来的手臂，不知怎地好像自作主张的再向前伸了伸，带的她的身子也往前倾去。五十岚杏奈赶紧控制住身体，往回抽手，好蓄势再击。

何俊趁她收手之际，手臂顺着她本身的力道，在她手腕上一送。

五十岚杏奈本来能恰到好处地收回的手，不知怎么又多往回了些，撞得自己有些疼。

五十岚杏奈大怒，奋起全力又刺了出去。这一下比刚才还糟。何俊只轻轻地带了她一下，并没使多大力，但五十岚差点往前迈了一步。在她想往回收稳住平衡时，何俊又恰到好处的助了一臂之力，五十岚身子一下子被带到一边。

五十岚杏奈大骇，不管她做什么动作，都因为何俊的牵引而变得要让自己失去平衡，而当她试图向反方向修正恢复平衡时，何俊也顺着她，让她不是恢复平衡而是变得更不平衡。

你向前，她让你更前，你赶紧向后，她让你后到要摔倒。就这样，只三四下，五十岚已经快被自己累积的力量甩得飞出去了。

只要一开始，就停不下来，而且力量越来越厉害。想到这一点，被何俊带得七扭八歪步履蹒跚但还在勉力挣扎的五十岚杏奈，冷汗涔涔而下。

何俊杀气四溢，却稳如泰山，只是不失时机地助一把力，像狂风暴雨玩弄一叶扁舟一样。

五十岚杏奈累得气喘吁吁，心中大急，只求脱身。

噗地一声，一团粉雾散开，何俊一愣，五十岚杏奈顺势摆脱了何俊的掌握。

何俊往前刚迈了一步，一把利刃破雾而出，刺到眼前。

败中求胜，寄希望于一击成功，这是J国忍者乃至J国军队经常期望的美梦，但何俊轻轻一侧，已经闪过这个偷袭，伸手一探，又触到五十岚杏奈的手腕。这一下可把五十岚杏奈吓坏了，好不容易挣脱，可不想再陷入泥沼，赶紧如触电一样缩回手臂。这一下不敢再冒险，趁着烟雾未散，立马逃掉了。

何俊呆呆地站在原地，过了一会儿，突然抽噎起来，实在忍不住，眼泪夺眶而出，一下子哭出声来，这一来各种感情纷至沓来，简直控制不住。猛地哭声戛然而止，何俊咬紧牙关，硬生生把哭声吞下去，再喘息一阵，终于恢复平静。

风中隐约送来阵阵人声。此处不能久留了，但世界虽大，前路在何方？何俊把两手捂在脸上，使劲抹一抹脸，睁开双眼，眼眸中光芒内敛，然后毫不犹豫地寻路离开了山庄。

赵克勤躺在担架上，听完那几段音频，震惊不已，满脑子翻来覆去想这些事情。

原来，那些音频，有一段是鲁静录的，其他几段是神甫录的。据说是神甫在临死前把这个装有这些音频的终端设备给了卢小羊的，当时他们都没看见神甫做这个动作，后来卢小羊也一直没有说。

音频里，鲁静的声音很虚弱了，只说了断断续续的一些词，意思是说教堂的女孩儿春香有问题，不可靠，要提防。

而神甫的内容就多了。据神甫说，是他亲手组织渗透了栖仙山导弹基地，但当他发觉有人要利用这一点，发射导弹打击城市时，他不想干了，还主动单方面联系了一号。一号乍一收到他的投诚信息，也没声张，只是派鲁静和他先联系着。

两人联系的方式比较特别，一般不见面，而是用藏匿在教堂门口大石头基座里的一个无线收发器来交换信息。类似的收发机很早就被情报部门使用，拿着相应终端设备的人只要走到"石头基座"的覆盖范围内，它就会自动开启连接，供此人上传下载信息。

然而，根本没过多久，就发生了三个人来要掳走神甫的事。鲁静虽然也到了教堂，但没能阻止他们，自己还被暗算，掉下楼来。她临牺牲之前，挣扎着到了"石头基座"的覆盖范围内，上传了那段音频，告诫其他人春香有问题。然后她拼尽最后的力气，把手中的终端摔坏，就牺牲了。

来抓神甫的三个人分别是特屈儿、彭梯儿和柯代。他们抓住神甫，就把他关在一处民宅里，审问他。后来也没什么好审的了，但又怕他还有用，就这么关着他。结果就在那一天，彭梯儿被叫回去保护钱永炽，柯代又被唐木派出去了。神甫看准机会，反戈一击，反而把特屈儿给制服了。这一来，神甫满腔怒火都撒在特屈儿身上，反过来审问起他来。

赵克勤听到这儿，意识到柯代很可能就是那一天出去，被段万刚他们下了毒，结果还挣脱了，跑到何俊家门口，见到了何俊才死的。那么说，何俊和柯代他们有联系？赵克勤想不清楚，心中郁闷。

神甫把审问特屈儿的话都录在终端里，对于钱永炽他们的计划细节一点儿不漏地都问出来了，连钱永炽要提前向西北边境逃去，以及出境的时间地点都问得清清楚楚，这才从被拘禁地脱身，直奔教堂而来。

到了教堂门口，连上"石头基座"一看有文件，下载了一听，居然是鲁静的临终警告，想起前面种种事，意识到林春香这家伙隐藏在自己身边，一直不露声色，顿时怒不可遏。然后就翻入教堂的休息室，正好撞见林春香，他一把抓住她，想把她就此掐死。结果，疏忽了一件事：林春香看起来弱不禁风，但却能暗算鲁静，一定有些不为人知的手段。就这样，神甫不明不白、满腔悲愤地死去了，然而临死前看见卢小羊，像极了鲁静，但已经无暇细想其中缘由，只是用身子遮挡了其他人的视线，把自己的终端塞在了卢小羊的口袋里。

这些事，赵克勤大致已经能推测出来了。又听说，卢小羊后来在小葫芦湖畔的研究所听到这一切后，一算时间，知道钱永炽已经逃了，就立即坐一个什么飞行器赶去西北边境，要阻拦钱永炽，也不知现在怎么样了，是否安好。

十五、百战黄沙

一架米–171直升机孤单地飞在荒芜广漠的戈壁滩上。机身上涂装着再普通不过的绿迷彩，旋翼发出的轰鸣声，似乎都被这大漠寂寞的气氛所吸收、吞没了，引不起任何注意。

梁文辉坐在机舱里，侧头从飞机舷窗向外看了看，没有生机的地表也看不太清楚了，大风刮着地面，也让飞机上下左右颠簸。

梁文辉看看机舱里其他的人，自己的兵，都闭目打盹，对这颠簸毫不在意。毕竟都是老伞兵了，不能再像新兵似的，上了飞机，紧张得气都喘不顺。

但并不是人人都在打瞌睡，有一双滴溜溜的眼睛在到处看，一副不耐烦的样子。终于，这不安分的眼睛的主人耐不住寂寞，要发话了。他踢了旁边一个人一脚，说："李从军啊，你这是第几回跳伞啦？"

那个叫李从军的，正抱着伞包，把头枕在伞包上睡得舒服，被一脚踢醒，睁着迷茫的眼睛，说："几次？哦，让我想想啊。"让后眼望天花板，嘴里默念，好像在数，过了一会儿，说："好像是五千零一次啊，还是五千零二次的，记不太清了。"

话还没说完，右边小腿上又挨了一脚，还是被刚才那个人，嘴里还说："我真想一鞋底印在你娃脸上，看你还跟老子吹牛。"

机舱对面叫肖骁的忍不住了，说："丁达，你别老拣软柿子捏，你咋不跟队长比啊，老争那没用的。"

丁达被人说中了要害，叫道："我就是问问他跳过几次，谁要跟他比了！"

"得了吧，谁还不知道你啊，火烧屁股坐不住的尿性，到处跟人呛火。"这回说话的叫王鑫。

还没等丁达反击，对面的张士伟也帮腔："就是，有本事你跟熊猫比一比掰腕子，要不跟冷雨比比十公里？"

坐舱尾的曲浩楠，也笑眯眯的插嘴道："和齐大哥比比枪法也行。"

丁达见自己被群起而攻，也不示弱，说："我就和你们几个小子比比格斗就行。"

张士伟，王鑫等人纷纷表示，比格斗也未必怕你丁达。

正吵吵起来的时候，梁文辉低声呵斥："都闭嘴，啥时候你们变得这么能说！都回家说相声去吧！我们是干什么的？嗯？你骂我一句我打你一下，你们弱智儿童啊。一个个嘴上说得山响，到真要你上的时候，怂了，丢你自己的脸是小事，要是丢我们整个空降兵的脸，整个军队的脸，那就是死了也赎不了罪！"

梁文辉说的口气重了些，看这刚才说话的几个，都气鼓鼓的，尤其是丁达咬牙切齿，攥紧了拳头。

这也难怪，因为在这儿坐的都是自负的兵王，从入部队就是各个部队的尖子，又经过各种筛选、比武、竞争，才爬到这一步，从来就是不服输，从来就见不得别人比自己强，有实力也有傲气。这些人，吃苦受累是家常便饭，流血掉肉也未必放在心上，但如果你说他们弱，没用，没本事完成任务，甚至会因此蒙羞，那简直是最大的侮辱，要不是说这话的人是自己的上级，换个别人恐怕已经抢拳头动刀子上了。

不仅如此，与此类似的话，甚至更刺耳，更让人怒从中来，而且不能反驳的话，在不久前也刚刚听过。梁文辉说这番话可以说是批评手下，其实也是自己的发泄。

到底是怎么回事呢？那还是发生在今天上午的事。

梁文辉和他的小队，作为空降军的代表，也作为空军的代表，来西北军区参加特种兵集训，主要针对的是高原山地地形的训练。来自全国各军区的、海军的、空军的、战略导弹部队的特种兵，侦察兵部队都派人参加集训。前两周是综合适应性训练，第三周将进行以小队为单位的比武竞赛。大家都是各部队的精英，平常牛气惯了，现在聚在一起，怎么能甘心被别人比下去呢？所以从集训一开始，明争暗斗就开始了，火药味十足。

训练间隙，各队伍之间也聊聊天，也含沙射影地互相探探底。今天上午，过四百米障碍的小比赛过后，大家坐在一边休息，就又开始扯淡了。扯着扯着，就扯到哪支部队的防守最牛的问题上了。梁文辉等人还不怎么开口，丁达可不是能闭得了嘴的主儿，意思是说，防守啥的那还用说吗？第一肯定得数我们黄继光的部队啦，守上甘岭，A国军又奈我何。

来自岭南的部队也有不服的，说我们守塔山的，也不是盖的，硬是守住了无险可守的阵地，比你们那个钻坑道的强多了。双方各自吹嘘自己，贬低对方，说着说着说僵了，差点就要打起来，要打的，拉架的，拉偏架的，乱作一团。

不知啥时候，从集训一开始就作为组织者出现的少将，在一个大校的陪同下站在一旁观看。当时场面太混乱，几乎都没人注意到他们。

大校看了一会儿混乱的场面，从卫兵手里拿过九五式步枪，拉了枪栓，举枪朝天，猛扣了扳机。一梭子子弹"哒哒哒"的全打光了，四下里突然寂静无声，满场地的人沉默了几秒钟，才回过神来。各个小队队长才小声组织自己的人整队。看着少将那没表情的脸，人人忐忑不安。

沉默了很久，少将终于不屑地说话了："塔山？上甘岭？那都是真汉子战斗过的地方，他们中随便挑一个出来，也比你们强百倍！我不允许你们再谈起和他们有关的事，你们不配，平白玷污了前辈英雄。听明白了没有！！"最后一句突然加大了嗓门，喊得振聋发聩。全场都打了一个激灵，没人接口。

少将又大喊一声："说啊！"士兵们这才不甘大声喊道："明白了！"

少将哼了一声，说："娘娘腔。"

然后想说什么，又忍住了，转身要走，最终还是不吐不快，转回身来，说："你们啊，别一个个牛皮吹上天，在我看来你们就像小鸡崽子，真上了战场，恐怕一个炮弹下来，尿就都出来了。再见点儿血，就得哭爹喊娘了。当年我们要都像你们这样，V国人都进了五羊城了！养你们是干啥的？嗯？养你们是杀人的！战场上你怂了，你杀不了对方，对方就杀了你。你以为你死了就是英雄了？屁，你这样死了只是军队的耻辱，人民的罪人！"

听着的士兵一个个喘着粗气，咬紧牙关，虽然心里不服，但也无法反驳，因为毕竟没有几个人真正上过战场，真正体验过刺刀见红的感受，自己上了战场到底是什么样了，没人敢打保票。

少将没再说什么，看了大家一会儿，说："梁文辉，带上你的人，跟我走！"

梁文辉心里一惊，但还是立即带着自己的小队，跟着少将走，一边走一边担心，是不是因为刚才的事，自己的队伍就要卷铺盖走人？那样回了自己的部队，可丢人丢大了。

果然，被领进一个像会议室的房间。一会儿，有人把梁文辉他们自带的枪械、背包等装备搬进了房间。

少将说："拿好你们的东西，一会儿就走吧，车马上就到。"

梁文辉说道："首长，我们知道错了，我们写检讨，别赶我们走！"

少将说："我可没赶你们走，让你们走的是上级，上到哪一级，我就不知道了，要去哪儿我也不知道，但就我所知，好像不是回你们自己部队。"

梁文辉一头雾水，想了半天，半信半疑地说："是不是我们有任务了？"

少将没再说什么。这时，大校进来，说："车来了，出发吧。"

梁文辉等十人全蒙在鼓里，但都是老兵了，也没问什么，该让你知道的时候，自然就知道了，不想让你知道的时候，再怎么问也没用。

就这样，十个人先坐汽车，到了机场。在那里吃饭，听任务通报。所谓任务通报，跟没听也差不多，只说要执行伞降任务，地点是戈壁滩靠近边境的地方，其他情况到了地点再听命令。然后就上了直升机。

一路上大家默默无语，刚挨了骂，还心绪不宁，马上又被拖出来，说有任务，那集训队的事咋办呢，也没人出来解释一下。

所以当丁达又坐不住的时候，大家都群起而攻之，多少有埋怨他的意思。

梁文辉见大家情绪低落，状态不好，又安慰大家说："我们是一个集体，战斗力出自团结，你们互相老闹腾，怎么能配合默契？今天的事就算过去了，大家要坚信我们就是最牛了，我们团结在一起那就无人可挡了，但要单打独斗，甚至闹内讧，你们都是孙猴子，七十二条命，上了战场也是不够用的。大家都知道下面是什么地方，恐怖组织、分裂分子就藏在深山里，伺机要搞破坏，达成他们不可告人的目的，上级让我们来执行任务，就是说我们是集训队最棒的，也是全军最有战斗力的了。"

这时候，跳伞指示灯开始闪烁了，马上就要出舱了。

梁文辉说："好，大家都起来吧。"

这时一直事不关己地睡觉的齐天鹏，才睁开眼，站了起来。

梁文辉说："喊个口号吧，一二，空降兵！"大家一起喊："战斗战斗战斗！"

梁文辉又说："向飞行员同志致敬！"

大家一起敬礼，喊道："向飞行员同志致敬！"

机舱喇叭里传来飞行员的声音："谢谢，伞兵兄弟们，祝你们好运！"

接着舱门打开，先把一个一米见方的装备箱推出了机舱，箱子下沉了一段，拉开了降落伞。十个伞兵，二话没说，鱼贯跃出机舱。直升机随即掉头返航。

大漠戈壁，风可不小，装备箱上有发信器，可以引导伞兵落地后向装备箱靠拢集合。

十几分钟后，十个人已经聚齐了，一切悄无声息。

梁文辉打开装备箱，枪是各人随身带的，箱里有导航设备，通信设备，还有备份的弹药，炸药，甚至还有一个轻型便携式折叠无人机。这么些装备，简直可以搞一场大动静了。

梁文辉心情兴奋了起来，赶紧打开指挥通信终端，输入身份验证，果然出现了任务命令。看完后，心又冷了下来。

其他人焦急的等他说话，丁达最先开口："队长，啥任务啊？"

梁文辉摸不着头脑，说："让我们向边境前进，突击测试检验一下什么边防九连的防卫能力。"

全体都炸锅了。

我们心急火燎地折腾一天，又坐车又坐飞机就为这？突击检查一个边防连？别说一个连，就是一个团的边防部队，特种兵也能神不知鬼不觉地穿过它的防区。

梁文辉也满腹狐疑，但还是说："都别说了，检查装备，一分钟后出发。"

一分钟后，小队悄无声息地出发了。

柯素鹅和卢小羊又飞了近两个小时，外面已是戈壁荒漠的黄蜡蜡的光景，本来沿着下方一条黑色的公路在飞行，后来公路转向了，他们还得继续往前方更荒无人烟的山地飞去。

看样子不久就要到边境了，卢小羊自打听了那几段音频，就一门心思想着要追钱永炽，至于凭一己之力能不能拦阻住就没多考虑了。

正担心在这茫茫戈壁能不能找到逃跑的钱永炽，就看见前面一道黄烟滚滚而起，进而看清是一辆汽车在急急赶路。

是谁在这里开车飞驰？这又不是什么旅游景点，驴友也不会来的，而且看样子就是去边境山口方向的。

卢小羊大叫："估计那就是我要追的人！快，拦住他们！"

柯素鹈说："好的！"驾驶飞车风驰电掣地超过了那辆汽车，又一掉头，刷地悬停在那辆汽车前进的方向上，四个引擎已经几乎竖直。

那车果然坐的是钱永炽，还有特屈儿和彭梯儿。

彭梯儿开着车，猛看见这么一个奇怪的东西超过自己，又一下子悬停在前方四五米的高度，大吃一惊，下意识地猛踩刹车，一打方向，却不想，拐弯拐得太猛，车倾斜了过来，再加上飞车吹起的强大气流，汽车一下子翻了过来。

卢小羊一看，高兴地叫道："好，他跑不了了，快下来，去抓住他。"

柯素鹈答应了一声，还没等降落，从翻了汽车里"刷"的窜出人来，就是特屈儿和彭梯儿。彭梯儿去扶钱永炽从车里出来，特屈儿则怒气腾腾地抽出手枪就朝飞车打来。他一下子就打光了自己的弹夹，又过去把彭梯儿腰间的手枪拔出来，猛烈射击。

柯素鹈一看他开枪，赶紧加大推力，想把飞车拔高，但听的噼噼啪啪的一阵，已经挨了好多枪。

飞车飞到二三十米的高度，一个引擎发出了异常的声音，接着一阵火光迸出，引擎尖利的鸣叫着，失去了动力。还剩三个引擎，飞车一下子失去了平衡，变得摇摇晃晃起来。柯素鹈拼命想控制住，飞车在天上猛烈的飞来飞去，最后实在控制不住，一头栽了下来，狠狠地砸在远处地上。

卢小羊脑子生疼，两耳嗡嗡作响，眼睛也对不上焦了。还好飞车没有倒扣过来，卢小羊挣扎着打开舱盖，脱掉头盔，解开安全带，爬了出来。看柯素鹈还在昏迷中，就想拉她出来，但浑身酸软，用了几次力都没拉动。后来咬紧牙关，终于生拉硬拽把柯素鹕拉了出来。

身后突然有人说话："你们是开幽浮的啊，不是外星人吧？嘿嘿，哈哈。"

卢小羊一听，转过身来，见一个流里流气的家伙站在面前。远处还有两个人搀扶着正朝这儿走来。其中一个正是钱永炽。

跟前这人正是特屈儿，他又怪声怪气地说："两个美女送上门来了，太好啦，哈哈！"他看了看躺在地上的柯素鹕，又来看卢小羊，突然大惊，叫道："你，是你，还没死么？"

卢小羊也知道他就是特屈儿或者彭梯儿中的一个，趁他现在把自己认成是鲁静，惊魂未定的当口，猛地一拳打了过去。

这一拳虽然打中，但卢小羊此时身体虚弱，并没有实质性伤害。

特屈儿反手抽出一把刀，恶狠狠地刺了过来。

卢小羊手脚无力，勉强躲闪了几下，对方又一刀划来，竟然躲不开。

卢小羊大叫一声，又被重重一脚踢中，摔倒柯素鹕身旁。他双手捂住脸面，血从指头缝间流出来。原来他被这一刀斜斜的划在脸上，伤口很长，幸好没伤到眼睛，但肉也翻开了，受伤不轻。

特屈儿一步步走过来，哈哈笑道："不管你是人是鬼，我今天都送你西归，哈哈哈！"说着就要一刀刺向卢小羊。

忽听得砰的一声，接着又是 声。

特屈儿身体好像僵住了，费力地把头扭转，斜眼看向旁边的柯素鹕，柯素鹕好像依旧是昏迷状态，和刚才的姿势一样，但再一看，柯素鹕一只手里握着一支 64 式手枪，枪口散发着余烟。

特屈儿没想到她还有枪，狂怒道："你……"

砰砰砰又是几下，特屈儿扑到在地，再也不动了。

彭梯儿和钱永炽见特屈儿倒了，大吃一惊。彭梯儿放开钱永炽，举枪就要射击，突然碰的一声，手上一震，枪飞出几米。

随之，有几个穿迷彩服的人呼地像一阵风一样，出现在身边，都端着枪，喊着："都不许动，动就开枪了。"

　　西疆某边防团九连连长，带着两个班的战士，狂奔到一片小河谷上。这是一条西北地区常见的季节河，河滩现在是干涸的，只留下大大小小的石头和粗砺的沙土。一滩滩血迹散布期间，刺目的红，而十几个裹着绿军装的战友的遗体已经变凉。

　　连长任飞头脑有些发胀，他一手抓住作训帽，慢慢地把它从头上摘了下来。

　　他带着一排三个班，巡逻边境，指导员带着剩下的两个排在营地。来到边境又让三个班分段巡逻，自己领着一班，一排长跟着二班，三班就由三班长带领。虽说是沿着边境线走，但在这样的戈壁山区中，其实是不断地翻山头。高原缺氧，动作迟缓，从听到枪响和二班汇合，再跑到出事地点，已经过了几十分钟了。

　　任飞低头看着自己的战友，太阳穴突突地跳，突然他一个激灵，喊道："大家都注意隐蔽。"大家赶紧散乱地卧倒，扫视周围的环境，终于确定敌人已经离开。

　　任飞又一言不发地看着战场，想象着此前的战斗：对方手段强横，三班遭到了突然袭击，瞬间被打倒了几个，剩下的想要隐蔽，但乍遇敌情，慌了手脚，也不知子弹是哪儿射来的，有人开始乱放枪，但开不了几枪就被击中倒地。战斗没多久就打完了。

　　这不是什么偷渡者，不是贩毒的喽啰，不是什么乌合之众的分离分子训练营的人，这是特种部队的手笔，枪枪见血，弹弹咬肉。

　　境外的雇佣兵？他们技术高超，唯利是图，但不会无缘无故地招惹边防军。那会是什么吸引他们这么嚣张地闯入边境？

　　这干河滩也不过几十米宽，沿着河滩走不了一里路就到边境了，一边是陡峭的山壁，另一边则是连绵的几个山包。

　　任飞看战场看得太专心了，以至于抬起头时吃了一惊，自己带来的二十多个战士大半面色惊恐，眼神涣散，充满了恐惧，有的瑟瑟发抖，还有的已经忍不住在呕吐。任飞自己也没见过这么血腥的场面，但连长的职责告诉他不能慌乱。

他指着能扼守住河滩最窄处的山包说："二班把战友们的尸体搬到山头上去，一班占领山头，放出警戒，注意隐蔽！"

战士们就要开始行动了，一班长跑了过来，说："连长，我们还在这儿干嘛？回去吧？"

"回去？回哪儿？"

"回营地啊，这么多战士牺牲了，赶紧拉回去，向上级汇报啊。"

"那不行，"任飞说，"我分析，杀害我们战士的不是一般恐怖分子、分裂分子，他们身手太厉害了。而且，他们完全可以等我们的战士过去，再过边境，但他们迫不及待动手了，一定入境有紧急的事。他们现在正在我们境内为非作歹，可能用不了多久还要从这儿出境。我们的领土，让他们说来就来说走就走？至少守在这儿看看情况吧！"

一班长急道："他们那么厉害，我们等着不是送死么？"

任飞听了，心中不快，说："你那么怕死，来当兵干嘛！？"

一班长突然叫道："你不怕死啊？别尽说漂亮话了。你要死，别让我们都陪着啊！你个大学生，刚来九连几天啊，我们可都是九连的老人了，你来赚够资历拍拍屁股走了，又去哪儿升官了，九连的都死光，你也不心疼！"

任飞还没说什么，旁边的一排长听了大怒，大吼："反了你了！"说着就要冲向一班长，被任飞一把重重地拉住。

任飞压制住气息说："九连？你还跟我提九连！我来九连时间是不长，但对九连的感情比你深！我们九连是个什么德行，你们比我清楚！别的连队可以给新兵讲哪次战役中消灭了多少敌人，攻克了多少难关，守住了什么阵地。九连能给新兵讲什么？那点儿光荣历史，就是帮老大爷打过水，帮老大娘扫过地，帮老乡找回过走失的牦牛和羊，就差帮助新郎新娘打扫洞房了！"

"那又不能怪我们。"一班长嘟囔道。

"好，没有光辉历史不是我们的错。那我问你，为什么训练成绩，比武竞赛，九连也回回倒数？啊？你们告诉我，你这个九连老兵告诉我啊！九连让人背后都叫废柴九连，说什么裁军好几次了，九连怎么还没被裁掉？这话你们听了能忍，我都忍不了！"

任飞是从地方大学入伍的国防生军官，平时对战士们很和气，谁也没见过他这慷慨激昂的样子。

任飞见一班长还是不服气，就彻底发泄了出来，说："你们就一直这个样子下去啊！你们就甘心一直活在别人的鄙视之中，就不想努把力，让别人刮目相看啊！我是才来九连半年多，但谁说这些战士牺牲了，我不心疼啊。我的兵被人打死了，我的战友被人打死了，能只想着跑吗！都不想着报仇吗！"

任飞一番话把在场的人说得无地自容。

一班长又对一排长哭诉似地说："排长，你让我干啥我二话没有，可他是个学生官儿，用电脑，说英语行！指挥打仗啥也不懂啊，战士们都不服啊，跟着他都把我们送啦！"

一排长上去一巴掌把一班长扇翻在地，叫道："老子看走了眼了，你个王八蛋！谁说连长打仗不行？连长不行你行？就因为人家是大学生，所以带兵就不行？我还告诉你了，就因为人家是大学生，有文化有脑子，所以就比你我强！再看看你这熊样，要是部队交给你，全他妈让你带着当了逃兵了！一排的都给我听着，要是再有哪个敢不听连长的，我先毙了他，这他妈的是打仗！"

任飞听了，打心里十分感动。一排长是九连老兵，是战士提干，自身军事素质过硬，在九连资格老，脾气硬，没有谁敢跟他过不去的，号召力也有。一班长就是他带出来的兵。对于任飞来说，有没有一排长的支持差别很大。有，自己当连长的话有人听，好执行；要是一排长不服你，和你闹，自己连长的工作也干不下去。

一排长又对一班长说："班长你别干了，当战士去吧，一班我代理。"

任飞见战士们都又愧又怕，喊道："都别愣着了，执行命令吧！再强调一下，大家不要慌，警戒哨放远一点，注意观察，互相之间要能照应，一定注意隐蔽。"

战士们这才行动起来。

一班长在隐蔽哨位，一排长到他身边趴下，说："我没看出你这么怂！"

一班长低下了头。

一排长说："你知道我为啥支持连长？"

一班长抬起头，说："不知道！"

一排长说："他刚来的时候，我也不喜欢他文绉绉的样儿，觉得他当教书的还差不多。但是有一次，我看见他在外面饭馆吃饭，有几个人在旁边一边吃一边嘲笑九连。连长一拍桌子和那些人打起来了。我当时可不好意思了，我自己是九连的老兵，老听见别人损九连，都没上去跟他们打，连长刚来几天，就为了九连和人打架了。想想，我觉得，他虽然是个国防生，但是比我们还看重九连这个牌子，比我们更有血性呢，是不是？"

一班长听完，一言不发，若有所思地发愣了。

任飞则正在为无线电通信联系不上指导员和二排、三排发愁。正在跂蹰中，突然，不远处一声轰鸣，什么东西爆炸了！

任飞大惊。这回又怎么了！警戒放出去才几十分钟，敌人真的已经来了？

管不了那么多了，任飞急忙跑了过去，好几个战士也跟着他飞奔过去。

没跑几步，就看到半山腰零散设置的警戒哨那里，四五个警戒哨位上的战士都被一些穿着伪装服的人压在地上，被压的和压人的都楞了似的，周围一班长和一班的其他战士，还有一排长都已经枪上膛，瞄准了这些不速之客！

任飞快步跑了下来，一边还对一块儿跑来的战士说："注意周围，提高警惕！"

跑到跟前，大声喝道："你们是干什么的！？都不许动！"

对方也没要动的意思，也没有害怕惊恐的表情，反而有点无奈自嘲的意思。

从任飞的斜后方突然有一个人不知从哪儿出来的，走了过来，说："好了好了，大家都起来吧，我来说明情况。"一个战士慌张地端着枪指着他，喝道："不许动，双手举起来！"

那人停了步，说："保险关了吧，别你手抖一下，把我报销了！"战士无动于衷。

任飞说："你们是什么人？"

"自己人。"

这时候那些把哨兵扭曲地压着的人，也被战士们两三个"照顾"一个，都站起来了，好像很服从。

任飞说："老实交代你们的身份！"又对身边的战士说："让二排过来，三排原地防御。"

对方那人好像要笑出来，又忍回去了："连长，我们是空降兵特种大队的，奉命来和九连交流切磋一下。本来想渗透到你身边的，但你的哨兵太厉害了，诺，就那个小子，被我的人勒住脖子，控制了拿枪的手，没想到他直接拉了手榴弹，动作也够快了。不不，主要是反应快，马上就能下了同归于尽的决心。西疆边防团，果然是离战争最近的部队，我服了。不过我的兵也反应快，把那个手榴弹，抽出来扔了，否则那小子挂定了，还得搞出几个伤员来。"

任飞脸都扭曲了，伞兵的特种兵被派来检验一下我们的防务？他们隶属于空军啊，这有点关公战秦琼似的，扯不上关系啊？不过编瞎话有编得这么离谱的吗？他们肯定不是袭击三班的人，否则就不用勒脖子，直接抹脖子就行了。但在刚被杀了十几个战士的情况下，马上又冒出这么伙人，不得不说诡异。

任飞不说话，在被战士用枪顶着的一个穿伪装服的人身上搜查起来，对方很配合。

武器装备都是我军的没错，四个弹夹都装满实弹，是 5.8 毫米的子弹。

三班被袭击的地方，任飞在周围好好检查过，敌人用的是 5.56 毫米的子弹，没有刻意伪装成我军的样子。再把这几个人都检查完，任飞基本相信了对方的话，但还是把对方都缴械了。

对方那个领头的伸出右手说："空降兵特种大队的，我叫梁文辉，很高兴认识你，你的兵挺厉害！"

已经第二次被人表扬了，任飞有点脸红，他自己知道，战士拉手雷不是战备意识好，勇于牺牲的精神强，而是目睹了战友的惨状，身心受到了较大的打击，精神已经紧张冲动了起来，又突然被人勒脖子抢枪的，下意识就要拼命了。

但他也不便说破，和对方握了手，说："九连长任飞。"

梁文辉说："我们来的路上有个情况，得和你说一下。"说着朝远处山下一招手，喊了一声，从一块大岩石后出来几个人。任飞大惊，手又往手枪上摸去，四周一望，还好只那里有人出现。

梁文辉拍拍他，笑笑说："别担心，我的人。"

走近了发现是三个伞兵，一个押着两个人，另外两个各背着一个人。

任飞默默一数，和梁文辉一样的伞兵九个人。被押着的两个男人不知是什么人。

梁文辉说："在往你们这儿赶的路上，发现这两个男人要为难这两个姑娘，被我们抓住了。"又指着一个家伙说："这个好像是头儿。"

任飞说："我们上山去细说，一班的继续警戒。"

这山落差大概四五十米，面朝河谷的一面是一个斜坡，另一面是一个较陡峭的山壁，手脚并用大概能爬上去。山顶上是一片嶙峋的乱石。乱石区的中间就是任飞的临时营地。

一行人来到这里，任飞说："梁队长，我们连刚吃了大亏，所以不得不防，请你具体说说此次的目的。"

梁文辉说："我们的命令很简单，刚才也给你说了。说实话，我们自己也感觉莫名其妙。"

任飞说："那他们这些人是怎么回事？审过了吗？"说着看看捆在一起的两个男人，和躺在地上的两个昏迷的姑娘。

地上那个脸上斜绷着绷带的姑娘突然动了起来，呻吟了几声，睁开眼来。这就是卢小羊。

他在千钧一发之际被特种兵救了下来，精神一放松，就昏了过去，直到现在才苏醒了过来。而柯素鹣还在昏迷中。

梁文辉见他醒了，扶他靠在石头旁，拿来水给他喝，然后问他："小姑娘，你们这是怎么回事啊？"

卢小羊翻着死鱼眼说："我是男的。"

卢小羊和众人交谈过后，看到被绑在旁边的钱永炽，心中宽慰，自己不远千里跑到此处，总算发挥了些作用，成功堵截了钱永炽。接着他就把自己知道的事情，以及钱永炽是什么人，都给梁文辉等讲述了一遍。

梁文辉听了卢小羊讲的，虽然吃惊，但心中基本有数了。

他走到捆着的两个人旁，问道："听说是你搞鬼，发了导弹？"

钱永炽脸上浮着轻蔑的微笑，说："这也没什么好隐瞒的。"

梁文辉说："搜他的身。"

有几个战士上来，把钱永炽两个人里里外外的搜了一遍。搜出一些手机、皮夹等随身物品，最后终于搜出一个小小的优盘来。

梁文辉拿起优盘，说："这就是你拷的机密资料咯。"

钱永炽哼了一声，轻蔑地说道："你先替我保管着，之后我再拿回来。"

梁文辉不解，问道："什么？"

钱永炽牛哄哄地说："我们的人马上就要能找到我，哼哼，到时候……哈哈，哈哈！"

梁文辉说："到时候怎么样？就能把我们都干掉，把你救出去？我先把你崩了，看你还哈哈不哈哈。"

"杀了我，当然可以啊！但是你们自己的死活，有想过吗？"钱永炽斜着眼睛撇着嘴说，"你敢不请示自己的上司就杀我吗？"

这句话还没说完，从旁边飞来一脚，把钱永炽踢得几乎撞死在旁边的石头上。

众人还没反应过来，只见一个人窜到钱永炽身旁，一脚脚狠狠地踩下。

大家一看，这个人是丁达。

钱永炽一边惨叫一边说："敢打我！一会儿你会后悔的！哎呦！"

丁达更使劲地踢去，伴随着每踩一脚，嘴里还说："操！让你给老子牛！你牛！"

钱永炽一介文人，挨了这一顿踩，又痛又气，几乎要断气了，实在嘴硬不下去，叫道："啊呀，别打啦！别打啦！"

旁边的战士这才七手八脚把丁达拉开。丁达不解气，还努力想多踢两脚，嘴里骂骂咧咧的。

忽然，梁文辉急慌慌地把任飞推倒，自己也迅速卧倒，接着旁边石头上溅起四散的石屑，顿了一下，传来一声闷响。梁文辉叫道："全体隐蔽，赶快！有狙击手！"

好在大石头多，伞兵特种兵们迅速找好了隐蔽，九连的战士虽然稍慢，但也都隐蔽好了。

任飞匍匐到梁文辉身边说："敌人在哪儿？"

"在对面山崖上，我是突然看见那里吹起一股土。"其实梁文辉也不知道对方的狙击手瞄准的是谁，但凭经验，带着两杠一星的任飞和在人群核心的自己可能性最大，这只是一瞬间下意识的判断，立马推倒了任飞。还好没人被打中，对方也不再开枪了。

梁文辉拿出手持终端机来，那是个平板电脑一样的东西，看了看，对任飞说："这是我们的小无人机拍摄的画面，刚才摸你们哨儿的时候用来侦察了一下。你看，果然有客人来了。"

任飞先朝天上望了望，仔细看才能发现，一个鸟儿一样的小黑点古怪地在盘旋。

"来了估计二十人左右，人数倒是不太多，但看起来都挺难缠的，嘿嘿。"梁文辉不知不觉兴奋了起来，乐出了声。"告诉大家，都别动。"又对任飞说："这些估计就是你的对头，轮到我们打个埋伏了。"

任飞疑惑地说："他们到底要干什么？缠住我们区区一个边防小部队？"

梁文辉说："听了刚才的情况，如果我没猜错的话，姓钱的确实是块臭肉，山下的这些苍蝇都是他引来的。他们不惜打死边防，越过边境，估计就是要接此人出境，阴差阳错，路线偏了，姓钱的让我们抓住了。现在这些苍蝇又闻着味儿来了。"

卢小羊听了，暗自庆幸，不然钱永炽和他们顺利汇合，可能早就出境了，自己就白来了。

"我们现在怎么办？"任飞说，"我们听你指挥。"

"如果他们不知道已经被我们观察到的话，我们就可以以逸待劳，等他们上来，打他们个措手不及。但得先干掉狙击手。"梁文辉朝着一块大石头说，"老齐，狙击手看到了吗？"

一片干枯的蓬草倚在一块石头上，那里面传出了声音："看到一个，距离估计八百三十米。"

"有把握吗？"梁文辉知道这么远的距离可不是一般狙击手能打中的。

"没问题。"

"好，先别动他，到时候一起打。"

任飞心想，他的人什么时候伪装潜伏在这儿的，自己可一点也不知道。说不定没动哨位之前他就已经潜入我的阵地了，一直在这儿伪装。或者是在自己和梁文辉扯皮的时候趁人不备进来的？已经不得而知了。

"你们总共几个人？"

梁文辉看任飞脸色有点铁青，赔笑说道："十个，十个，这是最后一个，没给你介绍，不好意思，他就喜欢一个人呆着，不想让别人注意他，呵呵。"

卢小羊压低身子，慢慢挪了过来，说："给我一支枪吧。"

任飞总觉得卢小羊是个女的，又见他年纪不大，就说道："你要枪干什么！还受了伤！快去里面隐蔽好！"

卢小羊说："给把刀也行啊。"

任飞不同意，说道："刀？这不是闹着玩儿呢！你赶快躲好。"

卢小羊没要到武器，悻悻地缩回石头后面。

这时敌人成一线，利用地形慢慢朝山上逼近。远处的狙击手也轻松自在地又开了几枪。所幸没有打中什么，只是恐吓而已。梁文辉感觉到了敌人的傲慢轻敌，小声告诉大家："都别着急打，听我号令，手雷数到三再丢。"

敌人进一步逼近，外围的潜伏哨已经快接触了，伪装好的哨位应该是即使敌人在身边也不易发现，但一个两个战士沉不住气了，大叫一声，起身想打，但开了几枪，没打中敌人，自己却被击倒了，另一个刚一露头就被击中了。

接着，又一个战士，心理压力太大，惨叫着刚跑出两步，就被身后几枪击中，胸口冒出几朵血花。

梁文辉低沉声音说道："稳住稳住！"

敌人也加紧警惕，加快步伐上山。有的已经在腰间摸爆震弹了。

梁文辉放下终端，拿出手雷，岩石后的战士们也都一人一颗攥紧在手里。九连的战士拿的是木柄手榴弹。梁文辉把手雷举起在身前，大家都看着他，一拉环，右手拿着雷顿了三下，大叫一声："走起！"用力把手雷越过岩石高高甩了出去。

这时，"啪！"清脆一声枪响，草丛里的齐天鹏阴阴地说："敌狙击手清除！"

接着手雷落到敌头顶高度，纷纷炸开了，敌人一惊，伞兵特种兵们已经出枪了，一瞬间已经击中了几个敌人。紧接着，延时时间长的手榴弹又炸了，起到了二次攻击的效果。

隐藏的哨兵也起身从侧后攻击敌人。

敌人措手不及，开始边打边撤。

任飞叫道："二班留下，把伤员和俘虏给我看好！一班跟我冲啊！杀！！"

"杀！"大家一声大吼。

敌人兵败如山倒，但仍留了几个人断后，掩护其他人沿着河道，向边境撤退。最后，敌人留下十一二具尸体，逃过了边境不见了，但敌人特种兵头儿临走时阴狠的目光还清晰地浮现在任飞眼前。

"多亏了你们了，否则……"任飞说。他看看四周的战士们，刚才他们身上眼中都弥漫着恐惧的气味，现在通过一场激烈而短促的战斗，把恐惧都吹散了。

"哪里，我们配合得很好，很默契。"梁文辉咧嘴一笑说。

任飞指着不远处的界碑说："看，那是我们的界碑，我们经常要巡逻到这儿！每次来都擦一擦，把掉漆的地方描一描。"

梁文辉也看到了小高台上的界碑。

一排长走上前去，用手抹一抹界碑上的浮土，黄色和红色的国徽顿时鲜艳了起来。

突然一声枪响过，一排长身子一歪，已经滚落了下来。

梁文辉恼恨地骂了自己一句，叫道："还有敌人，隐蔽！"

瞬时枪声大作，子弹带着呼啸，倾泻而来。界碑另一侧的山石杂草中隐藏了不知多少人，隐隐绰绰地都涌了出来，大声喊着什么口号，向国境这一边冲过来。忽然又传来了马达声，几辆不知隐藏在哪儿的皮卡又逼近了边境，皮卡货兜子上安装了重机枪，有节奏的"嘎嘎嘎"地响着，肆无忌惮地扫射。

一排长受伤很重，枪掉了无力去捡，勉强用胳膊肘支撑着身体，口中还涌出鲜血。看着那些端着 AK47 的人渐渐近了，把自己身上几个手榴弹一起用力抛了出去，一声轰鸣，但并没有怎么影响敌人的推进。又一阵弹雨落在一排长附近，一排长再也不动了。敌人得意地吼叫着什么越过了边境，AK47 的子弹的敲打着梁文辉他们藏身的岩石。皮卡上的重机枪更是一刻不停地压制着他们。

这些敌人和刚才被赶过边境的特种部队明显不同。那些特种兵都是东亚人面孔，而现在这些叫嚣呐喊的敌人则像是中亚南亚的人。

一班长见一排长牺牲了，脖子上青筋暴露，大叫一声："我操！"就冲出去了。

梁文辉叫道："别……"但已经阻止不了了。

一班长大喊着快步跃进着，一边连续甩出两个手榴弹，九五式步枪也疯狂地连射中。但不久就被敌人打中，摔倒在地，步枪的子弹夹打光了，又拉响一颗手榴弹，但在被连续击中，已无力投远。在一班长倒下后，手榴弹在他身前五六米的地方爆炸了。

战士们咬牙切齿，喘着粗气，亲眼看着战友死了，义愤填膺，反而什么害怕都不知道了。

敌人呼呼哈哈地高兴得什么似的。有人拿了一块黄色的东西，放着界碑地下，看样子是一块炸药。一个家伙上去点着了导火索，夸张地大叫一声跳开，不一会儿，"轰"的一声，界碑只剩下残段的底座了。

边防战士们一个个都每天亲手呵护着界碑，现在看着界碑被人炸了，有的战士端着枪，青筋暴露地怒吼起来。

梁文辉压制着战士们要冲出去的冲动，对任飞道："还是得撤到刚才的山顶上展开防御，我们伞兵断后，你们先撤！"

任飞还想争一下，现在他恨不得立马冲出去为战友报仇，另外界碑是他们边防部队看待的无比神圣的东西，居然就被轻易炸了，是可忍孰不可忍。但终于还是理智压制住了冲动，说："好！"

梁文辉喊道："曲浩楠和九连一起撤，在路上尽可能地多布一些雷，我们多争取一些时间。其他人跟我，先打掉重火力，注意保护自己，多变换位置。"

看大家都准备好了，梁文辉大叫："上喽！"

梁文辉，熊猛，肖骁三个人奋力甩出三个爆震弹，像用迫击炮发射的一样，直逼敌人而去。几声爆响过后，梁文辉大喊："九连，撤！"同时以石头为掩护开始射击。

李从军，张士伟，王鑫的95式步枪榴弹发射器发出闷响，三发榴弹准确命中了三辆皮卡车，一辆爆炸起火，一辆横滚了出去，还有一辆被炸得快速直飞了起来，又慢慢地直掉了下去。

丁达和冷雨已经箭一样地冲了出去，连续点射，弹无虚发。

现在的敌人可比不了刚才的特种部队，他们战术素养差，又或许是仗着人多，得意忘形了，基本没利用地形掩护。现在，被梁文辉他们突然的反击打蒙了。

伞兵们全是点射，而且频率快，精度高，一下子已经撂倒了对方十几个人。敌人乱作一团，纷纷向后跑了。

丁达快速突进，已经到了界碑所在的小高台下，步枪打光了一个弹夹，但来不及换，把枪往身后一甩，顺势把匕首拔了出来。

敌人来不及反应，丁达已经到了身前，先当胸一刀，刺死一个，以死尸做护盾，又冲了几步，第二个敌人脖子被划开一个口子，血如泉涌。第三个举枪怪叫着乱打，丁达飞出匕首，刺入了他的头部。放下死尸，丁达上前拔出匕首，弯腰背起一排长的尸体，往回就跑。其他特种兵也前进到边境线，看见敌人后撤到很远处了。

梁文辉心想，敌人势大，估计他们马上还得越境攻击，恐怕要更猛烈得多，此处唯一可守的就是那个小山了。九连他们常年在此，选的地方果然不错。于是下令道："我们也回去吧！"

曲浩楠在从边境到驻守的小山包下，一路布置了很多爆炸物，有的是遥控的，有的是触发的，充分利用地形地物，一定要让这些炸药发挥最大的作用。

梁文辉他们带着一排长和一班长的遗体，从边境回来，曲浩楠指引着他们从安全的通道，回到小山包。

"敌人太多了，估计马上就要发动进攻。"梁文辉用手指着对面的峭壁说，"老齐，你看那个制高点，确实视野好，所以刚才敌人的狙击手也看中了那儿。"

齐天鹏点点头，说："那就是我的位置。"

梁文辉说："嗯，带上王鑫，尽量发挥火力。"

齐天鹏说："你们这边人手不多，就我自己去吧！"

"那不好，"梁文辉说，"他是你的观察手，怎么能不跟着你呢？"

齐天鹏心想，多一个观察手，如果狙击的效果大增的话，确实能弥补一个突击手的不足。想到这儿也就没有再坚持，叫道："王鑫，我们走吧！"

走出几步，梁文辉喊道："带上这个对讲机吧！你那儿有情况及时告我！"

齐天鹏点点头，戴上一个耳机似的东西，然后把一个发射机装进侧兜里，只留一根天线在外面。

两人试了试音质，齐天鹏和王鑫两人看了一下众人，就向干河滩对面的山崖走去。来到山崖下，两人像猴子一样，不带任何保险装置，爬上山去。一会儿两人的身影看不见了，众人心揪起来，又过了一会儿，梁文辉的耳机里传来齐天鹏的声音："到山顶了！"

似乎是王鑫拿着敌人的狙击步枪，耳机里听他说："这枪好！你不换这个试试吗？"

齐天鹏说："算了，我还是用自己的枪吧。你缴获的，算你的了。"

就在这时，敌人有动静了。有五个人分散开，慢慢摸了过来。看来是侦察情况的。

梁文辉和任飞指挥战士们进入各自的位置。梁文辉说："就五个人啊，我们的触发雷，不想浪费在他们身上啊，那是对付大部队的。"

耳机里传来齐天鹏的声音："我来打发他们。"

那五个人偷偷摸摸地往前走，在乱石河滩上尽量隐蔽自己，把身体的暴露面积尽量减小，谨慎地前进。见一直没对方的影子，他们壮着胆子，要进一步接近小山，突然从藏身的石头后面跃出，往前几步，又藏身在新的石头后面。

还是没有动静，等了一阵子，几个人使一个眼神，决定继续前进，互相打个手势，又一下子跃出。

毫无征兆的噗噗噗噗几声，那几个人还没等到达新的藏身点，身体突然失去了平衡，胸口喷出血花，感觉像慢镜头一样。被击中了！

五个人中有四个突然中枪，在他们倒地的时候，砰砰砰砰砰的枪声才传来。能明显的感觉到枪声的滞后，这说明开枪的人在很远的地方。

瞬间连开五枪，打死四个人，齐天鹏瞄准射击之间转换的速度之快，匪夷所思，就像是五个人分别瞄准五个目标开枪一样，从旁观者的角度来看，子弹几乎同时到达。

剩下一个活着的，吓的傻了，直愣愣地站着发怔。子弹并不是没有击中他，而是从他的手臂与身体之间穿了过去，所以只伤了些表皮，没打到要害。

但幸运只持续了一下，王鑫的一发补射，击中了他，子弹的撞击把他带得飞出去两米。

梁文辉看着无人机传回的图像，边境方向大队的敌人骚动起来，叫道："敌人要进攻了！看样子先是一个连规模的。"

任飞这儿只有两个班，加上伞兵，也就刚好一个排的兵力，还好有地形依托，可以跟敌人一打。

敌人开始慢慢往前走，然后逐步加速，队形也越来越散开，放眼望去，到处是一个个移动的小黑点。

梁文辉说："沉住气，放近了再打！"

敌人都跑了起来，踩在碎石地上的脚步声，喘息声，还有大声指挥的声音，都越听越清楚。枪身晃动的哗哗声，子弹链撞击的叮叮声，预示着一场铁与血的碰撞即将来临。

九连的战士们和伞兵们都抓紧了枪，心脏咚咚地响。

突然，一阵并不很响的爆炸响起，好多个圆形的东西飞到半空中，接着又齐齐爆裂，这些反步兵地雷在空中向四面八方炸出密集的小钢珠，爆速飞行的小钢珠撕扯着人的身体，使周围一瞬间成了死亡地带。

一些敌人发现地雷飞起，刚刚叫出声来，那惨叫声就戛然而止。

躲在掩体后的战士们也经历了一阵裹挟着钢铁和血肉的劲风的洗礼，风压逼体，气为之闭。

梁文辉和任飞互相一点头，叫道："打！"

敌人冲锋的节奏产生了顿挫，气势已滞，但毕竟人多，又一窝蜂地往山上冲。山上的战士们以石头掩体为依托，把子弹倾泻下去。

齐天鹏和王鑫从敌人的侧后，居高临下，不停地射击，恨不得打出手中狙击步枪的射速极限。

敌人也赶快找地方隐蔽，山上的战士们就扔手榴弹逼他们从藏身的地方出来，敌人想往山上扔手榴弹就不容易了。

敌人见进攻不利，哇哇地喊着什么，然后就逐步退去，看样子是要整顿人马，进行第二轮进攻。

就在敌人即将退出雷区的时候，梁文辉看了曲浩楠一眼，曲浩楠一按手中的起爆器，遥控的炸弹在敌人四周炸开了。这一下敌人死伤惨重，活着的人都挣扎着跑远了。

十六、冰封南国

"好大的雪啊！"

杨二金打开家门，走到门前的台阶上。他感觉从自己记事儿起，本地这三十来年就没下过这么大的雪。这个温暖的地方，有时候一年都不下雪，但是这一场雪却大的惊人，杨二金认为，即使放到北方，这也算得上是少见的大雪了。

然而其实这场大雪根本不止限于他眼前看到的这一点儿，刚刚看了电视，他才知道，整个 C 国东南部全都笼罩在这百年不遇的大雪之中。所有的交通方式几乎都瘫痪了，飞机、火车、轮船全部停运，高速路封闭。在大雪来之前就有通知，今天所有学校停课，能关门的机构、单位、公司都被要求停止上班，电视上还提醒大家尽量不要出门。

电视正看得好好的，突然一下子断电了，还噼噼啪啪发出一阵响声。是不是大雪把电线压断了？但说是普通的停电吧，怎么一下子连手机也不能用了？怎么鼓捣都开不了机，明明有很多电量的。而且几台手机都是这样，他心中奇怪，就打开门出来看看，有几家邻居也出来了。

杨二金到处张望一下，担心地心想：儿子出去玩耍了，还不回来啊！

儿子明年也该上小学了。今天看见下雪，小孩子们更是高兴得不得了，吃完中午饭，儿子就跑出去玩了。跑出去这么长时间了，别冻着啊。

正在想着，就见儿子从远处慢吞吞地走回来，好像不高兴。

走近了一看，儿子噘着嘴，身上头上还挂着些雪，就说道："怎么啦？打雪仗输了啊？"说着伸手想抹一抹儿子脸上的汗。

儿子一抬头，说："我跟他们说，我爸爸可厉害了，他们都不信！"

"什么？"

"我说我爸爸是开导弹的，他们都笑我！"儿子不高兴地说。

"什么开导弹的？"

"我说我爸爸是开导弹的，咚咚咚叽叽叽，飞的飞机全打下来了！他们都不信，还笑我。"儿子说到这儿，气鼓鼓的，嘟囔道，"还说你爸爸就是个卖菜的……"

杨二金这才明白了儿子说的是什么。杨二金确实是卖菜的，每天很早就去接菜，然后摆到自己家的小铺子来卖。但是呢，从小又有个愿望，一直想当兵，但是没当成。眼看这个愿望是无法实现了，前几年县里人武部又通知招民兵，杨二金想都没想就报名了。

但民兵毕竟不是真的兵，也没什么事儿。直到前一阵子，武装部搞了一次民兵军事训练，杨二金他们被集中在一起，训练了大半个月，他这才找到一点儿兵味儿了。这不，前两天他刚从集训地回来，就兴奋得不得了，本来不爱说话的人，结果给儿子讲自己的训练讲了好几天。

杨二金是高炮兵，就把自己在培训时学的什么高炮啦，雷达啊，导弹啦，一股脑儿地给儿子讲。自己讲得兴起，儿子本来还小，听不太懂，但估计被自己的热情所感染，也兴致勃勃起来，结果出门就给人乱吹，被人笑话了。

杨二金俯下身子，一边给儿子抹脸，一边说："爸爸不是开导弹的，是开高炮的，高射炮，记住没？"

儿子点点头，也不知道是不是真听懂了。

就在此时，耳边传来一阵忽高忽低、忽紧忽慢的响声。

这是？

防空警报！

怎么回事？

只见一个人踏着厚厚的积雪，吃力地跑了过来，手里拿着个东西，一只手抓着上面的摇把，不停地摇着，发出警报声。

杨二金认识这是镇武装部的人，那个人一边跑一边冲他喊："快，快去集合！"

杨二金听到防空警报时已经心里一惊，防空警报就是防空兵的作战命令。现在听他说集合，知道有事情，就拍拍儿子的后背，说："进家去，找你妈妈去，今天不许再跑出去了啊！"

看儿子乖乖地进家了，他就飞快地朝镇里跑去。刚到镇政府院子里，武装部的干部就对着他喊："快，先上车！"

杨二金也不知怎么了，见人人都忙叨叨的，也顾不上问，就上了那个人指着的农用翻斗车。

不一会儿，来了好几个民兵，大家都上到车斗里。又有人拿着大摇把，插到车头，使劲地摇了几下，把车摇启动了。

武装部的干部喊："你们先去县里，去了有人给你们讲情况，你们家里我们去给他们讲，快出发！"

就这样，一帮人一头雾水地坐着车，心中疑惑地出发了。这农用车推开路上的厚厚积雪，突突突地一路前行，大家纷纷猜测出什么事了，但也猜不出个头绪来。

终于到了县里，这里已经积聚了好多民兵。大家迅速整队完毕，县武装部的干部站在高处，说道："同志们，稍息！我们接到上级通报，今天的停电事件，是遭受到了敌人的袭击！"

刚说到这里，大家嗡的一下子都议论起来。

"大家听我说！这不是演习，这是战争。台洲的分裂分子袭击了我们，造成了大面积的供电中断，通讯困难，他们下一步要进一步攻击我们的重要目标。我们民兵，就是要在这儿阻拦他们的空袭，保护北面的战略储备油库！我再说一遍，这不是演习，是战争！时间紧迫，不多说了，大家赶快去炮阵地，炮都已经拉出来了，你们要抓紧时间架炮，准备迎敌！"

一听居然是真的打仗，民兵们都心跳加速，肾上腺素升高。别说是民兵了，就是正规军，又有几个经历过真刀真枪的战争啊。大家都是久在和平安宁的日子中过惯了的，现在不由得又紧张又担心又兴奋。幸好刚刚训练过没多久，大家并不慌乱，赶紧各自奔赴自己的炮阵地。

到了阵地，杨二金看见自己的连长已经在阵地上指挥架设高射炮了。连长虽然年龄不大，但是个退伍军人，专业素质确实是自己这一群人里最高的。他见杨二金他们到了，命令他们马上到自己的炮班归队。

天色渐渐暗了下来，有人抬来发电机，又拖来电线，搭起架子，顶着个小灯泡给大家照明，这样众人才勉强看清老式 37 双联装高炮上的各种刻度盘。这些高炮都是正规军汰换下来的装备，一个炮班除了班长外，剩下的八个人中有六个人都满满当当的挤在炮位上，还有两个人负责给传递弹药。那六个人也是各司其职，杨二金是负责高低机的。

大雪片子还在噗噗地往下掉着。众人铲开积雪，齐心协力，终于把炮架好了，然后就七嘴八舌地议论，讨论一下局势，传播真的假的各种小道消息。

吴顶感觉脑子在一刻不停地运转着，耳朵里也充满了嘈杂的声音，但眼皮像有千斤重，想睁就是睁不开。

就在他昏昏沉沉却焦躁郁结地要爆炸的时候，眼睛一下子睁开了，感觉浑身是汗，听见有人说："醒了！"

过了好几秒钟，吴顶才看清楚周围的情况。有几个穿白大褂的，见他醒了，就放心地走开了。再一侧头，看见赵克勤躺在旁边的一个简易的床上，也努力地侧头看着自己。

自从吴顶被人抬进这个简易房，赵克勤就疑虑不已。看到吴顶终于从躁动不安的梦境中苏醒了过来，开口问道："你……"

吴顶神经质地打断了他，问道："何俊呢？找到何俊没？"

赵克勤满腹狐疑，睁大眼睛问道："怎么问我，你不是去见何俊了吗？没见到吗？"

吴顶腾地跳了起来，眼神发直，自言自语地重复："……要找到她！……要抓住她！"

"你到底见到何俊没啊？"赵克勤问道。

吴顶根本没听见似的，嘴里念念有词，好像在思考什么。

"欸！到底怎么了？"见他半天不理自己，赵克勤又大声问道。

吴顶猛地扑向赵克勤，抓住他的肩膀，摇着说："那台洲人呢？姓钱的！"

赵克勤身上有伤，被他摇得很不舒服，说："轻点儿！轻点儿！"

吴顶停住手，直直地看着他。

赵克勤说："据说台洲人跑了。"

"跑了？没抓住？"

"还不清楚，据说往边境跑了，连小羊都去抓他了。"

"嗯？怎么回事？"

赵克勤就把自己听说的，钱永炽逃跑，卢小羊去边境等事简略说了。

吴顶眼睛瞪得吓人，刚把赵克勤的话听了个大概，就刷地推门跑出去了，留下赵克勤躺着干着急。

就在民兵们七嘴八舌地揣测议论，没什么紧张感的时候，尖利的防空警报又响了起来，大家都一下子站了起来。连长大步跑来，一边还嘟嘟嘟地吹起哨子，下口令道："各炮班就位！"

杨二金他们班也迅速地整队，报数。然后班长说道："各就各位！"几个人哗啦一下子跑到炮前，都上到自己的位置上。

霎时间，整个阵地上，口令声、答令声此起彼伏，战斗来临前的气氛骤然提高。

"向东南方搜索！"

"发现目标！敌机，一批，四架！"

只见天幕上四个小亮点在移动，逐渐地变大，接着已经能看清是战斗机尾部喷出的尾焰了。

"压弹！"班长下令。

五、六炮手干净利落的压弹，接着答道："压弹好！"

"速度五十五，航路伍佰〇〇！"

"速度五十五，航路伍佰〇〇好！"

"距离二二！"

"距离二二好！"

"确认目标！"一炮手喊道！

"打开保险！"

"打开保险好！"

"长点射————"各班同时发出了这个口令，拖长的口令声回响在阵地上空。

"放！！"一声令下，顿时炮声震耳欲聋，火光冲天。远处另两个高炮阵地也开火了，一时间无数炮弹组成弹幕，直扑天际，接着传来隆隆爆炸声。

敌机表现出极大的动摇，显然是这防御火力出现得太过突然。他们赶紧四散逃开，脱离编队，但还是有一架被击中，瞬间就坠落了。这架敌机的飞行员被迫跳伞。

有三架敌机躲过了这一轮打击，其中两架调整了姿态，扑向远处两个炮阵地，还有一架敌机一个盘旋，降低了高度，调整机头，直指杨二金他们的阵地而来。

杨二金他们早已经压好弹，炮口直指敌机方向。

连长看好时机，手臂猛地一挥，叫道："放！"

炮弹群又密集地飞向敌机。

敌机本来高度就不高，眼看炮弹就要打中了，敌机但却又忽的下沉，一时间几乎看不到敌机了。炮弹沿着原来的方向飞向了远方，敌机从炮弹下方钻过去了，接着又一下子提起高度，重新出现在视野里。

没打中！敌机高速逼近，连那个椭圆形的进气口都看得清了！

"快！压弹！"

各炮的七、八炮手把炮弹递给五、六炮手，五、六炮手使出平常训练的极限速度压弹。好，终于压好弹了，准备射击，但还是——不行了！来不及了！

敌机的20毫米机炮开火了。杨二金像是看慢动作电影一样，看着炮弹落在地上爆炸，一路朝自己打来，其他被打中的炮位顿时血肉飞溅，接着自己的炮班长一瞬就被撕成碎片，连个"啊"都没喊出来。再接着，杨二金耳中嗡地一下就听不见声音了，自己像被巨人一掌打飞似的，跌下炮来。

整个炮阵地的一半失去了战斗力。

连长红了眼，指挥剩下的一半炮掉转方向，冲着从阵地头上掠过的敌机屁股开炮，但敌机轻轻巧巧地往高一拔，炮弹从敌机下面过去了。

敌机顺势翻了半个筋斗，倒扣过来，接着又一横滚，滚转了半圈，改回平飞姿势，这样快速掉头，又对准了炮阵地飞了回来。

杨二金一条胳膊没了知觉，视线模糊，挣扎着向自己的炮位摸去。炮位上血肉模糊，刚刚还谈笑的战友已经都牺牲了。本来应该异常悲伤的，但杨二金感觉心里就像有个铁门，把悲伤的情绪都先挡在一旁，不让自己接触到。他脑子麻木了，机械地爬上自己的位置，没有什么其他想法，只是一个劲儿地想道：开炮！我还得开炮！

他刚坐好自己的位置，敌机又掠过阵地上空了。这一回敌机回来得太快，另几门炮连炮弹都没装填，就又遭到扫射了。顿时，阵地上宛如地狱般的情景，残肢断臂四处乱飞，弹药殉爆的火球把连长吞噬，有的炮被掀得底朝天，有的被炸得扭曲变形。

虽然挂着好多航空炸弹，但根本用不着使用炸弹，就把一个高炮阵地消灭了，这些炸弹还给他们的战略储油库留着呢。

想到这儿，敌机飞行员得意至极，炫耀似地把飞机拉起，机头朝上，几乎竖直的一飞冲天。他正得意着，却突然又有几发炮弹从下面打来，划着亮线掠过自己的飞机。敌机飞行员吓了一跳，扭过头一看，还有一门炮在狼藉的炮阵地中，像个旗杆一样立着。居然还有这一门炮活着，而且射击了自己，他不快地皱了皱眉，又不屑地喷了一下，心中暗骂："蝼蚁，找死！"接着左手一推油门，加力朝上猛飞一阵，然后使劲一拉杆，又头朝下，几乎垂直地俯冲下来。

那一门还活着的炮，是杨二金一个人操作的。他见敌机旱地拔葱似的直往天上飞，就把炮上的高低机打到极限位置，几乎与地面成九十度，接着打了一个短点射，但是没打着。然而从敌机的动作来看，自己的这几发炮弹显然是把对方激怒了，飞机大幅度掉头，直冲下来。

"来得好！"杨二金默默地想，他知道只有自己一门炮，火力密度太低，很难打到敌机了，他告诫自己要等，等到敌机俯冲得再低一些再开炮，那样说不定能增大命中概率。

但敌机先开炮了，炮弹垂直地落下，砸在杨二金四周，再炸裂开来。

沉住气！

他现在已经不怕死了，只怕在发炮之前被敌机先打中，那就白死了。

但是敌机的炮弹像是从天上往下撒了一把豆子一样密。

突地，杨二金感觉头像被斧子狠劈了一下一样，眼前瞬间就黑了。

意识像突然被抽出了躯壳，漂浮在了一片虚无黑暗的境界里。软绵绵，懒洋洋，什么也不想了，什么也和自己无关了，就要这么融化在幽暗之中了。

但幽暗中传来一声："爸爸！"

"……"

"爸爸！"是儿子的声音，像回声一样震荡着。

"嗯…"

"爸爸，你是开导弹的，是不是？"

"不是，爸爸是……"杨二金想纠正儿子。

"爸爸，你可厉害了，是不是？"

"不是，爸爸不厉害。"

"爸爸，你最厉害了。"儿子得意的说。

"不……"杨二金努力要否定。

"你是英雄，是不是？"儿子自豪的说。

"不是，不是，爸爸只是个卖菜的……"

"你是英雄！"

不知怎的脑子里都是儿子的声音，这声音就像是一双手扯着杨二金即将弥散的灵魂，一把又塞回腔子里，杨二金蓦地又睁开了眼。

敌机还在头顶往下俯冲，机炮还在喷射火舌。

杨二金周围到处是火光，在雪地的映衬下，光影摇曳。

杨二金把脚放在扳机上，心中只想，再等等，再来点儿！再来点儿！

全身不知道开了多少口子，血液一边流，一边带走身体的热量和能量。

坚持住啊！

能不能打中啊？

只剩自己一门炮，只剩膛里的几发炮弹，一般来说命中概率几乎很低了。

但是，能！必须能！

突然，杨二金大吼一声："放！"这一声大到连自己都吃惊，感觉不像自己能吼出的样子。像要把仅存的微弱生命都注入这最后的几发炮弹一样，他使尽浑身力气踏下扳机，杨二金感觉自己没有犹豫也没有怀疑，这些炮弹一定能打到！

几发 37 毫米直径的弹丸以爆速上升，只一眨眼到了敌机眼前，敌机飞行员刚一感觉不妙，飞机已经轰然解体，他来不及跳伞，飞机就爆炸了。

几块带火的残骸纷纷落在杨二金周围，伴随着最大的那一块砸在不远处，爆出冲天火光，杨二金哼了一声，轻蔑地从牙缝里挤出两个字："活该！"浑身一松，就失去了意识。

在栖仙山的临时板房里，江南正在看着文件。

门哗地被撞开了，好几个下属涌进来，叫道："来了，来了！"

江南放下书，等着他们继续说下去。

"各大通讯社，都已经抢着在发消息了！"

一个还捧着电脑在查看的人，此时也高叫道："看，CNN 也报道了，刚刚插播了紧急新闻！"

江南看着一个下属递过来的电脑，随手翻看了几个通讯社的报道，虽然语言各异，但标题内容都几乎一样——《台洲发生军事政变，宣布独立！》

江南平静地站起身来，说："通知军方，按预定的方案开始反击。空军要尽快支援九连，已经快来不及了。"

有人答应着去办了。

他接着说："给我接通专线，我要给中央领导小组汇报一下了。"

江南刚放下电话，就听见房外边有人喧哗，他推开门。

只见两个守卫把一个人压在地上，那个人狂躁地挣扎着。

江南认出来，那是吴顶，就问旁边的红围巾道："怎么回事？"

红围巾说："他一来就吵吵，问何俊在哪儿，还要往里闯。"

吴顶在地上扭动着身体，一边叫道："何俊在哪儿？抓住了没？快告诉我！"

张夜雨半蹲在他旁边，问道："你不是去见何俊了吗？她怎么了？"

吴顶叫道："她才是元凶！是罪魁祸首！"

"何俊？罪魁祸首？怎么回事？你说清楚点儿。"张夜雨诧异地问。

吴顶说："啊？你们还都什么也不知道吗？"

红围巾接口道："我们正在搜捕逃脱的所有人，包括何俊，但现在还没线索。"

吴顶听说还没有何俊的线索，又神经质地自言自语道："跑了，她跑掉了……"又像是猛地想起了什么，他抬起头叫道："那个姓钱的，我要去找那个姓钱的！"

"他都逃到边境了，离着十万八千里呢，你怎么去找。"红围巾说。

"卢小羊不是都去了吗？你们怎么送他去的？"

"那不是我们送的，是他找人带他飞过去的。"

"那也送我飞过去吧，送我过去吧！"

"你脑子清醒些！不是这个问题！"红围巾见吴顶变得又愣又傻，不禁有些皱眉，"你找钱永炽能干什么！？"

"他们是一伙儿的，何俊肯定和他一起逃，找到他就能找到何俊！"

"异想天开！钱永炽自己先逃了，根本没管别人！何俊怎么可能和他在一起。"

"那他也应该知道何俊去哪儿了，从哪儿跑！"

"不可能！他不可能知道何俊在哪儿，也不会关心的。"红围巾说。

"你又不是他，怎么能肯定他不知道？"吴顶说话完全不顾了礼貌，

"现在只有他有可能知道了！我一定要去找他！"

红围巾嗤之以鼻，说："哼，别说你根本去不了，就算能去，你可知道那是什么地方？"

"是什么地方？"

"是战场！现在边防部队和钱永炽请来的救兵为了抢他，正在激烈交战，你去就是送死。"

"那我更要去了！打得那么厉害，姓钱的指不定什么时候就死了，不赶快逼问他，等他死了就晚了！"

红围巾气不打一处来，说道："压根儿就没有能送你去的办法，想去也去不了！你死心吧！"说完就扭过头去，不想再和吴顶继续这没意义的对话了。

"怎么可能没有办法！我不信！我……"吴顶还在地上挣扎着乱叫。

红围巾皱皱眉，摆摆手，意思是让人把吴顶拖开带走。

吴顶"啊啊"地挣扎着，被人从地上拉起来，就要带走。

"等一下。"江南说道。

众人都停住了动作，看着江南。

"办法是有的。"江南不温不火地说。

听了这句话，不光是吴顶，连红围巾也瞪大眼睛看着他。

"那，那……"吴顶语无伦次。

"但是这个方法很危险，能不能把你活着送到都是未知数。"

红围巾一听，大惊，叫道："江总，难道你要让他坐那个！不行，不行！这肯定不行！责任太大了！"

江南轻轻朝她摆摆手，又向吴顶道："就算你活着到了，也是进到一部绞肉机器里，一点儿不夸张地说，九死一生。"

"我不怕！"吴顶大声说道。

江南看着吴顶的双眼，吴顶感觉自己像被看透了一样。

"你真的不怕死吗？"

江南这句话直叩吴顶的心灵。

死，当然是怕的。吴顶也从江南的语气和目光中感觉到了，九死一生恐怕都说轻了。

为了打听到何俊的消息，要付出这么大的代价，值得吗？

况且可能根本打听不到，白白送死。

真的就这么去送死吗？吴顶有些犹豫了。但随即脑中浮现出一副场景：自己的死讯传到何俊的耳朵里，何俊只是嗤之以鼻，根本无动于衷。虽然也知道何俊这决绝的样子只是自己的胡思乱想，但却也愈来愈怒，愈来愈哀，胸中憋屈了一股怨气，无处宣泄。

死又怎样！

"我不怕！"吴顶又大声说道。

江南看着吴顶的眼神，刚开始有些动摇，但转而又变得执拗。再看看吴顶略显稚气的脸庞，脸上手上还有伤口，浑身都是土，一副狼狈的样子，不禁有些不忍。

他转开目光，眺望着周围肃杀的风景，忽地想起自己二十出头的时候，在中亚的崇山峻岭中沐浴枪林弹雨的一幕幕，如在眼前。而在边境山口的战士们，也不过和吴顶相仿年纪，都已经在浴血厮杀，决死沙场。

想到这儿，江南说道："好，你可以去。"

他停顿了一会儿又说："但是有一个条件。"

"什么条件？"吴顶奇道，他想不出来自己除了撒泼，还能为对方做什么。

江南张口，但欲言又止，他一向说话爽快，但这次想了半晌，又看了看吴顶说："嗯……那么，你得把何俊和你说的话一一告诉我们。"

不省人事的杨二金不知道，其他两个高炮阵地的战况也很惨烈。

另外两架敌机没有那么好的耐心，直接投掷了航弹，导致另两个高炮阵地遭到毁灭打击。见此处的防空火力已经丧失作战能力，敌机调整航向，准备向战略储备油库方向继续突击。

就在此时，在天边闪现几个小亮点，很不起眼，但一下子就到了眼前。

两架敌机像触了电一样，忙不迭地开始做大幅度机动规避，后面还甩出一串红外干扰弹。

但好似落入蛛网的小虫，再怎么挣扎也是徒劳的。

一个小亮点如流星赶月，追上了一架敌机，敌机顿时炸成一个火球。由于惯性，火球还在向前翻滚，又一个小亮点赶上，把已经变成火球的敌机炸得稀碎。

防空飞弹！

不可能！他们的防御系统已经瘫痪了，不可能这么快恢复的！

最后一架飞机上的飞行员一边在心中这么咆哮着，一边看到同伴被炸得支离破碎，吓得浑身乱抖，哆嗦着拉动了弹射手柄，飞机的舱盖呼地抛掉了，弹射座椅带着他离机跳伞。

失去控制的飞机又被两发导弹击中，绚烂如花。

地面上，救援队急急地奔向几个高炮阵地，搜索幸存者。杨二金也被救了下来，抬上救护车，送去抢救了。

此时，空气好像震动了起来，众人直起身刚想看看怎么了，四架歼11战机从头顶飞过。巨大的引擎轰鸣声，好像要让一切都共振起来，搅动着地面上众人的五脏六腑。

四架战机以箭形编队一起翻了个小筋斗，算是向高炮阵地的勇士们致意，接着就一闪而过，奔向天边，奔向战场。

十七、弱旅雄师

　　风越刮越大了。高原上的风如刀似箭，穿透衣服皮肉，直刺骨髓。

　　曲浩楠把仅剩的几个定向雷，精心地布置在阵地前沿。梁文辉打开自己的手持终端，发现居然来了一条命令。

　　他精神一振，赶紧输入身份信息，查看命令。

　　命令依旧很简单：和九连看守犯人，坚守阵地待援。歼轰机在一个小时后赶到战场区域，可用引导器指引打击目标。

　　命令虽短，但梁文辉长长地出了口气。自从来了这儿，他一直没腾出手来，给上级汇报此处的复杂情况，他还一直担心这高原山区的电波信号，能不能收发信息。现在看来，上级不但掌握他们现在的情况，而且之前就掌握了情报，派他们来恐怕就是协助九连要堵住胆敢入境之敌。但是，既然这样，为什么不派大量的部队来呢？为什么不派本地的地面部队提前驻守呢？

　　梁文辉微微一笑，知道这些问题根本用不着自己想，头头脑脑们考虑得比自己全面。他从这一条命令里得到了底气，这就够了。上面关注着这里！不管平时对上级有多少抱怨，现在他感觉身后坚强的靠山。

　　援军什么时候到啊！没有援军，能坚守一个小时吗？

　　突然，他感觉到一丝欣慰，一丝激动，一丝感谢，能被派到这个战场，很自豪！那么多团队，上级选定自己这一班人马，就已经证明了自己队伍的优势。虽然可能要牺牲，但比那些一辈子磨砺技艺，却无用武之地的同行们，要幸福得多。

他向任飞通报了命令。任飞知道要来援兵，也很高兴，马上向战士们通报，让大家鼓起勇气，坚守待援。

刚刚动员的时候，有战士喊："好像敌人又来了！"大家赶紧奔赴战位。

果然，一些黑点在向这边移动，而且速度不慢。

梁文辉向高处的齐天鹏呼叫："敌人多少？"

耳机里传来沙沙声，没有回应，又叫了好几遍，都没有。怎么回事？再一看无人机传来的图像也都是雪花点，梁文辉意识到了：敌人实施了电磁屏蔽！

这是普通极端训练营的人能干的事吗？他们有这么高科技的设备吗？梁文辉隐隐觉得敌人背后也有强大的支持。

"狗！狗！"有战士大叫。

梁文辉回过神来一看，那些黑点移动得很快，十分矫健灵敏，那真不是人，是几十只狗！再近了些，只见那些狗一只只体型雄健，吼吼做声，露出白森森的尖牙，气势汹汹。

齐天鹏和王鑫开枪了，但狗的速度太快，不容易打到，两个人打光了两个弹夹也才打倒五六只。

王鑫换好弹夹，刚把眼睛凑到瞄准镜上，咦的一声，说道："那是什么？"

齐天鹏还没回答，王鑫就大叫了起来："107 火箭炮！"

齐天鹏辨认了一下，说："对，好像是的！干掉他！"

"太远了！恐怕够不着！"

齐天鹏把枪翘起老高，开了一枪。

"不行，太远了！"王鑫把缴获敌人的狙击步枪交给齐天鹏，自己拿起望远镜。

齐天鹏计算了一下，开了一枪，王鑫说："风太大，偏左了。"

齐天鹏又开了一枪，已经很接近了。

王鑫说："好，再来一点就行，他们的炮口还没转向队长他们，还有时间！"

齐天鹏说道："等等！队长手里有人质，敌人拿炮打，不怕伤到人质吗？"

王鑫还没明白他的意思，齐天鹏突然大叫："那是用来打我们的！快躲！"

话音未落，107火箭炮开火了，九枚火箭弹带着白烟，发出凄厉的响声，直扑狙击手所在的山崖，一阵震耳欲聋的爆炸，山崖都被打得塌了一块，轰的砸到地面上。

梁文辉心中一揪，忍不住大声呼叫："老齐！老齐！你们怎么样！"但耳机里依旧一片电噪声。

顾不上感伤，张牙舞爪的恶犬已经冲到了。哐哐哐的一阵爆炸，好多地雷被触发了。一些狗被炸死炸伤，发出呜咽之声，还有些倒地打个滚，又站起来扑了上来。

战士们举枪猛打，又消灭了一些，但还是有一些冲到了眼前。

一只巨犬大吠一声，飞身扑起，跃入防御阵地，把一个战士扑倒在地。那个战士大叫，撑住狗的脖子。旁边的战友怕用枪伤了自己人，一枪托打在狗头上，狗一下子翻滚到一边。

任飞拔出刺刀，叫道："用刀！"说着猛刺入狗身。

更多的恶狗跃入，战士们纷纷拔出刀，有的装在枪上，有的握在手里，大吼着刺向恶狗们。

一时间人叫狗吠，鲜血四溅。

一个人影窜入阵地，手握一把刺刀，身形灵动，瞬间毙恶犬无数。

任飞仔细一看，居然是那个像女孩儿似的卢小羊。伞兵们也没想到他这么厉害，都纷纷叫好，卢小羊咧嘴报以一笑。这样一来，任飞也不好意思再叫卢小羊坐回伤员堆儿里去了。

就这样，付出了几个战士被狗咬伤的代价，总算把巨犬都消灭了。

还没定一定神，就感觉四周乱哄哄的，原来敌人包围了小山，叫喊着涌了上来，人手一把 AK47，打得山上的战士露不了头。

曲浩楠一按手中的引爆器，把剩下的炸弹都引爆了，气浪滚滚，石屑飞溅，总算把敌人阻了一阻。

其他人的手雷手榴弹也纷纷出手，趁着爆炸的烟雾，出枪射击敌人。

熊猛架好机枪，射出的子弹像鞭子一样，唰唰地抽打着，子弹落处，沙石四散，血肉横飞。肖骁也换了九连的一把机枪，又准又刁地点射。

李从军和张士伟站在比较靠前的位置，两人灵活机动，左腾右挪，伺机射杀猎物。

丁达跑得更远，几乎深入敌群。他动作敏捷，仗着地形复杂，乱石丛生，竭力施展手脚。本来就只有冷雨跟得上他的节奏，现在卢小羊也冲在前面，三个人相互配合，照顾彼此的后方。

梁文辉远远地关注着，用精度点射，给他们掩护，清除高威胁的目标。但接连几次，自己本来要打的敌兵，却被人抢先击中了。他十分诧异，听这个抢他目标的枪声，射击的节奏把握的很好。梁文辉扭头看去，却见穿着飞行员服的柯素鹈专注地端着 95 式步枪，沉着地击发。

梁文辉心中赞许，救下的这两个人还真有两下子。

曲浩楠不停地发射枪榴弹，专门往敌人多的地方打，又准又刁，还不时的掷出小块肥皂一样的炸药，每一次爆炸都地动山摇的。

但敌人数量实在太多，九连的战士隐蔽的意识不好，不断有人被打中。敌人一步步逼近过来。

任飞叫道："敌人上来了，上刺刀！"

马上要进入肉搏战了，看着乌央乌央的敌人，梁文辉本来想让任飞用人质要挟，让敌人投鼠忌器，但看了任飞的表情，他一下子懂了任飞的心情。

任飞根本就不愿苟活，不想利用人质，以保全自己的性命，他只想竭力完成任务，但如果天命不济，那就杀掉那个台洲人，然后随着血洒疆场的兄弟们离去。

梁文辉感到一丝惭愧，惭愧他没能像任飞一样毫不犹豫地把自己置之死地，但现在他和任飞的想法一致了，感到了浑身的轻松。

就在众人抱定要与敌人决死一搏的这一刻，山脚下骚乱了起来，敌人阵脚不稳。大家往远处看去，只见一个个体型硕大的东西，卷着沙土，横冲直撞而来。

那是……牦牛！

有个战士喊道："是指导员！指导员来了！援兵到了！"

只见牦牛阵后面好多战士也冲了过来。

敌人用狗冲锋，没想到我方用牦牛还击，纷纷后退，一边扫射牦牛，但牦牛身躯庞大，挨了枪就像什么也没发生过一样。而且牦牛们受了惊吓，发了疯地又冲又顶又踩，连一辆皮卡都被顶翻了过去。

任飞大叫道："同志们，杀啊！冲啊！"

山上的守军精神大振，熊猛和肖骁在前，两挺机枪开路，伞兵和九连的战士，呐喊着冲锋，杀声震天！

敌人气势已馁，狼狈地逃窜。

任飞赶过来，拉住指导员曲高，高兴地说："指导员，你们来了，太好了！从哪儿搞来这么多牦牛？"

曲高说道："你知道皮达老大爷不？就是维族的那个老大爷。"

"认识啊。我常碰见他放牧啊。"任飞说，"难道,这都是他的牦牛？"

"对！我们刚才碰到他了，他听说我们来支援，二话不说就把他的牦牛全给我们了！多亏了这些'高原之舟'，要不我们赶到时也精疲力尽了。"

此时，牦牛阵一路平推，把敌人的阵线逼得退后好远，直到敌人稳住阵脚，才把牦牛们一一射杀。

伴随着远处不时传来的牦牛临死时的悲鸣，曲高带来的九连二排三排来到小山顶，任飞又给他介绍了梁文辉等伞兵，然后给他讲述了发生的事情。

新来的战士看到这惨烈的战场，看到战友们的尸体，听到三班被伏击，界碑被炸这些事，无不目眦欲裂，恨不得马上就和敌人厮杀，把敌人碎尸万段。

曲高说："连长，估计敌人马上要卷土重来，你给大家布置一下。"

任飞说："好！"把战士们召集到一起，说："同志们，要不是你们及时赶到，我们估计已经不在了。上级交给我们的任务，是确保那个家伙不落到敌人手中。"他指指不屑地翻着白眼的钱永炽，说，"这儿的情况你们也看到了，敌人人多势众，嚣张至极，凶残无比。他们妄想吓住我们。我们的好多兄弟已经牺牲，用生命履行了军人保家卫国的誓言，履行了边防战士的使命，他们无比光荣！接下来，敌人马上又要进攻了，下一个牺牲的也许是你是我，同志们，怕不怕？"

战士们大叫："不怕！"

任飞接着说："增援部队就要到了，我们一定要坚持到他们到来。我们都是第一次经历真正的战斗，真正的战争，但是养兵千日用兵一时，这正是证明我们九连时候，九连的光辉历史由我们书写！同志们有没有信心？"

战士们大叫："有！"

任飞对曲高说："指导员，你也给大家战前动员一下吧！"

曲高说："好！"站在稍微高一些的地方，眼光扫过每一个年轻稚嫩的脸庞，用眼神和战士们一个一个的对视，看到每一双眼睛里都透出火焰来。

"我就两句话，"曲高坚毅的目光直射每个人内心深处，"侵我国界者，死！害我兄弟者，杀——！"

听了指导员这句声音不大的牙缝里挤出的话，战士们都感觉五脏六腑轰然爆炸，被压抑的一股气直冲出来，情不自禁地高举手中抢，怒吼道："杀！！"

杀气，就像一股看不见的冲击波，冲天震地。

就在这时，敌人的第三次冲锋开始了。

虽然增加了两个排，但和敌人的数量相比还是不足一提。敌人这次发动了集团冲锋，几个梯次的部队要连续冲击，势在必得。

此时，天色已经暗了下来，寒风更急。

敌人呼啸怪叫着，快步前进，包围了山脚，就向山上冲锋。远处新开来的两辆皮卡上 12.7 毫米重机枪哒哒哒的扫射，压制山上的部队，为冲锋做掩护。冲锋的敌人们手中的 AK47 也吐出火舌，霎时子弹如飞蝗，在昏暗的背景下，一道道橘红色的曳光清晰可见。

但山上却一片寂静，好像人都走光了一样。

敌人们再冲得近点，还是没动静，更是满腹狐疑，越发谨慎了，慢慢往上摸。

一个敌人小心地慢慢贴着石头刚要绕到的另一面，就发现石头后面有一个人，就出现在他的侧面，表情坚毅，手握的步枪还上着刺刀。他没想到我方战士一下子出现在身边，吓得魂飞魄散，伴随着一声惨叫，刺刀已经刺入他的胸膛。

九连的战士们纷纷现身，双方刚一交火就是近战。

此时，两挺皮卡上的机枪，突然哑巴了。从对面山崖上，一发发子弹以近乎垂直的角度打向敌人。

这是齐天鹏的狙击速射绝技！

梁文辉高兴地大叫："老齐还活着！"有了狙击手的支援，十分高兴。

伞兵们斗志高昂，冲锋在前，杀入敌阵。丁达越打越兴奋，越打越癫狂。冷雨跟着他在乱石滩上窜高伏低，掩护他的侧翼。卢小羊也打得兴起，在这混乱的刀枪丛中，闪转腾挪，大开杀戒。

丁达凑过来，对卢小羊说："小姑娘，厉害厉害，佩服佩服！"

卢小羊没好气地大喊："说多少遍了！我是男的！"

丁达说："哈哈，别生气！咱俩比比，看看谁杀的敌人多，怎么样？"

卢小羊道："比就比！"

两人都呐喊一声，又如猛虎般杀入敌丛。

张士伟和李从军两人一组，相互掩护，稳重精准，且打且走，且走且藏。

熊猛和肖骁的两挺机枪，分别从左右两边，交叉扫射。

梁文辉一边策应全局，一边精度射击。瞟了一眼不远处的柯素鹅，她还是稳稳地射击，掩护卢小羊他们。

曲浩南的枪榴弹画出高高的曲线，即使躲在石头后的敌人，也能被打到。

九连的战士没有伞兵们打得这么有技巧，但也是杀气腾腾，他们好多直扑敌丛，狂打乱扫，敌人往往被他们的气势所震慑，但他们在打死几个敌人后，也往往中弹牺牲，有的战士临死前用手榴弹和敌人同归于尽。

一个哈萨克族战士和敌人进入肉搏，他把那个敌人压在身下，随手拿起一块石头，猛砸对方的头部，几下对方已然没气儿了，但他打得兴起，眼睛瞪得溜圆，咬牙切齿地仍然一下一下地砸下。只砸得那人的头只剩下一滩模糊血肉，他才住手，目光扫向旁边两个瞠目结舌的敌人。那两个人手里拿着枪，但看着他凶神恶煞的表情，满身的黑血，还有沾满脑浆的石头，仿佛要拉人下地狱的死神一般，只吓得浑身发软，枪都忘了开了，再见他的目光扫来，扭头就跑。

旁边一个小战士，双腿都打断了，倒在地上，他发一声喊，昂着头，就靠两只手以不可思议的速度爬向一个敌人。那个敌人吓得大叫，连续开枪想打死他，但就感觉手臂都不是自己的一样，打了好几枪都没打中。那个小战士已经拽住他两腿，摔倒了他，抓住他的上身，张开满是鲜血的口，露出两排牙，照着他脸上就咬。那人在地上扭动，屎尿齐流，喊都喊不出声来了。

然而毕竟敌人众多，己方的六七十人和几百敌人胶着在一起，不断的有损失，虽然敌人损失的更多些，但己方会先消耗殆尽的。

怎么办？梁文辉想不出什么好办法，只得撑得一刻是一刻。

任飞见战士们一个个死去，发了疯似的大喊，自己猛冲上去，抓住一个敌人狠狠地刺了两刀。扔下这个敌人，他又想去扑向另一个，突然连中两弹，倒在地上。

就在此时，天上传来一阵嗡嗡声，一架运20运输机呼啸而过，一下子又没影了。接着，天上传来砰砰两声，梁文辉抬头一看，隐约看到两朵伞花在黑暗的天幕上绽放。

那是？

待伞花再降落一些，他定睛一看，兴奋的大叫起来："伞兵战车！还有伞兵突击车！"

原来援兵到不了，先给我们空投装备了！

伞兵突击车是越野车，结构简单，结实耐用，而伞兵战车则是履带式装甲战车，都是伞兵们深入敌后的好伴侣。

伞兵突击车先着陆了，但它落在一个大石头上，一下子侧翻了过去，降落伞脱开，被一阵风卷走。

接着，伞兵战车在三个巨大的降落伞的拖拽下也下来了。风太大，猛烈地吹着，三个大伞斜着脱了钩子，呼啦呼啦地飞走了，战车靠惯性从较远的地方贴着地面滑行而来，足足滑了三十多米，好多敌人都被这突如其来从天而降的铁疙瘩撞飞撞死，其他人赶紧躲闪，战车直冲过来，恰巧在梁文辉旁边停住。

梁文辉说："他们扔东西越来越准了哦。"说着把枪甩到背后，起身去开战车的后门。

刚把门拉开一条缝，突然一只手从车里面把门一把推开了。

战场上的枪炮，梁文辉都能坦然面对，反而是这从车里往外的一推，就像盗墓贼开棺材时遇到尸变一样，把梁文辉吓得差点一屁股坐到地上。

这车里居然有人！

伞兵战车带成员空投只有 R 国搞过，我军一直没试验过。并不是有什么技术难度，用鸡、鸭、羊等代替人空投的试验也都做过，并且成功了，理论上来说战车带人空投已经没有什么实质问题。但是毕竟有很大的风险，必要性也不是很大，所以我军并不主张这么做。

然而现在居然有个人从车里出来，让老伞兵梁文辉瞠目结舌。

从车里出来的人正是吴顶。江南答应送他来此，他也有些嘀咕：到底怎么送呢？当他得知居然是坐大型运输机，然后跟战车空投下来时，也大吃了一惊。虽然出乎意料，但是吴顶现在满脑子都是找何俊的下落，其他什么也不顾了，让上飞机就上飞机，让钻战车就钻战车，愣头愣脑地就被空投下来了。

自由落体、开伞、着陆，这个过程足够把一般人吓个半死，但吴顶现在心有旁骛，都想不起来害怕了。

他冒冒失失地钻出战车，火药味、浓烟味、焦糊腥臭味扑面而来；枪声、爆炸声、呐喊厮杀声充盈耳鼓；战士们不光是眼睛打红了，连枪管都打红了，在夜色中看来发出暗红的光，像一根根烧火棍一样。

吴顶不管不顾地冲出来，见人就问："钱永炽呢？姓钱的在哪儿？"

梁文辉一把把他按在地上，接着扯着嗓子喊道："肖骁快上战车，把底盘快升起来，曲浩楠去操炮！李从军、张士伟掩护他们！"

曲浩楠刚答应一声要去，梁文辉一把把他扯住，说："把急救包给我。"接过急救包，拍拍他让他去了。

梁文辉把吴顶拉到有战车掩护的一侧，叫道："你是谁啊？让你来干啥的？"

吴顶大声叫道："我要找那个姓钱的台洲人？他没死吧？"

梁文辉问道："你找他干嘛？"

吴顶说："我有话问他！"

梁文辉也不再多问，对他说："那你跟紧我，别乱跑！听见没？"

吴顶点点头。

梁文辉叫道："来，走了！"说着就向躺在地上的任飞跃进。

任飞受了枪伤，挣扎着想坐起来，梁文辉不由分说，扛起他就往山上跑。吴顶也猫着腰，跟着梁文辉快跑。

跑到放俘虏的地方，梁文辉放下任飞，给他包扎左腹部的伤口。他受伤不致命，但流血不少。

吴顶看到钱永炽，二话不说就冲了过去，一把抓住钱永炽的前襟，叫道："何俊去哪儿了？！"

钱永炽被突如其来的一问，搞蒙了，说："何俊……？"

"何俊去哪儿了？！"吴顶使劲摇着他问。

"哦，你是说那个女学生吧。我怎么知道她去哪儿？"

"你和她是一伙儿的，怎么能不知道？！"吴顶咬牙切齿地叫道。

"一伙儿？别开玩笑了。她不过是一把钥匙，用完就丢了，谁会管她去哪儿？"钱永炽轻蔑地说。

吴顶听了，也知道他所言不虚。钱永炽只是名义上的头儿，并不知道多少实际细节，他也用不着知道。

最后一丝渺茫的希望也破灭了。吴顶怒气盈胸，狠狠地把钱永炽推倒在地，恨不得上去暴打他一顿，发泄怨气。

任飞的伤口刚包扎好，就暴躁地要去战斗，梁文辉按住他说："你在这儿看着俘虏，下面的事儿我们来吧，战车也有了，不怕他们了。万一我们不行了，你把俘虏解决了，不能落在敌人手里。这个引导器给你，它开始工作不久，就会有导弹打到，但现在被电磁压制了，估计发不出信号去。不过万一敌人要逃走，你把这个定上时，偷偷挂在他们身上，时间到了它说不定能发出信号，引导炸弹到他们身上。"

任飞心想，如果他们逃跑都阻止不了，怎么可能往他们身上挂这个呢？但转念一想，明白了梁文辉的意思，他其实是想说，万一挡不住敌人了，可以引导炸弹来消灭敌人，但这样自己这些人也都活不成了。梁文辉抱定必死的信念了，但又不好直接说让任飞放弃生命和敌人一起死，所以就只说了使用的方法，把选择权交给任飞。

任飞心想，你有勇气同归于尽，我就是孬种么？还不直说，拐弯抹角的，看不起我！

但也没说出口，只道："好，我知道了。"

梁文辉拍拍他，说："这儿交给你了，我下去了。"说着就走了。

跑到半山腰，就听见马达的轰鸣声，伞兵战车在敌阵中横冲直撞，所向披靡，这是肖骁在开车，地面虽坑洼不平，怪石林立，但这车开得灵动异常。

车上的炮塔嗡嗡地转动，三十毫米炮发出低沉的怒吼，一发发小辣酱瓶子大小的炮弹以三倍音速扑向目标，炸裂开了，当者立毙。并列机枪也哒哒哒地打出子弹，在夜幕下，弹道十分明显。驾驶员和操炮手配合默契，把战车的性能发挥到了极致。

伞兵们以战车为掩护，迅速把敌人的阵线往回压缩。

此时，有人"啊啊"地狂叫，简直要盖过枪炮声，接着一个身影端着AK47，直挺挺地往前猛冲。

卢小羊一看，差点儿惊掉下巴。那不是吴顶吗？他怎么来这儿了？

吴顶不躲不避，端着AK47就使劲儿开火，但没打到敌人，自己还差点儿被后坐力震倒。

卢小羊赶上去，从背后把吴顶拉倒在地，叫道："吴顶，你不要命啦！"

吴顶扭动着要起来，说："再给我把枪！"

卢小羊说："你疯了吧！"不由分说，把他向后拖去。费了九牛二虎之力，也没拖多远。直到柯素鹈猫着腰过来，两人合力，才把吴顶拖到隐蔽之处。吴顶一直折腾，也累得够呛，这时老实了些，大口喘着气。

卢小羊没好气地问道："你抽完疯了？你干什么来了？"

吴顶不说话。

"你怎么来的啊？"

"……被人扔下来的。"

卢小羊听了这话，愣愣地反应了半天，才说道："扔下来？和那个铁疙瘩？"

吴顶点点头。

卢小羊还没再问出什么，就听到凄厉的响声，一团火光扭曲着飞到，打在不远处一块石头上爆炸了。几个人下意识地缩了缩脖子。

什么东西？

"RPG 火箭筒！"前方离战车不远处的张士伟惊叫，"快干掉它！"

原来是敌人发射了火箭弹，想打伞兵战车，但是这一发打偏了。

还没来得及庆幸，接连两发 RPG 打中伞兵战车，伞兵们大叫，集火向发射 RPG 的地方打去，但天色已黑，远处看不清，根本打不到了。

伞兵战车中弹停了，一侧着火，李从军不顾火势，上去拉开后车门，只见肖骁扯着曲浩楠，拽出车来，曲浩楠人事不省，身上还着火。几人把他藏在车体的后侧，扑灭身上的火苗，人却已昏过去了。

敌人又不可一世地冲了上来。肖骁背着曲浩楠，其他伞兵掩护，九连的战士也且打且退。敌人逐渐逼过来。

梁文辉见伞兵战车被炸毁了，知道已经拖不住敌人了，但也只能硬着头皮扛了，幸好天色已黑，敌人进攻也滞涩了。

正在这么想着，噗噗噗几个红点摇曳着飞上天空，瞬间变成几个刺眼的光球，像小太阳一样照亮了地面。

敌人有照明弹，这也是意料之中，但梁文辉咂了咂舌，这回凶多吉少，只能认命了。

曲高问梁文辉道："怎么办？"

梁文辉说："我们掩护，大家往山上退。"

有些战士扛起伤员，退走到半山腰，各自找寻依托物，草草隐蔽起来，喘息片刻。

敌人也感觉稳操胜券了，他们呼喝着却也不怎么太急着往前猛冲，而是慢慢压缩包围圈。在照明弹的惨光之下，连他们脸上兴奋的表情都看得清楚了。

这就是最后一战了。

梁文辉也不多想了，多杀一个是一个吧。

吴顶心灰意懒，抬头看看周围卢小羊、柯素鹅等人的表情，也明白了。他默默地拿起枪，又寻了一个弹夹，插在枪上。

敌人不断涌上，有些没带回来重伤员，被他们拖到一起，故意让守军眼睁睁看着，逐一惨杀。

大家面容淡然，决意和敌人同归于尽，有的端枪瞄准，有的握着最后的手雷，有的提着刀。卢小羊活动活动脖子和手腕，吴顶慢慢地拉了枪栓，把子弹上膛。柯素鹅捡来两个钢盔，给他们两人一人头上扣了一个，然后也举起枪，做好射击准备。

照明弹逐渐暗淡、落下，大地又复一片漆黑。

短暂的一刻，枪声止歇，唯闻风声。

正是这一刻寂静，人们听到一阵阵轰鸣声远远传来，瞬间已经接近。两方的人都被吸引，望向那个方向，只隐隐看到一些红的黄的车灯。

怎么？汽车吗？

突然，乱石河滩的另一端一下子十几只大灯照射过来，灯火通明，宛如白昼。战场上的人都暂时停了厮杀，举手挡住白光，想看清是什么东西。

曲高高兴地大叫："援军！援军到了！"

梁文辉也看出来了，那是我军的步兵战车，足足有十多辆。

敌人还没从被强光照耀中缓过神儿来，步兵战车已经开火了，机关炮、重机枪、步枪打出的弹丸，大小不一，速度各异，组成光影交织的火网，山头上的战士们都欢呼起来，有的喜极而泣。

对于他们来说，这是一幅赏心悦目的画卷，而稳重低沉的机关炮声，高亢嘹亮的机枪声，朴实亲切的突击步枪声，无疑是配着画卷最动听的交响乐。

吴顶也站起身来，一言不发地看着山下：有敌人又想发射 RPG 火箭弹，刚把它举起来，就被各种口径的弹丸覆盖了。敌人已经组织不起反击了，鬼哭狼嚎地想要逃窜。几辆步兵战车快速突进，直插敌人背后，堵截住了好多敌人的后路。这些敌人见退路被截，拼命冲锋几次，想打开通路，都被迎头痛击。他们见突围不出去，只好龟缩至崖边，负隅顽抗。只见我军一些背着大罐子的士兵，在火力掩护下，抵近敌阵前缘。突然，呼地几条火龙猛地窜出，像活物一样在敌阵间游走。是火焰喷射器！这东西喷出的高温射流撞到障碍物上会反弹，有时候会反弹好几次，对付躲在室内、坑道内或掩体后的敌人最奏效。霎时间，敌人撕心裂肺的惨叫不绝于耳，闻之令人毛骨悚然。

旁边，咣啷一声，卢小羊手里的匕首掉了下去。看着山下铁甲洪流锐不可当，看着山坡上烈士的遗体，看着周围勇敢无畏的战友，看着嚣张一时的敌人终于覆灭，卢小羊感觉胸口有一种冲动，自豪想哭的冲动。

是的，这就是我们的战士！这些枕戈待旦、马革裹尸的人，是我们的战士！

是的，这就是我们的军队！不管有多少敌人害怕她、抹黑她、仇视她，这是我们的军队！

他扭过头去，柯素鹔扶着巨石站在旁边，两人相视一笑，脸上都挂上了泪珠。

然而，在炼狱中走了一遭、好歹把性命保住了的吴顶，却依旧死气沉沉，心中一点儿也高兴不起来。转念想想两天前那个星期五的下午，自己还天真烂漫地坐在教室里，现在的自己就像过了一辈子一样，心如槁木。明天是星期一了，赶得及的话，还得去学校上课，但是，但是……何俊已经不会坐在身边了。

梁文辉见胜局已定，奔跑着回到任飞身边，见任飞脸色吓人，再往四周一看，俘虏不见了！

梁文辉问："俘虏呢？"

任飞像中了魔一样，梁文辉问了好几声，任飞才说："被劫走了！"

"什么？被谁？"梁文辉不能相信，我方大胜，怎么反而会被人把最重要的东西抢走？

"被，被最先来的那一伙台洲特种兵……"任飞有气无力地说。

原来，那支特种兵部队的头子吃了亏，就让这些乌合之众们当炮灰，不停地从山下冲击。而自己刚才带人，从小山包背后靠悬崖一侧过来，趁虚而入，直接来到小山包的腹地。这里只有伤员和俘虏，任飞想抵抗，被对方的头头打翻在地上，踩在脚下动弹不得。

只听对方的头儿说："人，我带走了。我不杀你，你丢了俘虏，没完成任务，回去受尽屈辱，让你们的人杀你吧！哈哈！"

梁文辉听罢，恨自己怎么就没防敌人从背后偷袭呢？幸亏敌人只是要人，不想多生事端，否则要是从背后杀来，只怕伤亡更惨重了。思之冷汗涔涔。而经过千辛万苦，任务还是失败了，恐怕正如那个敌人特种兵头子所说，以后的日子里要备受失败的痛苦、悔恨和屈辱折磨了。

这种情绪只是一闪，梁文辉并不是想不开的人，他安慰了一下任飞，见他神情恍惚，但身体无碍，就重新跑回乱石河滩。

曲高见他回来，介绍道："这位是来增援的高连长，这位是空降兵特种大队的梁队长。"两人互相敬礼。

高连长本来正在组织抢救伤员,看受伤牺牲的同志那么多,表情凝重,说:"我们来晚了,你们打得太惨了。"

步战车还在往前推进,高连长脸色阴沉,好像对自己来的太迟十分介怀。

枪炮声逐渐弱了。这时候,一个战士跑过来,对高连长说:"有的敌人退向边境,被围的敌人大部分消灭,还有一些投降了……"话还没说完,就看到高连长冷得要杀死人的眼神。这个战士一愣,扭头走了。

本来已经停歇的枪声突然又咚咚哒哒的一阵响过,像放鞭炮一样。

那个战士又跑回来,敬礼说道:"敌人不肯投降,已经全部歼灭!"

高连长点点头,说:"一排继续追击敌人,其他人赶紧抢救战友!"

"是!"

一排的几辆步战车继续追击敌人。逃窜的敌人本以为过了边境线就不会挨打了,正暗自庆幸,要歇一口气时,子弹炮弹又兜头打来。原来,一排"看不到界碑,不知道边界线在哪儿",穷追猛打,打过边境线好远才返回。

本来应该成为限制不越雷池一步的 C 国军队的界碑,由于被敌人自己炸毁,又断送了他们好多性命。

战斗基本结束,梁文辉就招呼大家和援军一起搭起了简易的医疗站,又帮助卫生员抓紧就地处理伤员,忙活了大半天,伤员都稳定了。

梁文辉看自己的战士受伤不重,这一回死里逃生,又打得痛快,俘虏逃了什么的也不管了,都开始侃大山了。

梁文辉觉得该联系一下上级,汇报情况,顺便也问问自己的人怎么回去。又想,还是和任飞他们一块儿请示的好,就扯住一个九连的小战士,问他:"你们连长呢?叫过来呗!"

小战士说："连长刚才叫我们帮忙，把天上掉下来翻了的那辆车翻过来，就开着从山下走了，说他有事，也不叫我们跟着。"

梁文辉纳闷，把伞兵突击车翻过来，开走了？能有啥事啊？

突然脑中一惊，大叫："不好！他去追那个俘虏了！"

众人一听，都忙问怎么回事。

任飞开着伞兵突击车越过边境，这车机动越野能力很强，他开足马力，沿着唯一的一条破路疾行。

高原风大，伞兵突击车的车身只是一个钢架，没有包裹，更是冷得彻骨，但任飞不管那么多，恨不得把车开得飞起来。

终于看到前方有车灯闪烁。

追上了！

前面的车队也发现他了。车队里的越野车、皮卡变换队形，见只有任飞一个人，放心的包夹他，一辆越野车从旁边撞了任飞的车两下，撞第三下时，任飞的车方向打偏，一下子飞了出去，翻滚几下，不动了。

车队也都停下来。

幸亏伞兵突击车钢架结实，任飞被转得头昏眼花，但没啥大伤。

敌人特种兵头子见是他，笑道："你疯啦！哈哈，一个人来送死啊！"说着拖出来就是一脚，任飞不说话，默默忍受了。

钱永炽也得意地站在一旁，说："任连长，我们又见面啦！我好佩服你啊，你以为你一个人就能把我再抢回去吗？"

说着，敌人们都哈哈大笑。

敌人的头子指挥手下，对任飞不住地取笑、侮辱，殴打，以泄他手下被杀十几人之愤。

任飞一言不发。

敌人头子见任飞浑身是血，命在顷刻，居然面色坦然，话也不说，不禁奇怪。

在距离此地几十公里外的边境附近，八千米的高空中有两架歼轰七在不停地盘旋，但不敢越过边境线。他们在等待地面引导的信号。但信号迟迟不来，再过十五分钟没有信号的话，他们就要返航了。

　　就在此时，长机的耳机里传来嘀嘀的声音，僚机也听到了。

　　长机下令道："调整航向，导弹与引导器建立联系。"

　　双机的武器操作员都道："导弹预热完毕，联系建立，信号稳定，可以发射！"

　　"发射！"

　　四枚携带子母弹撒布器的导弹从两机的机翼下脱钩，伸出自己的小翼，晃晃悠悠飞走了。两架歼轰七机身一跳，飞机瞬间拔高，无弹一身轻的双机翻个筋斗，瞬间化作夜幕上的两个小星星。

　　敌人头子见任飞不喊不叫，不生气也不愤怒，十分奇怪，看着他的脸，感觉他眼神里有一种胜利的光芒，感觉到一丝不安，叫道："搜他的身，把他身上带的东西都拿过来！"

　　两个人应了，就来翻任飞的衣服。

　　不一会儿，东西都放在头子面前。

　　头子拿起引导器，再看看任飞，任飞笑容浮上了嘴角。

　　头子冷汗都下来了，叫道："这是什么！你干了什么！说！"

　　任飞哈哈地笑了起来。

　　头子惊怒交加，对任飞拳打脚踢，喊道："你还笑！"又重重一脚踩在任飞身上。

　　任飞知道自己死期将至，但脸上洋溢的是愉悦，是胜利，是满足。

　　令无数战友和兄弟血染疆场，还未能完成任务，即使自己苟活下来，不过是在懊悔、自责的深渊里痛苦挣扎而已，说不定还会自杀来了结自己。这样的结局太差劲了。有多少人长命百岁不过是蹉跎一世，又有多少人托庇于神佛以解虚妄之苦。白领精英嘲笑放羊娃是放羊娶妻生娃的循环，但却没意识到他们自己和放羊娃一样的不过是循环的一环。无数无数的人，在生命的最后一刻，能平淡安详已是不易，更不要说喜悦满足了。然而任飞居然达到了这样的状态，追随兄弟们于地下，且能在死前以一己之力消灭仇敌，完成没有完成的任务，简直是完美了。

任飞发自肺腑地笑了出来。死得其所，在离世前发出畅快的笑声的人可不多，任飞就是其中一个。

那头子见周围的人都愕然地看着自己，还不知要发生什么。他对着他们，发出绝望的、歇斯底里的喊声："要来炸弹了，大家快跑——"

众人还没缓过神来，头顶已经传来了轻微的爆裂声，在任飞舒心畅快的大笑声中，天空一阵钢雨，地上一片火海，在暗夜中璀璨夺目，待尘埃落定，天地恢复沉寂。

十八、谍影重重

　　吴顶在教室里心不在焉地坐着，如行尸走肉一般。老师说什么，一点儿也听不进去。何俊失踪后好多天来，他就是这个样子。

　　赵克勤每天殷勤地和他说话，但吴顶显然是不能自拔，再怎么软硬兼施，骂他懦弱，激他吵架，都没用。

　　到下午自习课时，没有老师，大家都在安静的学习。赵克勤无心自习，就打开手机看起新闻来。最近新闻太多了，赵克勤埋头浏览着。

　　"……强烈谴责台洲分裂分子的恐怖主义行径……"

　　"……台洲问题是 C 国的内政，坚决反对外部势力的干涉……"

　　"……经过奋力抢修，东南大部分地区供电已经恢复，交通运输也逐步恢复正常……"

　　"……西疆军区某边防九连被中央军委命名为'铁门栓九连'，空降军特种大队'奔雷'突击队荣立集体二等功……"

　　正看着新闻，教室门被推开了，以为是哪个老师进来了呢。抬头看去，进来的却是一个女洋人。

　　这个女人一头漂亮的白中透金的长发，身材挺拔，五官精致，面容娇嫩。一看到她，整个教室里气氛都不对了。一般情况下来了生人，同学们还要交头接耳地议论这是谁，干什么的，但现在男生女生都气为之所摄，呆呆地看着她。

　　赵克勤心道，达莉娅！这女魔头来干什么？

　　虽然之前已经见过她了，但又见到她，心中忍不住还是突突地乱跳。

全班其他男女都安安静静的，不由自主地看着达莉娅的眼睛，这双眼睛勾魂摄魄，好像想不看都不行。虽然从各个方向看着她，但好像她和每个人都对视着一样。

每个人内心都好似在想什么，好似弥漫着一种奇异的感觉。

就这样过了好一阵子，却见达莉娅脸上有了变化，表情悲苦，双眉微皱，两眼说不尽的委屈惆怅。

她楚楚可怜地摆出这一副将哭未哭的表情，直击人心灵最柔嫩的部位，让看了的人忍不住也要和她同悲同泣。

赵克勤心中一动，有一种不妙的预感。他了解过一些催眠术的理论，就强自闭了双眼，还怕自己会忍不住睁开眼，又用手捂住双眼。

而其同学都继续看着达莉娅，脸上露出同情、悲哀的神态。

达莉娅嘴唇微微一颤，眼波流动，好像忍了几忍，终于吐出一个字来："我……"

就这一个字，柔肠百转，再配上她那含泪的双目，教室里看着她的学生都感觉悲从中来，还不知道她是谁，遭遇了什么事，就感觉好像已经看了一出人生悲剧，心胸中一片凄苦。

达莉娅下颌微抬，眼神里有万千的离愁、悲凉、委屈和哀思，薄唇轻启道："本来……"如泣如诉的吐出两个字，又没下文了。

每个人潜意识里最悲惨伤心的情节都被激发了出来，教室里的有几个女生已经肩膀起伏，抽噎了起来。其他人眼圈也红了。

达莉娅再接再厉，嘴一扁，语带哽咽地说："然后……"泪水终于夺眶而出，她也不擦，任由泪水滚滚，顺腮而下，顿时梨花带雨，楚楚动人。

教室里受到气氛感染的学生中好多人都已经抽泣了起来，还有人在抽着鼻子坚挺着，拿出纸巾擦脸，替她悲伤。

达莉娅泣不成声的道："结果……"话音未落，已经语塞，哽咽着低下头去。

这一下几乎所有的学生都顶不住了，呜呜咽咽地哭了起来，有的女生泪如泉涌，有的男生哭得一把鼻涕一把泪。而达莉亚从头到尾总共就说了几个字，还没什么实际含义。

赵克勤捂住了眼睛，总算没中招，否则即使知道她在做戏，只怕也把持不住。

只有吴顶，像活死人一样，对周遭的一切好像都没看到一样，达莉亚快如闪电般看了吴顶一眼，充满狡黠，马上又恢复了悲哀的表情。吴顶对此也视而不见，没搭理她。

突然教室门开了，一个穿着套装，剪着短发的女子甩开膀子，大踏步地走上讲台，扯住达莉亚的耳朵，揪住就往外拽。

赵克勤睁眼看去，原来是智研。

达莉亚忙不迭地乱叫："智研，疼，疼，松手，我跟你走，跟你走还不行吗？别别别拽啦，要扯掉啦！掉啦！"

学生们泪眼朦胧，迷茫地看着她们两个，不知道发生了什么。

沈老师不知什么时候也站在门口了，满脸怒容，道："达莉亚，你搞什么搞！"

达莉亚被智研扯着，歪着身子，说："我和他们开个玩笑，呵呵。"

沈老师上来作势就要踢她，达莉亚屁股一扭，也配合着作势要躲。

沈老师说："我的学生就要考试了，你把他们都搞成这个样子，哭得停不下来？"

达莉亚说："让他们笑就行了是么？像外面院子里的那几个大叔一样，好么？"

"什么？"

"我进来的时候看那几个大叔很可爱，就和他们愉快地聊了聊。"说完贱兮兮地笑了一下。

沈老师面部抽动一下，快步走到窗户边，往下一看，学校雇的几个保安在学校院子里笑得前仰后合，都快断气了。有的捂着肚子大笑，有的抱着树猛笑，有的在地上笑得打滚，还有的笑得四肢在地上乱弹。这些大叔平常不是严肃认真，就是和蔼可亲，除了喝多的时候以外，哪儿还有过这么放纵形骸的时候。

沈老师知道这也是达莉娅的“杰作”，脸黑得像锅底一样，吼道：“赶快把他们给我停下来！”

达莉娅用老实厚道的声音说：“哦，我知道了，我这就去了。”说着，就往出走。

沈老师怒气不消，对教室里的学生叫道：“都别哭了！”

没想到这一下学生们哭得更响了，一个个呼天抢地的，放声大哭，只怕隔着几里地都听得见。

沈老师快跑两步，走到楼道里，喊达莉娅道：“回来，先把我学生的搞好了！”

达莉娅明知故问：“你不是让我去照看楼下的大叔们么？”

沈老师没好气地说：“先把我的学生们弄好！”

达莉娅说：“那楼下的大叔就不用管了是吧？”

沈老师咆哮道：“都弄好！少废话！”

达莉娅撇着嘴，一副不情愿的样子，说：“欸～～，好麻烦啊，我没劲啦，只能弄好一边。”

沈老师还没答话，智研嗖的一声又把达莉娅的耳朵揪住了，用力就拧。

“哎呀哎呀！疼疼疼死啦！”达莉娅大叫，两只手一起去揉搓耳朵，抱怨道：“智研，你为什么又拧我耳朵，我这边耳朵都比另一边长了。”这一次噘着嘴，疼得流出了真实的眼泪。

智研道：“别给沈老师捣乱了！快去把他们都止住哭！”

“好吧，那你奖励我什么？”达莉娅一边揉耳朵一边说。

咚！头上又挨了智研一下。

智研说："这个奖励够吗？"

达莉娅撅着嘴，拉着脸，跺着脚，走回教室去。

后面智研像前台接待的小姐一样，文文雅雅地给沈老师鞠躬，替达莉娅道歉。

达莉娅回到教室，站在讲台上，和整个教室的人又在对望着。学生们一边啜泣，一边看着突然变得脸色狰狞的这个女人。过了一会儿，她把手往黑板上一按，突然五指蜷起来，像猫爪子一样在黑板上"刺啦"一声抓了一把。简直要把黑板抓出五条道子来，发出的高频噪音让人直打哆嗦，牙根都发麻。有几个女生"唉哟"一声呻吟，身子蜷缩了一下，两手要去堵住耳朵也来不及了。但是说也奇怪，这一来，学生们都止住了哭腔，互相望望，好似如梦初醒。

沈老师把达莉娅送出教室，对着吴顶说："吴顶，你出来一下！赵克勤，你也来吧！"

吴顶和赵克勤出来教室，沈老师对其他人说："快，把泪都擦了，赶快背课文！一会儿我回来小测验！"

吴顶没精打采地跟着众人走到学校的小会议室门前，沈老师在前面打开了门，吴顶耷拉着脑袋迈步进屋，感觉门旁边有一个人，也没留意是谁，低头继续要走，冷不防门旁边的那个人一个下勾拳猛地击在吴顶的腹部。吴顶猝不及防，差点没喷出一口老血来。吴顶强忍着痛，直起腰抬起头，想看看是谁袭击自己，只见一个四十多岁的女人笑吟吟地站在面前，吴顶愕然，脱口叫道："妈！"

那个女的满脸笑容，高兴地答应道："哎！"说着，抱住吴顶的脑袋，在额头上大亲了一口。

吴顶满脸扭曲，捂着肚子说："你打我干嘛啊？胃出血了都。"

"打个招呼而已，你没那么娇气吧。"

吴顶白了她一眼，揉了揉肚子，没说话。

吴顶的妈妈伸出胳膊来，一把夹住吴顶的脖子，把他硬夹到到门边拐角处，说："听说你为了女孩儿，郁闷了？"

吴顶不好意思，说不出话来。

他妈妈道："我都知道，不就是何俊吗？我可早就认识何俊了。"

"你认识何俊？"

"当然。其实你小时候也见过的，只不过你没记住。"

"真的？"

"嗯，唐叔叔一说要把你转到这个学校，我就瞎想，要是你能把何俊这丫头搞定，抓到咱们家做媳妇那可不赖啊。没想到你们真的勾搭上了，哈哈，被我说中了。"

他俩貌似在说悄悄话，但声音大的全屋子都听得见，吴顶窘得不行。

他妈妈继续说："但是，我又想何俊家庭不幸，难免性格阴暗，而且那心像奶酪一样，心眼儿太多，你又这么老实，别被她欺负了。"

吴顶说："妈，何俊她，她……杀人，还参与了这次恐怖袭击，搞得国家大难一场，我怎么能再和她……况且她失踪了，也不知道在哪儿，也不知道是死是活……"说到这里，脑子又混混沉沉的，心中特别难受。

"这次恐怖袭击的规模确实不小，911都不能同日而语。多亏了这一场大冰雪，这可是百年不遇的，下的时间又早，而且是在南方。飞机、火车、汽车、轮船都不能动，所有人都窝在家里，结果人命的损失很少。要不是这样，光飞机就不知道要掉下来多少架呢。而且，军队恢复得很快，现在军舰都把台洲岛包围了。"

"……她为什么要这样？"吴顶好像根本没听她说这些。

"我们也都纳闷，这孩子怎么变成这样了。不过，嗯……可能……"

吴顶听妈妈说话变得吞吞吐吐的，问道："你们是不是知道什么？"

"我瞎说的，她从小就孤单惯了，谁也看不透她的心思，我怎么知道啊。"

从小孤单？

"对了，你刚才说何俊家庭不幸，是怎么回事？"

"……嗯……你不知道？"

"知道什么？"

"何俊是个孤儿啊！"

什么！

"我不知道啊！她父母不是在国外吗？"

"是在国外，早就死在国外了。"

居然是这样！

吴顶感觉一下对何俊多了一些同情，少了一些怨怼。

"他父母是怎么死的？"

吴顶妈妈面露难色，支吾道："这个，我也不太清楚……"

"你知道什么，都告诉我。"

"我，我什么也不知道，哎呀，你别问了。"

吴顶充满怀疑地看着妈妈。

"吴顶的妈妈，我们坐下聊吧。"沈老师说话了。

"好好！"吴顶的妈妈一边说，一边放开吴顶，两人坐到会议桌旁。

待两人坐定，沈老师说："吴顶你刚才说何俊杀了人，其实是不对的，那不是何俊杀的。"

"嗯？何俊自己都说是她杀的啊？"吴顶又吃了一惊，不知该喜该悲。

"啊？她真这么说？没看出来，她还挺会抢功劳的啊？"达莉娅说。

吴顶今天第一次见她，也没明白她说的意思，问道："你说什么？"

达莉娅说："那个小羊羔明明是我亲手整治的，她怎么说是她干的呢？"

"林春香是你杀的？"

"嗯！"

"你杀了人，怎么，怎么还能堂而皇之地坐在这儿？"吴顶诧异地望望沈老师。

沈老师避开他的目光，没有回答。

达莉娅说："我也是正当防卫，有什么错啦？而且我也没杀 C 国人。"

"林春香不是 C 国人吗！"吴顶叫道。

"唉，看来你还真是什么也不知道啊。"达莉娅叹气道。

沈老师说："你就别卖关子啦，都告诉他吧。"

达莉娅说："好吧。"然后就慢悠悠的说："那天，我虽然是跟我们公司那些呆瓜一起来的，但我才不想和他们搞什么名堂呢，我只想来见见老唐，就一直自己出来找。但漫山遍野找来找去就是找不到。天也黑了，正在草丛里躺着看天呢，突然心里一动，我的第六感特别灵，附近有好像有嫩嫩的小羊羔的感觉，就一下子爬起来，果然就发现在一个废弃房子旁有两个小宝贝在打架，把我馋得控制不住，一下子就赶过去了。其中一个头上有伤的，摇摇晃晃的，另一个要拿什么东西扎她，她拼命地躲。我再仔细一看，那个受伤的不就是他们要找的女孩儿嘛。我就想索性帮她一把，也就当我没白来，也算是帮了我们公司那些人一次。就过去把另一个女的扯开了。没想到那个女的见我帮她的对手，不说二话，抽出一把小刀就来刺我。她不来招惹我，我还不知道能不能控制了自己呢，她自己撞我枪口，就怪不得我了。她一手拿刀，一手拿个针要刺我，我见她人又娇嫩，下手又凶，真真的心里兴奋得不得了，必须是这样的才对我口味，才有价值，嘿嘿。"

吴顶见她逐渐陷入一种自我陶醉的状态，表情邪恶起来。

达莉娅不管别人，继续说道："我挑逗她打了好大一会儿，她累得气喘吁吁的，我的瘾也让她勾上来，快要过顶了，就一把夺下她的小刀，又把她另一只手一推，把她的针扎入自己的胳膊上了。她大叫一声就摔倒了，好像很害怕也很痛苦的样子。不过，我的工作才刚刚开始呢，我慢慢的拿着小刀划开她柔嫩的皮肤，让血珠儿滚出来，一粒一粒的特别娇艳，衬在白白的肌肤上才好看呢。我一刀一刀慢慢地割着，欣赏她越来越绝望的眼神，享受她凄惨的呻吟和惨叫，太棒了！"

达莉娅已经像变了一个人一样，嘴角浮着邪恶的微笑，眼神放出贪婪残忍的光芒，让人不寒而栗，她自己浑然不觉，还在一个劲儿的陶醉地讲述。吴顶全身一阵恶寒，觉得这个家伙简直是恶魔附体了。

沈老师大声咳嗽了一声，达莉娅还在自己的世界里嘿嘿地笑着。

郑智研双手揪住达莉娅的面颊使劲摇晃起来，达莉娅嘴里含混不清的发出一些声音，这才如梦初醒似的，擦了擦嘴，看着大家都用奇怪的眼神看着自己，又辩解道："你们都怪我？要不是我有自控力，说不定连你们的何俊也如法炮制了呢。"

吴顶又是一阵凉意。

沈老师不耐烦地说："你快点继续讲完吧。"

达莉娅这才继续讲下去。

原来何俊当时见达莉娅一直乐在其中地折磨林春香，场面实在太残忍，就说："喂，你就是他们说的那个苦味酸喽？"

达莉娅一愣，扭头看她，问道："你怎么知道的？"

何俊说："我猜的。我听他们说到苦味酸大姐什么的，而且你又这么厉害，在这附近出没的厉害女人是苦味酸的概率很大了，我就这么猜了。"

"哼！你别再显得你那么聪明伶俐了，今天我爽得很，你小心我一忍不住，把你也慢慢玩了。"说着忍不住咽了下口水又面向林春香说，"你看她的小手指头多可爱，啊？是吧？呦呦呦呦！"一边又玩弄林春香的手，林春香很痛苦的把身体弓起，眼睛睁大，嘴也张大但已经喊不出声来。

何俊说："你别弄她了，我有话要问她。"

达莉娅有些不情愿地站起来，看着何俊，何俊脸色平静，虽然头上有伤，但神情中自然流露出凛凛之威。

达莉娅切地一声，把小刀一抛，走开了些，说："有话快问。"

何俊走到林春香面前，问道："你为什么要跟我过不去？"

林春香被毒针扎到，从骨髓里难受出来，又受了达莉娅的折磨，已经奄奄一息，听了何俊的话，不禁恨恨地冷笑一声，说："我为什么要……咳咳……哼哼，这本来就是我的计划，被你们抢去了，被你们给毁了！"

"怎么是你的计划？"何俊不解。

"那个神甫的情报网早就闲置无用了，是我把它又活用起来的。我接近神甫，装作是和他学弹风琴，但其实他接到的命令都是我给的，是我指挥他逐步打入了导弹基地的高层，是我设想的导弹打击计划！都是我的！"林春香发狂地大叫。

"等等，你到底是什么人？"

林春香哼哼冷笑几声，并不回答。

"你不想回答么？"何俊问。

林春香道："哼，我为什么要回答你？"

何俊说："好，你不回答我也行，那我叫她回来继续陪你玩吧。"说着指了指达莉娅。

林春香一听，露出惊恐的神色，说："别……那个……你想问什么就问吧。"

何俊问道："你是干什么的？凭什么让你指挥神甫？"

"我是近藤事务所的，我说了，神甫已经好久没作用了。让我去瞎折腾，接触神甫，本来他们也没指望我能怎么样。"

"近藤事务所？"何俊想起来了，在掬星山庄的宴会上，钱永炽说过，近藤事务所的一个年轻人，搞了这个计划。原来所说的"年轻人"就是指林春香。

"你，居然是为 J 国人办事的！"何俊说。

"哈哈，什么为不为的，我就是 J 国人。"林春香挤出笑容说。

"你？是 J 国人？"何俊也没想到。

"对！我是 J 国人，我恨你们 C 国人！你们把我爸爸逼死了！"林春香咬牙切齿地说。

"什么？怎么把你爸爸逼死了？"

"我爸爸来 C 国经商，所以我从小就来 C 国了，后来上高中以后就回 J 国了，没想到我爸爸被 C 国人诬陷，他受不了就自杀了！"林春香因为痛苦加上仇恨，面目狰狞。

这么一说，何俊想起，好像前几年是有一个以经商为掩护刺探情报的人自杀的事，虽然双方都几乎不想报道，但还是有一些消息流露出来。

"所以你就要……"

"对！我要发射原子弹，打到大城市，让你们尝尝，哈哈哈！"

"那你说他们抢了你的计划，是指？"何俊不理她的癫狂，抓紧问道。

"你知道 A 国、J 国和台洲有情报的共享机制吧，他们发现我要干的事后，都害怕了！"

"你是说情报机构的头头们被你吓到了？"

"我和 A 国大使馆的国家情报局情报员睡了，他本来胡说吹牛，但后来忍不住，终于给我透露了一些内幕：那些头头们听说我的计划是要打核导弹，都吓傻了，他们怕第三次世界大战打起来，就决定要阻止我。哼哼，一帮胆小鬼。但是呢，他们又不甘心就这么放弃我这个已经成形的绝好计划。A 国人不想脏了手，不愿意直接参与；J 国人更是避之唯恐不及，说什么只作为观察员。就在这时，台洲的分裂分子决定接手了，他们掌控台洲军事情报局，早就对台洲当局不满，伺机夺权搞独立。现在有了这么一个机会，不想错过了。至于那个国家情报局的人，给我说完就想杀我灭口，没想到自己先下地狱了，哈哈哈！"

何俊点头道："哦，所以后来他们要和你去抢神甫了。谁控制了神甫，谁就控制了整个情报网。但是，为什么不直接下令让你撤回呢？"

"哼，我还以为你有多聪明呢。你想啊，A国、J国都有小算盘，都装作不知道这事，更不想留下什么痕迹。万一风头不对，被C国追究起来，他们就能把事情全推到台洲分裂分子头上，自己一身干净。"

"嗯，所以也不告诉你，你也是弃子一颗啊。"

"唉，谁会在乎我。那些台洲分裂分子们也一样，被人当枪使也不自知。他们觉得这是一次千载难逢的好机会，就大搞起来，联络西疆、藏区的分裂势力，又要人联络花港的黑帮，没想到把洪义会给搞砸了，结果段万刚他们来搅局。但台洲人请了国际一流安保公司，就没把段万刚他们放在眼里。我呢，虽说是这样，居然还能从J国人那儿查到一些信息，其中也包括段万刚他们的，也不知道是有意还是无意流露给我的，总之我也不管那么多了，就利用段万刚供我驱使。"

"他们就甘心被你利用啊？"

"我也会告诉他们一些情报啊，比如罗忠新之前去过的地方、据点之类的，让他们相信啊。后来我就让他们来教堂保护神甫，没想到他们真的太没用了。再后来我听说你掌握了密码，就叫他们去找你，抓住了你，我就能要挟台洲人，按我的意思办了。"

何俊大概把事情前后的关联搞清了，但还些想问的，就道："那神甫是怎么回事？那天他怎么突然出现，要杀你。"

"神甫怎么逃脱的，我就不清楚了。这家伙在C国久了，也不想干这一行了，又发觉我给他的指令是要发射核导弹，他不愿意，居然要叛变。他好像去联系了你们的人，那个一号。一号估计是叫他先保持原样，继续观察。于是神甫给那个后来来教堂的女的在传递消息，这些都是瞒着其他人的，我也不知道，只是后来才这么猜测的。结果没多久，台洲人雇的人就来跟我抢神甫了。神甫那天本来已经被我下了药，昏昏沉沉的，我想把他运走，结果来了三个人到教堂，先说是要祈祷，又要听圣歌，我说要关门了，就要赶他们走，他们就动起粗来，我正担心打不过他们，那个和神甫联络的女的来了，她见那些人要拖走神甫，就去阻止。没想到那三个大男人都打不过她，后来他们打到旁边二楼的屋顶上了，我想即使让台洲人抢去了，也不能让 C 国特工得到神甫。我就假意被那些人抓住，引的她来救我。然后暗中趁她不备，用毒针扎了她一下。她一下子倒了，我也只能看着那三个人带走了神甫。那女的一动不动的，我上前去想看她怎么样了，没想到她都已经奄奄一息了，居然突然把手铐铐在我手上，一边铐在她手上，我知道警察马上就来，没有办法，就用刀把她的手腕割断了，她就一下子滚下去，掉到了教堂门口地面上。我拖着手铐逃下楼去，见她另一只手里还拿着一个什么手机一样的东西，我怕里面有不该有的东西留下来，就拿走砸烂了。"

"居然是你！"何俊听到这儿，表面还不怎样，实际已怒气填膺。鲁静姐从小照顾我，就像我亲姐姐一样，没想到居然被你害了。刚才还可怜你，现在苦味酸折磨你再惨十倍也不解我的恨！

"是我又怎么样？本来干完这件事也不想活了，但运气不好失败了……咳咳……"林春香一时回光返照，说了太多话，现在十分虚弱了，她又道："麻烦你，别让她在折磨我了。"说着看看倚在一边的达莉娅。

何俊说："我说了她怎么会听呢？"

"那你行行好，帮我了结了吧。"

"我可不想脏了手。"何俊冷冷地说。

林春香表情凄然，说："那你把那把刀递给我，我自己来，谢谢啦。"

何俊看她凄惨的表情，又不禁有些恻隐，就走去把达莉娅掷在地上的刀，用力拔出来，返回来要递给林春香，却见她头歪在一边，已经闭目而死。何俊拿着刀，默默地垂头站在她尸体前良久，心中五味杂陈。

达莉娅突然一个激灵蹦起来，叫道："哪儿有人在看我们！哈哈哈，又有小肉肉送上门了？今天运气好！"说着就窜了出去，进了高高的草丛，一眨眼就没了。

达莉娅自己叙述这些事，并不详细，吴顶也只把大概情况听懂了。

林春香竟然是首恶！想起她柔弱的外表，想起她恐怖的计划，既可怜她的惨死，又痛恨她的狠毒，吴顶一时心中难以平静。

吴顶又想，原来五十岚杏奈给我看的只是何俊拿刀返回林春香身边的场景，她明明知道林春香不是何俊杀的，还故意给我看那样的视频，真是居心不良。后来，达莉娅察觉到五十岚杏奈在附近了，去找她，亏得她居然跑掉了。

何俊没杀人。

知道了这一点，吴顶心中稍微释然了一点儿，但是何俊最后和他的对话言犹在耳，她确实参与了恐怖袭击，她也毫无疑问地逃走了，一个好人会逃走消失掉么？她到底对我是怎么想的？她只是单纯地利用了我，还是对我也有些好感呢？

这些问题还是没有解决。这些天的状态又回来了，一会儿把何俊想成一个大好人，说不定马上就出现在自己面前，给自己一个惊喜，说她之前都是假的，逗吴顶玩儿的。一会儿又把何俊想象成一个大坏人，说吴顶被人利用了，是自己傻，怪不得别人。

这时，沈老师接了一个电话，对吴顶说："有人想见见你，就在校门口，我们一块儿陪你下去吧。"

吴顶也没问是谁，就跟着众人来到校门口。一辆黑色的轿车停在那里，沈老师示意吴顶过去，车门旁边一个人把吴顶请进车。

吴顶见到车里坐着的，就是在栖仙山见到过的江南。他好像地位很高，大家都要请示他。

"你好，吴顶。还记得我把，我叫江南。"对方先开口了。

"您好，我……"这样的大人物亲自来见自己，吴顶都有点不知道该说什么了。

"那天我们没来得及多聊。但是见到老谭，他居然也说你的好话了，虽然不是那么直接地夸你，但我还是吃惊不小。因为他可从不说别人好的，不说别人坏已经谢天谢地了。"

吴顶笑了，他也很吃惊，谭章在他面前总是一副被人欠了钱不还的样子，一般说话都没好气的。居然还会说自己好，想想挺有趣的。

那天在山上见到的江南不怒自威，现在的江南依旧英气逼人，但也充满了亲切感。

江南又说道："听说你最近状态不好？你快高考了，可要调整好状态哦。"

吴顶又被勾起了心事，他突然意识到，眼前这个人就是所谓的情报头子，所谓的无所不知的人，脱口而出道："我想问您一件事……"

"你想问何俊，是不是？"

吴顶点了一下头。

"抱歉，关于何俊，我也给不出能让你满意的答案。她为什么要做出这样的事，我们也只能做些猜测而已。"

"能告诉我，你们猜测的结果吗？"

"还是抱歉，涉及到一些事，不便和你说。"

吴顶低下了头。

何俊不会再回来了，不会再来学校了。从此自己和何俊就像生活在两个世界里的人，永远不会见面了。

真的就这样了吗？

……

不！不行！不甘心！好不甘心！

吴顶感觉像有一只手把自己的心脏攥紧了一样不痛快。

我是不会善罢甘休的!

想到这儿,浑身好像有些燃烧了起来一样。

何俊,我要找到你,抓住你,让你老老实实的。我要撕开你的伪装,看看你内心到底是怎么样的!

吴顶抬起头,看着江南说道:"我要加入你们!"

江南笑了起来,说:"我先给你泼点儿冷水,你别以为加入了,就一定能知道何俊的事。"

吴顶说:"我懂的。"他决心已定,不管再说什么也不犹豫了。

江南说:"其实你妈妈挺支持你加入我们的,但你爸爸有些不愿意,他想让你接他的班,继续搞搞外交。"

"你们都去问过他了?"

"是啊,你妈妈还指望你尽快当上间谍总头子,然后把各种内幕,还有八卦消息,别管是人与人的,还是国与国的,都告诉她呢。"

吴顶想,这像是自己妈妈说出来的话。

江南说:"你现在就专心学习,等高考完了,我亲自来接收你。"

吴顶坚定地点头答应了。

江南轻轻地拍了拍吴顶的肩膀,说:"我也是路过这里,听说他们都在这儿,我也就来和你说说话。以后有空去我家做客。现在我还有事就先走了。"

目送江南离去,吴顶转身走回学校,沈老师和妈妈问道:"怎么样?说什么了啊?"

吴顶挺胸直背,眼神恢复了光泽,慢条斯理地说道:"没事,我要回去学习了。"

(第一部完)

(2015 年 4 月 28 日星期二)